Kältezone

© Ralf Baumgarten

ARNALDUR INDRIÐASON, Jahrgang 1961, war Journalist und Filmkritiker bei Islands größter Tageszeitung. Heute lebt er als freier Autor in Reykjavík und veröffentlicht mit sensationellem Erfolg seine Romane. Seine Krimis belegen allesamt seit Jahren die oberen Ränge der Bestsellerlisten auf Island, und das in einem Land, indem es nur drei Mordfälle pro Jahr gibt.

ARNALDUR INDRIÐASON

KÄLTE ZONE

Island-Krimi

Aus dem Isländischen von Coletta Bürling

Weltbild

Die isländische Originalausgabe erschien 2004 unter dem Titel *Kleifarvatn* bei Vaka-Helgafell, Reykjavík.

Vormerkung:
In Island duzt heutzutage jeder jeden. Man redet sich nur mit dem Vornamen an. Dies wurde bei der Übersetzung beibehalten.

Genehmigte Lizenzausgabe für Verlagsgruppe Weltbild GmbH,
Steinerne Furt, 86167 Augsburg

Übersetzung: Coletta Bürling
Umschlaggestaltung: Jarzina Kommunikations-Design, Köln
Umschlagmotiv: Corbis, Düsseldorf (© Jonathan Andrew)
Gesamtherstellung: GGP Media GmbH,
Karl-Marx-Straße 24, 07381 Pößneck
Printed in Germany

ISBN 978-3-8289-8699-2

2010 2009 2008 2007
Die letzte Jahreszahl gibt die aktuelle Lizenzausgabe an.

Schlafe – ich liebe dich.

AUS EINER VOLKSWEISE

Eins

Sie blieb wie angewurzelt stehen und starrte auf die Knochen, die nicht dort hätten sein sollen. Genauso wenig wie sie selbst.

Zunächst glaubte sie, dass es sich wieder um ein Schaf handelte, das im See ertrunken war, aber als sie näher kam, sah sie nicht nur den Schädel auf dem Boden des Sees, der halb eingegraben war, sondern auch die Umrisse eines menschlichen Skeletts. Einige Rippen ragten aus dem Sand heraus, und unterhalb davon zeichneten sich die Konturen des Beckens und der Schenkelknochen ab. Das Skelett lag auf der linken Seite, und sie sah die rechte Hälfte des Schädels, die leere Augenhöhle und drei Zähne im Oberkiefer, einer davon mit einer großen Amalgam-Füllung. Am Schläfenbein klaffte ein großes Loch. Ihr erster Gedanke war, ob es wohl von einem Hammer herrührte. Sie bückte sich und starrte auf den Schädel. Zögernd steckte sie einen Finger in das Loch. Es war voll Sand.

Sie wusste nicht, wieso ihr ein Hammer einfiel, und die Vorstellung, dass jemand einen Hammer mit solcher Wucht an den Kopf bekommen hatte, war entsetzlich. Außerdem war das Loch viel zu groß für einen Hammer, es hatte ungefähr die Größe einer Streichholzschachtel. Sie beschloss, das Skelett nicht mehr anzurühren. Sie zog ihr Mobiltelefon aus der Tasche und wählte die dreistellige Nummer.

Sie überlegte, wie sie sich ausdrücken sollte. Das Ganze

war irgendwie unwirklich – ein Skelett so weit draußen im See und halb im sandigen Boden vergraben. Und sie war alles andere als in Topform. Ihr fiel nichts anderes ein als Hämmer und Streichholzschachteln. Sie konnte sich kaum konzentrieren. Die Gedanken schwirrten in ihrem Kopf herum, und sie hatte enorme Probleme, sie zu bändigen.

Es lag bestimmt daran, dass sie so verkatert war. Eigentlich hatte sie vorgehabt, heute zu Hause zu bleiben, dann aber hatte sie sich kurzfristig umentschieden und war zum See gefahren. Sie redete sich ein, dass sie den Wasserstandsanzeiger kontrollieren musste. Sie war Wissenschaftlerin. Das hatte sie immer werden wollen, und sie wusste, dass es bei solchen Messungen um Genauigkeit ging. Aber sie war einfach furchtbar verkatert und weit davon entfernt, logisch denken zu können. Am Abend vorher hatte die jährliche Betriebsfeier des Energieforschungsinstituts stattgefunden, und sie hatte zu tief ins Glas geschaut. Das kam hin und wieder vor.

Sie dachte an den Mann, der zu Hause bei ihr im Bett lag, und wusste, dass sie sich seinetwegen hierher zum See geschleppt hatte. Sie wollte unter keinen Umständen mit ihm in ihrer Wohnung aufwachen und hoffte inständig, dass er sich verkrümelt haben würde, wenn sie zurückkam. Er hatte sie von der Feier nach Hause begleitet, war aber ein völlig uninteressanter Typ. Genau wie die anderen, die sie nach der Scheidung kennen gelernt hatte. Er sprach kaum über etwas anderes als seine Plattensammlung, und auch als sie schon längst aufgehört hatte, Interesse dafür vorzutäuschen, fuhr er unbeirrt fort. An diesem Punkt war sie auf dem Sessel im Wohnzimmer eingeschlafen. Als sie aufwachte, sah sie, dass er in ihr Bett gestiegen war und dort mit offenem Mund schnarchte, bekleidet mit einem knappen Slip und schwarzen Socken.

»Notruf«, sagte eine Stimme am Telefon.

»Ja, ich möchte melden, dass ich ein Skelett gefunden habe. Einen Schädel mit einem Loch drin.«

Sie zog eine Grimasse. Dieser verfluchte Kater! Wer drückte sich so aus? Ein Schädel mit einem Loch drin. Ihr fielen nur die Witze über dänische Münzen mit Loch ein, war es das Zehn-Öre-Stück, oder waren es 25 Öre?

»Wie ist dein Name?«, fragte die neutral klingende Stimme der Notrufzentrale.

Es gelang ihr, ihre flatterigen Gedanken zur Ordnung zu rufen, und sie nannte ihren Namen.

»Und wo ist das?«

»Am Kleifarvatn. An der Nordseite.«

»Hast du es mit dem Netz eingefangen?«

»Nein, es liegt auf dem Seeboden.«

»Bist du da getaucht?«

»Nein. Es ragt aus dem Seeboden heraus. Die Rippen und der Schädel.«

»Aus dem Seeboden heraus?«

»Ja.«

»Und wieso kannst du es sehen?«

»Ich stehe direkt daneben, und es liegt vor mir.«

»Hast du es ans Ufer gebracht?«

»Nein, ich habe nichts angerührt«, log sie.

Die Leitung blieb eine Weile stumm.

»Was soll denn der Blödsinn?«, erklärte die Stimme auf einmal ärgerlich. »Soll das vielleicht ein Witz sein? Weißt du, was dich so ein blöder Scherz kosten kann?«

»Kein Scherz. Ich stehe direkt daneben und sehe es.«

»Also mit anderen Worten, du bist imstande, auf dem Wasser zu wandeln?«

»Der See ist weg«, sagte sie. »Hier ist kein Wasser mehr, nur trockener Seeboden. Da, wo das Skelett liegt.«

»Was meinst du damit, der See ist weg?«

»Nicht der ganze See, aber da, wo ich stehe, ist kein Wasser mehr. Ich bin Hydrologin und arbeite am Energieforschungsinstitut. Ich habe den Wasserstand kontrolliert und das Skelett gefunden. Es hat ein Loch im Schädel und ist größtenteils im Sand vergraben. Ich habe zuerst gedacht, es handelte es sich um ein Schaf.«

»Ein Schaf?«

»Wir haben neulich schon mal eins gefunden, das vor langer Zeit im See ertrunken ist. Als er noch größer war.«

Wieder Schweigen in der Leitung.

»Bleib da, wo du bist«, sagte die Stimme zögernd. »Ich schicke einen Wagen vorbei.«

Nachdem sie eine Weile unbeweglich bei dem Skelett gestanden hatte, ging sie in Richtung Wasser und maß die Entfernung. Sie war sich sicher, dass die Knochen noch nicht zum Vorschein gekommen waren, als sie vor zwei Wochen den Wasserstand abgelesen hatte. Sie wären ihr bestimmt aufgefallen. Die Wasseroberfläche war also in dieser Zeit um einen weiteren Meter gesunken.

Dieses Rätsel hatte die Experten am Energieforschungsinstitut beschäftigt, seitdem feststand, dass sich der Wasserspiegel so rasch senkte. Das Institut hatte dort bereits 1964 ein Gerät aufgestellt, das den Wasserstand fortlaufend aufzeichnete, und eine der Aufgaben der Hydrologen bestand darin, die Messungen zu kontrollieren. Im Sommer 2000 schien das Messgerät auf einmal kaputt zu sein. Unglaubliche Mengen von Wasser gingen Tag für Tag verloren, doppelt so viel wie normalerweise.

Sie kehrte wieder zu dem Skelett zurück. Sie hatte größte Lust, es näher zu untersuchen, den Sand wegzuschaufeln und es freizulegen. Aber ihr war klar, dass die Polizei nicht sehr erfreut darüber sein würde. Sie überlegte, ob es ein Mann oder eine Frau war, denn sie erinnerte sich, irgendwann einmal gelesen zu haben, wahrscheinlich in einem

Krimi, dass es bis auf die Beckenknochen praktisch keinen Unterschied zwischen dem Skelett eines Mannes und dem einer Frau gibt. Gleichzeitig fiel ihr aber ein, dass jemand anderes ihr gesagt hatte, man solle nichts darauf geben, was in Kriminalromanen steht. Das Becken selbst sah sie nicht, es war von Sand bedeckt, und sie dachte, dass sie den Unterschied sowieso nicht erkennen könnte.
Der Kater verschlimmerte sich, und sie setzte sich neben dem Skelett in den Sand. Es war ein Sonntagmorgen, und vereinzelt fuhren Autos am See entlang. Sie stellte sich eine Familie auf einem Sonntagsausflug nach Herdísarvík und Selvogur vor. Eine populäre Sonntagstour durch Lavafelder und Berglandschaft, und dann am Kleifarvatn entlang zur Küste. Sie dachte an die Familien in den Autos. Ihr Mann hatte sie verlassen, als sich herausgestellt hatte, dass sie keine Kinder bekommen konnte. Kurze Zeit später heiratete er wieder und war inzwischen Vater von zwei reizenden Kindern. Er hatte das Glück gefunden.
Das Einzige, was sie dagegen gefunden hatte, war einen Mann, den sie kaum kannte und der mit Socken bei ihr im Bett lag. Je mehr Zeit verstrich, desto schwieriger wurde es, anständige Männer zu finden. Die meisten waren geschieden wie sie selbst, oder – was noch schlimmer war – sie hatten keine Frau abgekriegt.
Sie fühlte sich elend und war den Tränen nahe, während sie auf das Skelett im Sand starrte.
Etwa eine Stunde später näherte sich ein Streifenwagen aus Hafnarfjörður. Die Polizeibeamten schienen es nicht eilig zu haben, sondern fuhren ganz gemächlich die Straße entlang, die zum See führte. Es war Mai, die Sonne stand hoch am Himmel und spiegelte sich auf der glatten Wasseroberfläche. Sie saß im Sand, behielt die Straße im Auge, und als das Auto näher kam, winkte sie. Das Auto fuhr an den Straßenrand und stoppte. Zwei Polizisten stiegen aus,

blickten in ihre Richtung und setzten sich dann in Bewegung.
Sie betrachteten das Skelett geraume Zeit, ohne ein Wort zu sagen. Dann stieß der eine mit der Fußspitze gegen eine Rippe.
»Ob der wohl hier geangelt hat?«, sagte er zu seinem Begleiter.
»Du meinst von einem Boot auf dem Wasser aus?«, sagte der Kollege.
»Oder er ist bis hierher gewatet.«
»Da ist ein Loch«, sagte sie und schaute von einem zum anderen. »Im Schädel.«
Einer der beiden beugte sich hinunter.
»Nanu«, sagte er.
»Er kann gefallen sein und sich den Schädel aufgeschlagen haben«, sagte sein Kollege.
»Der Schädel ist voller Sand«, sagte derjenige, der zuerst gesprochen hatte.
»Sollten wir vielleicht den Kollegen von der Kripo Bescheid sagen?«, fragte der andere nachdenklich.
»Sind nicht die meisten von denen gerade in Amerika?«, fragte sein Kollege zurück und blickte zum Himmel. »Auf so einer internationalen Konferenz über Kriminalität.«
Der andere Polizist nickte zustimmend. Die beiden standen wieder eine ganze Weile schweigend neben dem Skelett, bis der eine sich an sie wandte.
»Wo ist eigentlich das ganze Wasser hin?«, fragte er.
»Darüber gibt es die verschiedensten Theorien«, antwortete sie. »Was wollt ihr jetzt machen? Kann ich vielleicht nach Hause fahren?«
Sie blickten einander an, notierten dann ihren Namen und bedankten sich bei ihr, entschuldigten sich jedoch nicht, dass sie so lange hatte warten müssen. Ihr war es egal. Sie hatte keine Eile. Es war ein schöner Tag am See, sie hätte

ihren Kater hier nur wesentlich besser auskurieren können, wenn sie nicht auf das Skelett gestoßen wäre. Sie überlegte, ob der Mann mit den schwarzen Socken wohl das Weite gesucht hatte, und hoffte es inständig. Sie freute sich darauf, ein Video auszuleihen und sich am Abend vor dem Fernseher unter eine Decke zu kuscheln.
Sie warf einen letzten Blick auf die Knochen und das Loch im Schädel.
Vielleicht wäre ein guter Krimi angebracht.

Zwei

Die Polizisten meldeten den Skelettfund auf dem Boden des Sees beim Polizeirevier in Hafnarfjörður, und sie brauchten einige Zeit, um den Tatbestand zu erklären, dass sie trockenen Fußes mitten im See stehen konnten. Der Hauptwachtmeister setzte sich telefonisch mit dem zuständigen Beamten beim Isländischen Landeskriminalamt in Verbindung, gab die Meldung über den Skelettfund weiter und wollte wissen, ob der Fall nicht in ihren Zuständigkeitsbereich fallen würde.

»Das ist ein Fall für die Identifizierungskommission«, erklärte der zuständige Beamte. »Ich glaube, ich weiß den richtigen Mann dafür.«

»Und wer ist das?«

»Wir mussten ihn zwingen, Urlaub zu nehmen. Soweit ich weiß, hat er fünf Jahre Urlaub angesammelt, aber ich bin mir sicher, dass er froh sein wird, etwas zu tun zu bekommen. Er ist spezialisiert auf Vermisstenfälle. So eine Kleinarbeit macht ihm Spaß.«

Nachdem sich der Polizeikommissar von seinem Kollegen in Hafnarfjörður verabschiedet hatte, griff er wieder zum Telefon und veranlasste, dass Erlendur Sveinsson benachrichtigt und mitsamt seinem Team zum Kleifarvatn im Süden von Reykjavík geschickt wurde.

Erlendur war in seine Lektüre vertieft, als das Telefon klingelte. Die schweren Vorhänge vor den Fenstern im Wohnzimmer waren zugezogen, denn Erlendur versuchte, die helle Maisonne, so gut es ging, auszusperren. Da es in der Küche keine richtigen Gardinen gab, hatte er die Tür dorthin zugemacht. Auf diese Weise war es im Wohnzimmer dunkel genug um ihn herum, dass er Grund hatte, seine Stehlampe beim Sessel anzuschalten.

Erlendur kannte die Geschichte gut, denn er hatte sie schon mehrmals gelesen. Im Herbst 1868 hatten sich einige Männer aus dem Skaftártunga-Bezirk auf den Weg gemacht. Sie wollten in den Südwesten zur Halbinsel Reykjanes, um von dort aus zum Fischen hinauszurudern. Sie nahmen die kürzeste Strecke »Hinter den Bergen«, an der nördlichen Seite des Mýrdal-Gletschers entlang. Mit dabei war ein junger Bursche von 17 Jahren, der Davíð hieß. Die Männer waren an solche Reisen gewöhnt, und sie kannten die Strecke, aber bald nachdem sie in die Berge aufgebrochen waren, brach ein Unwetter herein, und sie kehrten nie wieder in bewohnte Gebiete zurück. Eine umfangreiche Suche nach ihnen wurde eingeleitet, aber man fand nicht die geringste Spur. Erst zehn Jahre später wurden ihre Knochen aus purem Zufall bei einer großen Sanddüne südlich von Kaldaklof entdeckt. Sie hatten eine Plane über sich gebreitet und lagen dicht nebeneinander.

Erlendur blickte im dämmrigen Licht hoch und sah im Geiste den jungen Burschen in der Gruppe vor sich, besorgt und ängstlich. Vor der Abreise schien er zu spüren, worauf es hinauslaufen würde; die ganze Gegend sprach darüber, dass er seine alten Spielsachen an seine Geschwister verteilt und gesagt hatte, dass er sie nicht wieder zurückfordern werde.

Erlendur legte das Buch weg, stand mit steifen Gliedern auf und nahm den Hörer ab. Es war Elínborg.

»Du kommst doch, oder?«, war ihre erste Frage.

»Mir bleibt wohl nichts anderes übrig«, sagte Erlendur.

Elínborg hatte ein Kochbuch zusammengestellt, das jetzt endlich erscheinen sollte.
»Mein Gott, was bin ich nervös. Was glaubst du, wie es wohl ankommen wird?«
»Ich kann noch nicht mal richtig mit der Mikrowelle umgehen«, sagte Erlendur, »deswegen bin ich vielleicht nicht …«
»Beim Verlag sind sie sehr angetan«, unterbrach Elínborg ihn. »Und die Fotos von den Gerichten sind fantastisch. Dafür wurde sogar ein spezieller Beleuchter hinzugezogen. Und dann gibt es ein Extrakapitel über Weihnachtsessen …«
»Elínborg.«
»Ja.«
»Hattest du einen bestimmten Grund, mich anzurufen?«
»Irgendwelche Knochen im Kleifarvatn«, sagte Elínborg und senkte die Stimme, als es nun nicht mehr um ihr Kochbuch ging. »Ich soll dich abholen. Der See ist kleiner geworden oder irgendsowas, und deswegen hat man dort heute morgen Knochen gefunden. Sie möchten, dass du dir das anschaust.«
»Der See ist kleiner geworden?«
»Ja, ich habe das allerdings nicht so richtig mitgekriegt.«

Sigurður Óli stand bei dem Skelett, als Erlendur und Elínborg am See eintrafen. Man erwartete die Spezialisten von der Spurensicherung. Die Polizisten aus Hafnarfjörður fummelten mit dem gelben Absperrband herum, um die Fundstelle abzugrenzen, mussten aber feststellen, dass sie nichts hatten, woran sie es befestigen konnten. Sigurður Óli beobachtete ihre Bemühungen und versuchte vergeblich, sich an irgendwelche typischen Witze zu erinnern, die man sich über die Einwohner von Hafnarfjörður erzählte.
»Hast du nicht Urlaub?«, fragte er Erlendur, der ihm auf dem sandigen Seegrund entgegenkam.

»Doch«, sagte Erlendur. »Was gibt's Neues bei dir?«

»Same old ...«, sagte Sigurður Óli. Er blickte zur Straße hoch, wo in diesem Augenblick ein klotziger Jeep von einer der Fernsehanstalten am Rand hielt. »Sie haben ihr gestattet, nach Hause zu fahren«, fuhr er fort und nickte in Richtung der Polizisten aus Hafnarfjörður. »Der Frau, die die Knochen gefunden hat. Sie hat hier irgendwelche Messungen durchgeführt. Wir können uns später mit ihr unterhalten, falls wir in Erfahrung bringen müssen, weshalb der See verschwunden ist. Wenn alles mit rechten Dingen zuginge, wären wir hier an dieser Stelle jetzt auf Tauchstation.«

»Was ist mit deiner Schulter, ist sie wieder in Ordnung?«

»Ja. Wie geht es deiner Tochter?«

»Eva Lind ist noch nicht aus der Therapie abgehauen. Ich glaube, dass sie es bereut, aber im Grunde genommen weiß ich das nicht.« Er kniete sich hin und betrachtete das, was vom Skelett zu sehen war. Er steckte seinen Finger in das Loch im Schädel und strich über eine der Rippen.

»Jemand hat ihm den Kopf eingeschlagen«, sagte er und stand wieder auf.

»Das könnte kaum offensichtlicher sein«, sagte Elínborg mit spöttischem Unterton. »Falls es denn ein *er* ist«, fügte sie hinzu.

»Sieht ein bisschen nach einer Schlägerei aus, oder?«, sagte Sigurður Óli. »Das Loch ist direkt hinter der rechten Schläfe. Möglicherweise hat ein einziger kräftiger Hieb gereicht.«

»Es ist allerdings nicht auszuschließen, dass er hier ganz allein auf einem Boot unterwegs war und dabei ausgerutscht und auf die Bordkante gefallen ist«, sagte Erlendur und blickte Elínborg an. »Dieser Ton, den du anschlägst, findet man den auch in deinem Kochbuch?«

»Die Bruchsplitter sind natürlich schon längst weggewaschen worden«, sagte Elínborg, ohne auf seine Frage einzugehen.

»Wir müssen die Knochen jetzt freischaufeln lassen«, sagte Sigurður Óli. »Wann kommen die Techniker?«
Erlendur sah, dass weitere Autos am Straßenrand geparkt wurden, und ging davon aus, dass der Knochenfund sich bereits bei den Nachrichtenredaktionen herumgesprochen hatte.
»Sollte hier nicht ein Zelt aufgeschlagen werden?«
»Natürlich«, sagte Sigurður Óli, »die bringen bestimmt ein Zelt mit.«
»Meinst du, dass er hier ganz allein geangelt hat?«, fragte Elínborg.
»Das ist nur eine Möglichkeit«, sagte Erlendur.
»Aber wenn er tatsächlich einen Hieb gegen den Kopf bekommen hat?«
»Dann war es jedenfalls kein Unfall«, sagte Sigurður Óli.
»Wir wissen nicht, was passiert ist«, sagte Erlendur. »Vielleicht hat er einen Hieb bekommen. Vielleicht war er mit jemand anderem auf dem See, und auf einmal zieht dieser andere einen Hammer hervor. Vielleicht waren es bloß zwei. Vielleicht waren sie auch zu fünft.«
»Oder«, warf Sigurður Óli ein, »er kriegt ganz woanders, beispielsweise in Reykjavík, eine verpasst, und dann bringt man ihn hierher und versenkt ihn.«
»Und wie hat man ihn versenkt?«, fragte Elínborg. »Dazu braucht man etwas Schweres, um die Leiche unten zu halten.«
»Ist es ein erwachsener Mensch?«, sagte Sigurður Óli.
»Sag ihnen, sie sollen sich in gebührender Entfernung halten«, sagte Erlendur, der sah, wie die Reporter von der Straße zum See herunterkamen. Von Reykjavík her näherte sich ein kleines Flugzeug, das im Niedrigflug über sie hinwegbrummte, und sie sahen einen Mann, der eine Kamera auf sie gerichtet hielt.
Während Sigurður Óli den Reportern entgegenging, begab

Erlendur sich zum Wasser. Kleine Wellen plätscherten träge auf den Sand, und die Nachmittagssonne glitzerte auf der Wasseroberfläche. Er überlegte, was hier vor sich ging. Verschwand das Wasser aufgrund von menschlichem Einwirken, oder war die Natur am Werk? Es hatte ganz den Anschein, als wolle der See von sich aus ein Verbrechen aufdecken. Verbargen sich in seinen Tiefen, wo immer noch Dunkelheit und Schweigen herrschten, womöglich weitere düstere Freveltaten?

Er blickte wieder zur Straße. Die Spurensicherung in weißen Overalls eilte über den Sand auf ihn zu. Sie hatten ein kleines Zelt dabei – und die Taschen voller Berufsgeheimnisse. Als er zum Himmel aufschaute, spürte er die Wärme der Sonne im Gesicht.

Vielleicht war sie es, die den See austrocknete.

Das Erste, was die Leute von der Spurensicherung entdeckten, als sie das Skelett mit kleinen Schaufeln und weichen Pinseln vom Sand befreiten, war ein Seil. Es hatte sich zwischen die Rippen gelegt, führte an der Wirbelsäule vorbei nach unten und verschwand im Sand.

Die Hydrologin Sunna hatte es sich auf dem Sofa mit einer Decke gemütlich gemacht. Die Kassette steckte im Videogerät, ein amerikanischer Thriller, der *The Bone Collector* hieß. Der Mann mit den schwarzen Socken war weg. Er hatte zwei Telefonnummern hinterlassen, die sie im Klo hinunterspülte. Der Filmanfang lief gerade, als es an der Tür klingelte. Sie beschloss, so zu tun, als sei sie nicht zu Hause. Dauernd wurde man gestört. Entweder versuchten die Leute, einem am Telefon etwas aufzuschwatzen, oder es standen Typen vor der Tür, die mit getrocknetem Fisch hausierten, oder kleine Jungs, die Pfandflaschen sammelten und schwindelten, der Erlös sei für das Rote Kreuz. Es klingelte wieder, und sie zögerte immer noch.

Dann seufzte sie laut und schleuderte die Decke zur Seite.
Als sie die Tür öffnete, standen zwei Männer vor ihr, der eine, der vielleicht etwas über fünfzig war, sah nicht gerade fröhlich aus, er ließ die Schultern hängen und hatte einen seltsam traurigen Gesichtsausdruck. Der andere sah sehr viel sympathischer aus, eigentlich ein attraktiver Mann.
Als Erlendur bemerkte, wie interessiert sie Sigurður Óli anstarrte, konnte er sich eines Lächelns nicht erwehren.
»Es ist wegen Kleifarvatn«, sagte er.
Als sie bei ihr im Wohnzimmer Platz genommen hatten, erklärte sie ihnen, was nach Meinung der Experten aus der hydrologischen Abteilung des Energieforschungsinstituts geschehen war.
»Der See hat keinen oberirdischen Abfluss«, erklärte Sunna, »sondern das Wasser sickert durch den Grund des Sees ins Erdreich, in den letzten Jahrzehnten ungefähr ein Kubikmeter pro Sekunde, und deswegen blieb ein gewisser Gleichstand erhalten.«
Erlendur und Sigurður Óli sahen sie an und versuchten, interessiert zu wirken.
»Ihr erinnert euch doch an das große Erdbeben in Südisland am 17. Juni 2000?«, fragte sie, und beide nickten. »Fünf Sekunden nach diesem großen Beben wurde der See von einem scharfen Erdstoß erschüttert, was dazu führte, dass sich die Abflussgeschwindigkeit verdoppelte. Als der See immer kleiner wurde, dachte man zunächst, dass es mit geringeren Niederschlagsmengen zu tun hätte, aber dann stellte sich heraus, dass das Wasser durch Spalten auf dem Seeboden nach unten rauscht. Die Spalten gibt es zwar schon seit Jahrzehnten, aber sie haben sich durch diesen Erdstoß noch mehr geöffnet, und die Folgen habe ich gerade geschildert. Der Wasserspiegel hat sich um mindestens vier Meter gesenkt.«

»Und deswegen ist das Skelett zutage gekommen«, sagte Erlendur.
»Als sich der Wasserspiegel um zwei Meter gesenkt hatte, fanden wir das Gerippe eines Schafs«, sagte Sunna. »Aber dem hatte niemand eins mit dem Hammer übergezogen.«
»Was meinst du damit, eins mit dem Hammer übergezogen?«, fragte Sigurður Óli.
Sie blickte ihn an. Sie hatte versucht, unauffällig auf seine Hände zu schielen, um zu sehen, ob er einen Ehering trug.
»Ich habe das Loch im Kopf gesehen«, sagte sie. »Wisst ihr schon, wer es ist?«
»Nein«, entgegnete Erlendur. »Er muss wohl ein Boot gehabt haben, nicht wahr? Um so weit hinaus aufs Wasser zu gelangen ...«
»Wenn du damit fragen willst, ob jemand zu Fuß dorthin gegangen sein könnte, wo das Skelett liegt, dann ist die Antwort nein. An dieser Stelle war der See bis vor nicht allzu langer Zeit mindestens vier Meter tief. Wenn das vor vielen Jahren passiert ist, was ich natürlich nicht weiß, könnte der See dort sogar noch tiefer gewesen sein.«
»Also muss jemand mit einem Boot unterwegs gewesen sein«, sagte Sigurður Óli. »Gibt es Boote da am Kleifarvatn?«
»Es gibt dort in der Nähe ein paar Sommerhäuser«, sagte sie und schaute ihm in die Augen. Er hatte schöne, dunkelblaue Augen unter schmalen Brauen. »Vielleicht gibt es da Boote. Ich habe allerdings nie eins auf dem See gesehen.«
Mit ihm müsste man rudern gehen, dachte sie bei sich.
Erlendurs Handy klingelte. Es war Elínborg.
»Du solltest noch mal herkommen«, sagte sie.
»Was ist denn?«, fragte Erlendur.
»Komm selbst und sieh es dir an. Das ist äußerst merkwürdig. So etwas habe ich noch nie gesehen.«

Drei

Er stand auf, schaltete die Fernsehnachrichten aus und seufzte tief. Es hatte eine ausführliche Berichterstattung über den Knochenfund im Kleifarvatn gegeben, und ein Interview mit dem zuständigen Beamten, der erklärte, dass der Fall eingehend untersucht würde.

Er ging zum Fenster und schaute Richtung Meer. Auf dem Bürgersteig bemerkte er das Ehepaar, das jeden Abend an seinem Haus vorbeispazierte, der Ehemann wie immer einen Meter voraus, während die Frau versuchte, mit ihm Schritt zu halten. Sie unterhielten sich während des Spaziergangs, er sprach nach hinten und sie mit seinem Rücken. Seit vielen Jahren schon kamen sie an seinem Haus vorbei und hatten längst aufgehört, ihrer Umgebung irgendwelche Beachtung zu schenken. Früher allerdings hatten sie manchmal zu seinem Haus hochgeblickt und zu den anderen Häusern in der Straße am Meer, und in die Gärten. Manchmal waren sie sogar stehen geblieben, um sich neue Spielgeräte vor den Häusern anzuschauen oder neue Zäune und Sonnenterrassen. Bei jedem Wetter und zu jeder Jahreszeit unternahmen sie nachmittags oder abends diesen Spaziergang, immer zu zweit.

Seine Blicke schweiften über das Meer, und am Horizont sah er ein großes Frachtschiff. Die Sonne stand immer noch hoch am Himmel, obwohl es schon Abend war. Die hellste Zeit des Jahres stand bevor, aber danach würden die Tage wieder kürzer werden, bis schließlich kaum noch etwas von ihnen übrig blieb. Das Frühjahr war schön gewesen. Mitte April waren die ersten Goldregenpfeifer auf der Wiese vor seinem Haus herumspaziert. Sie waren mit den Frühlingswinden aus Europa gekommen.

Als er zum ersten Mal mit dem Schiff ins Ausland reiste, war der Sommer gerade zu Ende gewesen. Damals waren die Frachtschiffe nicht so groß, und es gab keine Container. Er erinnerte sich an die Seeleute, die im Laderaum mit Säcken hantierten, die einen halben Zentner wogen. Erinnerte sich an ihre derben Sprüche und ihr Seemannsgarn. Sie kannten ihn, weil er im Sommer am Hafen gearbeitet hatte, und sie machten sich einen Spaß daraus, zu erzählen, wie sie die Zollbeamten austricksten. Einige von diesen Geschichten waren so abenteuerlich, dass er genau wusste, dass sie erfunden waren. Andere waren spannend und dramatisch, auch ohne dass etwas hinzugedichtet werden musste. Und einige Geschichten bekam er nie zu hören, obwohl sie sagten, dass er bestimmt nichts weitererzählen würde, er, der Kommunist mit Abitur!

Nichts weitererzählen.

Sein Blick fiel wieder auf den Fernseher. Es kam ihm so vor, als habe er sein ganzes Leben lang auf diese Nachricht gewartet.

Solange er zurückdenken konnte, war er Sozialist gewesen, wie alle anderen Familienmitglieder mütterlicher- und väterlicherseits. Unpolitisch zu sein wäre undenkbar gewesen, und er wuchs mit dem Hass auf alle Reaktionäre auf. Sein Vater hatte sich schon in den ersten Jahrzehnten des 20. Jahrhunderts im Arbeiterkampf engagiert. Bei ihm zu Hause wurde viel über Politik diskutiert, meist ging es um das amerikanische Militär in Keflavík, das von der kleinen Schicht der Begüterten gehätschelt und getätschelt wurde.

Es waren die isländischen Kapitalisten, die am meisten von der Anwesenheit der Soldaten profitierten.
Und dann seine Freunde, die alle einen ähnlichen Hintergrund hatten. Ihre Ansichten waren radikal, und einige von ihnen waren rhetorisch äußerst begabt. Er erinnerte sich gut an die politischen Zusammenkünfte. An ihre Hitzigkeit und Leidenschaft, wenn sie das Wort ergriffen. Er besuchte diese Veranstaltungen zusammen mit seinen Schulkameraden, die genau wie er in der Jugendorganisation der Partei aktiv waren. Sie lauschten ihrem Vorsitzenden, der mitreißende, markige Reden gegen die Kapitalisten vom Stapel ließ, die das Proletariat ausbeuteten – und gegen das amerikanische Militär, das diese Bonzen in der Tasche hatte. Wie oft hatte er sich das angehört, und immer aus der gleichen tiefen und glühenden Überzeugung heraus. Er ließ sich von alldem, was er hörte, begeistern und mitreißen, denn er war als patriotischer Isländer und aufrechter Sozialist erzogen worden, der genau wusste, was er zu glauben hatte. Er wusste, dass die Wahrheit auf seiner Seite war.
Bei diesen Zusammenkünften diskutierten sie häufig über die amerikanischen Streitkräfte in Keflavík und die abgefeimten Winkelzüge der isländischen Kapitalisten, die um jeden Preis den Amerikanern die Genehmigung zuschanzen wollten, auf isländischem Boden einen militärischen Stützpunkt einzurichten.
Er wusste genau, wie das Land an die Amerikaner verschachert worden war, damit die isländischen Kapitalisten so fett werden konnten wie die Maden im Speck. Er hatte als Jugendlicher am Austurvöllur miterlebt, wie die Söldner des Kapitalismus mit Tränengas und Keulen aus dem Allthinghaus herausstürzten und auf die Demonstranten einknüppelten. Diese Landesverräter sind Lakaien des amerikanischen Imperialismus! Wir stehen unter der Knute amerikanischer Plutokraten!

Dem Nachwuchs mangelte es nicht an schlagkräftigen Parolen.
Er gehörte selber dem unterdrückten Volk an. Er ließ sich von der Begeisterung, von den zündenden Reden und der gerechten Idee, dass alle gleich seien, mitreißen. Der Direktor sollte mit seinen Arbeitern in der Fabrik stehen. Weg mit der Klassengesellschaft! Er glaubte aufrichtig und unerschütterlich an den Sozialismus. Er spürte ein inneres Bedürfnis, für die Sache einzutreten, um andere zu überzeugen und für diejenigen zu kämpfen, die schlechter gestellt waren, die Arbeiter und die Unterdrückten.
Völker, hört die Signale.
Er beteiligte sich mit viel Engagement an den Diskussionen bei diesen Zusammenkünften und beschaffte sich einschlägige Lektüre bei der Jugendorganisation oder suchte in Bibliotheken und Buchläden danach. Es gab genug davon. Er steckte voller Tatendrang und war in seinem Herzen zutiefst davon überzeugt, dass die Wahrheit seine Waffe war. Vieles von dem, worüber in der Jugendorganisation diskutiert wurde, erfüllte ihn mit dem Gefühl der gerechten Sache.
Nach und nach erlernte er die Antworten auf die Fragen nach dem dialektischen Materialismus, dem Klassenkampf und den bewegenden Kräften der Geschichte, nach Kapital und Proletariat. Je mehr er las und sich für das, was er las, begeisterte, desto versierter wurde er darin, seine eigenen Beiträge auszuschmücken, indem er die geistige Elite der Revolution zitierte. Nach einiger Zeit war er seinen Altersgenossen nicht nur in Bezug auf die Texte der marxistischen Theorie, sondern auch rhetorisch so weit voraus, dass der Vorstand der Jugendorganisation auf ihn aufmerksam wurde. Wenn es um die Wahlen in den Vorstand und die einzelnen Kommissionen ging oder wenn Resolutionen verfasst werden mussten, wurde viel Pulver

verschossen. Er wurde gefragt, ob er bereit sei, sich im Vorstand zu engagieren. Er war damals in der Unterprima, wo sie einen Debattierclub gegründet hatten, der »Rote Fahne« hieß. Sein Vater hatte entschieden, dass er als Einziger der vier Geschwister eine höhere Schulbildung erhalten sollte. Dafür war er ihm sein ganzes Leben dankbar gewesen.

Trotz allem.

Die Jugendorganisation war sehr aktiv, sie gab ein Mitteilungsblatt heraus, und es fanden viele Veranstaltungen statt. Der Vorsitzende wurde sogar nach Moskau eingeladen. Als er von dort zurückkam, konnte er aus eigener Anschauung über den Proletarierstaat berichten. Der Aufbau war grandios. Die Leute waren so zufrieden. Alle hatten genug von allem. Kolchosen und Planwirtschaft ließen einen Fortschritt erkennen, der alles andere in den Schatten stellte. Der Aufbau der Industrie nach dem Krieg übertraf die kühnsten Erwartungen. Fabriken schossen aus dem Boden, die im Besitz des Staates, der Arbeiter selber waren und von ihnen geführt wurden. Neue Wohnsiedlungen entstanden in den Außenvierteln der Stadt. Und die ärztliche Versorgung war kostenlos. Alles, was sie gelesen, alles, was sie gehört hatten, war also wahr. Was für Zeiten!

Zwar waren auch andere Genossen nach Russland gereist und hatten von ganz anderen und schlimmen Erfahrungen berichtet, aber davon ließ sich der Nachwuchs der Partei nicht beeinflussen. Solche Leute waren Handlanger des Kapitals. Sie begingen Verrat an der Sache, am Kampf um eine gerechtere Gesellschaft.

Die Veranstaltungen des Debattierclubs »Rote Fahne« waren gut besucht und bewirkten, dass sich weitere Leute der Bewegung anschlossen. Er wurde einstimmig zum Vorsitzenden gewählt, was die Aufmerksamkeit von einflussreichen Mitgliedern der Sozialistischen Partei weckte. In seinem letzten Jahr am Gymnasium, das er mit Bravour absolvierte, stand fest, dass er das Zeug dazu hatte, einer der führenden Köpfe in der Partei zu werden.

Er wandte sich vom Fenster ab und ging zum Klavier, über dem sein Abiturfoto hing. Die Jungen in schwarzen Anzügen, die Mädchen in schwarzen Kleidern. Er betrachtete die Gesichter unter den weißen Mützen. Das Schulgebäude glänzte in der Sonne, und die weißen Mützen leuchteten. Er hatte den zweitbesten Notendurchschnitt beim Abitur gehabt, und es hatte nicht viel zum ersten Platz gefehlt. Er strich über das Bild und dachte wehmütig an die Jahre im Gymnasium zurück. An die Zeit, als seine Überzeugung so felsenfest war, dass nichts sie erschüttern konnte.

In seinem letzten Jahr auf dem Gymnasium wurde ihm die Mitarbeit beim Parteiorgan angeboten. In den Sommerferien hatte er im Hafen beim Löschen der Schiffe mitgeholfen, Arbeiter und Seeleute kennen gelernt und mit ihnen diskutiert. Viele von ihnen vertraten reaktionäre Ansichten und nannten ihn einen Kommunisten. Schon bevor er seine Arbeit bei der Zeitung aufnahm, hatte er sich bereits für den Journalismus interessiert und wusste, dass das Parteiorgan eine wichtige Grundlage für die Parteiarbeit als solche bedeutete. Zusammen mit dem Vorsitzenden der Jugendorganisation trafen sie sich im Haus des stellvertretenden Parteivorsitzenden. Der schmächtige Vize saß in einem tiefen Sessel, putzte sich die Brille mit einem Taschentuch und dozierte mit leiser Stimme über einen sozialistischen Staat auf Island. Alles, was er da in dem kleinen Wohnzimmer zu hören bekam, war so wahr und so richtig, dass er jedes Wort in sich aufsaugte und ihn bis ins Mark erschaudern ließ.

Er war ein begabter Schüler. Was auch immer er sich vornahm, Geschichte, Mathematik, er brauchte sich nie anzustrengen. Was er einmal im Kopf hatte, blieb darin und war jederzeit verfügbar. Gedächtnis und Lernfähigkeit kamen ihm bei seiner journalistischen Arbeit zustatten, und er gewöhnte sich rasch an seine neue Tätigkeit. Er arbeitete zügig, hatte eine schnelle Auffassungsgabe und konnte lange Interviews führen, bei denen er sich abgesehen von ein paar Sätzen nichts zu notieren brauchte. Ihm war klar, dass er in seiner journalistischen Arbeit nicht objektiv war, aber wer war das schon.

Er hatte vor, sich im Herbst an der Universität einzuschreiben, war aber gebeten worden, weiterhin für die Zeitung tätig zu sein. Das brauchte er sich nicht zweimal zu überlegen. Mitten im Winter bestellte der stellvertretende Vorsitzende ihn zu sich nach Hause. Die Sozialistische Einheitspartei der Deutschen Demokratischen Republik bot einigen isländischen Studenten Stipendien zum Studium an der Universität Leipzig an. Falls er das Stipendium annähme, müsste er selbst für die Reisekosten aufkommen, aber Unterkunft und Lebenshaltungskosten würden vom Gastland getragen.

Er war gespannt darauf, nach Osteuropa oder in die Sowjetunion gehen, um mit eigenen Augen den Aufbau nach dem Krieg zu sehen. Er wollte reisen und andere Länder kennen lernen – und Sprachen lernen. Er wollte den real existierenden Sozialismus erleben. Vor dem Abitur hatte er mit dem Gedanken gespielt, sich um einen Studienplatz an der Universität Moskau zu bewerben, aber er hatte immer noch nichts in die Wege geleitet, als er zu diesem Treffen bestellt wurde. Der stellvertretende Parteivorsitzende putzte sich wieder die Brille mit dem Taschentuch und wies ihn darauf hin, dass ein Studienplatz in Leipzig eine einmalige Chance für ihn sei, einen kommunistischen Staat von innen heraus kennen zu lernen, mit eigenen Augen den Sozialismus in der Realität zu sehen und eine Ausbildung zu machen, mit der er dem Land später von Nutzen sein konnte.

Der stellvertretende Parteivorsitzende setzte seine Brille auf.

»Und unseren Zielen. Du wirst dich dort wohl fühlen. Leipzig ist historisch bedeutsam und steht auch in Verbindung mit unserer eigenen Kulturgeschichte. Halldór Laxness reiste dorthin, um seinen Freund Jóhann Jónsson zu besuchen. Und unsere isländischen Volkssagen, die Jón Árnason gesammelt hat, wurden 1862 in Leipzig bei *J.C. Hinrichs* herausgegeben.«

Er nickte zustimmend. Er hatte alles gelesen, was Halldór Laxness über den Sozialismus im Ostblock geschrieben hatte, und er bewunderte ihn für seine Überzeugungskraft.

Die Familie überlegte, ob er auf einem Frachtschiff anheuern sollte, um sich das Geld für die Überfahrt zu verdienen. Einer seiner Onkel väterlicherseits kannte einen Mann bei der Schifffahrtsgesellschaft und hatte ihm bislang auch immer die Ferienarbeit am Hafen beschafft. Es gab keine Probleme mit der Schiffspassage, und die ganze Familie war im siebten Himmel. Keiner war in der Welt herumgekommen. Keiner von ihnen war jemals im Ausland gewesen, und schon gar nicht zu einem Universitätsstudium. Es schien alles wie in einem Märchen zu sein. Das Wunder wurde in Telefongesprächen und Briefen ausgiebig diskutiert. Aus ihm wird noch was werden, sagten die Leute. Zum Schluss wird er wohl gar noch Minister!

Zuerst legte das Schiff auf den Färöern an, dann in Kopenhagen, Rotterdam und Hamburg, wo er abmusterte. Von da aus nahm er den Zug nach Berlin und schlief ein paar Stunden nachts auf dem Bahnhof. Noch in derselben Nacht bestieg er den Zug nach Leipzig. Er wusste, dass niemand ihn in Empfang nehmen würde. Auf einem Zettel in seiner Jackentasche stand eine Adresse, und er würde so lange nach dem Weg fragen, bis er am Ziel war.

Er stand vor dem Abiturfoto, seufzte tief auf und betrachtete das Gesicht seines Freundes, mit dem er in Leipzig war. Im Gymnasium waren sie in dieselbe Klasse gegangen. Wenn er damals nur schon gewusst hätte, was geschehen würde!

Er überlegte, ob die Polizei tatsächlich die Wahrheit über den Mann im See herausfinden würde. Er tröstete sich damit, dass viel Zeit verstrichen war und niemand mehr ein Interesse an dem hatte, was damals passiert war.

Der Mann im Kleifarvatn ging niemanden mehr etwas an.

Vier

Das Zelt war über dem Skelett aufgeschlagen worden. Elínborg stand davor und beobachtete, wie Erlendur und Sigurður Óli mit raschen Schritten über den ausgetrockneten Boden des Sees auf sie zukamen. Der Abend war bereits fortgeschritten, und die Reporter waren weg. Nachdem bekannt wurde, dass ein Skelett auf dem Grund des Sees gefunden worden war, hatte der Verkehr auf der Straße zunächst zugenommen, aber jetzt war es wieder ruhiger geworden.

»Na, endlich«, sagte Elínborg, als sie eintrafen.

»Sigurður Óli musste sich unbedingt noch einen Hamburger reinziehen«, erwiderte Erlendur gereizt. »Was ist los?«

»Kommt mit«, sagte Elínborg und öffnete das Zelt. »Die Gerichtsmedizinerin ist auch hier.«

Als Erlendur zum See hinüberschaute, der in der Abendstille ruhig dalag, dachte er an die Spalten auf dem Grund des Sees. Er schaute zum Himmel, wo die Sonne immer noch so hoch stand, dass es taghell war. Er starrte auf ein weißes Wolkenknäuel direkt über sich und musste unentwegt daran denken, dass der See dort, wo er jetzt stand, früher vier Meter tief gewesen war.

Die Mitarbeiter der Spurensicherung hatten das Skelett inzwischen freigelegt, und es war jetzt ganz sichtbar. Es gab keinerlei Reste von Haut oder Kleidung. Daneben kniete eine Frau von etwa vierzig Jahren, die mit einem gelben Stift etwas auf den Hüftknochen kritzelte.

»Es handelt sich um einen Mann«, sagte sie. »Mittelgroß und höchstwahrscheinlich so um die vierzig, aber das muss ich noch genauer feststellen. Ich weiß nicht, wie lange er im See gelegen hat, vierzig, fünfzig Jahre vielleicht. Möglicherweise sogar länger, aber das sind nur Spekulationen. Wenn ich die Knochen im Labor untersucht habe, kann ich vielleicht etwas präziser Auskunft geben.«

Sie stand auf und gab ihnen die Hand. Erlendur wusste, dass sie Matthildur hieß und gerade erst als Gerichtsmedizinerin angefangen hatte.

Er hätte sie gerne gefragt, warum sie sich auf Verbrechen spezialisiert hatte. Warum sie nicht einfach Ärztin war wie all die anderen und am isländischen Wohlfahrtssystem verdiente.

»Hat er einen Hieb an den Kopf bekommen?«, fragte Erlendur.

»So sieht es aus«, antwortete Matthildur. »Aber schwer zu sagen, was für eine Schlagwaffe verwendet wurde, weil sämtliche Spuren um das Loch herum nicht mehr vorhanden sind.«

»Es geht also um einen vorsätzlichen Mord?«, fragte Sigurður Óli.

»Alle Morde sind vorsätzlich«, sagte Matthildur. »Sie sind bloß unterschiedlich stupide.«

»Es steht außer Frage, dass es sich um Mord handelt«, sagte Elínborg, die dem Gespräch schweigend gelauscht hatte. Sie stieg auf die andere Seite des Skeletts und deutete in ein großes Loch, das dort gegraben worden war. Erlendur trat an ihre Seite und sah, dass sich in dem Loch ein massiver schwarzer Metallkasten befand, der mit einem Seil an dem Skelett befestigt war. Der Kasten steckte noch zum größten Teil im Sand, aber an der Seite, die nach oben wies, befanden sich so etwas wie zerbrochene Armaturen mit schwarzen Scheiben und schwarzen Knöpfen. Der zer-

kratzte und verbeulte Kasten war mit Sand gefüllt, weil er sich geöffnet hatte.
»Was ist denn das?«, fragte Sigurður Óli.
»Weiß der Himmel«, sagte Elínborg, »aber damit ist er versenkt worden.«
»Ist das ein Messgerät?«, fragte Erlendur.
»So was habe ich noch nie gesehen. Die von der Spurensicherung meinen, dass es vielleicht ein Sender sein könnte. Sie sind gerade zum Essen.«
»Ein Sender?«, wiederholte Erlendur. »Was für ein Sender?«
»Das wussten sie nicht. Sie müssen das Ding ja auch erst noch ausgraben.«
Erlendur betrachtete das Seil, das an dem Skelett festgebunden war, und den schwarzen Kasten, den man dazu verwendet hatte, die Leiche zu versenken. Vor seinem inneren Auge schleppten sich Männer mit der Leiche ab, zerrten sie aus einem Auto und banden sie an das Gerät, ruderten damit auf den See hinaus und warfen alles zusammen über Bord.
»Er ist also versenkt worden?«
»Er hat das ja wohl kaum selber so arrangiert«, stieß Sigurður Óli hervor. »Er rudert doch nicht mitten auf den See raus, bindet sich an diesen Apparat an, nimmt ihn in den Arm, lässt sich dann fallen, und achtet dabei nicht nur darauf, dass er auf die Bordkante knallt, sondern auch, dass er anschließend über Bord geht, damit um jeden Preis gewährleistet ist, dass er verschwindet. Das wäre ja wohl der idiotischste Selbstmord der Menschheitsgeschichte.«
»Ob das Gerät wohl schwer ist?«, fragte Erlendur und versuchte, sich nicht von Sigurður Óli irritieren zu lassen.
»Mir kommt es so vor, als wäre es bleischwer«, sagte Matthildur.

»Ob es wohl sinnvoll wäre, hier auf dem Grund des Sees nach der Mordwaffe zu suchen?«, fragte Elínborg. »Mit einem Metalldetektor, falls es ein Hammer oder so was Ähnliches war? Vielleicht wurde das zusammen mit der Leiche über Bord geworfen.«
»Dafür ist die Spurensicherung zuständig«, sagte Erlendur, kniete neben dem schwarzen Kasten nieder und strich den Sand weg.
»Vielleicht handelt es sich um einen Funkamateur«, sagte Sigurður Óli.
»Du kommst doch zu der Party, wenn das Buch erscheint?«, fragte Elínborg ihn.
»Das muss man ja wohl«, entgegnete Sigurður Óli.
»Ich will dich natürlich nicht zwingen.«
»Wie heißt das Buch?«, erkundigte sich Erlendur.
»Von Gerichten und Schichten«, sagte Elínborg. »Das soll ein bisschen witzig klingen, eine Anspielung auf Schichten, wie ich sie in der Arbeit habe, aber auch die im Schichtkuchen, und anderen Gerichten ...«
»Wirklich genial«, sagte Erlendur und sah Sigurður Óli verwundert an, der laut losprustete.

Eva Lind saß ihm in weißem Bademantel im Schneidersitz gegenüber und zwirbelte wie hypnotisiert mit dem Zeigefinger eine Strähne ihres Haars. Normalerweise durften Patienten während der Therapie keinen Besuch bekommen, aber das Personal kannte Erlendur gut und erhob keine Einwände, als er darum bat, sie besuchen zu dürfen.
Geraume Zeit saßen sie schweigend im Aufenthaltsraum für die Patienten. An den Wänden klebten Plakate gegen Alkohol- und Drogenkonsum.
»Triffst du dich immer noch mit dieser alten Schnepfe?«, fragte Eva und drehte weiter an ihren Haaren.

»Hör auf, sie alte Schnepfe zu nennen«, sagte Erlendur. »Valgerður ist zwei Jahre jünger als ich.«
»Eben, dann passt es doch gut. Triffst du dich immer noch mit ihr?«
»Ja.«
»Und? Besucht diese Valgerður dich auch zu Hause?«
»Das hat sie einmal gemacht.«
»Und sonst trefft ihr euch im Hotel.«
»So in der Art. Wie geht es dir? Schöne Grüße von Sigurður Óli. Er sagt, dass seine Schulter so langsam wieder in Ordnung kommt.«
»Ich hab daneben getroffen. Ich hatte auf seine Birne gezielt.«
»Nicht zu fassen, wie verdammt bescheuert du dich aufführen kannst.«
»Hat sie ihren Kerl denn jetzt verlassen? Die war doch verheiratet, diese Valgerður? Das hast du irgendwann mal gesagt.«
»Das geht dich nichts an.«
»Sie geht also fremd? Was bedeutet, dass du eine verheiratete Frau vögelst. Was denkst du dir dabei?«
»Wir haben nicht miteinander geschlafen. Das geht dich überhaupt nichts an. Und red nicht so ordinär daher!«
»Echt der Killer, dass ihr angeblich noch nicht gevögelt habt.«
»Ich dachte, du würdest hier irgendwelche Medikamente kriegen, beispielsweise gegen deine saumäßige Laune?«
Er stand auf, und sie schaute zu ihm hoch. »Ich habe nicht darum gebeten, hier eingeliefert zu werden. Ich habe dich nicht gebeten, dich um mich zu kümmern. Ich will, dass du mich in Ruhe lässt. Total in Ruhe.«
Er verließ den Aufenthaltsraum, ohne sich zu verabschieden.
»Schöne Grüße an die alte Schnepfe«, rief Eva Lind hinter

ihm her und fummelte völlig ungerührt weiter an ihren Haaren. »Schöne Grüße an diese verdammte alte Schnepfe«, wiederholte sie leise.

Erlendur parkte den Wagen vor seinem Wohnblock und betrat das Treppenhaus. Auf seiner Etage angekommen, bemerkte er einen schlaksigen jungen Mann vor der Tür zu seiner Wohnung. Er hatte lange Haare und rauchte. Der Oberkörper befand sich im Schatten, sodass Erlendur sein Gesicht nicht erkennen konnte. Erst dachte er, dass es irgendein Krimineller war, der eine Rechnung mit ihm begleichen wollte. Er bekam manchmal Anrufe, vor allem, wenn die Betreffenden betrunken waren, und sie drohten ihm mit allem Möglichen, weil er ihnen auf die eine oder andere Weise in ihrer tristen Existenz in die Quere gekommen war. Aber es gab auch immer wieder welche, die sich bei ihm zu Hause blicken ließen und ihn zulaberten. Auf so etwas machte er sich jetzt hier im Treppenhaus gefasst. Der junge Mann richtete sich auf, als er Erlendur sah.

»Kann ich bei dir übernachten?«, fragte er und wusste nicht, was er mit dem Zigarettenstummel machen sollte. Erlendur bemerkte zwei Stummel auf dem Linoleum.

»Wer ...?«

»Sindri«, sagte der junge Mann und trat aus dem Schatten. »Dein Sohn. Kennst du mich nicht?«

»Sindri?«, fragte Erlendur verwundert.

»Ich bin jetzt wieder in der Stadt«, sagte er. »Mir fiel ein, dass ich mal bei dir vorbeischauen könnte.«

Sigurður Óli hatte sich gerade neben Bergþóra ins Bett gelegt, als das Telefon auf seinem Nachttisch klingelte. Er schaute auf das Display und wusste, wer der Anrufer war. Er hatte nicht vor, zu antworten. Beim siebten Klingeln knuffte Bergþóra ihn in die Seite.

»Geh dran«, sagte sie. »Es tut ihm gut, wenn du mit ihm redest. Er hat das Gefühl, dass du ihm hilfst.«

»Ich will nicht, dass er davon ausgeht, dass er mich zu jeder Tages- und Nachtzeit zu Hause anrufen kann«, sagte Sigurður Óli.

»Mensch, hab dich doch nicht so«, sagte Bergþóra und griff über Sigurður Óli hinweg nach dem Telefon auf seinem Nachttisch.

»Ja, er ist zu Hause«, sagte sie. »Einen Moment.«

Sie reichte Sigurður Óli den Hörer.

»Für dich«, sagte sie lächelnd.

»Hast du schon geschlafen?«, sagte die Stimme in der Leitung.

»Ja«, log Sigurður Óli. »Und ich hatte dich gebeten, nicht bei mir zu Hause anzurufen. Ich möchte das nicht.«

»Entschuldige«, sagte die Stimme. »Ich kann nicht schlafen. Ich nehme Psychopharmaka und Beruhigungsmittel und Schlaftabletten, aber nichts hilft.«

»Du kannst nicht einfach hier anrufen, wann es dir passt«, sagte Sigurður Óli.

»Entschuldige«, sagte der Mann. »Es geht mir nicht gut.«

»In Ordnung«, sagte Sigurður Óli.

»Es ist genau ein Jahr her. Heute.«

»Ja«, sagte Sigurður Óli. »Ich weiß.«

»Ein ganzes Jahr in der Hölle.«

»Versuch doch, nicht daran zu denken«, sagte Sigurður Óli. »Höchste Zeit, dass du aufhörst, dich so zu quälen. Das hilft überhaupt nichts.«

»Das lässt sich leicht sagen«, sagte der Mann.

»Ich weiß«, sagte Sigurður Óli. »Aber versuch es doch einmal.«

»Was habe ich mir bloß mit diesen verfluchten Erdbeeren gedacht?«

»Wir sind das tausend Mal durchgegangen«, sagte Sigurður

Óli. Er schaute Bergþóra an und schüttelte den Kopf. »Es war nicht deine Schuld. Das musst du doch einsehen. Hör auf, dich so zu quälen.«

»Nein«, beharrte der Mann. »Es war meine Schuld. Es war alles meine Schuld.«

Dann legte er auf.

Fünf

Die Blicke der Frau wanderten von Elínborg zu Erlendur, sie lächelte schwach und bat sie einzutreten. Elínborg ging vor, und Erlendur machte die Tür hinter ihnen zu. Sie hatten sich vorher angemeldet, und deswegen hatte die Frau den Tisch gedeckt und Schmalzgebäck und Sandkuchen hingestellt. Aus der Küche drang Kaffeegeruch. Sie befanden sich in einem Reihenhaus in Breiðholt. Elínborg hatte bei ihr angerufen.

Sie hatte wieder geheiratet. Ihr Sohn aus erster Ehe studierte Medizin in den Vereinigten Staaten. Mit ihrem zweiten Mann hatte sie zwei Kinder. Sie hatte einen Schreck bekommen, als Elínborg sie anrief, und sie hatte sich von der Arbeit freigenommen, weil sie lieber zu Hause mit Elínborg und Erlendur sprechen wollte.

»Ist er es?«, fragte die Frau, nachdem sie ihre Gäste gebeten hatte, Platz zu nehmen. Sie hieß Kristín, war schon über sechzig und hatte mit den Jahren ein paar Pfunde zugelegt. Sie hatte in den Nachrichten vom Skelettfund im Kleifarvatn erfahren.

»Wir wissen es nicht«, entgegnete Erlendur. »Wir wissen bisher nur, dass es sich um einen Mann handelt, und wir warten noch auf eine genaue Altersanalyse.«

Einige Tage waren seit dem Fund vergangen. Ein Teil der Knochen wurde zur Karbonanalyse eingesandt, aber die Gerichtsmedizinerin versuchte es auch mit einer anderen Methode, von der sie annahm, dass es damit schneller gehen würde. Elínborg stand mit ihr in Verbindung.

»Inwiefern schneller?«, hatte Erlendur Elínborg gefragt.

»Es hat mit dem Aluminiumwerk in Hafnarfjörður zu tun«, sagte Elínborg.

»Mit dem Aluminiumwerk?«

»Das Aluminiumwerk ist mit seiner Umweltverschmutzung bereits in die Geschichte eingegangen. Es geht um Schwefeldioxid und Fluorid und ähnliche Schadstoffe. Hast du nichts darüber gehört?«

»Nein.«

»Dioxid beispielsweise geht in die Atmosphäre und legt sich über Wasser und Land, und man findet es in den Seen in der Umgebung des Werks, wie beispielsweise im Kleifarvatn. Mit besseren Filteranlagen hat sich der Ausstoß im Laufe der Zeit verringert. Sie sagt, sie habe eine bestimmte Menge in den Knochen gefunden und nach ihren vorläufigen Schätzungen ist die Leiche vor 1970 im See versenkt worden.«

»Wie genau sind solche Angaben?«

»Plus/minus fünf Jahre«, sagte Elínborg.

Die Ermittlungen, was das Skelett im Kleifarvatn betraf, konzentrierten sich zu diesem Zeitpunkt auf Männer, die im Zeitraum zwischen 1965 und 1975 als vermisst gemeldet worden waren. Es gab insgesamt acht Fälle in ganz Island. Kristíns erster Mann war einer davon. Sie hatten sich die Protokolle vorgeknöpft. Kristín selbst hatte sein Verschwinden gemeldet, als er eines Tages nicht von der Arbeit nach Hause gekommen war. Sie wartete mit dem Essen auf ihn. Ihr kleiner Sohn spielte auf dem Fußboden. Der Abend verging. Sie badete den Jungen und räumte die Küche auf. Sie hätte den Fernseher angemacht, wenn es nicht Donnerstag gewesen wäre, aber zu dieser Zeit war der Donnerstag ein fernsehfreier Tag in Island.

Das alles hatte sich im Herbst 1969 zugetragen. Sie lebten in einem Mehrfamilienhaus in einer kleinen Wohnung, die sie sich kurze Zeit zuvor gekauft hatten. Er arbeitete als Verkaufsleiter bei einem Maklerbüro, und deswegen hatten sie sie zu günstigen Konditionen bekommen. Sie war gerade mit der Handelsschule fertig geworden, als sie sich kennen lernten. Zwei Jahre später hatten sie mit allem Drum und Dran geheiratet, und ein Jahr nach der Hochzeit kam ihr kleiner Sohn zur Welt, den ihr Mann vergöttert hatte.
»Deswegen habe ich es nie verstanden«, sagte Kristín und ließ ihre Blicke zwischen Erlendur und Elínborg hin und her wandern.
Erlendur kam es so vor, als würde sie immer noch auf diesen Mann warten, der so plötzlich und so unbegreiflich aus ihrem Leben verschwunden war. Er sah im Geiste vor sich, wie sie in der herbstlichen Dämmerung auf ihn wartete. Sah vor sich, wie sie Leute anrief, die ihn kannten, ihre Freunde, die Familie, die sich in den darauf folgenden Tagen in der kleinen Wohnung einfand, um sie zu trösten und ihr beizustehen.
»Wir waren glücklich«, sagte sie. »Der kleine Benni war unser Ein und Alles, und ich hatte gerade eine Stelle beim Handelsverband bekommen. Soweit ich wusste, lief bei der Arbeit alles bestens. Er war bei einem großen Maklerbüro angestellt. In der Schule war er nicht besonders gut gewesen, mit dem Gymnasium hörte er nach drei Jahren auf, aber er war tüchtig, und ich glaube, dass er zufrieden mit seinem Leben war. Den Eindruck machte er jedenfalls.«
Sie schenkte ihnen Kaffee ein.
»Mir ist an diesem letzten Tag auch nichts Besonderes aufgefallen«, sagte sie und hielt ihnen die Schale mit Schmalzgebäck hin. »Morgens verabschiedete er sich von mir, mittags rief er an, einfach so, und dann noch einmal am späten Nachmittag, um mir zu sagen, dass es ein wenig später

werden würde. Danach habe ich nie wieder etwas von ihm gehört.«

»Er war aber doch nicht so erfolgreich an seinem Arbeitsplatz, er hat dir nur nichts davon erzählt, nicht wahr?«, sagte Elínborg. »Wir haben die Protokolle gelesen, und ...«

»Es sollte jemandem gekündigt werden. Darüber hat er in den Tagen vorher gesprochen, er wusste aber nicht, wem. Dann wurde er an diesem Tag zu einer Besprechung gebeten, und ihm wurde mitgeteilt, dass er nicht länger gebraucht würde. Der Chef hat mir das später erzählt. Er sagte mir, dass mein Mann nichts zu der Kündigung gesagt hätte, er habe nicht protestiert oder um eine Begründung gebeten, sondern sei nur ein paar Mal im Raum auf und ab gegangen und hätte sich dann wieder an seinen Schreibtisch gesetzt. Keinerlei Reaktion.«

»Dein Mann hat nicht bei dir angerufen und dir davon erzählt?«, fragte Elínborg.

»Nein«, sagte die Frau, und Erlendur spürte die Trauer, die sie umgab. »Er rief an, wie ich schon gesagt habe, aber die Kündigung hat er mit keinem Wort erwähnt.«

»Weswegen wurde er entlassen?«, fragte Erlendur.

»Ich habe darauf nie eine befriedigende Antwort bekommen. Ich nehme an, der Besitzer hatte Mitleid mit mir und wollte mich schonen, als er mit mir sprach. Er sagte, sie hätten Personal abbauen müssen, weil die Umsätze zurückgingen, aber später ist mir dann zu Ohren gekommen, dass Ragnar kein Interesse mehr für seinen Job aufbrachte. Er interessierte sich einfach nicht mehr für seine Arbeit. Das war, nachdem er zu einem Klassentreffen seiner früheren Mitschüler aus dem Gymnasium gegangen war, danach sprach er darüber, dass er eine richtige Ausbildung machen wollte. Er wurde zu dem Klassentreffen eingeladen, obwohl er von der Schule abgegangen war. Seine ehemaligen Mitschüler waren alle Ärzte, Juristen oder Ingenieure. Er hörte sich an, als bereute er es, damals die Schule ohne Abschluss verlassen zu haben.«

»Hast du das irgendwie mit seinem Verschwinden in Verbindung gebracht?«, hakte Erlendur nach.

»Nein, eigentlich nicht«, sagte Kristín. »Genauso gut hätte ich es mit einem kleinen Streit in Verbindung bringen können, den wir einen Tag vorher hatten. Oder damit, dass der Junge nachts schwierig war. Oder dass Ragnar sich kein neues Auto leisten konnte. Ich weiß im Grunde genommen nicht, was ich denken soll.«

»War er depressiv veranlagt?«, fragte Elínborg, der auffiel, dass die Frau sich so anhörte, als sei das alles erst kürzlich passiert.

»Nicht mehr und nicht weniger als alle anderen Isländer. Er verschwand im Herbst, falls das etwas zu sagen hat.«

»Seinerzeit hast du ausdrücklich erklärt, dass ein Verbrechen ausgeschlossen sei«, sagte Erlendur.

»Ja«, erwiderte sie. »Das kann ich mir einfach nicht vorstellen. Er hatte nichts mit solchen Dingen zu tun. Es wäre dann ein purer Zufall gewesen, also dass er jemanden getroffen hat, der ihn aus unerfindlichen Gründen umbrachte. Ich habe nie in Erwägung gezogen, dass so etwas passiert sein könnte, und die Polizei auch nicht. Ihr habt sein Verschwinden nicht als Verbrechen behandelt. Er blieb noch im Büro, als alle anderen gingen, und da hat man ihn zuletzt gesehen.«

»Das Verschwinden wurde also nie unter dem Aspekt untersucht, dass es sich um einen Kriminalfall handeln könnte?«, fragte Elínborg.

»Nein«, sagte Kristín.

»Sag mir etwas ganz anderes«, warf Erlendur ein. »War dein Mann möglicherweise Funkamateur?«

»Funkamateur? Was ist das denn?«

»Eigentlich weiß ich das auch nicht so genau«, sagte Erlendur und blickte Hilfe suchend zu Elínborg hinüber. Die saß da und schwieg. »Das sind Leute, die irgendwelche Funkgeräte besitzen und sich mit Leuten in aller Welt unterhalten«, fuhr Erlendur fort. »Dazu braucht oder brauchte man ziemlich große Geräte und Antennen, um eine möglichst große Reichweite zu erlangen. Hat er so ein Gerät besessen?«

»Nein«, sagte die Frau. »Funkamateur?«

»Oder hatte er sonst irgendwas mit Fernmeldesachen zu tun?«, fragte Elínborg. »Besaß er ein Funkgerät?«

»Was habt ihr da eigentlich im Kleifarvatn gefunden?«, fragte die Frau mit verwunderter Miene. »Er hat nie ein Funkgerät besessen. Was für ein Funkgerät denn?«

»Hat er jemals im Kleifarvatn geangelt?«, fragte Elínborg, ohne auf diese Frage einzugehen. »Kannte er sich dort aus?«

»Nein, nie. Fürs Angeln interessierte er sich nicht. Mein Bruder ist leidenschaftlicher Angler und wollte ihn unbedingt mit auf eine Lachsangeltour nehmen, aber Ragnar hatte keine Lust. Da war er genau wie ich, darin waren wir uns einig. Wir waren dagegen, ohne Not oder sogar nur aus Spaß Tiere zu töten. Am Kleifarvatn sind wir nie gewesen.«

Erlendur fiel ein schön gerahmtes Foto auf einem Regal im Wohnzimmer ins Auge. Es zeigte Kristín mit einem kleinen Jungen, den er für ihren vaterlosen Sohn hielt. Er musste an seinen eigenen Sohn Sindri denken. Erlendur hatte nicht gleich begriffen, warum er gekommen war. Sindri war ihm bisher immer aus dem Weg gegangen, ganz anders als Eva Lind, die ihn dafür zur Verantwortung ziehen wollte, dass er sich nicht um seine Kinder gekümmert hatte, als sie klein waren. Erlendur hatte sich nach kurzer Ehe von ihrer Mutter scheiden lassen, und je mehr Jahre ins Land gingen, desto mehr bereute er es, keinen Kontakt zu seinen Kindern gehabt zu haben.

Sie hatten sich verlegen wie zwei Unbekannte auf dem Etagenflur die Hand gegeben. Er ließ Sindri in die Wohnung und setzte Kaffee auf. Sindri erklärte, auf der Suche nach einem Zimmer oder einem Appartement zu sein. Erlendur sagte, dass er von keiner Wohnung wüsste, versprach aber, sich umzuhören und sich mit ihm in Verbindung zu setzen und ihm Bescheid zu sagen, falls er von etwas erfuhr.

»Vielleicht kann ich ja in der Zwischenzeit hier bei dir bleiben«, sagte Sindri und seine Blicke wanderten an den Bücherregalen entlang.

»Hier?«, echote Erlendur und erschien in der Küchentür. Ihm ging ein Licht auf, was Sindri mit seinem Besuch bezweckte.

»Eva hat mir gesagt, dass du ein Zimmer hast, wo nur irgendwelcher Kram drinsteht.«

Erlendur schaute seinen Sohn an. Er hatte ein ungenutztes Zimmer in seiner Wohnung. Der Kram, über den Eva gesprochen hatte, waren Dinge, die im Besitz seiner Eltern gewesen waren und die er aufbewahrte, weil er es nicht übers Herz brachte, sie wegzuwerfen. Sachen aus seiner Kindheit. Eine Truhe mit Briefen seiner Eltern und Ahnen, ein handgeschnitztes Wandregal, Stapel von Zeitschriften, Bücher, Angelruten, eine alte, bleischwere Schrotflinte seines Großvaters, die nicht mehr funktionierte.

»Was ist mit deiner Mutter?«, fragte Erlendur, »kannst du nicht zu ihr?«

»Ja, natürlich«, entgegnete Sindri. »Ich versuch's bei ihr!«

Sie schwiegen.

»Nein, da in dem Zimmer ist kein Platz«, sagte Erlendur. »Und dann … ich weiß nicht …«

»Eva hat aber doch auch hier übernachtet«, sagte Sindri.

Seinen Worten folgte tiefes Schweigen.

»Sie hat gesagt, dass du dich geändert hast«, sagte Sindri schließlich.

»Was ist mit dir?«, fragte Erlendur. »Hast du dich geändert?«
»Ich hab schon ein paar Monate keinen Alkohol mehr angerührt«, erklärte Sindri. »Falls du darauf anspielst.«

Erlendur kam wieder zu sich und trank einen Schluck Kaffee. Seine Blicke glitten von dem Foto hinüber zu Kristín. Jetzt verlangte es ihn nach einer Zigarette.
»Der Junge hat also nie seinen Vater gekannt«, sagte er. Aus den Augenwinkeln bemerkte er, dass Elínborg ihn scharf ansah, aber er ließ sich nicht beirren. Er wusste ganz genau, dass er in die Privatsphäre der Frau eingedrungen war, die vor mehr als dreißig Jahren ihren Mann auf so rätselhafte Weise verloren und nie eine befriedigende Erklärung erhalten hatte. Erlendurs Frage hatte nichts mit den Ermittlungen zu tun.
»Sein Stiefvater ist immer sehr gut zu ihm gewesen, und zwischen ihm und seinen Brüdern herrscht ein gutes Verhältnis«, erwiderte sie. »Ich verstehe aber nicht, was das mit dem Verschwinden meines Mannes zu tun hat.«
»Nein, entschuldige bitte«, sagte Erlendur.
»Das war's dann wohl, denke ich«, erklärte Elínborg.
»Glaubt ihr, dass er es ist?«, fragte Kristín und stand auf.
»Meiner Meinung nach spricht wenig dafür«, sagte Elínborg. »Aber wir müssen uns erst noch eingehender mit der Sache befassen.«
Sie blieben einen Augenblick stehen, ohne sich zu rühren, so als sei noch etwas unausgesprochen, als läge etwas in der Luft, das erwähnt werden musste, bevor sie auseinander gingen.
»Ein Jahr nachdem er verschwunden war«, sagte Kristín, »wurde auf Snæfellsnes eine Leiche an Land getrieben. Man glaubte zuerst, dass er es sei, aber dann stellte sich heraus, dass es nicht stimmte.«

Sie rieb sich nervös die Hände.
»Manchmal glaube ich sogar heute noch, dass er noch am Leben sein könnte. Dass er keinesfalls gestorben ist. Manchmal glaube ich, dass er uns verlassen hat und vielleicht aufs Land oder ins Ausland gezogen ist, ohne uns Bescheid zu geben, und dass er vielleicht eine neue Familie gegründet hat. Mir kam es sogar einmal so vor, als hätte ich ihn hier in Reykjavík gesehen. Vor vier oder fünf Jahren habe ich zuletzt das Gefühl gehabt, ich hätte ihn gesehen. Ich bin wie ein Idiot hinter dem Mann her. Das war im Kringlan-Einkaufszentrum. Ich habe ihm so lange nachspioniert, bis ich merkte, dass er es nicht war.«
Sie sah Erlendur an.
»Er ist verschwunden, aber trotzdem ... verschwindet er eigentlich nie«, sagte sie, und ein trauriges Lächeln spielte um ihre Lippen.
»Ich weiß«, sagte Erlendur. »Ich weiß, was du meinst.«

Als sie wieder im Auto saßen, machte Elínborg ihm Vorwürfe, weil er so taktlos gewesen war, nach Kristíns Sohn zu fragen. Erlendur entgegnete ihr, sie solle nicht so empfindlich sein.
Sein Handy klingelte. Es war Valgerður. Er hatte damit gerechnet, dass sie sich melden würde. Sie arbeitete als MTA am größten isländischen Krankenhaus, und sie hatten sich letztes Jahr zu Weihnachten kennen gelernt, als Erlendur einen Mordfall in einem Reykjavíker Hotel aufzuklären hatte.
Ihre Beziehung war kompliziert. Valgerður war verheiratet. Ihr Mann hatte zugegeben, fremdgegangen zu sein, aber als es darum ging, sich scheiden zu lassen, wollte er sie nicht freigeben, sondern bat reumütig um Verzeihung und gelobte Besserung. Sie hatte vor, ihn zu verlassen, aber das war noch nicht geschehen.

»Wie geht es deiner Tochter?«, fragte sie, und Erlendur erzählte ihr kurz von seinem Besuch bei Eva Lind.
»Glaubst du wirklich nicht, dass ihr diese Therapie hilft?«, fragte Valgerður.
»Ich hoffe es, aber im Grunde genommen habe ich keine Ahnung, was ihr helfen kann«, sagte Erlendur. »Sie ist wieder in derselben Scheiße gelandet wie damals, bevor sie die Fehlgeburt hatte.«
»Sollen wir uns vielleicht morgen treffen?«, fragte Valgerður.
»Ja, treffen wir uns morgen«, sagte er, und sie verabschiedeten sich.
»War sie das?«, fragte Elínborg, die wusste, dass Erlendur eine Art Beziehung zu einer Frau hatte.
»Falls du Valgerður meinst, jawohl, das war sie«, sagte Erlendur.
»Macht sie sich Sorgen um Eva Lind?«
»Was haben die Leute von der Technik über diesen Apparat gesagt?«, fragte Erlendur, um das Thema zu wechseln.
»Viel wissen sie nicht«, antwortete Elínborg. »Sie glauben aber, dass es ein russisches Gerät ist. Man hat zwar versucht, den Namen und die Registriernummer wegzufeilen, aber man kann immer noch den einen oder anderen Buchstaben erkennen, und sie sagen, dass es kyrillische Buchstaben sind.
»Also Russisch?«
»Ja, Russisch.«

Am Südende des Sees standen ein paar Anglerhütten. Erlendur und Sigurður Óli zogen Erkundigungen über die Eigentümer ein. Sie setzten sich telefonisch mit ihnen in Verbindung und stellten ihnen ein paar Fragen über vermisste Personen, die eventuell in Verbindung zum Fund im See standen. Das zeitigte keinen Erfolg.

Sigurður Óli brachte das Thema auf Elínborg, die vollauf damit beschäftigt war, das Erscheinen ihres Kochbuchs vorzubereiten.

»Wahrscheinlich glaubt sie jetzt, dass sie berühmt wird«, sagte Sigurður Óli.

»Möchte sie das?«, fragte Erlendur.

»Will nicht jeder berühmt werden?«, war die Gegenfrage von Sigurður Óli.

»Dummes Zeug«, erklärte Erlendur.

Sechs

Sigurður Óli las den Brief – die letzten Worte eines jungen Mannes, der im Jahre 1970 sein Zuhause verließ, um nie wieder zurückzukehren.

Die Eltern des Mannes waren beide im gleichen Alter, achtundsiebzig, und bei guter Gesundheit. Sie hatten noch zwei jüngere Söhne, die um die fünfzig waren. Sie waren sich sicher, dass der älteste Sohn Selbstmord begangen hatte, denn sie nahmen ernst, was in seinem Brief stand. Sie wussten weder, wie er es getan hatte, noch, wo seine sterblichen Überreste zu finden waren. Sigurður Óli hatte sie nach Kleifarvatn gefragt, nach dem Sendegerät und dem Loch im Schädel, aber sie hatten keine Ahnung, wovon er sprach. Ihr Sohn hatte sich nie mit irgendjemandem angelegt und hatte keine Feinde, so etwas war undenkbar.

»Es ist völlig ausgeschlossen, dass er ermordet wurde«, sagte die Frau und schaute ihren Mann an, immer noch voller Trauer über das Schicksal ihres Sohnes, der vor so vielen Jahren verschwunden war.

»Das steht doch hier in dem Brief«, sagte der Mann. »Es ist ganz offensichtlich, was er vorhatte.«

Sigurður Óli las den Brief noch einmal.

Lieber Papa, liebe Mama, verzeiht mir, aber ich kann nicht anders es ist unerträglich und ich kann mir nicht vorstellen zu leben, das kann ich nicht will ich nicht und kann es nicht

Der Brief war mit *Jakob* unterzeichnet.

»Dieses Mädel war schuld daran«, sagte die Frau.

»Das wissen wir gar nicht«, warf der Mann ein.

»Sie war auf einmal mit seinem Freund zusammen«, fuhr die Frau fort. »Das hat unser Junge nicht verkraftet.«

»Glaubt ihr, dass es unser Sohn sein könnte?«, fragte der Mann. Sie saßen Sigurður Óli gegenüber auf dem Sofa und warteten darauf, dass Fragen beantwortet wurden, die sie seit dem Verschwinden ihres Sohnes bedrängt hatten. Sie wussten, dass er die schwierigsten nicht beantworten konnte, die ihnen all diese Jahre auf der Seele gelegen hatten, die mit dem Verhalten und der Verantwortung der Eltern zusammenhingen, aber er konnte ihnen sagen, ob der Sohn gefunden worden war. In den Nachrichten hatte es lediglich geheißen, dass man das Skelett eines Mannes im Kleifarvatn gefunden hatte. Das Sendegerät oder das Loch im Schädel waren nicht erwähnt worden. Sie begriffen nicht, worauf Sigurður Óli hinauswollte, als er seine Fragen in diese Richtung lenkte. Sie wollten nur eine Antwort auf die eine Frage: War er das?

»Ich gehe davon aus, dass die Wahrscheinlichkeit äußerst gering ist«, erklärte Sigurður Óli. Er blickte von einem Ehepartner zum anderen. Das unbegreifliche Verschwinden und der Tod eines geliebten Menschen hatten ihr ganzes Leben überschattet. Die Sache hatte nie ein Ende gefunden. Ihr Sohn war immer noch nicht nach Hause gekommen, und so war es die ganzen Jahre über gewesen. Sie wussten nicht, wo er sich befand und was ihm widerfahren war, und diese Ungewissheit war von Trauer und Schwermut begleitet.

»Wir glauben, dass er ins Meer gegangen ist«, sagte die Frau. »Er war ein guter Schwimmer. Ich bin immer der Meinung gewesen, dass er einfach hinausgeschwommen ist, bis er wusste, dass er zu weit geschwommen war, oder bis die Kälte ihn überwältigt hat.«

»Die Polizei hat uns seinerzeit gesagt, dass er wahrscheinlich ins Meer gegangen ist, weil die Leiche nicht gefunden wurde«, sagte der Mann.

»Wegen diesem Weibsbild«, sagte die Frau.

»Wir können ihr nicht die Schuld daran geben«, sagte der Mann.

Sigurður Óli merkte, dass die beiden in gewohntem Fahrwasser waren. Er stand auf, um sich zu verabschieden.

»Manchmal kriege ich so eine Wut auf ihn«, sagte die Frau, und Sigurður Óli war nicht klar, ob sie ihren Ehemann meinte oder ihren Sohn.

Valgerður erwartete Erlendur im Restaurant, sie trug dieselbe Lederjacke wie bei ihrer ersten Verabredung. Ihre Wege hatten sich zufällig gekreuzt, und Erlendur hatte sie in einem Anfall von Impulsivität zum Essen eingeladen, ohne zu wissen, ob sie verheiratet war und eine Familie hatte. Es stellte sich heraus, dass sie zwar mit einem Ehemann unter einem Dach lebte, aber die Beziehung hatte Risse bekommen, und die beiden Söhne waren aus dem Haus. Als sie sich das nächste Mal trafen, gab sie Erlendur gegenüber zu, dass es ihre Absicht gewesen war, ihn zu benutzen, um sich an ihrem Mann zu rächen.

Kurze Zeit später setzte sie sich wieder mit Erlendur in Verbindung, und seitdem hatten sie sich einige Male getroffen. Einmal war sie sogar zu ihm nach Hause gekommen. Er hatte nach besten Kräften versucht, aufzuräumen, zu spülen, die Zeitungen zu entsorgen und Bücher zurück in die Regale zu stellen. Er bekam äußerst selten Besuch und sträubte sich lange dagegen, dass Valgerður zu ihm nach Hause kam. Sie ließ aber nicht locker, weil sie wissen wollte, wie er lebte. Laut Eva Lind war seine Wohnung in diesem Wohnblock in Breiðholt eine Bude, in die er kroch, um sich zu verstecken.

»All diese Bücher«, sagte Valgerður, als sie schließlich neben ihm im Wohnzimmer stand. »Hast du das alles gelesen?«
»Das meiste«, sagte Erlendur. »Möchtest du einen Kaffee? Ich habe Teilchen dazu gekauft.«
Sie ging zu den Bücherschränken hin und strich mit dem Finger über die Buchrücken, versuchte, sie zu entziffern und nahm das eine oder andere Buch aus dem Regal.
»Sind das hier die über Bergnot und Katastrophen in Eis und Schnee?«, fragte sie.
Sie hatte bald herausgefunden, dass Erlendur ein ganz spezielles Interesse an verschollenen Personen hatte und mit Vorliebe Literatur darüber las, wie Menschen spurlos verschwanden. Und über tragische Todesfälle in Eis und Schnee.
Er hatte ihr erzählt, was er bisher nur Eva Lind und niemand anders anvertraut hatte: dass sein Bruder im Alter von acht Jahren bei einem Schneesturm in den Bergen umgekommen war. Erlendur war damals zehn Jahre alt. Sie waren zu dritt gewesen, die beiden Jungen mit ihrem Vater. Nur Erlendur und sein Vater kehrten lebend wieder zurück, sein Bruder verirrte sich im Schneesturm und fand den Tod. Er war nie gefunden worden.
»Du hast mir gesagt, dass in einem von diesen Büchern etwas über dich und deinen Bruder steht«, sagte Valgerður.
»Ja«, antwortete Erlendur.
»Zeigst du mir eventuell das Buch?«
»Das mache ich ein anderes Mal«, sagte Erlendur. »Nicht jetzt. Ich zeige dir das Buch später.«
Als er das Lokal betrat, stand Valgerður auf, und wie immer gaben sie sich zur Begrüßung die Hand. Erlendur wusste eigentlich nicht, was für eine Beziehung das war, aber es war eine, und er fühlte sich wohl dabei. Obwohl sie sich jetzt schon bald ein halbes Jahr regelmäßig trafen, hatten

sie nicht miteinander geschlafen. Ihre Beziehung drehte sich also zumindest nicht um Sex. Sie saßen lange zusammen und unterhielten sich über all die Dinge, die ihr Leben betrafen.
»Warum hast du ihn noch nicht verlassen?«, fragte er nach dem Essen, als sie Kaffee und Likör bestellt hatten und nachdem sie sich die ganze Zeit über Eva Lind und Sindri, über ihre Söhne und die Arbeit unterhalten hatten. Sie fragte ihn nach dem Skelett im Kleifarvatn, aber er konnte wenig dazu sagen, nur dass sie jetzt alte Fälle aufrollten von Personen, die Anfang der siebziger Jahre spurlos verschwunden waren.
Kurz bevor sie sich kennen lernten, hatte Valgerður erfahren, dass ihr Mann bereits seit zwei Jahren eine Affäre mit einer anderen hatte, und auch vorher war er bereits einmal fremdgegangen, aber nicht so »ernsthaft«, wie er sich ausdrückte. Als sie sich entschlossen zeigte, ihn zu verlassen, beendete er dieses Verhältnis sofort, und seitdem war nichts weiter geschehen.
»Valgerður …?«, hakte Erlendur nach.
»Du hast Eva Lind in dem Therapiecenter getroffen«, beeilte sie sich zu sagen, als ahnte sie, was als Nächstes kommen würde.
»Ja, ich habe sie getroffen.«
»Hat sie sich daran erinnert, wie sie festgenommen wurde?«
»Nein, ich glaube nicht, dass sie sich daran erinnert. Wir haben auch nicht darüber gesprochen.«
»Das arme Mädchen.«
»Wirst du bei ihm bleiben?«, fragte Erlendur.
Valgerður nippte an ihrem Likör.
»Es ist so schwierig«, sagte sie.
»Tatsächlich?«
»Ich bin irgendwie noch nicht bereit, dem ein Ende zu set-

zen«, sagte sie und blickte Erlendur in die Augen, »aber ich will dich auch nicht verlieren.«

Als Erlendur abends nach Hause kam, lag Sindri Snær auf dem Sofa und rauchte, während der Fernseher lief. Er nickte seinem Vater zu und starrte weiter auf den Apparat. Erlendur sah aus den Augenwinkeln, dass er sich Zeichentrickfilme ansah. Da Erlendur seinem Sohn einen Schlüssel zu seiner Wohnung gegeben hatte, musste er jederzeit mit ihm rechnen, auch wenn er ihm nicht erlaubt hatte, sich bei ihm einzuquartieren.

»Kannst du das nicht ausmachen?«, fragte er, während er sich den Mantel auszog.

Sindri stand auf und schaltete den Fernseher aus.

»Ich hab keine Fernbedienung gefunden«, sagte er. »Ist das Teil nicht reichlich antik?«

»Nein«, sagte Erlendur. »Höchstens zwanzig Jahre oder so. Ich sehe nicht viel fern.«

»Eva hat mich heute angerufen«, sagte Sindri und drückte die Zigarette aus. »War das einer von deinen Kollegen, der sie festgenommen hat?«

»Sigurður Óli heißt er. Sie ist mit einem Hammer auf ihn losgegangen. Sie wollte ihn niederstrecken, hat ihn aber nur an der Schulter getroffen. Er hatte vor, sie wegen Körperverletzung und Behinderung der Polizei anzuzeigen.«

»Du hast einen Deal gemacht, falls sie stattdessen bereit wäre, eine Therapie zu machen.«

»Sie hat sich nie einer Therapie unterziehen wollen. Sigurður Óli hat mir diesen Gefallen getan und keine Anzeige erstattet.«

Eddi. Er war ein Dealer, der im Zusammenhang mit einem Drogenfall gesucht wurde, und Sigurður Óli, zusammen mit zwei anderen Kriminalbeamten, hatte ihn in seiner Bude in der Nähe von Hlemmur ausfindig gemacht, nicht

weit vom Hauptdezernat. Ein Bekannter von Eddi hatte der Polizei einen Tipp gegeben. Widerstand wurde ihnen nur von Eva Lind entgegengebracht. Sie war völlig ausgeklinkt. Eddi lag halbnackt auf dem Sofa und rührte sich nicht. Ein anderes Mädchen, jünger als Eva Lind, lag ganz nackt neben ihm. Eva war außer sich vor Wut, als sie die Kriminalpolizisten sah. Sie kannte Sigurður Óli, weil er mit ihrem Vater zusammenarbeitete. Sie schnappte sich einen Hammer, der auf dem Boden lag, und ging mit ihm auf Sigurður Óli los, den sie mit einem Schlag an den Kopf zu Boden strecken wollte. Sie traf ihn aber nur an der Schulter, und das Schlüsselbein brach. Sigurður Óli ging in die Knie, weil der Schmerz unerträglich war. Als sie zu einem weiteren Schlag ausholte, sprangen die beiden anderen Polizisten hinzu und konnten Eva überwältigen.
Sigurður Óli sprach nie darüber, aber von den beiden anderen Beamten erfuhr Erlendur, dass er einen Moment gezögert hatte, als er sah, dass Eva Lind auf ihn losging. Er zögerte, Erlendurs Tochter etwas anzutun. Deswegen hatte sie überhaupt zum Schlag ausholen können.
»Ich habe gedacht, sie würde sich am Riemen reißen, nachdem sie das Kind verloren hat«, sagte Erlendur. »Aber sie benimmt sich schlimmer als je zuvor. Jetzt hat es ganz den Anschein, als ob ihr überhaupt nichts mehr wichtig wäre.«
»Ich würde sie gern besuchen«, sagte Sindri, »aber Besuche sind nicht gestattet.«
»Ich kann mit den Leuten reden.«
Das Telefon klingelte, und Erlendur streckte seine Hand danach aus.
»Erlendur?«, sagte eine kraftlose Stimme, die Erlendur sofort erkannte.
»Marian?«
»Was habt ihr da im Kleifarvatn gefunden?«, fragte Marian Briem.

»Knochen«, sagte Erlendur. »Nichts, worüber du dir den Kopf zu zerbrechen brauchst.«

»Ach so.« Marian Briem war pensioniert, tat sich aber schwer damit, sich von Erlendur und all den interessanten Fällen, in denen er ermittelte, fern zu halten.

Langes Schweigen.

»Ist was Besonderes?«, fragte Erlendur schließlich.

»Vielleicht solltest du dich ein bisschen intensiver mit dem See befassen«, sagte Marian. »Aber ich will dich nicht stören. Käme mir nicht in den Sinn. Ich will doch einen ehemaligen Kollegen nicht stören, der so beschäftigt ist.«

»Was ist mit Kleifarvatn?«, fragte Erlendur. »Was meinst du damit?«

»Nein, nein, mach's gut«, sagte Marian und hängte auf.

Sieben

Manchmal, wenn er zurückdachte, spürte er noch den Geruch im Hauptquartier am Dittrichring, den beißenden Geruch von dreckigem Linoleum, Schweiß und Angst. Er erinnerte sich auch an den säuerlichen Gestank der Braunkohle, der über der Stadt lag, sodass man manchmal die Sonne kaum sah.

Leipzig war keineswegs so, wie er es sich vorgestellt hatte. Bevor er ins Ausland ging, hatte er sich informiert und wusste, dass die Stadt am Zusammenfluss von Elster, Parthe und Pleiße lag und dass sie immer schon ein Zentrum des Verlagswesens und des Buchhandels in Deutschland war. Bach war in Leipzig begraben, und Auerbachs berühmter Keller, den Goethe im Faust verewigte, befand sich dort. Jón Leifs hatte einige Jahre in der Stadt gelebt und Musik studiert. Er hatte sich eine alte deutsche Kulturstadt vorgestellt und fand eine triste und düstere Stadt der Nachkriegsjahre vor. Die Alliierten hatten Leipzig eingenommen, aber es später den Russen überlassen. Immer noch sah man an den Gebäuden die Einschusslöcher aus dem Krieg, und überall waren eingestürzte und verfallende Häuser, Kriegsruinen.

Der Zug kam in aller Herrgottsfrühe in der Stadt an. Er konnte seinen Koffer in der Gepäckaufbewahrung lassen und schlenderte durch die Straßen, bis die Stadt zum Leben erwachte. Der Strom war rationiert, und die Altstadt lag im Dunkeln, aber er war froh, in Leipzig angekommen zu sein. Es war irgendwie abenteuerlich, ganz allein so weit weg von zu Hause zu sein. Er wanderte von der Nikolaikirche zur Thomaskirche, setzte sich ihr gegenüber auf eine Bank und dachte an das, was er über Halldór Laxness und Jóhann Jónsson gelesen hatte, die hier vor so vielen Jahren zusammen durch die Stadt gegangen waren. Es wurde langsam hell, und er sah im Geiste die beiden vor sich, wie sie durch Leipzig spazierten und bewundernd zur Thomaskirche aufschauten.

Eine junge Blumenverkäuferin kam ihm entgegen und bot ihm Blumensträuße an, aber für so etwas hatte er kein Geld und lächelte sie deswegen entschuldigend an.

Er freute sich auf all das, was vor ihm lag. Freute sich darauf, auf eigenen Füßen zu stehen und selbst über sein Schicksal bestimmen zu können. Er hatte keine Vorstellung davon, was ihn erwartete, aber er war gewillt, alles mit offenen Sinnen aufzunehmen. Er war sich sicher, dass er kein Heimweh bekommen würde, denn er war zu einem Abenteuer aufgebrochen, das sein ganzes weiteres Leben prägen sollte. Ihm war klar, dass das Studium kein Zuckerschlecken werden würde, aber die Vorstellung, sich ins Zeug legen zu müssen, schreckte ihn keineswegs ab. Er interessierte sich brennend für die Ingenieurwissenschaften. Er würde neue Menschen kennen lernen und neue Freunde gewinnen. Er konnte es kaum erwarten, mit dem Studium anzufangen.

Bei leichtem Nieselregen spazierte er an Ruinen vorbei durch die Straßen, und er lächelte ein wenig, als er sich die Freunde von einst vorstellte, wie sie durch dieselben Straßen schlenderten.

Als der Tag angebrochen war, holte er seinen Koffer vom Bahnhof, ging zur Universität und fand problemlos das Immatrikulationsbüro. Er wurde an ein Studentenwohnheim nicht weit vom Hauptgebäude verwiesen. Es befand sich in einer alten, ehrwürdigen Villa, die jetzt der Universität zur Verfügung stand. Er musste das Zimmer mit zwei anderen teilen. Der eine war Emíl, sein Klassenkamerad aus dem Gymnasium, und der andere stammte aus der Tschechoslowakei. Keiner von beiden war im Zimmer. Das Haus hatte drei Stockwerke, und im mittleren Stock befanden sich das gemeinsame Badezimmer und eine Küche. Überall hingen alte Tapeten in Fetzen von den Wänden herunter, die Holzböden waren verdreckt, und das ganze Haus roch irgendwie muffig. In seinem Zimmer befanden sich drei altersschwache Liegen und ein alter Schreibtisch. Eine kahle Birne hing von der Decke herunter, die irgendwann einmal verputzt gewesen war, aber der Putz war zum größten Teil abgebröckelt, sodass die morsche Holzverkleidung zum Vorschein kam. Das Zimmer hatte zwei Fenster, aber das eine davon war mit Brettern zugenagelt, die Scheibe war offenbar kaputt.

Aus den anderen Zimmern tauchten nach und nach verschlafene Studenten auf. Vor der Toilette bildete sich eine Warteschlange. Einige gingen in den Garten, um zu pinkeln. In der Küche hatte irgendjemand bereits einen großen Topf Wasser auf einen alten Herd gestellt, der neben einem vorsintflutlich anmutenden Backofen stand. Er sah sich nach seinem Freund um, konnte ihn aber nirgends entdecken. Er betrachtete die Gruppe in der Küche, und ihm wurde auf einmal klar, dass es sich um ein gemischtes Wohnheim handelte.

Eine von den jungen Frauen kam auf ihn zu und redete ihn auf Deutsch an. Er hatte zwar Deutsch am Gymnasium gelernt, verstand aber nicht gleich, was sie sagte. Er bat sie in seinem stockenden Deutsch, langsamer zu sprechen.

»Suchst du jemanden?«, fragte sie.

»Ich suche Emíl«, sagte er. »Er ist isländisch.«

»Bist du auch aus Island?«

»Ja. Und du, woher bist du?«
»Aus Dresden«, sagte die junge Frau. »Ich heiße Maria.«
»Ich heiße Tómas«, sagte er, und sie gaben sich die Hand.
»Tómas?«, wiederholte sie. »Hier an der Uni sind einige Isländer. Die treffen sich oft in Emíls Zimmer. Manchmal müssen wir sie rauswerfen, wenn sie nächtelang singen. Du sprichst ziemlich gut Deutsch.«
»Danke. Ich habe es im Gymnasium gelernt. Wo ist Emíl?«
»Er schiebt wahrscheinlich Rattenwache«, sagte sie. »Unten im Keller. Hier wimmelt es von Ratten. Möchtest du einen Tee? Wir müssen uns hier selbst versorgen.«
»Rattenwache?«
»Die sind nachts unterwegs. Dann erwischt man sie am besten.«
»Gibt es viele davon?«
»Wenn wir zehn erwischen, kommen zwanzig nach. Trotzdem ist es jetzt besser als im Krieg.«
Unwillkürlich starrte er auf den Fußboden, als würde er erwarten, sie dort zwischen den Beinen der Leute herumhuschen zu sehen. Wenn es irgendetwas gab, wovor er sich ekelte, waren es Ratten.
Er spürte einen leichten Stoß gegen seine Schulter und als er sich umdrehte, stand sein Freund lächelnd hinter ihm. Er hatte zwei Ratten am Schwanz gepackt und hielt sie hoch. In der anderen Hand trug er eine große Schaufel.
»Am besten schlägt man sie mit einer Schaufel tot«, sagte Emíl.

Er gewöhnte sich erstaunlich schnell an die Verhältnisse, an den muffigen Geruch und den Toilettengestank, der vom mittleren Stockwerk ausging und das ganze Haus durchzog, an die altersschwachen Liegen, die wackligen Stühle und die primitive Küche. Er dachte einfach nicht zu

viel darüber nach, weil er wusste, dass der Wiederaufbau nach dem Krieg viel Zeit in Anspruch nehmen würde.
Die Universität hingegen war hervorragend, auch wenn sie nicht sonderlich gut ausgestattet war. Die Dozenten waren bestens ausgebildet, und die Studenten waren motiviert. Er kam gut im Studium voran. Er lernte seine Kommilitonen und Kommilitoninnen in den Ingenieurwissenschaften kennen, die aus Leipzig und aus anderen Städten in der DDR – oder aus Nachbarländern in Osteuropa – stammten. Einige erhielten wie er ein Stipendium der DDR-Regierung. Ansonsten schienen die Studierenden an der Karl-Marx-Universität aus allen Teilen der Welt zu kommen. Er traf auf Kubaner und auf Chinesen, die aber meist unter sich blieben. Auch Nigerianer studierten dort, und in der alten Villa wohnte im Zimmer neben ihm ein lustiger Inder, der Deependra hieß.
Das kleine Häufchen Isländer in der Stadt hielt zusammen. Karl, der in einem Fischerdorf im Norden aufgewachsen war, studierte Politikwissenschaft. Dieser Studiengang wurde das »Rote Kloster« genannt, und es hieß, dass dort nur diejenigen zugelassen wurden, die kompromisslos der Parteilinie folgten. Rut kam aus Akureyri und hatte im dortigen Gymnasium das Abitur gemacht. Sie war Vorsitzende der Jugendorganisation in ihrer Stadt und studierte hier Literaturwissenschaft mit Schwerpunkt Russische Literatur. Hrafnhildur studierte Germanistik, und Emíl, der aus Westisland kam, hatte sich in Volkswirtschaft eingeschrieben. Die meisten von ihnen waren mehr oder weniger von der Partei für ein Stipendium ausgewählt worden, damit sie in der DDR studieren konnten. Sie kamen abends zusammen und spielten Karten oder hörten sich Jazzplatten von Deependra, dem Inder, an. Oder sie gingen in eine Kneipe in der Nähe und hatten großen Spaß daran, lauthals isländische Lieder zu singen. Es gab einen

rührigen Filmclub, und sie schauten sich *Panzerkreuzer Potemkin* an. Sie diskutierten die Bedeutung des Films als Propagandamedium. Mit den anderen Studenten diskutierten sie über Politik. Man war verpflichtet, zu den Veranstaltungen und Vorträgen der Freien Deutschen Jugend, der FDJ, zu erscheinen, eine andere Studentenorganisation war nicht zugelassen. Alle hatten sie sich zum Ziel gesetzt, eine neue und bessere Welt zu schaffen.
Bis auf einen. Hannes war länger als die anderen Isländer in Leipzig gewesen und hielt sich von der Gruppe fern. Es vergingen zwei Monate, bevor er Hannes zum ersten Mal traf. Daheim in Reykjavík hatte er so viel über ihn gehört, und er wusste, dass ihm von Seiten der Partei wichtige Aufgaben zugedacht waren. Der Parteivorsitzende hatte ihn auf einer Redaktionskonferenz namentlich erwähnt und gesagt, dass diesem Mann die Zukunft gehörte. Hannes hatte genau wie er selbst als Journalist beim Parteiorgan gearbeitet, und auch in der Redaktion wurde über ihn gesprochen. Auf politischen Veranstaltungen in Reykjavík hatte er Hannes reden hören und sich von seinem Enthusiasmus mitreißen lassen: Es faszinierte ihn, was er über die Demokratie in Island sagte, die sich durch den Kriegsgewinn der Wild-West-Cowboys habe korrumpieren lassen, und dass isländische Politiker in den Händen der amerikanischen Imperialisten wie Marionetten seien. »Die Demokratie in diesem Lande ist einen Dreck wert, solange amerikanisches Militär unsere isländische Erde besudelt!«, rief er unter tosendem Beifall. Während der ersten Jahre seines Studiums in der DDR schrieb Hannes unter der Rubrik »Briefe aus dem Osten« feste Beiträge für das Parteiorgan, in denen er die vorbildlichen Errungenschaften des kommunistischen Staates pries, aber dann kamen auf einmal keine Beiträge mehr. Die anderen Isländer in Leipzig wussten wenig über Hannes zu berichten. Er hatte sich im Lauf

der Zeit abgesondert und blieb meist für sich. Sie unterhielten sich manchmal über ihn, zuckten dann aber meist mit den Achseln, als ginge es sie nichts an.
Eines Tages traf er Hannes zufällig in der Universitätsbibliothek. Es war gegen Abend, und im Lesesaal waren nur noch wenige Studenten. Hannes saß über seine Bücher gebeugt. Draußen war es kalt und ungemütlich. Es kam manchmal vor, dass es auch in der Bibliothek so kalt war, dass man bei den Benutzern den Atem sah, wenn sie etwas sagten. Hannes trug einen langen Mantel und eine Schirmmütze mit heruntergeschlagenen Ohrenklappen. Die Bibliothek hatte stark unter den Bombenangriffen im Krieg gelitten, und nur ein Teil davon war in Gebrauch.
»Du bist doch Hannes?«, fragte er freundlich. »Wir haben uns bislang noch nicht begrüßt.«
Hannes blickte von seinen Büchern auf.
»Ich heiße Tómas.« Er streckte die Hand aus.
Hannes schaute ihn und die ausgestreckte Hand an und vertiefte sich wieder in seine Lektüre.
»Lass mich in Frieden«, brummte er.
Er stutzte. Auf eine derartige Begrüßung war er nicht gefasst gewesen, und schon gar nicht von diesem Mann, der solches Ansehen genoss und ihn selber so fasziniert hatte.
»Entschuldige«, sagte er. »Ich wollte dich nicht stören. Du lernst natürlich.«
Hannes antwortete ihm nicht, sondern fuhr fort, aus den aufgeschlagenen Büchern, die vor ihm lagen, zu exzerpieren. Er schrieb mit Bleistift und hatte Fingerlinge an, um die Hände warm zu halten.
»Ich habe mich nur gefragt, ob wir vielleicht mal zusammen einen Kaffee trinken könnten«, sagte er. »Oder ein Bier.«
Hannes antwortete nicht. Er stand neben ihm und wartete auf irgendeine Reaktion. Als sie nicht erfolgte, trat er ein

paar Schritte zurück und drehte sich dann um. Er war im Begriff, in die nächste Regalreihe einzubiegen, als Hannes von den Büchern aufschaute und endlich antwortete.
»Hast du Tómas gesagt?«
»Ja. Wir sind uns nie begegnet, aber ich habe von dir gehö…«
»Ich weiß, wer du bist«, unterbrach Hannes ihn. »Ich war einmal genau wie du. Was willst du von mir?«
»Nichts«, sagte er. »Ich wollte dich nur begrüßen. Ich habe da drüben gesessen und dich gesehen. Ich wollte dich nur begrüßen. Ich war einmal auf einer Veranstaltung, wo du …«
»Wie findest du Leipzig?«, fiel Hannes ihm ins Wort.
»Es ist scheißkalt hier, und das Essen ist mies, aber die Uni ist gut. Und wenn ich wieder nach Hause komme, werde ich als Erstes dafür kämpfen, dass Bier erlaubt wird.«
Hannes lächelte.
»Das stimmt, das Bier ist das Beste an dieser Stadt.«
»Wir könnten vielleicht mal zusammen eins trinken gehen«, sagte er.
»Vielleicht«, entgegnete Hannes und wandte sich wieder seinen Büchern zu. Ihr Gespräch war beendet.
»Was meinst du damit, dass du einmal so gewesen bist wie ich?«, fragte er vorsichtig. »Was willst du damit sagen?«
»Nichts«, sagte Hannes und blickte zu ihm hoch. Da war so etwas wie ein Zögern, aber dann schien es ihm auf einmal egal zu sein, ob er mit der Sprache herausrückte oder nicht. »Du darfst das nicht so ernst nehmen«, sagte er. »Das bringt dir nichts.«
Völlig verwirrt verließ er die Bibliothek und ging hinaus in den kalten Winterwind. Auf dem Weg zum Wohnheim traf er Emíl und Rut. Sie hatten ein Paket abgeholt, das Ruts Eltern geschickt hatten. Isländisches Essen, auf das sie sich freuten. Er erzählte ihnen nichts von dem Gespräch

mit Hannes, denn er begriff nicht so recht, was Hannes gemeint hatte.

»Lothar hat nach dir gesucht«, sagte Emíl. »Ich habe ihm gesagt, dass du in der Unibibliothek wärst.«

»Ich habe ihn nicht gesehen«, erwiderte er. »Weißt du, was er von mir wollte?«

»Keine Ahnung«, sagte Emíl.

Lothar war ihr so genannter Betreuer. Alle Ausländer an der Universität hatten einen solchen Betreuer, an den sie sich wenden konnten und der ihnen behilflich war. Lothar hatte sich mit den isländischen Studenten im Wohnheim angefreundet. Er half ihnen in allen universitären Belangen, und manchmal bezahlte er in Auerbachs Keller die Rechnung für sie. Er sagte, dass er gerne einmal nach Island fahren würde. Er sprach sehr gut Isländisch, konnte sogar ein paar Schlager auswendig. Er interessierte sich insbesondere für die isländischen Sagas und behauptete, die Saga vom weisen Njáll gelesen zu haben und sie ins Deutsche übersetzen zu wollen. Er bot den isländischen Studenten an, mit ihnen einen Stadtrundgang zu machen.

»Da ist das Haus«, sagte Rut auf einmal und blieb stehen. »Hier sind die Büros. Es gibt auch Gefängniszellen da drin.«

Sie nahmen das Gebäude in Augenschein, ein düsteres vierstöckiges Haus. Im Erdgeschoss waren sämtliche Fenster mit Brettern vernagelt. Er sah das Straßenschild, Dittrichring. Nummer 24.

»Gefängniszellen? Was ist das für ein Haus?«, fragte er.

»Da drin sitzt die Staatssicherheitspolizei«, sagte Emíl so leise, als könne ihn jemand hören. »Das ist die Stasizentrale.«

»Die Stasi«, sagte Rut.

Er schaute wieder am Haus hoch. Die schwache Straßenbeleuchtung warf ein trübes Licht auf die Steinwände, und ihn durchfuhr ein kleiner Schauder. Er spürte kein Bedürfnis, dieses Haus je zu betreten, aber er konnte nicht wissen, wie wenig seine Intentionen gegen ihren Willen auszurichten vermochten.

Er seufzte tief und blickte aufs Meer hinaus, wo ein kleines Segelboot vorbeiglitt.

Jahrzehnte später, nach dem Fall der Mauer, war er noch einmal in die Stasizentrale gegangen, wo ihm der alte Geruch entgegenschlug und ihm sofort einen Würgereiz verursachte, genau wie damals bei der Ratte, die in einem Rohr hinter dem Backofen stecken geblieben war. Sie benutzten den Ofen häufig zum Braten und Backen, ohne von dem Tier zu wissen, bis der Gestank in der alten Villa unerträglich wurde.

Acht

Erlendur sah Marian an. Marian Briem saß auf einem Sessel im Wohnzimmer, hatte eine Kunststoffmaske vor dem Gesicht und bekam Sauerstoff für die Lungen. Als ehemaliger Kollege hatte er Marian Briem zuletzt zu Weihnachten besucht, und damals hatte er nicht gewusst, wie krank Marian war. Er hatte sich im Dezernat erkundigt und erfahren, dass die Lungen nach jahrzehntelangem Kettenrauchen hinüber waren. Eine Embolie hatte eine rechtsseitige Lähmung zur Folge gehabt, die Handbewegungen und Gesichtsmuskeln beeinträchtigte. Trotz des Sonnenscheins draußen war es dämmrig in der Wohnung, überall lag eine dicke Staubschicht. Marian Briem erhielt einmal am Tag Besuch von einer Krankenpflegerin, die gerade im Begriff war, zu gehen, als Erlendur eintraf.

Er nahm auf dem tiefen Sofa Platz und dachte daran, wie übel das Alter Marian mitgespielt hatte. Die Haut spannte sich über den Knochen, und der große Kopf zitterte beständig. Im Gesicht trat jeder einzelne Knochen hervor, und die Augen waren tief eingesunken. Das gelbliche Haar stand wirr um den Kopf. Erlendurs Blicke blieben an den nikotingelben Fingern mit den rissigen Nägeln hängen, die auf der Sessellehne ruhten. Marian schlief.

Die Krankenpflegerin hatte Erlendur hereingelassen, der schweigend darauf wartete, dass Marian aufwachte. Er musste daran denken, wie er vor vielen, vielen Jahren zum ersten Mal bei der Kriminalpolizei zur Arbeit erschien.

»Was ist eigentlich mit dir los?«, hatte Marian Briem zu ihm gesagt. »Kannst du nicht lächeln?«

Er wusste nicht, was er darauf antworten sollte. Er wusste nicht, was er von dieser kleinwüchsigen Gestalt zu halten hatte, die ständig eine Zigarette zwischen den Fingern hatte und immer von beißendem, blauem Zigarettenqualm umgeben war.

»Warum willst du dich ausgerechnet mit kriminellen Delikten befassen?«, fuhr Marian Briem fort, als Erlendur keine Antwort gab. »Warum bleibst du nicht einfach bei der Polizei und regelst den Verkehr?«

»Ich dachte, ich könnte mich hier nützlich machen«, sagte Erlendur.

Das kleine Büro war mit Ordnern und Papierstapeln voll gestopft. Ein Riesenaschenbecher auf dem Schreibtisch quoll über von Kippen. Der Raum war völlig verqualmt, was Erlendur aber nicht störte. Er rauchte selber und zog eine Zigarette aus seiner Tasche.

»Hast du irgendein spezielles Interesse an Verbrechen?«, fragte Marian Briem.

»An bestimmten«, sagte Erlendur und griff nach einer Streichholzschachtel.

»An bestimmten?«

»Ich interessiere mich für Leute, die spurlos verschwinden.«

»Für Leute, die spurlos verschwinden? Wieso denn das?«

»Es war schon immer so. Ich ...« Erlendur zögerte.

»Was? Was wolltest du sagen?« Marian Briem zündete sich die nächste Zigarette mit einem noch brennenden Stummel an, der im Anschluss daran zu all den anderen Kippen in den Aschenbecher wanderte. »Was dauert das bei dir, bis du dir was aus der Nase ziehen lässt! Wenn du auch bei der Arbeit so ein Schneckentempo vorlegst, hast du hier bei mir nichts zu suchen. Also heraus damit!«

»Ich bin der Überzeugung, dass solche Fälle viel öfter etwas mit Verbrechen zu tun haben, als gemeinhin angenommen wird«, sagte Erlendur. »Beweisen kann ich das natürlich nicht. Es ist nur so ein Gefühl.«

Erlendur tauchte wieder aus seinen Erinnerungen auf. Er sah, wie Marian den Sauerstoff einatmete. Er schaute aus dem Wohnzimmerfenster. Nur so ein Gefühl, dachte er.

Marian Briem öffnete langsam die Augen und bemerkte Erlendur auf dem Sofa. Ihre Blicke trafen sich, und Marian nahm die Sauerstoffmaske ab.

»Haben denn alle die verdammten Kommunisten vergessen?«, sagte Marian mit heiserer Stimme. Der Mund stand nach der Embolie etwas schief, und die Aussprache war undeutlicher.

»Wie geht es dir?«, fragte Erlendur.

Marian lächelte knapp. Oder vielleicht war es eine Grimasse.

»Falls ich dieses Jahr über die Runden bringe, wäre es ein Wunder.«

»Warum hast du mir nichts davon gesagt?«

»Wozu? Kannst du mir neue Lungen verschaffen?«

»Krebs?«

Marian nickte.

»Du hast zu viel geraucht«, sagte Erlendur.

»Was würde ich nicht für eine Zigarette geben.«

Marian legte die Sauerstoffmaske wieder an und blickte gleichzeitig so erwartungsvoll auf Erlendur, als solle er jetzt die Zigarettenschachtel aus der Tasche ziehen. Erlendur schüttelte den Kopf. Der Fernseher in der Ecke lief, und die kranken Augen wanderten zum Bildschirm. Die Maske senkte sich wieder.

»Wie kommst du mit deinem Skelett vorwärts? Haben denn wirklich schon alle die Kommunisten vergessen?«

»Was redest du da dauernd von den Kommunisten?«

»Dein Oberboss kam gestern zu Besuch, oder vielleicht wollte er sich ja auch nur von mir verabschieden. Diesen versnobten Angeber habe ich noch nie ausstehen können. Ich begreife nicht, warum du dich diesen Beförderungen verweigerst. Was steckt dahinter? Kannst du mir das sagen? Du hättest seit langem eine ruhige Kugel schieben können, und das bei doppelten Bezügen.«

»Da steckt nichts dahinter«, sagte Erlendur.

»Dem Kerl ist rausgerutscht, dass dieses Skelett an einen russischen Abhörsender angebunden war.«

»Ja, wir glauben, dass es russisch ist, und wir glauben, dass es ein Sendegerät war.«

»Gibst du mir eine Zigarette?«

»Nein.«

»Ich habe nicht mehr lange zu leben. Glaubst du, dass es jetzt noch eine Rolle spielt?«

»Von mir kriegst du keine Zigarette. Hast du deswegen bei mir angerufen? Damit ich dir den letzten Rest geben soll? Warum bittest du mich nicht einfach, dir eine Kugel durch den Kopf zu jagen?«

»Würdest du das für mich tun?«

Erlendur musste lächeln, und auch Marian Briem schien sich für einen Augenblick zu amüsieren.

»Das mit der Embolie ist viel schlimmer. Ich spreche wie jemand, der einen an der Waffel hat, und es fällt mir schwer, meine Bewegungen zu koordinieren.«

»Was soll dieses Gerede über die Kommunisten?«, fragte Erlendur.

»Es passierte, ein paar Jahre bevor du bei uns angefangen hast. Wann war das noch?«

»1977«, sagte Erlendur.

»Du hast mir damals erklärt, du würdest dich für solche Vermisstenfälle interessieren, daran erinnere ich mich«, sagte Marian Briem mit schmerzverzerrtem Gesicht. Marian legte die Sauerstoffmaske wieder an und schloss die Augen. Es verging geraume Zeit. Erlendur blickte sich um. Er fand, dass diese Wohnung auf unangenehme Weise an seine eigene erinnerte.

»Soll ich Hilfe holen?«, fragte er. »Einen Arzt?«

»Nein, bloß nicht«, sagte Marian und nahm die Maske herunter. »Du kannst mir gleich helfen, Kaffee für uns aufzusetzen. Ich muss mich aber erst wieder etwas berappeln. Du müsstest dich eigentlich daran erinnern, wie wir die Apparate damals gefunden haben.«

»Was für Apparate?«

»Im Kleifarvatn. Haben denn heutzutage wirklich alle ein so kurzes Gedächtnis?«

Marian blickte ihn an und begann, mit schwacher Stimme von den Apparaten im Kleifarvatn zu erzählen, und plötzlich wusste Erlendur wieder, um was es ging. Er konnte sich allerdings nur dunkel an die Geschichte erinnern und hatte diese Ereignisse überhaupt nicht mit dem Skelett im See in Verbindung gebracht, obwohl er eigentlich sofort hätte schalten müssen.

»Am 10. September 1973 klingelte bei der Polizei in Hafnarfjörður das Telefon. Zwei Froschmänner aus Reykjavík – so hat man früher die Taucher genannt«, sagte Marian Briem und grinste trotz der Schmerzen, »fanden bei einem Trainingstauchen im Kleifarvatn ganz durch Zufall eine Menge Apparate im See, die in zehn Meter Tiefe lagen. Es stellte sich heraus, dass die meisten russischer Herkunft waren, obwohl man versucht hatte, die russische Schrift abzuschleifen. Techniker vom Telefonamt wurden hinzugezogen, um die Apparate zu untersuchen, und kamen zu dem Ergebnis, dass es russische Funk- und Abhörgeräte waren. Es waren sehr viele Apparate«, sagte Marian Briem. »Aufnahmegeräte, Radioapparate, Abhörsender.«

»Hast du damals den Fall bearbeitet?«

»Ich war am See, als die Apparate aus dem Wasser gezogen wurden, aber ich war nicht mit der Leitung der Ermittlung beauftragt. Die Sache hat damals ungeheures Aufsehen erregt. Der Kalte Krieg war in vollem Gange, und die russische Spionagetätigkeit hierzulande war eine Tatsache. Die Amerikaner haben selbstredend auch spioniert, aber sie waren die befreundete Nation. Der Russe war der Feind.«

»Sendegeräte?«

»Ja. Und Abhöranlagen. Es stellte sich heraus, dass einige von ihnen auf die Frequenz der amerikanischen Basis eingestellt waren.«

»Du willst also das Skelett mit diesen Apparaten in Verbindung bringen?«

»Was glaubst du wohl?«, sagte Marian Briem und schloss die Augen.

»Das klingt nicht unwahrscheinlich.»

»Behalte es im Hinterkopf«, sagte Marian Briem, und das Gesicht verzerrte sich vor Erschöpfung.

»Kann ich irgendwas für dich tun?«, fragte Erlendur. »Kann ich dir vielleicht etwas besorgen?«

»Ich leih mir manchmal Western aus«, erklärte Marian nach längerem Schweigen und saß immer noch mit geschlossenen Augen da.

Erlendur war sich nicht sicher, ob er richtig gehört hatte.

»Western?«, fragte er. »Meinst du Cowboyfilme?«

»Kannst du mir einen richtig guten Western besorgen?«

»Was ist ein guter Western?«

»John Wayne«, sagte Marian, und seine Stimme wurde noch schwächer.

Erlendur blieb noch eine Weile sitzen, falls Marian wieder aufwachen würde. Es war später Vormittag. Er ging in die Küche, kochte Kaffee und füllte zwei Tassen damit. Er erinnerte sich, dass Marian den Kaffee schwarz und ohne

Zucker trank, genau wie er selber. Er stellte die Tasse neben den Sessel, in dem Marian saß. Er wusste nicht, was er sonst tun konnte.

Western!, dachte er bei sich, als er das Haus verließ.

Nicht zu fassen, sagte er zu sich selbst, als er losfuhr.

Am späten Nachmittag setzte sich Sigurður Óli zu Erlendur ins Büro. Der Mann hatte wieder mitten in der Nacht angerufen und gesagt, er würde Selbstmord begehen. Sigurður Óli hatte einen Streifenwagen zu seinem Haus geschickt, die Polizisten fanden aber niemanden vor. Der Mann lebte allein in einem kleinen Einfamilienhaus. Die Polizei verschaffte sich Zutritt, aber das Haus war leer.

»Und dann hat er heute Morgen schon wieder angerufen«, sagte Sigurður Óli, nachdem er die Geschichte erzählt hatte. »Da war er wieder zu Hause. Passiert ist gar nichts. Dieser Mann geht mir langsam, aber sicher auf den Geist.«

»Ist das der, der seine Frau und sein Kind verloren hat?«

»Ja. Aus unerfindlichen Gründen gibt er sich selber die Schuld daran und verschließt sich völlig vernünftigen Argumenten.»

»Es war doch purer Zufall, oder?«

»Nein, in seinen Augen nicht.«

Sigurður Óli hatte eine Zeit lang in der Sektion für Unfallanalyse gearbeitet. Ein großer Jeep war an einer Kreuzung in Breiðholt einem kleinen Pkw in die Seite gefahren, mit der Folge, dass eine Mutter und ihre fünfjährige Tochter den Tod fanden. Der Fahrer des Jeeps stand unter Alkohol und war bei Rot über die Ampel gefahren. Das Auto, in dem sich Mutter und Tochter befanden, war das letzte in einer langen Reihe, das die Kreuzung überquerte. Genau in dem Augenblick überfuhr der Jeep in rasantem Tempo die rote Ampel. Wenn die Mutter abgewartet hätte und erst bei der nächsten Grünphase losgefahren wäre, hätte der Jeep keinen Schaden anrichten können, sondern einfach die Kreuzung überquert und wäre weitergerast. Wahrscheinlich hätte der betrunkene Fahrer dann irgendwo anders einen Unfall verursacht, aber auf jeden Fall nicht an dieser Kreuzung.

»Aber so passieren doch die meisten Unfälle«, sagte Sigurður Óli zu Erlendur. »Gemeine Zufälle. Und das begreift er nicht, dieser Mann.«

»Sein Gewissen peinigt ihn«, sagte Erlendur. »Versuch doch, ihm mehr Verständnis entgegenzubringen.«

»Verständnis?! Er ruft mitten in der Nacht bei mir zu Hause an. Kann man mehr Verständnis zeigen, als das über sich ergehen zu lassen?«

Die Frau war im Einkaufszentrum Smáralind gewesen. Sie hatte schon an der Kasse im Supermarkt gestanden, als er sie auf ihrem Handy anrief und sie bat, noch eine Schachtel Erdbeeren mitzubringen. Das machte sie, aber dadurch vergingen einige weitere Minuten, bis sie losfuhr. Der Mann war überzeugt, dass sie nicht in dem entscheidenden Augenblick an der Kreuzung gewesen wäre, wenn er sie nicht angerufen hätte, und folglich wäre der Jeep dann nicht in ihr Auto gerast. Deswegen gab er sich selbst die Schuld an dem, was passiert war. Der Unfall war deswegen passiert, weil er angerufen hatte.

Am Unfallort sah es grauenvoll aus. Das Auto der Frau war völlig zusammengedrückt worden. Der Jeep war nach dem Zusammenprall von der Straße abgekommen und hatte sich überschlagen. Der Fahrer des Jeeps hatte Kopfverletzungen und diverse Knochenbrüche davongetragen. Er war bewusstlos, als man ihn im Krankenwagen abtransportierte. Mutter und Tochter waren auf der Stelle tot gewesen. Sie mussten mit Schneidbrennern aus dem Wrack herausgeholt werden. Blut strömte über die Straße.

Wie in solchen Fällen üblich, machte sich Sigurður Óli zusammen mit einem Pfarrer auf den Weg, um die Nachricht zu überbringen. Das Auto war auf den Namen des Mannes registriert gewesen. Er hatte angefangen, sich Sorgen zu machen, weil seine Frau und die Tochter so lange ausblieben, und er schrak zusammen, als Sigurður Óli und der Pastor vor seiner Tür standen. Als sie ihm mitgeteilt hatten, was passiert war, erlitt er einen Nervenzusammenbruch. Ein Arzt musste geholt werden. Seitdem rief der Mann in regelmäßigen Abständen bei Sigurður Óli an, der völlig gegen seinen Willen zu so etwas wie einem Vertrauten für ihn geworden war.

»Ich will so ein Heckmeck nicht«, stöhnte Sigurður Óli, »aber er lässt nicht locker, sondern ruft mitten in der Nacht an und lässt sich darüber aus, dass er sich umbringen will! Warum hat er sich nicht an diesen Pfaffen gehängt?«

»Heckmeck?«, fragte Erlendur.

»Ich will ihn nicht darin bestätigen, was er sagt und tut«, sagte Sigurður Óli. »Verstehst du kein Isländisch?«

»Sag ihm, er soll sich an einen Psychiater wenden.«

»Er ist in Behandlung bei einem.«

»Man kann sich natürlich nicht wirklich in seine Situation versetzen«, sagte Erlendur. »Aber er muss sich einfach entsetzlich fühlen.«

»Ja«, sagte Sigurður Óli.

»Und er spielt mit Selbstmordgedanken?«

»Davon redet er immer. Er ist bestimmt imstande, etwas Verrücktes zu tun. Ich habe bloß keine Lust, da mit drinzuhängen. Ich hab einfach keine Lust!«

»Was sagt Bergþóra dazu?«

»Sie glaubt, dass ich ihm irgendwie helfen könnte.«

»Erdbeeren?«

»Ich weiß. Das sag ich ihm doch die ganze Zeit. Das ist völlig absurd.«

Neun

Erlendur hörte sich eine weitere Schilderung von dem spurlosen Verschwinden eines Menschen in den sechziger Jahren an. Sigurður Óli war mit dabei. Diesmal ging es um einen Mann Ende dreißig.

Eine erste Analyse der Knochen hatte ergeben, dass der Mann im Kleifarvatn etwa 35 bis 40 Jahre alt gewesen war. Das Alter des russischen Geräts bot den Anhaltspunkt dafür, dass er irgendwann nach 1961 im See versenkt worden war. Man hatte den schwarzen Kasten, der unter dem Skelett gefunden worden war, gründlich untersucht. Es handelte sich um einen Abhörsender, der damals über Kurzwelle betrieben wurde und die Frequenzen abhören konnte, die in den sechziger Jahren von der NATO verwendet worden waren. Das Produktionsjahr war 1961, die Zahlen waren sehr schlampig abgefeilt worden, und die Beschriftung, soweit man sie noch erkennen konnte, war zweifelsohne russisch.

Erlendur hatte sich mit den Zeitungsartikeln befasst, die 1973 erschienen waren, nachdem man die russischen Apparate im Kleifarvatn gefunden hatte. Das meiste von dem, was Marian Briem ihm erzählt hatte, stimmte mit den Zeitungsberichten überein. Die Apparate waren in einer Tiefe von zehn Metern unweit der Geithöfði-Klippe gefunden worden, und das war ein ganzes Stück vom Fundort des Skeletts entfernt. Sigurður Óli und Elínborg wussten nichts von diesem alten Vorfall. Nachdem Erlendur sie darüber in Kenntnis gesetzt hatte, diskutierten sie, ob er in einem Zusammenhang mit dem Skelett im See stehen konnte. Für Elínborg schien das auf der Hand zu liegen. Falls die Polizei damals in weiterem Umkreis gesucht hätte, wäre man womöglich auf die Leiche gestoßen.

Den Polizeiprotokollen von damals zufolge hatten die Taucher ausgesagt, dass ihnen eine Woche zuvor, als sie ebenfalls dort Tauchübungen gemacht hatten, auf dem Weg zum Kleifarvatn eine schwarze Limousine entgegengekommen sei. Sie hatten den Eindruck, es hätte sich dabei um irgendeinen Botschaftswagen gehandelt. Die sowjetische Botschaft verweigerte jegliche Auskunft in dieser Angelegenheit, und dasselbe galt für sämtliche anderen osteuropäischen Vertretungen in Reykjavík. Erlendur fand einen kurzen Bericht, in dem festgestellt wurde, dass die Apparate russischer Herkunft waren. Es waren einige Abhörgeräte mit einer Reichweite von etwa 160 Kilometern darunter, die aller Wahrscheinlichkeit nach dazu verwendet worden waren, Telefongespräche im Raum Reykjavík und Keflavík abzuhören. Es wurde für wahrscheinlich erachtet, dass die Apparate aus den frühen sechziger Jahren stammten, vorsintflutliche Geräte mit Kondensatoren, die vor langer Zeit von moderneren Transistorgeräten abgelöst worden waren. Die Apparate waren batteriebetrieben gewesen und fanden in einer normalen Reisetasche Platz.

Die Frau, die ihnen gegenübersaß, ging auf die siebzig zu, wirkte aber jünger. Sie hatten keine Kinder gehabt, als der Mann, mit dem sie zusammenlebte, urplötzlich von der Bildfläche verschwand. Sie waren nicht verheiratet gewesen, hatten aber seinerzeit in Erwägung gezogen, zum Standesamt zu gehen. Sie war seitdem keine neue Beziehung zu einem Mann eingegangen, erklärte sie schüchtern, und in ihrer Stimme schwang Trauer mit.

»Er war so ein lieber Mensch«, sagte die Frau. »Ich ging immer davon aus, dass er zurückkehren würde. Es war besser, an diese Möglichkeit zu glauben, als daran, dass er tot war. Damit konnte ich mich nicht abfinden. Und ich habe mich nie damit abgefunden.«

Die beiden hatten sich eine kleine Wohnung gekauft und freuten sich darauf, Kinder zu bekommen. Sie arbeitete damals in einem Milchgeschäft; das war 1968 gewesen.

»Du kannst dich doch daran erinnern«, sagte sie zu Erlendur. »Und du vielleicht auch«, fügte sie hinzu und sah Sigurður Óli an. »Damals gab es spezielle Milchgeschäfte, wo nur Milch und Quark und so etwas verkauft wurde. Ausschließlich Milchprodukte.«

Erlendur nickte bedächtig und verständnisvoll, aber Sigurður Óli machte schon wieder einen ungeduldigen Eindruck.

Der Mann wollte sie wie jeden Tag von der Arbeit abholen, aber sie stand lange Zeit vor dem Geschäft und wartete.

»Inzwischen sind mehr als dreißig Jahre vergangen«, sagte sie, während sie Erlendur anschaute, »und ich habe das Gefühl, als stünde ich immer noch vor dem Milchladen und wartete auf ihn. Die ganzen Jahre. Er war immer pünktlich, und ich kann mich erinnern, dass ich mir schon nach zehn Minuten Sorgen machte, warum er sich so verspätete, und dann vergingen eine Viertelstunde und eine weitere halbe Stunde. Ich weiß noch ganz genau, wie unendlich lang mir die Zeit vorkam. Es war, als hätte er mich vergessen.«

Sie seufzte.

»Und später war es dann, als hätte er nie existiert.«

Sie hatten die Protokolle gelesen. Die Frau hatte das Verschwinden des Mannes gleich am nächsten Morgen gemeldet. Die Polizei war zu ihr nach Hause gekommen.

Eine Suchmeldung ging durch Zeitungen, Rundfunk und Fernsehen. Die Polizei nahm an, dass er bald gefunden werden würde. Sie wurde danach gefragt, ob er Alkoholprobleme gehabt hätte oder ob er sich schon früher einmal auf diese Art und Weise abgesetzt hatte, und ob es womöglich eine andere Frau in seinem Leben gäbe. Sie verneinte das alles, aber diese Fragen führten dazu, dass sie in ganz anderer Weise über den Mann nachdachte als zuvor. Gab es eine andere Frau? Hatte er sie wegen einer anderen Frau verlassen? Er war Handelsreisender und kam im ganzen Land herum. Er verkaufte diverse Landwirtschafts- und Baumaschinen, Traktoren, Heubläser, Bagger und Planierraupen, deswegen war er viel unterwegs. Manchmal sogar wochenlang. Er war gerade erst von einer solchen Reise zurückgekehrt, bevor er spurlos verschwand.

»Ich weiß nicht, was er da oben am Kleifarvatn zu tun gehabt haben sollte«, sagte sie und blickte vom einen zum anderen. »Da sind wir nie gewesen.«

Sie hatten ihr weder von dem russischen Apparat erzählt noch von dem Loch im Schädel, sondern nur, dass sie dort, wo früher der See gewesen war, ein Skelett gefunden hatten und dass sie infolgedessen jetzt die nicht aufgeklärten Vermisstenmeldungen eines bestimmten Zeitraums überprüften.

»Euer Auto wurde zwei Tage später vor dem Busbahnhof aufgefunden«, sagte Sigurður Óli.

»Niemand hat meinen Mann dort nach den Beschreibungen wiedererkannt«, sagte die Frau. »Ich hatte kein Foto von ihm. Und er auch nicht von mir. Wir waren noch nicht sehr lange zusammen, und wir besaßen keinen Fotoapparat. Wir haben nie Reisen unternommen. Bei der Gelegenheit macht man ja meist Fotos, oder?«

»Und zu Weihnachten«, sagte Sigurður Óli.

»Ja, zu Weihnachten«, sagte sie.
»Aber seine Eltern?«
»Sie waren schon lange tot. Er war viel im Ausland gewesen. Er hat teilweise auf Frachtschiffen gearbeitet, und irgendwann einmal hat er auch in England oder Frankreich gelebt. Er hatte sogar einen ganz leichten Akzent, weil er so lange im Ausland gewesen war. In der Zeit, die von seinem Verschwinden an verging, bis das Auto schließlich gefunden wurde, sind ungefähr dreißig Busse mit den unterschiedlichsten Zielen losgefahren, aber keiner der Busfahrer hat bestätigen können, dass er bei ihnen im Bus gesessen hat. Die Polizei war der Meinung, dass die Busfahrer ihn bestimmt bemerkt hätten, falls er einen Bus genommen hätte, aber ich bin mir sicher, dass sie nur versucht haben, mich zu trösten. Ich glaube, dass sie der Meinung waren, er würde sich besoffen in der Stadt herumtreiben und irgendwann wieder auftauchen. Sie haben mir gesagt, dass Frauen manchmal in ihrer Angst die Polizei anrufen, aber meistens ließen sich die Kerle nur voll laufen, und die Frauen machten sich Sorgen.«
Die Frau schwieg eine Weile.
»Ich glaube nicht, dass sie sich bei dieser Suche sehr viel Mühe gegeben haben«, sagte sie schließlich. »Sie kamen mir nicht sehr interessiert vor.«
»Was glaubst du, weshalb er mit dem Wagen zum Busbahnhof gefahren ist?«, fragte Erlendur. Er sah, dass Sigurður Óli sich die Bemerkung über die Polizei notierte.
»Ich habe absolut keine Ahnung.«
»Glaubst du, dass jemand anders den Wagen dorthin gefahren haben kann? Um dich oder die Polizei auf eine falsche Fährte zu lenken? Um den Eindruck zu erwecken, dass er die Stadt verlassen hat?«
»Ich weiß es nicht«, sagte die Frau. »Ich habe natürlich viel über diese Möglichkeit nachgedacht – dass er umgebracht

worden ist, aber es ist mir völlig schleierhaft, wer das getan haben könnte und noch viel weniger, weswegen. Ich verstehe es einfach nicht.«

»Häufig genug passiert so etwas rein zufällig«, sagte Erlendur. »Es muss nicht immer eine Erklärung geben. Hinter Morden steckt in Island in den wenigsten Fällen ein Vorsatz. Es handelt sich um verhängnisvolle Zufälle oder Affekthandlungen, völlig unvorbereitet und in den meisten Fällen auch völlig grundlos.«

In den Polizeiprotokollen stand, dass der Mann etwas früher am gleichen Tag vorgehabt hatte, einen Kundenbesuch zu machen, und im Anschluss daran nach Hause wollte. Ein Bauer in der Nähe der Hauptstadt war an einem neuen Traktor interessiert, und er hatte einen kurzen Kundenbesuch beabsichtigt, um den Verkauf unter Dach und Fach zu bringen. Der Bauer hatte aber ausgesagt, dass der Mann nie bei ihm erschienen sei. Angeblich hatte er den ganzen Nachmittag auf ihn gewartet, aber der Mann ließ sich nicht blicken.

»Alles war also in schönster Ordnung, und dann haut er urplötzlich ab«, sagte Sigurður Óli. »Was ist da deiner Meinung nach vorgefallen?«

»Er ist nicht einfach abgehauen«, sagte die Frau. »Warum sagst du das?«

»Nein, entschuldige«, sagte Sigurður Óli. »Selbstverständlich nicht. Dann verschwand er. Entschuldige.«

»Ich weiß es nicht«, sagte die Frau. »Er konnte hin und wieder depressive Phasen haben, und dann war er verschlossen und zugeknöpft. Vielleicht wenn wir Kinder gehabt hätten ... vielleicht wäre alles ganz anders gelaufen. Wenn wir Kinder gehabt hätten.«

Sie schwiegen. Erlendur sah im Geiste die Frau vor sich, wie sie von Zweifeln geplagt, besorgt und enttäuscht vor dem Milchladen stand.

»Hat er etwas mit irgendwelchen ausländischen Botschaften hier in Reykjavík zu tun gehabt?«
»Mit ausländischen Botschaften?«
»Ja, Botschaften«, sagte Erlendur. »Hatte er irgendwelche Verbindungen zu ihnen, vielleicht zu denen der Ostblockstaaten?«
»Nicht, dass ich wüsste«, sagte die Frau. »Ich verstehe das nicht ... Was meinst du damit?«
»Kannte er jemanden von diesen Diplomaten? Hat er für sie gearbeitet oder so etwas?«, fragte Sigurður Óli.
»Nein, bestimmt nicht, oder auf jeden Fall nicht, nachdem ich ihn kennen lernte. Davon weiß ich nichts.«
»Was hattet ihr damals für ein Auto?«, fragte Erlendur, der sich nicht erinnern konnte, was in den Protokollen gestanden hatte.
Die Frau überlegte. Diese merkwürdigen Fragen brachten sie ganz durcheinander.
»Es war ein Ford«, sagte sie. »Ich glaube, das Modell hieß Falcon. Schwarz.«
»Aus den damaligen Protokollen geht hervor, dass man in oder am Auto nicht die geringsten Hinweise gefunden hat, die Aufschluss über das Verschwinden deines Mannes geben konnten.«
»Nein, sie haben nichts gefunden. Irgendjemand hatte eine Radkappe geklaut, aber sonst nichts.«
»Da vor dem Busbahnhof?«, fragte Sigurður Óli.
»Das glaubten sie.«
»Es hat also eine Radkappe gefehlt?«
»Ja.«
»Was ist aus dem Auto geworden?«
»Ich habe es verkauft. Ich brauchte Geld. Ich hab nie viel Geld besessen.«
Sie konnte sich an das Autokennzeichen erinnern und erwähnte es geistesabwesend. Sigurður Óli notierte es sich.

Erlendur gab ihm ein Zeichen, sie standen auf und bedankten sich. Die Frau blieb sitzen. Erlendur kam sie ungemein bemitleidenswert vor.

»Woher stammten diese Maschinen, die er verkauft hat?«, fragte Erlendur, nur um irgendetwas zu sagen.

»Die Landmaschinen? Die kamen aus Russland und aus Ostdeutschland. Sie waren seiner Meinung nach nicht so gut wie die amerikanischen, aber sie waren eben viel billiger.«

Erlendur war sich nicht sicher, was Sindri Snær von ihm wollte. Der Sohn hatte keine Ähnlichkeit mit seiner Schwester Eva, die der Meinung war, dass Erlendur nicht hartnäckig genug darauf bestanden hatte, mit seinen Kindern in Kontakt bleiben zu dürfen. Nur weil ihre Mutter beständig schlecht über ihn redete, hatten sie überhaupt gewusst, dass er existierte. Als Eva herangewachsen war, fand sie den Weg zu ihrem Vater und ließ ihren Zorn schonungslos an ihm aus. Sindri Snær war offensichtlich nicht in der gleichen Absicht gekommen, denn er hackte nicht auf Erlendur herum, dass er die Familie zerstört hatte. Er machte ihm keine Vorwürfe, weil er kein Interesse an Eva Lind und ihm gezeigt hatte, als sie klein waren und glaubten, dass ihr Vater ein schlechter Mensch war, weil er sie verlassen hatte.

Als Erlendur nach Hause kam, kochte Sindri gerade Spaghetti. Er hatte die Küche aufgeräumt, was bedeutete, dass er einige leere Verpackungen von Mikrowellengerichten weggeworfen, ein paar Gabeln gespült und die Kaffeemaschine und deren nähere Umgebung gesäubert hatte. Erlendur ging ins Wohnzimmer und schaute sich die Nachrichten an. Die Knochen im Kleifarvatn waren an die fünfte Stelle gerückt. Die Polizei hatte nichts von dem russischen Gerät verlautbaren lassen.

Schweigend saßen sie in der Küche und aßen Spaghetti. Erlendur zerkleinerte sie mit der Gabel und gab Butter dazu, Sindri spitzte die Lippen und sog sie schlürfend mit Ketchup ein. Erlendur fragte, wie es seiner Mutter ginge, aber Sindri entgegnete, nichts von ihr gehört zu haben, seit er in die Stadt gekommen war. Während sie aßen, lief im Wohnzimmer der Fernseher. Inzwischen hatte eine Talkshow begonnen, in der ein Popstar sich über seine Erfolge ausließ.

»Ich habe von Eva letztes Jahr zu Silvester erfahren, dass du einen Bruder gehabt hast, der gestorben ist«, sagte Sindri plötzlich und wischte sich den Mund mit einem Blatt von der Küchenrolle ab.

»Das stimmt«, sagte Erlendur nach einigem Nachdenken. Darauf war er nicht gefasst gewesen.

»Eva sagte, dass es großen Einfluss auf dich gehabt hat.«

»Das stimmt.«

»Und ein bisschen erklärt, wie du bist.«

»Wie ich bin?«, sagte Erlendur. »Ich weiß nicht, wie ich bin. Eva auch nicht!«

Sie aßen weiter. Sindri fuhr fort, die Spaghetti schlürfend aufzusaugen, während Erlendur sich damit abmühte, die glitschigen Nudeln auf der Gabel zu halten. Er nahm sich vor, beim nächsten Einkauf Haferflocken und gesäuerte Sülzwurst zu besorgen.

»Es ist nicht meine Schuld«, verkündete Sindri.

»Was?«

»Dass ich nicht weiß, wer du bist.«

»Nein«, sagte Erlendur, »das ist nicht deine Schuld.«

Sie aßen schweigend weiter, bis Sindri die Gabel niederlegte und sich wieder mit dem Küchenpapier über den Mund wischte. Er stand auf, nahm sich einen großen Becher, füllte ihn unter dem Wasserhahn und setzte sich wieder an den Tisch.

»Sie hat gesagt, dass er nie gefunden worden ist.«
»Ja, das stimmt, er wurde nie gefunden«, sagte Erlendur.
»Also liegt er immer noch da oben in den Bergen?«
Erlendur hörte auf zu essen und legte die Gabel zur Seite.
»Davon gehe ich aus, ja«, sagte er und schaute seinem Sohn in die Augen. »Wieso fragst du danach?«
»Suchst du manchmal nach ihm?«
»Suche ich nach ihm?«
»Suchst du nicht immer noch nach ihm?«
»Was willst du von mir, Sindri?«, fragte Erlendur.
»Ich habe da in den Ostfjorden gearbeitet, in Eskifjörður. Sie wussten nicht, dass wir ...«, Sindri zögerte, bis er das richtige Wort fand, »... dass wir uns kennen. Nachdem Eva mir das erzählt hatte, habe ich mich mal da vor Ort umgehört, vor allem bei älteren Leuten, die mit mir in der Fischfabrik gearbeitet haben.«
»Hast du sie über mich ausgefragt?«
»Nee, natürlich nicht direkt. Ich habe nicht nach dir gefragt. Ich habe über alte Zeiten gesprochen und nach Leuten gefragt, die früher mal dort gewohnt haben, und nach den Bauern in der Gegend. Dein Vater war Bauer, nicht wahr? Mein Großvater.«
Erlendur antwortete nicht.
»Es gibt Leute, die sich noch gut daran erinnern«, erklärte Sindri.
»Sich woran erinnern?«
»An die beiden Jungen, die mit ihrem Vater in die Berge gingen, und der jüngere Bruder kam ums Leben. Danach ist die Familie nach Reykjavík gezogen.«
Erlendur schaute seinen Sohn an.
»Mit was für Leuten hast du geredet?«
»Mit irgendwelchen Leuten da in den Ostfjorden.«
»Und hast hinter mir herspioniert?«, fragte er schroff.
»Ich habe nicht hinter dir herspioniert«, sagte Sindri. »Eva

Lind hat mir davon erzählt, und ich habe mich mal umgehört, was damals passiert ist.«

Erlendur schob den Teller von sich.

»Und was ist passiert?«

»Ein verrücktes Unwetter. Dein Vater schaffte es nach Hause, und eine Suchmannschaft wurde ausgeschickt. Du warst in einer Schneewehe vergraben, als man dich fand. Dein Bruder wurde nie gefunden. Dein Vater hat sich nicht an der Suche beteiligt. Die Leute haben gesagt, dass er sich das so zu Herzen genommen hätte, dass er komisch wurde.«

»Komisch?«, sagte Erlendur gereizt. »Was für ein verdammter Blödsinn.«

»Deine Mutter hatte viel mehr Kraft. Sie ist jeden Tag mit den Suchtrupps losgezogen und dann später sogar ganz allein. Bis ihr zwei Jahre danach weggezogen seid. Sie ist immer wieder in die Berge gegangen und hat nach ihrem Sohn gesucht. Sie war darauf richtig fixiert.«

»Sie wollte ihn begraben«, sagte Erlendur, »darauf war sie fixiert.«

»Die Leute haben auch über dich gesprochen.«

»Es wäre besser, wenn du nicht auf solchen Klatsch und Tratsch hören würdest.«

»Sie haben gesagt, dass der ältere Bruder, der gerettet wurde, regelmäßig in den Osten käme und dort in den Bergen herumwandere. Es würden manchmal ein paar Jahre zwischen seinen Besuchen vergehen, und in letzter Zeit wäre er auch längere Zeit nicht da gewesen, aber das würde nichts besagen. Er käme allein und hätte ein Zelt dabei, würde sich ein paar Pferde ausleihen und ins Gebirge ziehen. Nach einer Woche oder zehn Tagen, manchmal sogar einem halben Monat, käme er wieder und führe dann nach Reykjavík zurück. Er würde nie mit jemandem reden, außer mit dem Mann, bei dem er die Pferde leiht, und auch dann sagte er nicht viel.«

»Reden die Leute im Osten wirklich immer noch darüber?«
»Das wohl nicht«, sagte Sindri. »Jedenfalls nicht viel. Ich habe mich bloß umgehört und habe mit Leuten geredet, die sich daran erinnern konnten und sich an dich erinnern konnten. Ich hab auch mit dem Bauern gesprochen, der dir die Pferde vermietet.«
»Warum hast du das getan? Du hast doch nie ...«
»Eva Lind hat mir gesagt, dass sie dich besser versteht, nachdem du ihr davon erzählt hast. Sie will dauernd über dich reden. Ich habe nie Bock gehabt, über dich nachzudenken. Aber du bedeutest ihr was, frag mich nicht wieso. Für mich spielst du keine Rolle. Ich finde die Situation okay. Ich finde es okay, dass ich dich nicht brauche und noch nie gebraucht habe. Eva braucht dich aber, und das hat sie schon immer getan.«
»Ich habe versucht, alles für Eva zu tun, was in meiner Macht steht«, sagte Erlendur.
»Ich weiß, das hat sie mir auch gesagt. Manchmal denkt sie, dass du dich nur einmischen willst, aber trotzdem glaube ich, dass sie ganz genau weiß, was du für sie tust.«
»Die sterblichen Überreste eines Menschen können noch viele Jahrzehnte später gefunden werden«, sagte Erlendur. »Sogar Jahrhunderte später. Rein zufällig. Dafür gibt es viele Beispiele.«
»Bestimmt«, sagte Sindri. »Eva hat gemeint, dass du dich dafür verantwortlich fühlst, was mit ihm passiert ist. Weil du ihn nicht festhalten konntest. Gehst du deswegen in den Osten? Um zu suchen?«
»Ich glaube ...«
Erlendur verstummte.
»Wegen irgendwelcher Gewissensbisse?«
»Ich weiß nicht, ob es Gewissensbisse sind«, sagte er und lächelte schwach.

»Aber du hast ihn nie gefunden«, sagte Sindri.

»Nein«, sagte Erlendur.

»Deswegen zieht es dich immer wieder dorthin.«

»Es tut immer gut, wenn man einen Ortswechsel vornimmt und ein bisschen mit sich allein ist.«

»Ich hab mir das Haus angesehen, wo ihr früher gewohnt habt. Der Hof ist verfallen.«

»Ja«, sagte Erlendur, »schon seit langem. Eigentlich ist es nur noch eine Ruine. Ich habe manchmal überlegt, ob man es renovieren und zu einem Sommerhaus umfunktionieren lassen soll, aber ...«

»Aber da ist doch völlig tote Hose.«

Erlendur blickte Sindri an.

»Es tut immer noch gut, da zu schlafen. Bei den Geistern der Vergangenheit.«

Als er abends zu Bett ging, dachte er an die Worte seines Sohnes. Es stimmte, was Sindri gesagt hatte. Er war manchmal im Sommer in die Ostfjorde gefahren, um nach seinem Bruder zu suchen. Er wusste keinen anderen Grund dafür als den offensichtlichen, dass er die sterblichen Überreste finden wollte, um die Sache zum Abschluss zu bringen, auch wenn er sich im tiefsten Inneren klar darüber war, dass wenig Hoffnung bestand. Die erste und die letzte Nacht auf diesen Reisen verbrachte er immer in ihrem ehemaligen Wohnhaus. Der Hof war verlassen. Er schlief auf dem Fußboden im Wohnzimmer, schaute durch zerbrochene Fensterscheiben zum Himmel hinauf und dachte an die Zeiten zurück, als er hier in diesem Zimmer mit seiner Familie, mit Verwandten und befreundeten Nachbarn saß. Er betrachtete die schön lackierte Zimmertür, sah seine Mutter mit der Kaffeekanne hereinkommen und den Gästen in der sanften Helligkeit der Wohnzimmerlampe Kaffee einschenken. Sein Vater stand an der Tür und lächelte

über etwas, das gesagt worden war. Sein Bruder, den all diese Gäste schüchtern machten, kam zu ihm und fragte, ob er sich noch ein Stückchen Gebäck nehmen durfte. Er selber saß am Fenster und schaute zu den Pferden hinaus. Die Leute hatten einen Ausritt gemacht, alle waren guter Dinge, und man unterhielt sich lebhaft.
Das waren die Geister seiner Vergangenheit.

Zehn

Marian Briem wirkte ein wenig frischer, als Erlendur am folgenden Tag frühmorgens vorbeischaute. Erlendur hatte einen Western mit John Wayne aufgetrieben, der *The Searchers* hieß. Marian schien sich zu freuen und bat ihn, die Kassette ins Videogerät einzulegen.

»Seit wann schaust du dir Western an?«, fragte Erlendur.

»Ich hatte schon immer ein Faible dafür«, sagte Marian Briem. Die Sauerstoffmaske lag auf dem Tisch neben dem Sessel im Wohnzimmer. »Die besten erzählen einem simple Geschichten über simple Menschen, Hinterwäldler. Ich hätte gedacht, dass du als Hinterwäldler ebenfalls Spaß an solchen Geschichten aus dem Wilden Westen haben würdest.«

»Ich hab mich nie sonderlich fürs Kino interessiert«, sagte Erlendur.

»Kommst du mit dem Kleifarvatn-Fall vorwärts?«, erkundigte sich Marian.

»Was können wir daraus schließen, dass ein Skelett, das wahrscheinlich aus den sechziger Jahren stammt, gefunden wird und an ein russisches Abhörgerät gebunden ist?«, fragte Erlendur.

»Da kommt doch wohl nur eins in Frage«, entgegnete Marian.

»Spionage?«

»Ja.«

»Glaubst du tatsächlich, dass wir da im See einen richtigen isländischen Spion gefunden haben?«

»Wer sagt, dass er Isländer ist?«

»Muss man davon nicht ausgehen?«, entgegnete Erlendur zögernd.

»Es gibt keinen zwingenden Grund für die Annahme, dass es sich um einen Isländer handelt.» Marian Briem wurde plötzlich von einem Hustenanfall geschüttelt und rang nach Atem. »Reich mir die Sauerstoffmaske, dann geht's mir wieder besser.«

Erlendur griff nach der Maske, legte sie ihm an und drehte den Hahn an der Sauerstoffflasche auf. Er überlegte, ob er die Krankenpflegerin zu Hilfe rufen sollte oder vielleicht sogar einen Arzt. Marian schien seine Gedanken lesen zu können.

»Mach kein Theater. Ich brauch keine Hilfe. Die Krankenpflegerin kommt nachher.«

»Ich darf dich nicht so ermüden.«

»Geh nicht gleich. Du bist der Einzige von denen, die mich besuchen kommen, mit dem ich wirklich reden möchte. Und der mir möglicherweise eine Zigarette gibt.«

»Du kriegst keine Zigarette von mir.«

Es herrschte Schweigen, bis Marian die Sauerstoffmaske wieder abnahm.

»Haben denn Isländer während des Kalten Krieges auch Spionage betrieben?«, fragte Erlendur.

»Ich weiß es nicht«, erwiderte Marian. »Ich weiß nur, dass man versucht hat, sie dazu zu bewegen. Ich kann mich an einen Mann erinnern, der zu uns kam und sich über die zudringlichen Russen beschwerte.« Marian schloss die Augen. »Es war ein unglaublich plumper und läppischer Spionageversuch, eigentlich typisch isländisch. Die Russen haben sich mit dem Mann in Verbindung gesetzt und angefragt, ob er bereit sei, mit ihnen zusammenzuarbeiten. Ihnen fehlten Informationen über den Flughafen in Keflavík, über die ganzen Gebäude und Einrichtungen dort. Den Russen war es völlig ernst damit, und sie wollten sich dauernd an entlegenen Orten außerhalb der Stadt mit ihm treffen. Er fand sie ziemlich penetrant und konnte sie einfach nicht loswerden, obwohl er sich nicht dazu bereit erklärte. Sie ließen aber nicht locker, und zum Schluss wurde es ihm zu bunt, und er setzte sich mit der Polizei in Verbindung. Man konstruierte eine simple Falle. Als der Mann zu einem weiteren Treffen mit den Russen beim Hafravatn fuhr, waren zwei Polizisten in seinem Auto, die sich unter Decken versteckt hielten. Andere Polizisten hatten sich vorab im Gelände verteilt. Die Russen waren völlig ahnungslos, als die Männer aus dem Auto sprangen und sie festnahmen.«

Bei dem Gedanken an die russischen Spionageversuche verzog sich Marians Gesicht zu einem Grinsen. »Sie wurden des Landes verwiesen. Ich kann mich noch heute daran erinnern, wie sie hießen: Kisilow und Dimitroff.«

»Ich wollte dich fragen, ob du dich an einen als vermisst gemeldeten Mann aus den sechziger Jahren erinnern kannst«, sagte Erlendur. »Der Mann hat landwirtschaftliche Maschinen und Bagger verkauft. Er wollte einen Kundenbesuch bei einem Bauern in Mosfellssveit machen, und seitdem ist er spurlos verschwunden.«

»Daran kann ich mich gut erinnern. Níels hatte den Fall in Bearbeitung, dieser faule Sack.«

»Genau«, sagte Erlendur, der Níels kannte. »Der Mann hatte einen Ford Falcon, der vor dem Busbahnhof gefunden wurde. Eine Radkappe war entfernt worden.«

»Wollte er nicht einfach seine Alte loswerden? Ich glaube, so oder so ähnlich war das Ergebnis. Oder, dass er sich umgebracht hatte.«

»Kann gut sein«, sagte Erlendur.

Marian schloss die Augen. Erlendur saß noch eine ganze Weile schweigend auf dem Sofa und sah sich den Western an, während Marian schlief. Auf der Kassettenhülle stand, dass Wayne einen ehemaligen Südstaaten-Soldaten spielte, der hinter Indianern her war, die seinen Bruder und seine Schwägerin getötet und deren Tochter entführt hatten. Der Soldat sucht jahrelang nach dem Mädchen, und als er sie endlich findet, hat sie die Vergangenheit vergessen und ist zu einer Indianerin geworden.

Nach zwanzig Minuten stand Erlendur auf. Marian schlief immer noch mit der Sauerstoffmaske vor Nase und Mund.

Als er ins Dezernat kam, ging er gleich zu Elínborg ins Büro. Sie entwarf gerade eine Rede für die Party, mit der das Erscheinen ihres Buchs gefeiert werden sollte. Sigurður Óli war bei ihr. Er hatte die weitere Verkaufsgeschichte des Falcons recherchiert und den letzten Käufer ausfindig gemacht.

»Er hat den Wagen kurz vor 1980 an einen Betrieb in Kópavogur verkauft, der Autos ausschlachtet. Diese Autoteile-Firma existiert immer noch. Da geht bloß keiner ans Telefon. Die machen vielleicht schon Sommerpause.«

»Hat man noch etwas über den Abhörsender herausgefunden?«, fragte Erlendur und beobachtete, wie Elínborg die Lippen bewegte, während sie auf den Rechner starrte, so als würde sie sich selber zuhören und prüfen, wie die Rede klang.

»Elínborg!«, sagte er scharf.

Sie hob den Finger, um ihn um einen Augenblick Geduld zu bitten.

»... und ich hoffe, dass ihr«, las sie laut vom Bildschirm ab, »dass ihr alle mit meinem Buch unzählige schöne Stunden in der Küche verbringen werdet und damit euren Horizont erweitern könnt. Das Buch ist allgemein verständlich geschrieben, und ich habe besonderen Wert auf das familiäre Ambiente gelegt, denn Küche und Kochen bilden den Mittelpunkt ...«

»Sehr schön«, sagte Erlendur.
»Moment«, sagte Elínborg, »... den Mittelpunkt des Familienlebens, denn dort kommt man jeden Tag zusammen und verlebt geruhsame Stunden des Genusses.«
»Elínborg«, warf Sigurður Óli dazwischen.
»Klingt das zu schmalzig?«, fragte Elínborg und zog eine Grimasse.
»Es haut einen um«, sagte Sigurður Óli.
Elínborg sah Erlendur an.
»Was können die in der Technik mehr über das Gerät sagen?«, fragte er.
»Sie untersuchen es immer noch«, entgegnete Elínborg. »Sie versuchen, irgendeinen Spezialisten beim Telefonanbieter *Síminn* aufzutreiben.«
»Mir fielen all diese Apparate ein, die seinerzeit im Kleifarvatn gefunden wurden«, sagte Sigurður Óli, »und jetzt dieses hier, das an dem Gerippe festgebunden war. Wäre es nicht angebracht, mit einem von den Oldtimern im Außenministerium zu reden?«
»Ja. Finde heraus, wer da in Frage kommt«, sagte Erlendur. »Jemand, der sich noch an die Zeit erinnern kann, als der Kalte Krieg auf seinem Höhepunkt war.«
»Geht es wirklich um Spionage in Island?«, fragte Elínborg.
»Ich weiß es nicht«, sagte Erlendur.
»Klingt das nicht irgendwie albern?«, sagte Elínborg.
»Nicht alberner als ›da, wo man tagtäglich zusammenkommt und geruhsame Stunden des Genusses verlebt‹«, ahmte Sigurður Óli sie nach.
»Mensch, halt die Klappe«, sagte Elínborg und löschte alles, was sie eingegeben hatte.

Beim Ersatzteilhändler in Kópavogur arbeitete nur eine Person, nämlich der Besitzer, und das Geschäft war nur nachmittags geöffnet. Die Autowracks befanden sich hinter einer hohen Einzäunung, teilweise waren sechs übereinander gestapelt. Einige waren nach schlimmen Unfällen total ramponiert, andere einfach nur alt und klapprig. Das schien der Eigentümer auch zu sein, ein müde wirkender Mann um die sechzig. Er trug einen völlig verdreckten und zerrissenen Overall, der irgendwann einmal hellblau gewesen sein musste. Der Mann war gerade dabei, den vorderen Kotflügel eines ziemlich neuen japanischen Wagens abzutrennen, der bei einem Auffahrunfall wie eine Ziehharmonika bis zu den Vordersitzen zusammengedrückt worden war.

Erlendur stand da und betrachtete das Autowrack, bis der Mann hochschaute.

»Auf den ist ein Laster draufgefahren«, sagte er. »Ein Glück, dass niemand hinten im Auto gesessen hat.«

»Ein ganz neues Auto«, sagte Erlendur.

»Was kann ich für dich tun?«

»Ich suche nach einem schwarzen Ford Falcon«, sagte Erlendur. »Er wurde kurz vor 1980 an diese Firma verkauft oder verschenkt.«

»Ein Ford Falcon?«

»Ist wahrscheinlich hoffnungslos, ich weiß«, sagte Erlendur.

»Der muss aber schon ganz schön alt gewesen sein, als er hier landete«, sagte der Mann und zog einen Lappen hervor, an dem er sich die Hände abwischte. »Der Falcon wird doch mindestens seit 1970, vielleicht auch schon länger nicht mehr produziert.«

»Dann habt ihr damals wahrscheinlich gar keine Verwendung für ihn gehabt?«

»Die meisten Falcons waren schon lange vor 1980 von den Straßen verschwunden. Warum suchst du nach einem? Fehlen dir Ersatzteile? Baust du dir einen Falcon zusammen?«

Erlendur sagte ihm, worum es ging, dass er von der Kriminalpolizei war und dass besagter Wagen mit einem Vermisstenfall in Verbindung stand. Das Interesse des Mannes war damit gleich geweckt. Er erklärte, er habe das Geschäft Mitte der achtziger Jahre von einem Mann namens Haukur gekauft, aber an einen Ford Falcon in der Sammlung konnte er sich nicht erinnern. Der frühere Eigentümer, der vor einigen Jahren verstorben war, hatte jedoch genauestens die Autowracks registriert, die er kaufte. Erlendur wurde in ein kleines Hinterzimmer geführt, wo Ordner und Ablagekästen bis zur Decke gestapelt waren.

»Das hier ist die gesamte Buchhaltung«, sagte der Mann und grinste entschuldigend. »Wir, ähem, wir sind es nicht gewöhnt, irgendwas wegzuschmeißen. Du kannst dir das alles gerne anschauen. Ich hatte keine Lust, solche Listen weiterzuführen. Ich sah nicht ein, wozu das gut sein sollte, aber der alte Haukur hat sie immer sehr gewissenhaft geführt.«

Erlendur bedankte sich bei ihm und fing an, die Ordner zu durchforsten, deren Rücken alle mit den entsprechenden Jahreszahlen beschriftet waren. Er wusste nicht, warum er nach diesem Auto suchte. Er hatte keine Ahnung, wie dieses Auto ihm weiterhelfen konnte, falls es noch existierte. Sigurður Óli hatte ihn gefragt, weswegen er sich ausgerechnet so für diesen Vermisstenfall interessierte und nicht für die anderen, die sie in den vergangenen Tagen ausgegraben hatten. Erlendur hatte keine plausible Antwort darauf. Sigurður Óli hätte kein Verständnis dafür gehabt, wenn er ihm gesagt hätte, dass ihm diese einsame Frau nicht aus dem Sinn ging, die geglaubt hatte, endlich das Glück ihres Lebens gefunden zu haben, und dann vor einem Milchgeschäft auf und ab ging, auf die Armbanduhr schaute und vergeblich auf den Mann wartete, den sie liebte.

Nach drei Stunden, in denen der Eigentümer sich mehrmals erkundigte, ob er fündig geworden sei, war Erlendur kurz davor, zu kapitulieren. Doch dann fand er endlich, wonach er suchte: den Rechnungsdurchschlag über den Verkauf des Autos. Am 21. Oktober 1979 war ein schwarzer Ford Falcon mit Motorschaden verkauft worden. Das Auto war von innen noch in gutem Zustand, ebenso der Lack. Keine Nummernschilder. An das Blatt mit der Beschreibung war eine mit Bleistift geschriebene Quittung angehängt, auf der stand: Falcon Produktionsjahr 1967, KR 35 000. Käufer: Hermann Albertsson.

Elf

Der Erste Botschaftssekretär in der russischen Botschaft in Reykjavík war etwa im gleichen Alter wie Erlendur, aber er war wesentlich schlanker und wirkte ziemlich fit. Er nahm sie in Empfang und gab sich sichtlich Mühe, nicht förmlich zu wirken. Er trug einen Pullover und Khakihosen und erklärte lächelnd, er sei auf dem Weg zum Golfplatz. Nachdem Erlendur und Elínborg Platz genommen hatten, setzte er sich an seinen Schreibtisch und lächelte freundlich. Er war über den Zweck ihres Besuchs informiert; der Termin war schon vor einiger Zeit vereinbart worden, und die Golfverabredung verwunderte Erlendur. Daraus war nur zu schließen, dass er diese Besprechung so schnell wie möglich über die Bühne bringen und sie wieder hinauskomplimentieren wollte. Sie sprachen Englisch, und obwohl der Botschaftssekretär wusste, worum es ging, erklärte Elínborg mit einigen einleitenden Worten, weswegen sie ein Gespräch für nötig gehalten hatten. Ein russisches Abhörgerät sei an dem Skelett eines Mannes befestigt gewesen und der Tote höchstwahrscheinlich irgendwann nach 1961 damit im Kleifarvatn versenkt worden. Bislang seien noch keinerlei Informationen über die genauen Umstände an die Medien weitergegeben worden.

»Seit 1960 hat es eine ganze Reihe von sowjetischen und später russischen Botschaftern auf Island gegeben«, sagte der Botschaftssekretär und schien mit seinem selbstgefälligen Lächeln zum Ausdruck bringen zu wollen, dass nichts von dem, was sie erzählten, ihn persönlich etwas anginge. »Diejenigen, die hier in den sechziger Jahren und zu Anfang der Siebziger tätig waren, sind alle längst tot. Ich bezweifle auch, dass sie etwas über ein russisches Gerät in diesem See gewusst haben, genauso wenig wie ich.«

Er lächelte. Erlendur erwiderte das Lächeln.

»Aber Sie haben doch hier während des Kalten Kriegs Spionage betrieben? Oder es zumindest versucht.«

»Das war vor meiner Zeit«, erwiderte der Botschaftssekretär. »Dazu kann ich nichts sagen.«

»Meinen Sie damit, dass Sie heutzutage keine Spionage mehr betreiben?«

»Was gibt es hier schon zu spionieren? Heutzutage geht man einfach wie alle anderen ins Internet. Außerdem spielt eure Militärbasis kaum noch eine so große Rolle für Island, falls sie denn überhaupt noch irgendeine Rolle spielt. Die Konfliktgebiete in der Welt haben sich verlagert. Amerika braucht den überdimensionalen Flugzeugträger Island nicht mehr. Niemand begreift, was dieser mordsteure Stützpunkt hier überhaupt soll. Wenn wir in der Türkei wären, könnte man es verstehen.«

»Das ist nicht unsere Militärbasis«, warf Elinborg ein.

»Uns ist bekannt, dass Angehörige der russischen Botschaft wegen Spionageverdacht des Landes verwiesen worden sind«, sagte Erlendur. »Als der Kalte Krieg auf seinem Höhepunkt war.«

»Da wissen Sie aber mehr als ich«, sagte der Botschaftssekretär. »Und selbstverständlich ist das Ihr Stützpunkt«, fügte er hinzu, während er Elínborg anblickte. »Machen Sie sich da doch nichts vor.«

Dann wandte er sich wieder Erlendur zu. »Falls wir Spione in unserer Botschaft hatten, waren es bestimmt nur halb so viele, wie es CIA-Agenten gab, die in der amerikanischen Botschaft herumliefen. Haben Sie sich dort mal erkundigt?

Ihren Darstellungen nach hört es sich so an, als handele es sich, na, wie wollen wir es ausdrücken, als handele es sich um einen Mafiamord. Ist Ihnen das noch nicht in den Sinn gekommen? Ein Zementklotz und ein tiefer See. Klingt ganz wie ein amerikanischer Gangsterfilm.«

»Es handelt sich aber um einen russischen Apparat«, sagte Erlendur, »der bei der Leiche gefunden wurde, ich meine, bei dem Skelett.«

»Das muss gar nichts besagen«, erwiderte der Botschaftssekretär. »Hier gab es andere Botschaften der Ostblockländer, die damals Geräte verwendet haben, die aus der ehemaligen Sowjetunion kamen. Unsere Botschaft muss damit nicht das Geringste zu tun haben.«

»Wir haben hier eine genauere Beschreibung des Geräts und Fotos«, sagte Elínborg und reichte ihm die Fotos und die dazugehörigen Papiere. »Können Sie uns etwas dazu sagen, wozu es verwendet wurde? Oder wer es verwendet hat?«

»Ich kenne das Gerät nicht«, sagte der Botschaftssekretär, während er sich die Fotos ansah. »Leider. Ich werde mich aber kundig machen. Doch selbst wenn es uns gelingt, das Gerät zu identifizieren, sehe ich nicht, wie wir Ihnen behilflich sein können.«

»Sollte man es nicht einfach darauf ankommen lassen?«, fragte Erlendur.

Der Botschaftssekretär lächelte.

»Sie müssen mir einfach glauben. Das Skelett im See hat nicht das Geringste mit dieser Botschaft und ihren Angehörigen zu tun. Weder damals noch heute.«

»Wir gehen davon aus, dass es ein Abhörsender ist«, sagte Elínborg. »Er war auf den früheren Frequenzbereich der amerikanischen Streitkräfte in Keflavík eingestellt.

»Dazu kann ich nichts sagen«, sagte der Botschaftssekretär und schaute auf seine Armbanduhr. Der Golfplatz wartete.

»Falls Sie seinerzeit spioniert hätten – was Sie selbstverständlich nicht getan haben«, sagte Erlendur, »was hätte dann wohl Ihr Interesse auf sich gezogen?«

Der Botschaftssekretär zögerte ein wenig.

»Falls wir etwas Derartiges getan hätten, hätten wir natürlich gern gewusst, was da auf dem Stützpunkt vor sich ging, beispielsweise die Militärtransporte und die Positionierung von Kriegsschiffen, Flugzeugen und U-Booten. Wir hätten sicher gern etwas über die jeweiligen Truppenstärken in Erfahrung gebracht. Das können Sie sich doch selber ausrechnen. Und wir hätten versucht, uns Informationen über die Wirksamkeit der Basis und der anderen militärischen Anlagen in Island zu beschaffen. Die waren über die ganze Insel verteilt, nicht nur in Keflavík. Die Amerikaner waren überall im Land präsent. Wir hätten auch die Arbeit anderer Botschaften abgecheckt, die isländische Innenpolitik, die politischen Parteien und dergleichen.«

»1973 hat man zahlreiche solcher Geräte im Kleifarvatn gefunden«, sagte Erlendur. »Sendegeräte, Kurzwellensender, Aufnahmegeräte und sogar Radios. Alles aus Ostblockstaaten, das meiste aus der Sowjetunion.«

»Davon weiß ich nichts«, erwiderte der Botschaftssekretär.

»Nein. Selbstverständlich nicht«, sagte Erlendur. »Aber was für einen Grund kann es dafür gegeben haben, dass man diese Apparate in den See geworfen hat? Gab es keine andere Methode, solche alten Geräte loszuwerden?«

»Ich befürchte, dass ich Ihnen da nicht weiterhelfen kann«, sagte der Botschaftssekretär, der jetzt nicht mehr lächelte. »Ich habe versucht, Ihnen, so gut ich konnte, Rede und Antwort zu stehen, aber einiges weiß ich ganz einfach nicht. So sieht es aus.«

Elínborg und Erlendur standen auf. Der Mann trug eine Selbstgefälligkeit zur Schau, die Erlendur missfiel. Ihr

Stützpunkt! Was wusste dieser Mann darüber, wie man in Island über den Stützpunkt dachte?

»Waren diese Geräte vielleicht so vorsintflutlich, dass kein Grund mehr bestand, sie per Kurier zurückzuschicken?«, fragte Erlendur. »Es ging natürlich nicht, sie einfach wie gewöhnlichen Müll zur Deponie zu bringen. Das waren Geräte, die eindeutig bewiesen, dass auf Island Spionage betrieben wurde. Als die Welt einfacher und die Linien klarer waren.«

»Sie können gern so viel darüber spekulieren, wie Sie wollen«, sagte der Botschaftssekretär und erhob sich. »Aber ich habe jetzt einen anderweitigen Termin.«

»Hätte der Mann im Kleifarvatn aus dieser Botschaft gewesen sein können?«

»Nein.«

»Oder aus einer anderen diplomatischen Vertretung der Ostblockländer?«

»Meines Erachtens ist das völlig indiskutabel. Und jetzt muss ich Sie wirklich bitten ...«

»Wird jemand aus diesen Jahren vermisst?«

»Nein.«

»Das wissen Sie einfach so, ohne es zu überprüfen?«

»Ich habe es überprüft. Von uns wird niemand vermisst.«

»Kein Botschaftsangehöriger ist plötzlich verschwunden und nie wieder aufgetaucht?«

»Auf Wiedersehen«, sagte der Botschaftsrat und lächelte. Er hielt die Tür für sie auf.

»Ganz bestimmt niemand, der verschwunden ist?«, sagte Erlendur, während er auf den Flur hinaustrat.

»Niemand«, sagte der Botschaftssekretär und machte ihm die Tür vor der Nase zu.

Sigurður Óli wurde gar nicht erst zum amerikanischen Botschafter oder seinen Untergebenen vorgelassen. Stattdessen wurde ihm die als »Vertraulich« gekennzeichnete Mitteilung zugestellt, dass im besagten Zeitraum keine Amerikaner als vermisst gemeldet worden waren. Sigurður Óli wollte Druck machen und ein Gespräch erzwingen, aber dieses Ansinnen wurde auf einer Sektionsleiterkonferenz im Dezernat mit der Begründung abgelehnt, dass man schon etwas Handfestes vorweisen können müsse, was den Schluss auf eine direkte Verbindung zwischen den Knochen im See und der amerikanischen Botschaft, der Basis oder amerikanischen Staatsangehörigen auf Island zuließe.

Man neigte zu der Theorie, dass dieser Skelettfund vor dem Hintergrund der Spionage auf Island zu sehen war und dass es sich vermutlich um einen Ausländer handelte. Sigurður Óli rief einen Freund an, der als Abteilungsleiter im Außenministerium für Verteidigungs- und Sicherheitsfragen zuständig war, und fragte an, ob er ihnen ehemalige Mitarbeiter des Ministeriums nennen könne, die imstande wären, der Kriminalpolizei Informationen über ausländische Botschaftsangehörige in den sechziger und siebziger Jahren zu geben. Er ging so wenig wie möglich auf die Einzelheiten der Ermittlung ein, verriet aber gerade so viel, dass es ihm gelang, das Interesse seines Freundes zu wecken, der versprach, sich wieder mit ihm in Verbindung zu setzen.

Erlendur hielt ein Glas Weißwein in der Hand und fühlte sich auf Elínborgs Party völlig deplatziert. Er hatte sehr mit sich gekämpft, ob er sich blicken lassen sollte oder nicht, aber zum Schluss hatte er sich doch dazu durchgerungen. Er langweilte sich auf solchen Feiern und den wenigen anderen Festivitäten, zu denen er eingeladen wurde. Er trank einen Schluck Weißwein und schnitt eine Grimasse. Er war sauer. Sehnsüchtig dachte er an seinen Chartreuse zu Hause.

Er lächelte Elínborg zu, die mitten in einer Menschentraube stand und ihm zuwinkte. Sie sprach mit Leuten von der Presse. Es hatte einige Aufmerksamkeit erregt, dass eine Mitarbeiterin der Kriminalpolizei ein Kochbuch herausgab. Erlendur freute sich darüber, wie sehr sie es genoss, im Mittelpunkt zu stehen. Einmal hatte sie ihn zusammen mit Sigurður Óli und dessen Frau Bergþóra eingeladen, um ein neues indisches Geflügelrezept an ihnen auszuprobieren, von dem sie sagte, sie würde es in ihr Buch aufnehmen. Das Gericht war ungewöhnlich kräftig gewürzt und schmeckte köstlich. Sie lobten Elínborg so sehr, dass sie einen hochroten Kopf bekam.

Erlendur kannte außer seinen Kollegen nicht viele auf der Party, und er war geradezu erleichtert, als er sah, dass Bergþóra und Sigurður Óli auf ihn zusteuerten.

»Vielleicht versuchst du es mal mit einem Lächeln, wenn du uns siehst«, erklärte Bergþóra und gab ihm einen Kuss auf die Wange. Sie erhoben die Gläser zu einem *Skál* auf Elínborg und stießen an.

»Wann kriegt man endlich diese Frau zu sehen, mit der du zusammen bist?«, fragte Bergþóra, und Erlendur bemerkte, dass Sigurður Óli neben ihr erstarrte. Das ganze Dezernat redete darüber, dass es in Erlendurs Leben auf einmal eine Frau zu geben schien, aber nur wenige wagten, ihn darauf anzusprechen.

»Vielleicht irgendwann einmal«, entgegnete Erlendur, »vielleicht zu deinem Achtzigsten.«

»Ist sie dann nicht schon mausetot?«, gab Bergþóra zu bedenken.

Erlendur lächelte.

»Was ist das denn hier für eine Truppe?«, fragte Bergþóra und ließ ihre Blicke über die Gesellschaft schweifen.

»Ich kenne nur die Cops«, sagte Sigurður Óli. »Ich denke aber, dass all die Pummeligen hier zu Elínborgs Familie gehören müssen.»

»Da hinten ist Teddi«, sagte Bergþóra und winkte Elínborgs Mann zu.

Jemand schlug mit einem Löffel an ein Glas, und das Stimmengewirr verstummte. Ein Mann begann in einer entfernten Ecke des Saals zu reden. Sie hörten nicht, was er sagte, aber die Leute lachten. Sie sahen, wie Elínborg sich einen Weg zu ihm bahnte und die Rede aus der Tasche zog, die sie vorbereitet hatte. Sie schoben sich näher heran, um zu hören, was sie sagte, schnappten aber nur noch die letzten Sätze auf, in denen sie ihrer Familie und ihren Kolleginnen und Kollegen bei der Kriminalpolizei für ihre Geduld und die Unterstützung dankte. Dann wurde geklatscht.

»Wollt ihr noch bleiben?«, fragte Erlendur und hörte sich an, als sei er im Begriff, die Party zu verlassen.

»Sei doch nicht immer so steif«, sagte Bergþóra. »Gib dich doch mal locker und genieß das Leben ein bisschen. Komm, kipp dir einen hinter die Binde.«

Sie schnappte sich ein Glas Weißwein vom nächsten Tablett.

»Kipp das runter!«

Elínborg tauchte in dem Gewimmel auf, begrüßte sie alle mit einem Kuss und fragte, ob sie sich langweilten. Dabei schaute sie Erlendur an, der sich einen kräftigen Schluck von dem sauren Weißwein zu Gemüte führte. Elínborg und Bergþóra entdeckten einen bekannten Fernsehmoderator unter den Gästen und tauschten sich darüber aus, mit wem er fremdging. Sigurður Óli traf einen Bekannten, und sie begrüßten sich mit Handschlag. Erlendur kannte ihn nicht und nutzte die Gelegenheit, um sich zurückzuziehen. Er wollte sich gerade klammheimlich wegschleichen, als er einem alten Kollegen in die Arme lief, der kurz vor der Pensionierung stand. Erlendur wusste, dass ihm das zu schaffen machte.

»Hast du gehört, wie es um Marian Briem steht?«, erkun-

digte sich der Mann und trank einen Schluck Weißwein.
»Die Lungen sind hinüber, wenn ich es richtig verstanden habe. Hockt nur noch zu Hause rum und quält sich.«
»Stimmt«, sagte Erlendur. »Und guckt sich Western an.«
»Du hast nachgeforscht, was mit dem Falcon ist?«, fragte der Mann, leerte sein Glas und griff sich ein neues von dem Tablett, das an ihnen vorbeischwebte.
»Dem Falcon?«
»Im Dezernat redet man darüber, dass du dich wegen des Skeletts im Kleifarvatn mit alten Vermisstenfällen befasst.«
»Kannst du dich an irgendetwas im Zusammenhang mit dem Falcon erinnern?«
»Nicht genau. Wir haben ihn vor dem Busbahnhof gefunden. Níels leitete damals die Ermittlung. Ich habe ihn übrigens auch gerade hier irgendwo gesehen. Das Buch von dem Mädel ist wirklich toll«, fügte der Mann hinzu. »Ich hab's mir gerade angeschaut. Super Fotos.«
»Das Mädel ist schon über vierzig«, sagte Erlendur. »Aber trotzdem, ein tolles Buch.«
Er hielt Ausschau nach Níels und sah ihn schließlich auf einer breiten Fensterbank sitzen. Erlendur gesellte sich zu ihm und konnte nicht umhin, daran zu denken, wie sehr er diesen Mann manchmal beneidete. Níels konnte auf eine lange Karriere bei der Kriminalpolizei zurückblicken und war von einer Familie umgeben, auf die er stolz sein konnte. Seine Frau war eine bekannte Künstlerin, sie hatten vier vielversprechende Kinder in die Welt gesetzt, die alle studiert hatten und am laufenden Band Enkelkinder produzierten. Das Ehepaar lebte in einer eindrucksvollen Villa, die von der Künstlerin selbst entworfen worden war, zwei Autos standen in der Einfahrt, und nicht der geringste Schatten schwebte über ihrem Lebensglück. Für Erlendur konnte es keinen glücklicheren und zufriedeneren Mann

geben als Níels. Von Freundschaft zwischen ihnen konnte keine Rede sein. Erlendur hatte immer das Gefühl gehabt, dass Níels ein arbeitsscheuer Mensch war, der eigentlich nichts bei der Kriminalpolizei zu suchen hatte. Das private Glück trug auch nicht dazu bei, Erlendurs Antipathien zu reduzieren.

»Marian ist schlimm dran«, sagte Níels, als Erlendur sich zu ihm setzte.

»Seine Zeit ist bestimmt noch nicht abgelaufen«, sagte Erlendur wider besseres Wissen. »Wie geht es dir?«

Die Frage war eine reine Höflichkeitsfloskel. Er wusste immer ganz genau, wie es Níels ging.

»Ich kapier das einfach nicht mehr«, sagte Níels. »Wir schnappen an einem Wochenende immer wieder denselben Kerl bei Einbrüchen, gleich fünf Mal. Jedes Mal gibt er alles zu – und wird deswegen dann sofort wieder auf freien Fuß gesetzt, weil der Fall als aufgeklärt gilt. Dann der nächste Einbruch: Er gesteht alles, wird freigelassen und bricht sofort wieder irgendwo ein. Was für ein Hornochse ist das eigentlich? Warum kann man hier nicht ein System einrichten, in dem solche Idioten direkt eingelocht werden? Die können zwanzig solcher Delikte ansammeln, bevor sie endlich vor den Kadi gestellt werden, sie kriegen eine Minimalstrafe und kommen dann auf Bewährung wieder raus, und kurze Zeit später verhaften wir wieder die gleichen Typen. Das ist doch der reinste Irrsinn. Warum werden diese Kerle nicht einfach ordentlich verknackt?!«

»Wenn's irgendwo im System hapert, dann in der isländischen Rechtsprechung«, sagte Erlendur.

»Diese Ganoven lachen sich doch kaputt über die Richter«, erklärte Níels. »Und dann die Sexualverbrecher, die sich an kleinen Kindern vergehen, und die Gewalttäter!«

Sie schwiegen. Die öffentliche Diskussion über zu milde

Strafen wurde auch innerhalb der Kriminalpolizei geführt, und die Mitarbeiter, die Verbrecher wie Kinderschänder und Vergewaltiger überführten und der Gerechtigkeit überantworteten, waren äußerst betroffen, wenn sie kurze Zeit später von milden Strafen, manchmal sogar auf Bewährung, hörten.

»Was ganz anderes«, sagte Erlendur. »Kannst du dich an den Mann erinnern, der diese landwirtschaftlichen Maschinen verkaufte? Er besaß einen schwarzen Ford Falcon. Und war auf einmal wie vom Erdboden verschluckt.«

»Meinst du das Auto vor dem Busbahnhof?«

»Ja.«

»Der hatte wirklich eine nette Frau, dieser Typ. Was wohl aus ihr geworden ist?«

»Sie ist immer noch nicht darüber hinweg«, sagte Erlendur. »Da fehlte eine Radkappe am Auto. Erinnerst du dich daran?«

»Wir sind damals davon ausgegangen, dass sie vor dem Busbahnhof geklaut worden ist. Der Fall gab nichts her, was auf ein Verbrechen hindeutete, vielleicht mit Ausnahme der gestohlenen Radkappe. Falls sie denn gestohlen wurde. Genauso gut konnte er ja auch an eine Bordsteinkante gekommen sein und dabei die Radkappe verloren haben. Sie ist zumindest nie gefunden worden. Genauso wenig wie ihr Besitzer.«

»Warum hätte er sich umbringen sollen?«, fragte Erlendur. »Es lief doch alles prima bei ihm. Er hatte eine hübsche Frau. Die Zukunft lag vor ihnen. Und er hatte sich einen Ford Falcon angeschafft.«

»Du weißt, dass all das überhaupt keine Rolle spielt, wenn Leute sich mit Selbstmordgedanken tragen«, sagte Níels.

»Glaubst du, dass er sich eine Busfahrkarte gekauft hat?«

»Wir fanden das wahrscheinlich, wenn ich mich richtig erinnere. Wir haben uns mit den Busfahrern unterhalten, aber keiner konnte sich an ihn erinnern. Das muss aber nicht besagen, dass er Reykjavík nicht doch mit dem Bus verlassen hat.«

»Aber du glaubst, dass er sich umgebracht hat.«

»Ja«, sagte Níels. »Aber …«

Níels zögerte auf einmal.

»Was?«, fragte Erlendur.

»Dieser Mann hat irgendein Spiel gespielt«, erklärte Níels.

»Was meinst du damit?«

»Sie sagte, er hätte Leopold geheißen, aber weder in unseren Archiven noch im Volksregister haben wir jemanden in dem Alter, das sie angegeben hatte, mit diesem Namen gefunden. Keine Geburtsurkunde. Keinen Führerschein. Es gab keinen Leopold, der als dieser Mann zu identifizieren war.«

»Was willst du damit sagen?«

»Entweder sind alle Eintragungen über ihn im System verloren gegangen, oder …«

»Oder er hat diese Frau angelogen?«

»Zumindest kann er nicht Leopold geheißen haben«, sagte Níels.

»Was hat sie dazu gesagt? Was hat die Frau gesagt, als ihr sie danach gefragt habt?«

»Wir hatten das Gefühl, dass er ein falsches Spiel spielte«, sagte Níels nach einer Weile. »Wir haben sie bemitleidet. Sie hatte noch nicht einmal ein Foto von ihm. Daraus kann man wohl nur schließen, dass sie nichts über diesen Mann wusste.«

»Und?«

»Wir haben ihr nichts davon gesagt.«

»Ihr habt ihr nichts wovon gesagt?«

»Dass wir ihren Leopold nirgendwo ausfindig machen konnten«, sagte Níels. »Wir fanden, dass alles sonnenklar war. Er hat sie belogen und ist dann abgehauen.«

Erlendur saß stumm da, während ihm so langsam dämmerte, was Níels ihm eröffnet hatte.
»Weil wir sie schonen wollten«, sagte Níels.
»Und sie weiß es immer noch nicht?«
»Ich glaube nicht.«
»Warum hast du das vor ihr geheim gehalten?«
»Wahrscheinlich aus lauter Menschenfreundlichkeit.«
»Sie wartet immer noch auf ihn«, sagte Erlendur. »Sie wollten heiraten.«
»Das hat er ihr weisgemacht, bevor er abgehauen ist.«
»Und was ist, wenn er ermordet wurde?«
»Wir hielten das für äußerst unwahrscheinlich. Solche Fälle von Betrug kommen zwar selten vor, sind aber durchaus kein unbekanntes Phänomen. Männer lügen Frauen irgendwas vor, das bringt ihnen ... wie sollen wir es ausdrücken, gewisse Annehmlichkeiten, und dann hauen sie ab. Ich glaube, dass sie es im Innersten auch gewusst hat. Wir brauchten ihr das nicht zu sagen.«
»Aber das Auto?«
»Es war auf den Namen der Frau angemeldet. Das Darlehen lief auch auf ihren Namen. Das Auto gehörte ihr.«
»Ihr hättet es ihr sagen müssen.«
»Vielleicht. Aber was hätte es ihr gebracht, wenn sie die Wahrheit erfahren hätte, nämlich, dass der Mann, den sie liebte, ein Betrüger war, jemand, der sie zum Narren gehalten hat? Er hat ihr nie etwas über seine Familie erzählt. Sie wusste gar nichts über diesen Mann. Er hatte keine Freunde. Er war dauernd als Vertreter unterwegs. Was schließt du daraus?«
»Sie wusste, dass sie ihn liebte«, sagte Erlendur.
»Und das war der Dank.«
»Was hat dieser Bauer ausgesagt, mit dem er verabredet war?«
»Das steht in den Protokollen«, sagte Níels und nickte

Elínborg lächelnd zu, die in ein Gespräch mit dem Verleger vertieft war. Elínborg hatte irgendwann einfließen lassen, dass er Anton hieß.

»Du weißt doch, dass nicht immer alles ins Protokoll aufgenommen wird.«

»Der Mann ist nie bei diesem Bauern erschienen«, sagte Níels. Erlendur sah ihm an, dass er versuchte, sich an Details zu erinnern. Jeder erinnerte sich nur an die großen Fälle, die Morde und rätselhaften Fälle von vermissten Personen, jede einzelne wichtige Verhaftung, an brutale Gewaltverbrechen und Vergewaltigungen.

»Habt ihr in dem Falcon etwas gefunden, was Aufschlüsse darüber gab, ob er diesen Bauern tatsächlich getroffen hat oder nicht?«

»Wir haben nichts in dem Auto gefunden, was Hinweise darauf gab, dass er auf dem Hof in Mosfellssveit gewesen war.«

»Wie gründlich wurde es untersucht?«

»Damals waren wir meines Wissens technisch einfach nicht so weit wie heute. Wir haben das Auto so genau untersucht, wie wir konnten.«

»Habt ihr euch auch den Boden hinter den Pedalen vorgenommen?«

»Das steht im Protokoll.«

»Davon habe ich nichts gelesen. Ihr hättet sehen können, ob er bei diesem Bauern war oder nicht. Er hätte bestimmt Dreck an den Schuhen gehabt.«

»Es war kein komplizierter Fall, Erlendur, und niemand wollte ihn unnötig verkomplizieren. Der Mann hat sich aus dem Staub gemacht. Vielleicht hat er sich umgebracht. Die Leichen findet man nicht immer, wie du weißt. Gesetzt den Fall, dass wir irgendwas unter den Pedalen gefunden hätten – das hätte doch von überall herstammen können. Er hat Landmaschinen verkauft und ist in ganz Island herumgekommen.«

»Was haben die Kollegen an seinem Arbeitsplatz gesagt?«
Níels überlegte.
»Das ist lange her, Erlendur.«
»Versuch, dich zu erinnern.«
»Er war nicht fest angestellt, so viel weiß ich noch. Das war damals ziemlich ungewöhnlich. Er bekam Prozente und wurde bezahlt wie ein Freiberufler.«
»Was bedeutet, dass er selber die Steuern abführen musste.«
»Wie ich gesagt habe, er war nirgendwo im System unter dem Namen Leopold zu finden. Nirgends.«
»Du glaubst also, dass er diese Frau ausgenutzt hat, wenn er in Reykjavík war, also so etwas wie ein Bratkartoffelverhältnis, und ansonsten hat er irgendwo auf dem Lande gelebt?«
»Vielleicht hat er sogar eine Familie gehabt«, sagte Níels. »Solche Typen gibt's.«
Erlendur trank einen Schluck Weißwein und betrachtete den perfekten Krawattenknoten unter Níels' weißem Hemdkragen. Er war kein guter Kriminalbeamter. Für ihn gab es keine komplizierten Fälle.
»Du hättest ihr die Wahrheit sagen müssen.«
»Kann schon sein, aber so behielt sie den Mann in guter Erinnerung. Wir waren nicht der Meinung, dass es sich um ein Verbrechen handelte. Das Verschwinden dieses Mannes wurde nie als Mordfall betrachtet, denn es gab ja keinerlei Hinweise darauf, die eine Ermittlung gerechtfertigt hätten.«
Sie schwiegen, umgeben von lautem Stimmengewirr.
»Du und deine Vermisstenfälle, in die du dich reinkniest«, sagte Níels. »Warum dieses Interesse an so was? Wonach suchst du eigentlich?«
»Ich weiß es nicht«, sagte Erlendur.
»Es war ein ganz gewöhnlicher Fall von spurlosem Ver-

schwinden. Es hätte schon einiger anderer Dinge bedurft, um daraus eine Mordermittlung zu machen. Es gab keinerlei Hinweise, die dies gerechtfertigt hätten.«

»Nein, wahrscheinlich nicht.«

»Kriegst du nie genug davon?«, fragte Níels.

»Manchmal.«

»Und deine Tochter, die steckt wohl immer noch in derselben Scheiße«, sagte Níels mit seinen vier gut geratenen Kindern, die alle vorbildliche Familien gegründet hatten und ein ebenso perfektes, makelloses Leben lebten wie er. Erlendur war sich dessen bewusst, dass die Verhaftung von Eva Lind und ihr Angriff auf Sigurður Óli die Runde im Dezernat gemacht hatten. Ihr wurden keine Zugeständnisse gemacht, weil sie Erlendurs Tochter war. Níels war die Geschichte offensichtlich ebenfalls zu Ohren gekommen. Erlendur musterte ihn von Kopf bis Fuß, die gepflegte Kleidung und die polierten Fingernägel, und überlegte, ob ein glückliches Leben einen zwangsläufig zum Langweiler machte.

»Ja«, erwiderte Erlendur, »sie steckt immer noch in derselben Scheiße.«

Zwölf

Als Erlendur abends nach Hause kam, wurde er nicht von Sindri in Empfang genommen. Er war auch gegen Mitternacht noch nicht aufgetaucht, als Erlendur zu Bett ging. Er hatte keine Nachricht und keine Telefonnummer hinterlassen. Erlendur vermisste seine Gesellschaft. Er rief die Auskunft an, seine Handynummer war nicht registriert.

Er war schon fast eingeschlafen, als das Telefon klingelte. Es war Eva Lind.

»Du weißt, dass sie einen hier dopen«, sagte sie und hörte sich an, als hätte sie einen Kloß im Mund.

»Ich war schon eingeschlafen«, log Erlendur.

»Die dimmen einen hier mit Tabletten runter. Ich bin noch nie so platt gewesen wie hier. Was machst du?«

»Ich versuche einzuschlafen«, sagte Erlendur. »Hast du heute wieder Zoff gemacht?«

»Sindri kam vorbei«, sagte Eva, ohne seine Frage zu beantworten. »Er sagt, dass er mit dir gesprochen hat.«

»Weißt du, wo er ist?«

»Ist er nicht bei dir?«

»Nein, er ist nicht hier. Vielleicht ist er bei eurer Mutter. Dürft ihr in dieser Institution zu jeder Tages- und Nachtzeit anrufen?«

»Echt cool, dich zu hören«, sagte Eva aggressiv. »Und ich hab keinen Zoff gemacht, verdammt noch mal.« Sie knallte den Hörer auf.

Erlendur lag im Bett und starrte in die Dunkelheit. Seine Gedanken kreisten um seine beiden Kinder, Eva Lind und Sindri Snær, und ihre Mutter, die ihn hasste. Er dachte an seinen Bruder, den er all die Jahre über gesucht und nie gefunden hatte. Irgendwo lagen seine Gebeine. Vielleicht in einer tiefen Schlucht, vielleicht höher in den Bergen, als er je vermutet hatte. Und er war schon sehr hoch hinaufgestiegen, weil er versucht hatte, sich vorzustellen, wie weit ein achtjähriger Junge im tobenden Schneesturm kommen könnte.
Kriegst du nie genug davon?
Genug von dieser ewigen Suche.

Hermann Albertsson nahm ihn kurz vor Mittag am nächsten Tag an der Haustür in Empfang. Er war ein schlanker, agiler Sechziger, der nicht mit seinem Lächeln geizte. Er trug abgewetzte Jeans und ein rot kariertes Hemd. Aus der Küche roch es nach gekochtem Schellfisch. Er lebte allein, schon sein ganzes Leben lang, wie er Erlendur ungefragt gesagt hatte. Er war von einem leichten Schmierölgeruch umgeben.
»Magst du vielleicht ein Stück Schellfisch mit mir essen?«, fragte er, als Erlendur ihm in die Küche gefolgt war. Erlendur lehnte standhaft ab, was Hermann aber ignorierte. Er stellte einen Teller für ihn hin. Ehe er sichs versah, saß Erlendur mit einem völlig unbekannten Mann am Tisch und aß gekochten Schellfisch mit Pellkartoffeln und Butter. Beide verzehrten den Fisch mit der Haut und die Kartoffeln mit Schale. Erlendur fiel unwillkürlich Elínborgs Kochbuch ein. Während sie das Buch vorbereitete, hatte sie ein Rezept an ihm ausprobiert, Seeteufel in einer Limonensauce, die ganz gelb war, weil ein halbes Pfund Butter draufgegangen war. Es hatte stundenlang gedauert, den Schaum abzuschöpfen und den Fischsud einzukochen, bis

nur noch vier Esslöffel als Fond übrig blieben, die komplette Essenz des Seeteufels. Die Sauce ist alles, war Elínborgs Motto, und Erlendur grinste innerlich. Er fand Hermanns Schellfisch lecker.
»Ich hab diesen Falcon wieder auf Vordermann gebracht«, sagte Hermann, während er sich eine gehäufte Gabel mit Kartoffeln in den Mund schob. Er war Automonteur und bastelte in seiner Freizeit an alten Autos herum, die er dann zu verkaufen versuchte. Er gab Erlendur zu verstehen, dass das immer schwieriger würde. Niemand hatte mehr Interesse an alten Autos, nur an neuen Geländewagen, die allerdings kaum je mit irgendwelchem Gelände in Berührung kamen, sondern im Stau auf Reykjavíks Straßen stecken blieben.
»Besitzt du ihn noch?«, fragte Erlendur.
»Ich habe ihn 1987 verkauft«, erklärte Hermann. »Im Augenblick habe ich einen Chrysler, Modell 1979, in Arbeit, fast eine Limousine. Unter dem krieche ich jetzt schon bald, na, seit sechs Jahren herum.«
»Kriegst du was dafür?«
»Nee«, sagte Hermann und bot ihm Kaffee an. »Ich möchte ihn außerdem gar nicht verkaufen.«
»Du hast den Falcon nicht angemeldet, solange du ihn besessen hast?«
»Nein«, erwiderte Hermann. »Ich habe ihn nie registrieren lassen. Ich habe ein paar Jahre an ihm rumgepusselt und hatte meinen Spaß daran. Habe hin und wieder mal eine Runde hier im Viertel gedreht, und wenn ich einen Ausflug nach Þingvellir machen wollte oder so was, habe ich einfach die Nummern von meinem anderen Auto angeschraubt. Ich sah nicht ein, dass ich die Versicherung bezahlen sollte.«
»Er war nirgendwo registriert, also hat der neue Eigentümer ihn auch nicht angemeldet.«
Hermann schenkte Kaffee in zwei Tassen ein.

»Das muss nicht sein. Vielleicht hat er kapituliert und ihn einfach zum Schrottplatz gefahren.«
»Sag mir mal was ganz anderes. Die Radkappen an diesem Falcon, waren sie irgendwie besonders? Waren sie irgendwie aufwändig oder vielleicht sogar ein Sammlerobjekt?«
Erlendur hatte Elínborg gebeten, im Internet zu suchen, und auf der Webseite ford.com fand sie Bilder von alten Ford Falcons. Einer war schwarz, und als Elínborg das Foto ausdruckte, waren die Radkappen zu erkennen.
»Die waren ganz schmuck«, sagte Hermann nachdenklich, »so wie bei den meisten amerikanischen Autos.«
»Damals fehlte eine Radkappe«, sagte Erlendur.
»Tatsächlich?«
»Hast du eine neue kaufen müssen, als er in deinen Besitz überging?«
»Nein, in der Zwischenzeit hatte irgendein Besitzer das ganze Set erneuert. Es waren nicht mehr die Originalradkappen dran, als ich das Auto übernahm.«
»Hatte dieser Falcon irgendwas Besonderes?«
»Das Besondere an ihm war, dass er nicht groß war«, sagte Hermann. »Das war nicht so ein amerikanischer Schlitten wie die anderen. Wie mein Chevrolet. Der Falcon war relativ klein und schnittig und hatte ausgezeichnete Fahreigenschaften. Überhaupt kein Luxusauto, weit gefehlt.«

Der Falcon war inzwischen im Besitz einer Witwe, die wesentlich älter als Erlendur war. Sie wohnte in Kópavogur. Ihr Mann, ein Möbeltischler mit einem Autotick, war vor einigen Jahren an einem Herzinfarkt gestorben.
»Er war in ausgezeichnetem Zustand«, sagte sie, indem sie die Garagentür öffnete. Erlendur war sich nicht sicher, ob sie ihren Mann oder den Wagen meinte. Eine schwere Zeltplane verhüllte das Auto, und Erlendur fragte, ob er die Plane wegnehmen dürfe. Die Frau nickte zustimmend.

»Mein Mann hat sich unglaublich mit diesem Wagen abgerackert«, sagte sie und klang nicht sonderlich begeistert. »Er hat Stunden um Stunden hier in der Garage zugebracht und sündhaft teure Ersatzteile gekauft und hat sich wer weiß was für eine Mühe gemacht.«

»Ist er jemals mit dem Auto herumgefahren?«, fragte Erlendur und fummelte an einem Knoten herum.

»Nur hier ums Karree«, sagte die Frau. »Der Wagen sieht gut aus, aber meine Söhne interessieren sich nicht dafür, und es ist ihnen nicht gelungen, ihn zu verkaufen. Niemand scheint mehr Interesse an solchen alten Autos zu haben. Mein Mann wollte ihn gerade wieder anmelden, aber dann ist er gestorben. Das passierte in seiner Werkstatt. Er hatte keinen Mitarbeiter, und als er nicht zum Abendessen erschien, habe ich meinen Sohn zu ihm in die Werkstatt geschickt, um ihn zu holen. Als er hinkam, lag er da tot auf dem Boden.«

»Das muss schlimm gewesen sein«, sagte Erlendur.

»In seiner Familie haben alle was mit dem Herzen«, sagte die Frau. »Seine Mutter ist so gestorben und sein Onkel auch.«

Sie beobachtete Erlendur, der sich immer noch mit der Plane abmühte. Ihr war nicht anzumerken, dass sie ihren Mann sehr vermisste. Vielleicht hatte sie die Trauer überwunden und ein neues Leben in Angriff genommen.

»Was ist mit diesem Auto?«, fragte sie.

Sie hatte Erlendur bereits am Telefon danach gefragt. Ihm war keine Ausrede dafür eingefallen, weshalb er Interesse an dem Auto hatte, ohne preiszugeben, um was es ging. Er wollte auf keinen Fall über irgendwelche Details sprechen, sondern diese so lange wie möglich für sich behalten. Er wusste kaum selber, weshalb er hinter diesem Auto her war und ob es von Nutzen sein würde.

»Es hat einmal in einer polizeilichen Ermittlung eine Rolle

gespielt«, erklärte Erlendur zögernd. »Ich wollte nur wissen, ob der Wagen tatsächlich noch existiert.«
»War das irgendein berühmter Fall?«, fragte sie.
»Nein, absolut nicht, absolut kein berühmter Fall«, erwiderte Erlendur.
»Hast du vielleicht Interesse daran, ihn zu kaufen, oder ...?«, fragte die Frau.
»Nein«, sagte Erlendur. »Ich möchte ihn nicht kaufen. Ich habe kein Interesse an alten Autos.«
»Wie ich schon gesagt habe, er ist in gutem Zustand. Valdi, mein Mann, hat immer gesagt, dass das größte Problem das Chassis war. Es war ziemlich durchgerostet, und er hat versucht, das hinzukriegen. Sonst war alles in bester Ordnung. Valdi hat den ganzen Motor auseinander genommen und auf Hochglanz poliert, und wenn was fehlte, hat er sich die Ersatzteile besorgt.«
Sie schwieg eine Weile.
»Was für ein Geld er in dieses Auto gesteckt hat«, sagte sie schließlich. »Für mich hat er nie was gekauft. Aber so sind die Männer.«
Erlendur gelang es endllich, die Plane wegzuziehen, sie glitt herunter und fiel auf den Boden. Einen Augenblick betrachtete er die glänzende Karosserie und die Linien des Falcons, der sich im Besitz des Mannes befunden hatte, der vor dem Busbahnhof verschwunden war. Er kniete beim Vorderrad nieder und sah im Geiste die Radkappe vor sich, die fehlte, als das Auto gefunden wurde, und er überlegte, was aus ihr geworden war.
Das Handy in seiner Tasche klingelte. Es gab neue Details über das russische Gerät im See. Der Chef der Spurensicherung teilte ihm ohne große Umschweife mit, dass das Gerät nicht funktionstüchtig gewesen sei, als es im See versenkt wurde.
»Tatsächlich?«, sagte Erlendur.

»Ja. Das Gerät war mit Sicherheit kaputt, bevor es im See versank. Der Sand auf dem Seeboden ist weich, aber das Gerät ist von innen so beschädigt, dass die Tatsache, dass es so lange im Wasser gelegen hat, nicht ausreicht, um das zu erklären. Es war kaputt, bevor es ins Wasser geworfen wurde.«

»Und was sagt uns das?«, fragte Erlendur.

»Keine Ahnung.«

Dreizehn

Das Ehepaar kam den Bürgersteig entlangspaziert, der Mann ein wenig voraus und die Frau ein paar Schritte hinter ihm. Es war ein schöner Frühlingsabend. Sonnenstrahlen glitzerten auf der Meeresoberfläche, und in der Ferne gingen Regenschauer nieder. Es hatte diesmal jedoch nicht den Anschein, als ob das Paar den schönen Abend genießen würde. Sie schritten weit aus, und dem Mann schien etwas auf dem Herzen zu liegen, denn er redete ununterbrochen. Die Frau ging schweigend hinter ihm her und versuchte, mit ihm Schritt zu halten.

Er beobachtete die beiden, während sie vor seinem Fenster vorbeigingen, schaute in die Abendsonne hinaus und dachte an die Zeiten zurück, als er jung war und seine einfache Welt im Begriff war, so unendlich kompliziert zu werden, dass er die Kontrolle darüber verlieren sollte. Als die Katastophe ihren Lauf nahm.

Sein erstes Studienjahr an der Universität beendete er mit glänzenden Noten und fuhr in den Semesterferien nach Hause. Er arbeitete den Sommer über für das Parteiorgan und schrieb Artikel über den Wiederaufbau in Leipzig. Auf Versammlungen sprach er über seinen Studienaufenthalt und ging auf die historisch gewachsenen und traditionellen Verbindungen zwischen Island und Leipzig ein. Er unterhielt sich mit einflussreichen Parteimitgliedern. Man hatte Großes mit ihm im Sinn. Er freute sich schon darauf, wieder nach Leipzig zu fahren. Er glaubte fest daran, dass ihm eine Aufgabe zugedacht war, vielleicht eine größere als den anderen. Es hieß, dass er eine große Zukunft vor sich habe.

Im Herbst fuhr er wieder mit dem Schiff nach Deutschland. Sein zweites Weihnachtsfest im Wohnheim näherte sich. Die Isländer freuten sich, weil einige von ihnen Pakete von zu Hause geschickt bekommen hatten, sie enthielten traditionelles isländisches Weihnachtsessen wie geräuchertes Lammfleisch, außerdem Salzfisch und Trockenfisch und Süßigkeiten, in manchen Fällen sogar Bücher. Karls Paket war bereits eingetroffen, und der Geruch von geräuchertem Lammfleisch durchzog das ganze Haus, als er eine überdimensional große Keule aus Nordisland zubereitete, wo sein Onkel einen Bauernhof hatte. In dem Paket befand sich auch eine Flasche mit isländischem Brennivín, die Emíl sicherstellte.

Außer Rut konnte es sich niemand leisten, zu Weihnachten nach Hause zu fahren. Sie war auch die Einzige von ihnen, die wirklich an Heimweh litt, nachdem sie aus den Semesterferien zurückgekehrt war. Als sie jetzt zu Weihnachten wieder nach Island fuhr, wurde gemunkelt, dass sie womöglich nicht mehr zurückkommen würde. In der alten Villa war es stiller geworden, denn die deutschen Studenten waren fast alle nach Hause gefahren und auch einige aus den Nachbarländern, die billig mit dem Zug reisen konnten.

Deswegen war die Gruppe, die sich in der Küche um die geräucherte Lammkeule scharte, nicht sehr groß. Emíl hatte die Flasche Brennivín mitten auf den Tisch gestellt, auf den Ehrenplatz, wie er sich ausdrückte. Zwei Schweden im Wohnheim hatten Kartoffeln beigesteuert, andere den Rotkohl, und Karl war es gelungen, eine ziemlich gute Mehlschwitze zum Fleisch und zu den Kartoffeln zu fabrizieren. Als Lothar Weiser, der Betreuer, der sich besonders mit den Isländern angefreundet hatte, die Nase zur Tür hereinsteckte, wurde er zum Festessen eingeladen. Sie mochten Lothar gern, er war gesprächig und konnte sehr amüsant sein. Er schien sich sehr für Politik zu interessieren und versuchte manchmal, aus ihnen herauszulocken, was sie über die Universität, über Leipzig, über die Deutsche Demokratische Republik, über Walter Ulbricht, den Ersten Sekretär des Zentralkomitees, und die Planwirtschaft dachten. Er wollte wissen, ob sie der Meinung waren, dass Ulbricht zu sowjetfreundlich sei, und er fragte sie nach ihrer Meinung zu den Ereignissen in Ungarn, wo amerikanische Kapitalisten mit Hilfe von Rundfunksendern antikommunistische Propaganda verbreiteten und auf diese Weise versuchten, einen Keil in die Freundschaft zwischen Ungarn und der Sowjetunion zu treiben. Seiner Meinung nach gingen vor allem junge Menschen dieser Propaganda auf den Leim und waren mit Blindheit geschlagen, was die tatsächlichen Absichten des kapitalistischen Westens betraf.

»Mensch, können wir nicht einfach feiern?«, schlug Karl vor, als Lothar anfing, über Ulbricht zu sprechen, und kippte sich einen Schnaps hinunter. Er verzog das Gesicht zu einer Grimasse und erklärte unter Stöhnen, dass Brennivín ihm noch nie geschmeckt habe.

»Ja, ja, natürlich«, sagte Lothar lachend. »Jetzt reicht's mit der Politik.«

Er sprach Isländisch und behauptete, es in Deutschland gelernt zu haben. Sie waren der Ansicht, er müsse ein Sprachgenie sein, denn er sprach Isländisch so gut wie fehlerfrei, und man konnte ihn fast für einen Isländer halten, obwohl er noch nie in Island gewesen war. Sie fragten ihn, wie er es geschafft hatte, sich die Sprache so anzueignen, und er sagte, er hätte sehr viele Tonbandaufnahmen von isländischen Radiosendungen gehört. Besonders lustig fanden sie es, wenn er das Wiegenlied *Bí, bí og blaka* sang. *Úrkoma í grennd*, stellenweise Niederschlag, zitierte er aus den Wetternachrichten im isländischen Rundfunk, die ihm endlos vorkamen. Karls Paket hatte zwei Briefe mit den wichtigsten Nachrichten aus Island und Zeitungsausschnitten enthalten. Sie unterhielten sich darüber, und irgendwann fiel jemandem auf, dass Hannes wie gewöhnlich fehlte.

»Ja, Hannes«, sagte Lothar grinsend.

»Er weiß davon, ich hab's ihm erzählt«, sagte Emíl und leerte sein Schnapsglas.

»Warum tut er so geheimnisvoll?«, fragte Hrafnhildur.

»Ja, geheimnisvoll«, wiederholte Lothar.

»Ich finde das alles sehr komisch«, sagte Emíl. »Er kommt nicht zu den FDJ-Veranstaltungen oder zu den Vorträgen. Auch bei den freiwilligen Arbeitseinsätzen habe ich ihn nie gesehen. Ist er sich vielleicht zu fein dafür, in den Ruinen herumzubuddeln? Hält er sich vielleicht für was Besseres? Tómas, du hast doch mit ihm gesprochen, oder?«

»Ich glaube, Hannes will einfach so schnell wie möglich sein Studium zu Ende bringen. Es ist sein vorletztes Semester.«

»Es hieß doch immer, dass er eine große Nummer in der Partei werden sollte«, warf Karl ein. »Man hat immer gehört, dass Hannes angeblich solche Führungsqualitäten besitzt. Davon ist hier aber nicht viel zu merken. Ich glaube, ich habe ihn in diesem Semester zwei Mal getroffen, und er hat mich kaum eines Blickes gewürdigt.«

»Ja, man sieht ihn kaum«, sagte Lothar. »Vielleicht bläst er einfach nur Trübsal?«, fügte er dann hinzu, schüttelte den Kopf, nippte am Brennivín und verzog das Gesicht.

Unten öffnete sich die Haustür, und sie hörten schnelle Schritte im Treppenhaus. Zwei Männer und eine Frau erschienen am Ende des dunklen Korridors. Es waren Studenten, die Karl kannte. »Wir haben gehört, dass es hier eine Weihnachtsfeier gibt«, sagte die Frau, als sie in der Küchentür erschienen und die Blicke über die Festtafel schweifen ließen. Von der Lammkeule war noch genug übrig, und die anderen am Tisch rückten zusammen, um für die drei Platz zu machen. Der eine Neuankömmling zog zwei Wodka-Flaschen aus der Tasche, was auf großen Beifall stieß. Sie stellten sich vor. Die beiden jungen Männer waren aus der Tschechoslowakei und sie aus Ungarn. Das Mädchen setzte sich neben Tómas, dem zumute war, als würden ihm sämtliche Kräfte schwinden. Er hatte versucht, sie nicht anzustarren, als sie aus dem Dunkel ins Helle trat, aber als er sie zum ersten Mal da stehen sah, erfassten ihn Gefühle, von denen er gar nicht wusste, dass er sie empfinden konnte, und er begriff kaum, was in ihm vor sich ging. So etwas war ihm noch nie passiert, er verspürte Freude und Wohlbefinden, aber gleichzeitig auch Schüchternheit. Keine Frau hatte jemals vergleichbare Empfindungen in ihm ausgelöst.

»Bist du auch aus Island?«, fragte sie in gutem Deutsch und wandte sich ihm zu.

»Ja, ich bin aus Island«, stammelte er auf Deutsch, das er inzwischen ziemlich gut beherrschte. Als ihm klar wurde, dass er sie unentwegt anstarrte, seitdem sie sich neben ihn gesetzt hatte, schlug er rasch die Augen nieder.

»Was sind denn das für Scheußlichkeiten?«, fragte sie und deutete auf einen der Schafsköpfe, von dem noch keiner gekostet hatte.

»Ein Schafskopf, der halbiert und über einem Feuer geflämmt worden ist«, sagte er und sah, dass sie das Gesicht verzog.

»Wer macht denn so was?«, fragte sie.

»Wir Isländer«, entgegnete er. »Das schmeckt wirklich sehr

gut«, fügte er nach leichtem Zögern hinzu. »Die Zunge und das Backenfleisch …« Er verstummte, als ihm klar wurde, dass es nicht sehr appetitlich klang.
»Esst ihr etwa auch die Augen und die Lippen?«, fragte sie, ohne ihren Ekel verbergen zu können.
»Die Lippen? Ja, die auch. Und die Augen.«
»Da müsst ihr wohl immer wenig zu essen gehabt haben, wenn ihr euch so etwas zu Gemüte führt.«
»Island war ein sehr armes Land«, sagte er und nickte bestätigend.
»Ich heiße Ilona«, sagte sie und streckte ihm die Hand entgegen. Sie gaben sich die Hand, und er sagte, dass er Tómas heiße.
Einer von den beiden, die mit ihr gekommen waren, rief ihr etwas zu. Vor ihm stand bereits ein Teller voll geräuchertem Lammfleisch und Kartoffeln, vor seinem Freund ebenfalls. Er ermunterte sie, sich auch etwas davon zu nehmen, es sei sehr gut. Sie stand auf, holte sich einen Teller und schnitt eine Scheibe von der Lammkeule ab.
»Wir kriegen hier viel zu wenig Fleisch«, sagte sie.
»Genau«, sagte er, um etwas zu sagen.
»Mmmh, das schmeckt aber lecker«, sagte sie mit vollem Mund.
»Besser als Schafsaugen«, sagte er.
Sie feierten bis in den frühen Morgen. Später kamen noch weitere Studenten hinzu, und das Haus füllte sich. Ein alter Plattenspieler wurde hervorgekramt, und irgendwer legte eine Platte von Frank Sinatra auf. Als die Nacht schon fortgeschritten war, sangen die Vertreter der Nationen abwechselnd patriotische Lieder. Karl und Emil trugen ein melancholisches Lied von Jónas Hallgrímsson vor, beide standen stark unter dem Einfluss der hochprozentigen Sendung aus Island. Dann machten die Tschechen weiter, die Schweden und schließlich auch die Deutschen

und ein Student aus Senegal, der sich nach heißen afrikanischen Nächten sehnte. Hrafnhildur wollte auf einmal wissen, was in jeder dieser Sprachen die schönsten Dichterworte waren, was einige Meinungsverschiedenheiten hervorrief, bis man sich untereinander einigte und ein Vertreter jeder Nation aufstand und das Schönste vortrug, was in seiner Sprache gedichtet worden war. Die Isländer waren sich sofort einig. Hrafnhildur stand auf und trug das Gedicht vor. Das Schönste, was je in isländischer Sprache geschrieben worden war, stammte von Jónas Hallgrímsson.

Den Liebesstern
Unter Lavazinnen
Verhüllen nächtliche Wolken.
Einst lacht' am Himmel.
Traurig sehnt sich
Ein Jüngling im tiefen Tale.

Sie deklamierte voller Pathos, und obwohl die wenigsten der Zuhörer Isländisch verstanden, verstummten alle für einen Augenblick, bevor der Beifall losbrach und Hrafnhildur sich tief verneigte.

Ilona und er saßen immer noch zusammen am Tisch, und sie schaute ihn fragend an. Er erzählte ihr von dem jungen Mann in dem Gedicht, der an eine lange Reise durch Islands Einöden zurückdenkt, zusammen mit dem Mädchen, das er liebte. Er wusste, dass ihre Liebe nie Erfüllung finden würde, und mit diesen traurigen Gedanken kehrte er tief betrübt zurück in sein Tal. Hoch über ihm glänzte der Stern der Liebe, der ihm zuvor den Weg gewiesen hatte, aber jetzt hinter einer Wolke verschwunden war, und er dachte daran, dass ihre Liebe ewig währen würde, auch wenn sie keine Erfüllung fand.

Sie schaute ihn an, während er sprach, und ob es nun wegen dieser Geschichte von dem traurigen Jüngling war oder wegen des isländischen Brennivíns, sie küsste ihn jedenfalls plötzlich direkt und so weich auf den Mund, dass er sich wie ein kleiner Junge fühlte.

Rut kehrte nach den Weihnachtsferien nicht wieder nach Leipzig zurück. Sie schrieb Briefe an alle ihre Freunde, und in ihrem Brief an ihn schrieb sie von den schlechten Zuständen und ein paar anderen Dingen, und er begriff, dass sie genug gehabt hatte. Oder vielleicht war ihr Heimweh so stark gewesen. Sie sprachen in der Küche des Wohnheims darüber. Karl sagte, sie würde ihm fehlen, und Emíl nickte zustimmend. Hrafnhildur hingegen erklärte, Rut sei verweichlicht.
Als er Hannes das nächste Mal traf, fragte er ihn, weshalb er nicht ins Wohnheim gekommen war, um mit ihnen zu feiern. Er sprach ihn nach einer Seminarsitzung in Baustatik an, an der auch Hannes teilgenommen hatte. Die Sitzung war an dem Tag anders als sonst verlaufen. Zwanzig Minuten nach Beginn der Stunde öffnete sich die Tür, und drei Studenten marschierten herein, die sich als FDJ-Funktionäre ausgaben und ums Wort baten. Bei ihnen war auch ein Student, den er manchmal in der Bibliothek gesehen hatte. Er glaubte, dass er Germanistik studierte. Der Student hielt die Augen gesenkt. Der Anführer sagte, er sei Schriftführer in der FDJ, und er fing an, über Solidarität unter den Studenten zu reden, indem er sich über die vier verschiedenen Aspekte des Studiums ausließ: den Studierenden die marxistische Lehre nahe zu bringen, sie zu verantwortungsbewussten Mitgestaltern der sozialistischen Gesellschaftsordnung zu erziehen, sie in die sozialistische Gemeinschaftsarbeit zu integrieren, die von jungen Kommunisten organisiert wurde, und eine

Schicht von Akademikern heranzuziehen, die später zu bestens ausgebildeten Spezialisten würden.
Danach wandte er sich dem Studenten zu und berichtete, dass dieser gestanden habe, Westsender zu hören. Der Student blickte hoch, trat einen Schritt vor, gestand seine sträfliche Handlungsweise und gelobte, es nie wieder zu tun. Diese Sender seien vom imperialistischen Profitdenken des kapitalistischen Wirtschaftssystems infiltriert. Er forderte alle Seminarteilnehmer dazu auf, in Zukunft nur noch Ostsender zu hören.
Der Schriftführer dankte ihm für seine Worte und bat alle Seminarteilnehmer, sich ihm anzuschließen und zu schwören, dass keiner von ihnen jemals mehr einen westlichen Sender einschalten werde. Die Seminarteilnehmer gelobten das feierlich, anschließend wandte sich der Anführer an den Dozenten und entschuldigte sich für die Störung, und das Trüppchen marschierte wieder aus dem Hörsaal.
Als Hannes, der zwei Reihen vor ihm saß, sich zu ihm umdrehte, standen ihm Erschütterung und Wut ins Gesicht geschrieben.
Nach der Seminarstunde war Hannes vor ihm aus dem Hörsaal gestürmt. Er rannte hinter ihm her, packte ihn am Ärmel und fragte hastig, ob etwas nicht in Ordnung sei.
»In Ordnung?«, wiederholte Hannes. »Fandest du das in Ordnung, was sich da vorhin abgespielt hat? Hast du den armen Kerl gesehen?«
»Da vorhin«, sagte er, »nein, ich … trotzdem, es muss doch irgendwie … wir müssen …«
»Lass mich in Ruhe«, unterbrach Hannes ihn. »Lass mich bloß in Ruhe.«
»Warum bist du nicht zum Weihnachtsessen gekommen? Die anderen glauben, dass du dich für was Besseres hältst.«

»Das ist totaler Quatsch«, sagte Hannes und beschleunigte seine Schritte, um ihn loszuwerden.
»Was ist los?«, fragte er. »Warum benimmst du dich so? Was ist passiert? Was haben wir dir getan?«
Hannes blieb stehen.
»Nichts, ihr habt mir nichts getan«, antwortete er. »Ich will bloß in Ruhe gelassen werden. Ich bin im Frühjahr mit dem Studium fertig und basta. Weiter nichts. Dann gehe ich zurück nach Island, dann ist das alles hier vorbei. Dieses ganze Theater. Merkst du denn wirklich nichts? Hast du nicht gesehen, wie sie mit dem armen Jungen umgesprungen sind? Du möchtest womöglich, dass es in Island auch so wird?!«
Damit stiefelte er weiter.
»Tómas«, hörte er jemanden hinter sich rufen. Er drehte sich um und sah, dass Ilona ihm zuwinkte. Er lächelte sie strahlend an. Sie hatten sich nach dem Seminar verabredet. Am Tag nach der isländischen Weihnachtsfeier war sie ins Wohnheim gekommen und hatte nach ihm gefragt. Seitdem trafen sie sich regelmäßig. An diesem Tag machten sie einen langen Spaziergang durch die Altstadt und setzten sich bei der Thomaskirche auf eine Bank. Er erzählte ihr von den beiden isländischen Dichtern, die Freunde gewesen und einmal hier durch die Stadt gegangen waren und genau da gesessen hatten, wo sie jetzt saßen. Der eine war an Tuberkulose gestorben. Der andere war der berühmteste Schriftsteller Islands.
»Du bist immer so traurig, wenn du von deinen Isländern erzählst«, sagte sie lächelnd.
»Es fasziniert mich einfach, dass die beiden durch die gleichen Straßen und Gassen hier in dieser Stadt gegangen sind wie ich. Zwei isländische Dichter.«
Er hatte bei der Kirche bemerkt, dass sie unruhig war und

irgendwie auf der Hut zu sein schien. Sie blickte sich ständig suchend um.

»Ist etwas nicht in Ordnung?«, fragte er.

»Da steht ein Mann …«

Sie verstummte.

»Was für ein Mann?«

»Der Mann da hinten«, sagte Ilona. »Nicht hinschauen, nicht den Kopf drehen. Ich habe ihn auch gestern schon gesehen, ich weiß bloß nicht mehr, wo.«

»Was ist das für ein Mann? Kennst du ihn?«

»Ich habe ihn nie zuvor gesehen, aber jetzt plötzlich zwei Mal in zwei Tagen.«

»Studiert er an der Universität?«

»Nein, ich glaube nicht. Er ist älter.«

»Was meinst du damit?«

»Nichts, gar nichts«, sagte Ilona.

»Glaubst du, dass er dich beschattet?«

»Nein, es ist nichts. Komm, lass uns gehen.«

Ilona wohnte nicht in der Nähe der Universität, sondern hatte in der Stadt ein Zimmer gemietet. Dorthin gingen sie. Er versuchte festzustellen, ob der Mann von der Thomaskirche sie verfolgte, aber er sah ihn nirgends.

Das Zimmer war in der kleinen Wohnung einer Witwe, die in einer Druckerei arbeitete. Ilona hatte gesagt, dass ihre Vermieterin sehr nett war und sie auch die Wohnung mitbenutzen durfte. Die Frau hatte ihren Mann und zwei Söhne im Krieg verloren. Er sah Fotos von ihnen an der Wand. Die Söhne trugen die Uniform der deutschen Wehrmacht.

In Ilonas Zimmer lagen stapelweise Bücher und ungarische und deutsche Zeitungen und Zeitschriften herum. Eine klapprige Schreibmaschine stand auf dem Schreibtisch neben dem Bett.

Während sie in die Küche ging, nahm er ein paar von

ihren Büchern zur Hand und schlug einige Tasten auf der Schreibmaschine an. An der Wand über dem Bett waren Fotos von Menschen, von denen er annahm, dass es ihre Angehörigen waren.
Ilona kam mit zwei Tassen Tee zurück und schob die Tür mit der Ferse zu. Sie stellte die Tassen, die offensichtlich brühheiß waren, vorsichtig neben die Schreibmaschine.
»Er hat die richtige Temperatur, wenn wir fertig sind«, sagte sie, ging zu ihm und küsste ihn. Zuerst war er ein wenig überrascht, aber dann nahm er sie in seine Arme und küsste sie heftig, bis sie auf das Bett sanken und sie anfing, ihm den Pullover auszuziehen und die Hose aufzuknöpfen. Er war unglaublich unerfahren. Er hatte zwar schon mit Mädchen geschlafen, einmal nach der Abiturfeier und einmal nach dem Betriebsfest des Parteiorgans, aber das waren ziemlich ungelenke Annäherungen an das weibliche Geschlecht gewesen. Er war nicht besonders geschickt, aber sie schien es umso mehr zu sein, und er war sehr froh, dass sie sanft bestimmte, wo es langging.
Sie hatte Recht gehabt. Als sie ein lang gezogenes Stöhnen der Wonne unterdrückte und er neben ihr niedersank, hatte der Tee genau die richtige Temperatur bekommen.
Zwei Tage später in Auerbachs Keller wollte sie über nichts anderes als Politik reden, und sie stritten sich zum ersten und einzigen Mal. Sie fing an, über die russische Revolution zu reden und über die Diktatur, die sich daraus entwickelt hatte. Diktaturen waren ihrer Meinung nach immer gefährlich, in welcher Form sie sich auch präsentierten. Er wollte nicht mit ihr streiten, obwohl er ganz genau wusste, dass sie Unrecht hatte.
»Die Nazis konnten nur besiegt werden, weil Stalin den Aufbau der Industrie so vorangetrieben hatte«, gab er zu bedenken.
»Er hat auch mit Hitler paktiert«, sagte sie. »Eine Dik-

tatur erzeugt Furcht und sklavische Unterwürfigkeit. Das bekommen wir jetzt deutlich in Ungarn zu spüren. Wir sind keine freie Nation mehr. Sie haben systematisch einen kommunistischen Staat unter sowjetischer Kontrolle aufgebaut. Niemand hat uns gefragt, uns, das Volk. Niemand hat gefragt, was wir wollten. Wir möchten selbst über unser Leben bestimmen, aber können es nicht. Junge Leute werden eingesperrt. Einige verschwinden spurlos. Man sagt, dass sie in die Sowjetunion deportiert werden. Ihr habt doch da auch eine Militärmacht in eurem Land. Wie würdest du es finden, wenn sie bei euch alles kraft ihrer Waffengewalt bestimmen würden?«

Er schüttelte den Kopf.

»Guck dir doch bloß die Wahlen hier an«, sagte sie. »Angeblich sind das freie Wahlen, aber es gibt letzten Endes nur eine Partei. Was ist daran frei? Wenn du anderer Meinung bist, kommst du ins Gefängnis. Was ist das? Soll das vielleicht Sozialismus sein? Und selbst wenn die Menschen bei diesen so genannten freien Wahlen was anderes wählen können, stünde das Ergebnis nicht vorher schon fest? Und wer erinnert sich nicht an das, was vor zwei Jahren passierte, als die sowjetischen Panzer hier anrollten und den Volksaufstand niederschlugen? Als sie auf die Menschen auf der Straße geschossen haben – auf Menschen, die etwas verändern wollten?«

»Ilona.«

»Und dann diese gegenseitige Kontrolle«, fuhr Ilona fort, die sich in Rage geredet hatte. »Sie behaupten, dass es zu unserem Nutzen wäre. Wir sollen unsere Freunde und die Familie aushorchen, ob sie antisozialistische Anschauungen haben. Wenn du von einem deiner Kommilitonen weißt, dass er westliche Sender hört, sollst du es melden, und dann wird er von Seminar zu Seminar geschleift, um sein Verbrechen zu gestehen. Kinder werden aufgefordert, ihre Eltern anzuzeigen.«

»Die Partei braucht Zeit, um sich zu etablieren«, sagte er.

Als der Leipzig-Aufenthalt den Reiz des Neuen verloren hatte und die isländischen Studenten gezwungen waren, der Realität ins Auge zu sehen, hatten sie untereinander darüber diskutiert. Er hatte sich seine eigene Meinung über die überwachte Gesellschaft gebildet, über die gegenseitige Kontrolle, die darin bestand, dass sämtliche Staatsbürger sich gegenseitig bespitzelten und antisozialistische Ansichten und Verhaltensweisen meldeten. Auch über die totalitären Ansprüche der SED, das Verbot von Presse- und Meinungsfreiheit, die Pflicht, an Parteiveranstaltungen und Aufmärschen teilzunehmen. Er war der Meinung, dass die Partei im Hinblick auf die Methoden, die verwendet wurden, nichts beschönigen, sondern offen eingestehen sollte, dass in Zeiten des Umbruchs bestimmte Methoden erforderlich waren, um das Ziel zu erreichen, den Aufbau eines sozialistischen Staates. Die Methoden waren zu rechtfertigen, solange sie nur übergangsweise verwendet wurden. Später, wenn die Menschen eingesehen hätten, dass der Sozialismus die beste aller Gesellschaftsformen sei, würde man solche Methoden nicht mehr brauchen.

»Die Leute haben Angst«, sagte Ilona.

Er schüttelte den Kopf, und sie stritten sich. Er wusste nur sehr wenig darüber, was in Ungarn passierte, und sie war verletzt, dass er ihre Worte in Zweifel zog. Er hatte ihr gegenüber nur dieselben Argumente zur Hand, die er auf den politischen Versammlungen in Island gehört und in den Schriften von Marx und Engels gelesen hatte, aber alles war vergeblich. Sie schaute ihn nur an und wiederholte immer wieder: »Du darfst deine Augen nicht davor verschließen.«

»Ihr lasst euch von der Propaganda der westlichen Imperialisten gegen die Sowjetunion beeinflussen«, sagte er. »Sie wollen die Solidarität unter den kommunistischen Staaten untergraben, weil sie Angst davor haben.«

»Das stimmt nicht«, sagte sie.

Sie schwiegen. Die Biergläser waren leer. Er war wütend auf Ilona. Nur in der reaktionären Presse in Island hatte er solche Äußerungen über die Sowjetunion und die Ostblockstaaten bisher gelesen. Er wusste von der starken Propagandamaschinerie der Westmächte, weil sie in Island hervorragend funktionierte, und für ihn stellte es sich so dar, dass unter anderem ihretwegen die Presse- und Meinungsfreiheit in den osteuropäischen Ländern eingeschränkt werden musste. Er fand das verständlich, solange man nach dem Zweiten Weltkrieg mit dem Aufbau von sozialistischen Staaten beschäftigt war. Seiner Meinung nach ging es nicht darum, die freie Meinungsäußerung zu unterdrücken.

»Wir dürfen uns nicht streiten«, sagte sie.

»Nein«, sagte er und legte Geld auf den Tisch. »Gehen wir.«

Auf dem Weg nach oben puffte Ilona ihn leicht mit dem Ellbogen, und er sah sie an. Sie versuchte ihm mit ihrem Mienenspiel etwas zu sagen und nickte leicht in Richtung des Tresens.

»Da ist er wieder«, flüsterte sie.

Er blickte in die Richtung und erkannte den Mann, von dem Ilona glaubte, dass er sie beschattete. Er saß im Mantel da, schlürfte Bier und tat so, als sähe er sie nicht. Aber es war derselbe Mann wie vor der Thomaskirche.

»Ich knöpf mir diesen Kerl jetzt vor«, sagte er.

»Nein«, sagte Ilona. »Tu das nicht. Lass uns gehen.«

Einige Tage später sah er Hannes an seinem Arbeitsplatz in der Unibibliothek und setzte sich zu ihm. Hannes blickte nicht hoch, sondern machte sich weiter Notizen in seinem Schreibblock.

»Ärgert dich das, was sie sagt?«, fragte Hannes, der immer noch in seinen Block schrieb.
»Wer?«
»Ilona.«
»Kennst du Ilona?«
»Ich weiß, wer sie ist«, sagte Hannes und blickte hoch. Er trug einen dicken Schal und Fingerlinge.
»Du weißt von uns?«, fragte er.
»Hier erfährt man alles«, sagte Hannes. »Ilona stammt aus Ungarn, deswegen ist sie nicht ganz so naiv wie wir.«
»So naiv wie wir?«
»Vergiss es«, sagte Hannes und vergrub sich wieder in seine Notizen.
Er streckte seine Hand nach dem Schreibblock aus und riss ihn an sich. Hannes blickte erstaunt hoch und versuchte, seinen Block wiederzubekommen, aber vergeblich.
»Was ist denn los?«, fragte er. »Was soll denn das?«
Hannes Blicke wanderten von dem Block in der ausgestreckten Hand zu ihm.
»Ich will mich nicht in das einmischen, was hierzulande geschieht. Ich möchte nur wieder nach Hause und das alles vergessen«, sagte Hannes. »Das hier ist ein einziger Krampf. Ich war noch nicht einmal so lange hier wie du, als ich es überhatte.«
»Aber du bist immer noch hier.«
»Die Universität ist in Ordnung. Und ich habe meine Zeit gebraucht, um die Lüge zu durchschauen.«
»Was ist es denn eigentlich, das ich nicht kapiere?«, fragte er und fürchtete sich vor der Antwort. »Was hast du durchschaut? Was geht hier an mir vorbei?«
Hannes sah ihm in die Augen, ließ dann seine Blicke durch die Bibliothek schweifen, bis sie wieder an seinem Block in der ausgestreckten Hand hängen blieben.
»Mach lieber einfach weiter«, sagte er. »Halt dich an deine

Überzeugung. Lass dich nicht vom Kurs abbringen. Glaub mir, das bringt nichts. Solange du dich dabei wohl fühlst, ist doch alles in Ordnung. Bloß nicht nach etwas suchen. Du hast keine Ahnung, was du finden könntest.«

Hannes streckte die Hand nach seinem Block aus.

»Glaub mir«, sagte er. »Vergiss es.«

Er reichte ihm den Block.

»Und Ilona?«, sagte er.

»Vergiss sie ebenfalls«, sagte Hannes.

»Was meinst du damit?«

»Nichts.«

»Weshalb sagst du das?«

»Lass mich in Ruhe«, sagte Hannes. »Lass mich bloß in Ruhe.«

Drei Tage später waren sie in einem Waldgebiet in der Umgebung von Leipzig. Emíl und er waren der »Gesellschaft für Sport und Technik« beigetreten. Es war angeblich ein vielseitiger Sportverband, der unter anderem Reiten und Motorsport anbot. Den Studierenden wurden nahe gelegt, sich gesellschaftspolitisch zu engagieren und an den freiwilligen Arbeitseinsätzen teilzunehmen, die von der FDJ organisiert wurden. Sie bestanden aus einer Woche Erntearbeit im Herbst, außerdem gab es die Trümmersäuberung, einen Tag pro Semester oder in den Semesterferien, es gab die Einsätze in Produktionsbetrieben und im Braunkohlenabbau, und alles, was sonst noch so anfiel. Allen war es freigestellt, ob sie sich zum Arbeitseinsatz meldeten, aber wer es nicht freiwillig tat, musste mit einer Strafe rechnen.

Er dachte über dieses System nach, als er zusammen mit Emíl und anderen Kommilitonen aus der Stadt hinausfuhr. Ihnen stand eine Woche Zeltlager bevor, und es hatte sich herausgestellt, dass die Zeit zum größten Teil für militärische Übungen verplant war.

So war das Leben in Leipzig. Nur wenig war genau das, was es nach außen hin zu sein schien. Die ausländischen Studierenden wurden kontrolliert und mussten darauf achten, offiziell nichts verlauten zu lassen, was die Gastgeber beleidigen konnte. Auf den Pflichtveranstaltungen wurden ihnen sozialistische Werte eingehämmert, und die freiwilligen Arbeitseinsätze waren nur dem Namen nach freiwillig.

An all das gewöhnten sie sich mit der Zeit, und wenn sie davon sprachen, waren sie sich einig darüber, was für ein Krampf das Ganze war. Er war fest davon überzeugt, dass es sich nur um einen vorübergehenden Zustand handelte. Von den anderen waren einige nicht so optimistisch. Er musste innerlich lachen, als sich herausstellte, dass die »Gesellschaft für Sport und Technik« letzten Endes nur ein paramilitärischer Verband war. Emíl allerdings nahm das alles sehr ernst, und im Gegensatz zu den anderen sprach er nie über »den Krampf«. Er fand nichts an Leipzig komisch. Am ersten Abend lagen sie mit ihren Kameraden im Zelt. Emíl hatte den ganzen Abend enthusiastisch und leidenschaftlich über einen sozialistischen Staat auf Island gesprochen.

»Diese ganze ungerechte Verteilung in einem so winzigen Land, wo alle ganz leicht gleichgestellt sein könnten«, sagte er. »Ich will das ändern.«

»Würdest du einen sozialistischen Staat wie diesen hier wollen?«

»Warum nicht?«

»Mit allem, was damit verbunden ist? Die Personenkontrolle? Diese Hysterie? Die Einschränkung der Meinungsfreiheit? Diesen ganzen Krampf?«

»Sie hat also Erfolg bei dir gehabt?«

»Wer hat Erfolg bei mir gehabt?«

»Ilona!«

»Was meinst du denn damit, dass sie Erfolg bei mir gehabt hat?«
»Nichts.«
»Kennst du Ilona?«
»Überhaupt nicht«, sagte Emíl.
»Du bist doch selber hinter den Mädchen her. Hrafnhildur hat mir von einer aus dem ›Roten Kloster‹ erzählt.«
»Zwischen uns ist gar nichts«, sagte Emíl.
»Ach nee!«
»Vielleicht erzählst du mir ja irgendwann mal mehr über diese Ilona«, sagte Emíl.
»Sie ist nicht so überzeugt wie wir. Sie findet Verschiedenes an diesem System verkehrt und will das ändern. Es ist hier genau dasselbe wie in Ungarn, mit dem einen Unterschied, dass die jungen Leute dort etwas unternehmen wollen. Gegen diesen Krampf angehen wollen.«
»Was soll das denn mit diesem ›Krampf‹?«, stieß Emíl hervor. »So ein verdammter Quatsch! Guck dir doch die Situation in Island an. Die Leute hausen frierend in den amerikanischen Militärbaracken, die Kinder hungern, und die Eltern haben kaum das Geld, um ihnen was Anständiges zum Anziehen zu kaufen. Unterdessen wird die speckfette Elite immer reicher und dicker. Ist das vielleicht nicht genauso gut ein ›Krampf‹? Was wäre dabei, wenn man zeitweilig die Leute überwachen und die Meinungsfreiheit einschränken müsste? Es geht darum, die Ungerechtigkeit abzuschaffen. Das kann Opfer fordern. Was ist schon dabei?«
Sie verstummten. Stille hatte sich über das Zeltlager gesenkt, und draußen war es stockfinster.
»Ich wäre zu allem bereit für eine isländische Revolution«, sagte Emíl. »Zu allem, um die Ungerechtigkeit aus der Welt zu räumen.«

Er stand am Fenster und blickte auf die Sonnenstrahlen, die durch die Wolken brachen, und einen fernen Regenbogen. Beim Gedanken an den Sportverband musste er innerlich lächeln. Das Bild von Ilona erschien vor seinem inneren Auge, wie sie bei der Weihnachtsfeier in schallendes Gelächter ausbrach, und er dachte an den weichen Kuss, den er immer noch auf seinen Lippen spürte, an den Stern der Liebe und den traurigen Jüngling im Tale.

Vierzehn

Die Mitarbeiter des Außenministeriums waren sehr entgegenkommend und gern bereit, der Kriminalpolizei behilflich zu sein. Elínborg und Sigurður Óli hatten einen Termin bei einem Abteilungsleiter bekommen, einem überaus beflissenen Mann in Sigurður Ólis Alter. Die beiden kannten sich auch aus ihrer Studienzeit in Amerika und tauschten als Erstes ein paar gemeinsame Erinnerungen aus. Der Abteilungsleiter erklärte, dass die Anfrage der Kriminalpolizei einiges Erstaunen im Außenministerium hervorgerufen hatte, und wollte in Erfahrung bringen, wofür sie Informationen über frühere Angehörige der ausländischen Botschaften in Reykjavík brauchten. Sie schwiegen sich aus. »Eine reine Routineuntersuchung«, erklärte Elínborg lächelnd.

»Und es geht nicht um alle ausländischen Botschaften«, sagte Sigurður Óli und lächelte ebenfalls. »Nur um die Vertretungen der ehemaligen Ostblockländer.«

Die Blicke des Abteilungsleiters wanderten von Elínborg zu Sigurður Óli.

»Ihr sprecht also von den früheren kommunistischen Staaten?«, fragte er, und es war ganz offensichtlich, dass seine Neugier keineswegs geringer geworden war. »Warum bloß die? Was ist mit denen?«

»Eine reine Routineuntersuchung«, wiederholte Elínborg. Sie war guter Dinge. Die Party zum Erscheinen des Buchs war perfekt gelungen, und sie schwebte immer noch auf

Wolken, nachdem in der größten Tageszeitung eine Rezension erschienen war, in der das Buch sehr gelobt wurde, die Rezepte, die Illustrationen und alles. Und zum Schluss wurde sogar der Hoffnung Ausdruck verliehen, dass man sich mehr von Elínborg erwartete, der Kriminalpolizistin mit dem exquisiten Gaumen.

»Die kommunistischen Staaten«, wiederholte der Abteilungsleiter nachdenklich. »Was habt ihr da eigentlich im See gefunden?«

»Wir wissen nicht, ob das mit den Botschaften in Verbindung steht«, sagte Sigurður Óli.

»Kommt mit«, sagte der Abteilungsleiter und erhob sich. »Am besten sprechen wir mit dem Staatssekretär, falls er in seinem Büro ist.«

Der Staatssekretär nahm sie in seinem Büro in Empfang und hörte ihnen zu, als sie ihr Anliegen vortrugen. Er versuchte ebenfalls, den Grund für diese ungewöhnliche Anfrage von ihnen zu erfahren, aber auch er brachte nichts aus ihnen heraus.

»Gibt es Akten über diese Botschaftsangehörigen?«, fragte der Staatssekretär, ein außergewöhnlich großer, schlanker Mann mit dunklen Ringen unter müden Augen und zerfurchtem Gesichtsausdruck.

»Ja, die gibt es«, sagte der Abteilungsleiter. »Es wird einige Zeit in Anspruch nehmen, diese Informationen zusammenzusuchen, aber es ist kein Problem.«

»Dann machen wir das doch«, sagte der Staatssekretär.

»Fand hier in Island während des Kalten Krieges Spionage statt?«, fragte Sigurður Óli.

»Glaubt ihr, dass der Mann im See ein Spion gewesen ist?«, war die Gegenfrage des Staatssekretärs.

»Wir können keine Einzelheiten der Ermittlung bekannt geben, aber es hat den Anschein, als hätten die Knochen schon vor 1970 im Wasser gelegen.«

»Es wäre naiv, von etwas anderem auszugehen, als dass es hierzulande Spionage gegeben hat«, sagte der Staatssekretär. »Das war in allen Ländern rings um uns herum der Fall, und Island war strategisch gesehen enorm wichtig, viel wichtiger als heutzutage. Viele Länder hatten hier Botschaften, auch die Ostblockstaaten, und außerdem natürlich Großbritannien, die USA und die Bundesrepublik.«

»Wenn wir von Spionage reden«, warf Sigurður Óli ein, »was umfasst das eigentlich genau?«

»Persönlich bin ich der Meinung, dass es in der Hauptsache darum ging, herauszufinden, was die anderen machten. In gewissen Fällen wurde versucht, Kontakte aufzubauen, das heißt, man bemühte sich, jemanden aus dem gegnerischen Lager auf seine Seite zu ziehen und dergleichen. Und dann ging es selbstverständlich um den Militärstützpunkt, den Umfang seiner Wirksamkeit und die militärischen Manöver. Ich gehe davon aus, dass es nur zu einem geringfügigen Teil Isländer betraf. Trotzdem ist bekannt, dass man versucht hat, sie zur Zusammenarbeit zu bewegen.«

Der Staatssekretär sah nachdenklich aus.

»Sucht ihr womöglich nach einem isländischen Spion?«

»Nein«, sagte Sigurður Óli, obwohl er keine Ahnung hatte. »Hat es das tatsächlich gegeben? Isländische Spione? Ist das nicht völlig absurd?«

»Ihr solltet vielleicht mit Ómar sprechen«, sagte der Staatssekretär.

»Mit Ómar?«, fragte Elínborg.

»Ómar war Staatssekretär, und zwar die längste Zeit während des Kalten Krieges. Er ist ziemlich alt, aber noch geistig voll auf der Höhe«, fügte er hinzu und tippte sich mit dem Zeigefinger an den Kopf. »Bei Betriebsfesten ist er immer noch munter dabei und eine richtige Stimmungskanone. Er kannte alle diese Typen in den Botschaften. Er könnte euch vielleicht weiterhelfen.«

Sigurður Óli notierte sich den Namen.

»Dabei ist es vielleicht nicht korrekt, von Botschaften zu sprechen«, sagte der Staatssekretär. »Einige von diesen Ländern hatten hier nur eine kleine Vertretung, eine Handelsvertretung oder ein Verbindungsbüro, wie immer man es nennen will.«

Gegen zwölf trafen sie sich zu dritt in Erlendurs Büro. Erlendur hatte den Vormittag damit verbracht, den Bauern ausfindig zu machen, der auf den Mann im Ford Falcon gewartet und der Polizei gegenüber erklärt hatte, der Mann sei nie zur verabredeten Zeit bei ihm aufgetaucht. Sein Name stand im polizeilichen Protokoll. Erlendur hatte in Erfahrung gebracht, dass sein ehemaliger Landbesitz jetzt zum Teil als Bauland für den wachsenden Ort Mosfellsbær erschlossen worden war. Um 1980 hatte der Mann Hof und Grund verkauft und lebte jetzt in einem Altersheim in Reykjavík.

Erlendur war mit einem Mitarbeiter der Spurensicherung und den entsprechenden Geräten zu der Garage gefahren, in der der Falcon stand, und ließ ihn jedes Staubkörnchen aufsaugen und nach Blutflecken suchen.

»Das ist wohl mal wieder eins von deinen Spielchen«, sagte Sigurður Óli und biss in ein längliches Sandwich. Er kaute rasch, weil ihm augenscheinlich noch mehr auf der Seele lag, was er loswerden musste, und kämpfte damit, den letzten Bissen hinunterzuschlucken. »Wieso verschwendest du deine Zeit damit, diesen Mann ausfindig zu machen?«, fuhr er fort. »Willst du diesen Fall wieder aufrollen? Meinst du nicht, dass wir wichtigere Dinge zu tun haben, als hinter irgendwelchen verschollenen Personen von anno dazumal her zu sein? Es gibt jede Menge wichtigere Dinge zu tun.«

Erlendur schaute Sigurður Óli durchdringend an.

»Eine junge Frau«, erklärte er, »steht vor einem Milchladen, in dem sie arbeitet, und wartet auf ihren Liebsten. Er kommt nicht. Sie wollen heiraten. Haben eine nette Wohnung gefunden. Die Zukunft sieht rosig aus, wie es so schön heißt. Es deutet alles darauf hin, dass sie glücklich bis an ihr Ende leben können.«

Sigurður Óli und Elínborg schwiegen.

»Nichts in ihrem Leben deutet darauf hin, dass etwas nicht in Ordnung ist«, fuhr Erlendur fort. »Er will sie von der Arbeit abholen, wie immer, wenn er in der Stadt ist. Und dann kommt er nicht. Er ist mit einem Mann verabredet, aber lässt sich dort nicht blicken und verschwindet für ewig und alle Zeiten. Einiges deutet darauf hin, dass er einen Bus aufs Land genommen hat. Anderes wiederum lässt den Schluss zu, dass er Selbstmord begangen hat. Das wäre die einfachste Erklärung. Viele Isländer sind depressiv veranlagt, obwohl die meisten gut darüber hinwegtäuschen können. Und jetzt eröffnet sich mit einem Mal die Möglichkeit, dass er ermordet worden ist.«

»Ist es nicht schlicht und ergreifend ein Fall von Selbstmord?«, warf Elínborg ein.

»In keiner offiziellen Informationsquelle taucht ein Mann namens Leopold auf, der um diese Zeit verschollen ist. Es hat den Anschein, als habe er die Frau belogen. Níels hat damals den Fall bearbeitet und nichts in Bezug auf das Verschwinden unternommen. Er ging sogar davon aus, dass er hier in der Stadt nur eine Liebschaft mit dieser Frau hatte, aber selbst vom Land stammte. Falls es denn kein simpler Selbstmord war.«

»Mit anderen Worten, er hätte dann irgendwo auf dem Land eine Familie gehabt, und die Frau in Reykjavík war nur seine Geliebte?«, fragte Elínborg. »Ist das nicht ein bisschen weit hergeholt, nur weil das Auto beim Busbahnhof gefunden wurde?«

»Du meinst also, dass er vielleicht wieder nach Vopnafjörður in den Schoß der Familie zurückgekehrt ist und nicht mehr in Reykjavík rumgebumst hat?«, meldete sich Sigurður Óli.
»In Reykjavík rumgebumst!«, sagte Elínborg. »Wie hält es die arme Bergþóra nur mit dir aus!«
»Diese Version ist keineswegs dümmer als alle anderen«, sagte Erlendur.
»Ist es wirklich möglich, in Island in Bigamie zu leben?«, fragte Sigurður Óli.
»Nein«, antwortete Elínborg entschieden. »Dazu sind wir zu wenige.«
»In Amerika fahnden sie nach solchen Typen«, sagte Sigurður Óli. »Da gibt es sogar extra Beiträge im Fernsehen, wenn sich solche Betrüger und Bigamisten auf diese Weise aus dem Staub machen. Einige bringen sogar ihre Familie um, verschwinden und gründen woanders eine neue.«
»In Amerika kann man sich auch leichter verstecken als hier«, sagte Elínborg.
»Das mag sein«, sagte Erlendur. »Aber ist es nicht auch in einer kleinen Gesellschaft ziemlich einfach, zumindest für einige Zeit ein Doppelleben zu führen? Dieser Mann war viel in Island unterwegs, manchmal sogar wochenlang. Er lernt eine Frau in Reykjavík kennen, vielleicht verliebt er sich, aber vielleicht ist sie auch nur ein Zeitvertreib für ihn. Als die Beziehung in ein etwas verbindlicheres Stadium eintritt, beschließt er, der Sache ein Ende zu machen.«
»Eine kleine, romantische Liebesgeschichte aus der großen Stadt«, sagte Sigurður Óli.
»Ob die Frau aus dem Milchladen über diese Möglichkeit nachgedacht hat?«, sagte Erlendur nachdenklich.
»Wurde denn keine Suchmeldung im Zusammenhang mit diesem Leopold rausgegeben?«, fragte Sigurður Óli.

Erlendur hatte eine kurze Meldung in den Zeitungen gefunden, wo es hieß, dass dieser Mann verschwunden sei. Diejenigen, die glaubten, ihn gesehen zu haben, wurden gebeten, sich mit der Polizei in Verbindung zu setzen. Kleidung, Größe und Haarfarbe wurden beschrieben.

»Das hat aber nichts gebracht«, sagte Erlendur. »Es gab kein Foto von ihm. Níels sagte mir, dass sie die Frau nicht darüber informiert haben, dass er offiziell unter diesem Namen nicht aufzufinden war.«

»Das haben sie ihr nicht gesagt?«, wunderte sich Elínborg.

»Sie war natürlich nicht seine Frau«, gab Sigurður Óli zu bedenken.

»Du weißt doch, wie Níels ist«, sagte Erlendur. »Falls er Schwierigkeiten aus dem Weg gehen kann, dann geht er ihnen aus dem Weg. Níels hatte das Gefühl, dass die Frau zum Narren gehalten worden war, und das war für ihn wohl ausreichend, nichts weiter in die Wege zu leiten. Ich weiß es nicht. Er ist nicht besonders ...«

Erlendur brach mitten im Satz ab.

»Vielleicht hat sich der Kerl eine andere Frau zugelegt«, überlegte Elínborg, »und sich nicht getraut, ihr davon zu erzählen. Es gibt nichts Feigeres als treulose Männer.«

»Ach nee«, sagte Sigurður Óli.

»Ist er nicht kreuz und quer durch Island gereist und hat Landmaschinen verkauft?«, fuhr Elínborg fort. »War er nicht dauernd auf dem platten Land und in den Dörfern rings um die Insel unterwegs? Da ist es doch nicht ganz abwegig, dass er jemanden kennen gelernt hat und ein neues Leben beginnen wollte. Und sich nicht getraut hat, seiner Verlobten in Reykjavík was davon zu sagen.«

»Und seitdem ist er untergetaucht?«, warf Sigurður Óli ein.

»Um 1970 herum herrschten hier doch ganz andere Zustände«, sagte Erlendur. »Man brauchte mit dem Auto einen ganzen Tag bis nach Akureyri. Es gab noch keine Ringstraße. Die Verkehrsverbindungen waren viel schlechter und die kleinen Dörfer auf dem Land viel isolierter.«

»Damit meinst du wahrscheinlich, dass es etliche Käffer gegeben hat, wo nie jemand hinkam«, sagte Sigurður Óli.

»Ich hab irgendwo die Geschichte von einer Frau gehört«, sagte Elínborg, »die mit einem schicken Kerl verlobt war, alles lief wunderbar, aber dann ruft er eines Tages an und sagt ihr, dass er Schluss machen will. Und nach einigem Hin und Her gibt er zu, dass er vorhat, demnächst eine andere Frau zu heiraten. Und das war alles, was seine Verlobte zu hören bekam. Wie gesagt, es gibt keine Grenzen dafür, wie lausig sich Männer verhalten können.«

»Aber warum segelte dieser Leopold dann in Reykjavík unter falscher Flagge?«, fragte Erlendur. »Wenn er sich nicht getraut hat, der Frau hier in Reykjavík zu sagen, dass er auf dem Land eine andere kennen gelernt hat und ein neues Leben beginnen will. Warum dieses Versteckspiel?«

»Was weiß man schon über solche Männer«, sagte Elínborg resignierend.

Eine Weile herrschte Schweigen.

»Und was ist dann mit der Leiche im See?«, fragte Erlendur.

»Ich bin der Meinung, dass wir nach einem Ausländer suchen«, entgegnete Elínborg. »Ich finde die Vorstellung ganz einfach absurd, dass es sich um einen Isländer handeln soll, dem man ein russisches Abhörgerät angebunden hat. Ich kann mir einfach nicht vorstellen, dass so etwas hier passiert.«

»Der Kalte Krieg«, gab Sigurður Óli zu bedenken. »Eine merkwürdige Zeit.«

»Ja, eine merkwürdige Zeit«, stimmte Erlendur zu.

»Im Kalten Krieg hatte man ständig Angst vor dem Weltuntergang«, sagte Elínborg. »Das hat einen doch dauernd beschäftigt. Man war nie frei von dem Gedanken, dass der Weltuntergang vielleicht kurz bevorstand. Das ist der einzige Kalte Krieg, den ich kenne.«

»Ein simples technisches Versagen, und kawumm!«, sagte Sigurður Óli.

»Irgendwo müssen sich solche Ängste doch auswirken«, sagte Erlendur. »In dem, was wir tun oder wie wir sind.«

»Beispielsweise darin, dass man Selbstmord begeht, so wie der Mann mit dem Falcon?«, fragte Elínborg.

»Wenn der mal nicht glücklich verheiratet in Hvammstangi lebt«, sagte Sigurður Óli, knüllte die Sandwichverpackung zusammen und zielte auf den Papierkorb, traf aber daneben.

Als Elínborg und Sigurður Óli gegangen waren, klingelte das Telefon bei Erlendur. Ein Mann war am Apparat, den er nicht kannte.

»Spreche ich mit Erlendur?«, fragte eine tiefe Stimme, die wütend klang.

»Ja. Wer ist am Apparat?«, erwiderte Erlendur.

»Lass gefälligst die Finger von meiner Frau«, sagte die Stimme.

»Von deiner Frau?«

Erlendur war völlig perplex. Es kam ihm überhaupt nicht in den Sinn, dass der Mann am anderen Ende der Leitung von Valgerður sprach.

»Kapiert?«, sagte die Stimme. »Ich weiß genau, worauf du aus bist, und ich verlange, dass du damit aufhörst.«

»Sie kann wohl selbst entscheiden, was sie will«, erklärte Erlendur, als er endlich begriffen hatte, dass es Valgerðurs Ehemann sein musste. Er erinnerte sich, was Valgerður über seine Seitensprünge erzählt hatte und dass sie zu An-

fang ihrer Bekanntschaft mit Erlendur nur im Sinn gehabt hatte, sich an ihrem Mann zu rächen.
»Lass gefälligst die Finger von ihr.« Die Stimme hörte sich jetzt drohend an.
»Halt die Schnauze, Mensch«, sagte Erlendur und knallte den Hörer auf die Gabel.

Fünfzehn

Der ehemalige Staatssekretär Ómar war ein Mann um die achtzig, der sich trotz seiner Größe und Statur sehr gewandt bewegte. Er hatte eine Glatze und ein recht breites Gesicht, das von Mund und Kinn beherrscht wurde. Er war augenscheinlich froh, Besuch zu bekommen. Elínborg und Erlendur gegenüber beklagte er sich bitter, dass er mit siebzig hatte in Pension gehen müssen, ein Mann bei bester Gesundheit und auf der Höhe seiner Schaffenskraft. Er lebte in einer geräumigen Wohnung in Kringlumýri, nach dem Tod seiner Frau hatte er sein früheres Haus verkauft.

Es waren einige Wochen vergangen, seitdem die Hydrologin vom Energieinstitut auf das Skelett gestoßen war. Der ungewöhnlich sonnige und warme Juni war bereits fortgeschritten. Nach der schweren Düsternis des Winters herrschte jetzt eine entspanntere Atmosphäre in der Stadt, die Leute waren sommerlich gekleidet und wirkten unbeschwerter. Die Cafés hatten nach ausländischem Vorbild Tische und Stühle auf die Straße gestellt, und die Leute saßen in der Sonne und tranken Bier. Sigurður Óli hatte Urlaub genommen und nutzte jede Gelegenheit, um draußen zu grillen. Er hatte Elínborg und Erlendur zu einer Grillparty eingeladen. Erlendur hatte keine große Lust. Eva Lind, die inzwischen wahrscheinlich aus der Therapie entlassen worden war, hatte nichts von sich hören lassen. Er ging zumindest davon aus, dass sie es bis zum Schluss durchgehalten hatte. Sindri Snær hatte sich ebenfalls nicht mehr gemeldet.

Ómar hörte sich gern reden, vor allem, wenn es um seine eigene Person ging. Erlendur versuchte gleich zu Anfang, den Redefluss einzudämmen.

»Wie ich dir am Telefon sagte ...«, begann Erlendur.

»Ja, ja, genau, ich habe das alles in den Nachrichten gesehen, über die Knochen im Kleifarvatn. Ihr glaubt also, dass es sich um einen Mord handelt und ...«

»Ja«, unterbrach Erlendur ihn, »aber das, was in den Nachrichten nicht gesagt wurde, wovon niemand weiß und was du absolut für dich behalten musst, ist die Tatsache, dass das Skelett an ein russisches Abhörgerät aus den sechziger Jahren angebunden war. An dem Gerät hat man herumgefeilt, um die Kennziffer und Herkunft unkenntlich zu machen, aber es steht eindeutig fest, dass es aus der Sowjetunion stammt.«

Ómar blickte abwechselnd Erlendur und Elínborg an, und sie konnten regelrecht beobachten, wie sein Interesse mehr und mehr zunahm, während er diese Informationen verdaute. Es hatte auf einmal aber auch den Anschein, als sei er auf der Hut, denn er setzte seine gewohnte Amtsmiene von früher auf.

»Und wie kann ich euch in dieser Angelegenheit behilflich sein?«, fragte er.

»Wir beschäftigen uns derzeit vor allem mit der Frage, ob hier auf Island in diesen Jahren in irgendeiner Form Spionage betrieben wurde und wie wahrscheinlich es ist, dass es sich bei dem Toten um einen Isländer handelt oder es ein Angehöriger einer ausländischen Botschaft war.«

»Ihr untersucht also die Vermisstenmeldungen aus dieser Zeit?«, fragte Ómar.

»Ja«, entgegnete Elínborg. »Aber keine davon lässt sich mit dem russischen Abhörgerät in Verbindung bringen.«

»Ich bin nicht der Meinung, dass Isländer ernsthaft Spionage betrieben haben«, sagte Ómar nach längerem Überlegen, und sowohl Erlendur als auch Elínborg hatten das Gefühl, dass er seine Worte gründlich abwägte. »Wir wissen von Fällen, in denen man versucht hat, sie dazu zu bewegen, sowohl seitens der Ostblockstaaten als auch seitens der NATO-Länder, und wir wissen natürlich, dass in den Ländern um uns herum Spionage betrieben wurde.«

»Du meinsts, in den anderen nordischen Ländern?«, fragte Erlendur.

»Ja«, erwiderte Ómar. »Aber die Sache hat einen Haken. Falls tatsächlich Isländer für die eine oder die andere Seite spioniert haben, wissen wir nichts darüber, ob dies von Erfolg gekrönt war. Es ist nämlich niemals ein Fall von isländischer Spionage aufgedeckt worden.«

»Fällt dir eine plausible Erklärung dafür ein, dass dieses russische Abhörgerät da bei den Knochen gefunden wurde?«

»Selbstverständlich«, sagte Ómar. »Das Ganze muss ja nicht unbedingt etwas mit Spionage zu tun haben. Aber trotzdem ist diese Schlussfolgerung vermutlich korrekt. Es ist keineswegs unwahrscheinlich, dass ein solch ungewöhnlicher Skelettfund in irgendeiner Form mit den Vertretungen der ehemaligen Ostblockstaaten in Verbindung steht.«

»Könnte es einen solchen Spion möglicherweise im Außenministerium gegeben haben?«, fragte Erlendur.

»Meines Wissens ist kein Mitarbeiter des Ministeriums spurlos verschwunden«, erklärte Ómar lächelnd.

»Es geht mir darum, zu wissen, wo es am aussichtsreichsten für die Russen gewesen wäre, einen Agenten zu haben.«

»Wahrscheinlich an allen möglichen Stellen im Regierungsapparat«, sagte Ómar. »Hier sind die Strukturen sehr eng, die Leute kennen sich untereinander gut und haben so gut wie keine Geheimnisse voreinander. Die Verbindungen zu den amerikanischen Streitkräften liefen zumeist über uns im Außenministerium, sodass es also erstrebenswert gewesen sein könnte, dort einen Mann zu haben. Allerdings könnte ich mir vorstellen, dass es für ausländische Agenten oder Botschaftsangehörige vollkommen ausgereicht hätte, die isländischen Zeitungen zu lesen, und das haben sie natürlich auch getan. Da hat ja alles dringestanden. In einer so offenen demokratischen Gesellschaft wie der unseren gibt es immer wieder heftige öffentliche Diskussionen, und es ist schwierig, Dinge unter den Teppich zu kehren.«

»Und außerdem sind da wohl noch die Cocktailempfänge«, sagte Erlendur.

»Ja, die sollte man vielleicht nicht unterschätzen. Die ausländischen Vertretungen hatten ein Händchen dafür, Gästelisten mit einflussreichen Personen zusammenzustellen. Weil wir nur so wenige sind, kennt hier jeder jeden, und alle sind miteinander verwandt. Das hat man sich sicherlich zunutze gemacht.«

»Hattet ihr nie das Gefühl, dass es undichte Stellen im System gab?«, fragte Erlendur.

»Nicht, dass ich wüsste«, sagte Ómar. »Und falls hier tatsächlich in irgendeiner Form Spionage betrieben worden wäre, müsste dies inzwischen doch ans Licht gekommen sein, nachdem das sowjetische System zusammengebrochen ist und die Geheimdienste in der Form, wie sie damals in den Ostblockstaaten üblich waren, aufgelöst worden sind. Ehemalige Agenten haben auch fleißig Autobiographien veröffentlicht, aber Island wird darin nirgends erwähnt. Die Archive in diesen Ländern wurden zum größten Teil zugänglich gemacht, und die Leute konnten an die Akten heran, die über sie existierten. In den ehemals kommunistischen Ländern wurden die Bürger in unvorstellbarem Ausmaß bespitzelt, und viele von diesen Informationen wurden vernichtet, bevor die Mauer fiel. Sie wanderten in den Reißwolf.«

»Nach dem Fall der Mauer hat man einige Spione in den westlichen Ländern enttarnen können«, warf Elínborg ein.

»Gewiss«, sagte Ómar. »Ich könnte mir sogar vorstellen, dass das gesamte Spionagesystem über den Haufen geworfen wurde.«

»Aber es wurden nicht alle Archive geöffnet«, sagte Erlendur. »Es liegt keineswegs alles offen zutage.«

»Nein, selbstverständlich nicht, es gibt in diesen Ländern genau wie hier bei uns immer noch Staatsgeheimnisse. Im Übrigen bin ich kein Experte in Sachen Spionage, weder im Ausland noch hierzulande. Ich weiß vermutlich kaum mehr darüber als ihr. Mir ist das Thema Spionage in Island immer ziemlich lächerlich vorgekommen. Das ist so abwegig, so weit entfernt von unserer Realität.«

»Kannst du dich daran erinnern, wie die Froschmänner seinerzeit diese Apparate im Kleifarvatn gefunden haben?«, erkundigte sich Erlendur. »Das war zwar an einer ganz anderen Stelle im See, aber diese Apparate, die damals gefunden wurden und von denen nun ein weiterer aufgetaucht ist, stellen doch offensichtlich eine Verbindung zwischen den beiden Fällen her.«

»Daran kann ich mich sehr gut erinnern«, sagte Ómar. »Die Russen haben natürlich alles abgestritten, genau wie die anderen Vertretungen aus den Ostblockstaaten. Niemand wollte etwas von diesen Geräten gewusst haben. Wenn ich mich recht erinnere, mutmaßte man, dass dort schlicht und ergreifend veraltete Abhörgeräte und Funkapparate entsorgt worden waren. Es hätte sich nicht gelohnt, das Zeug wieder mit dem Kurier zurückzuschicken. Zur Mülldeponie konnte man das Zeug nicht einfach bringen, deswegen ...«

»Deswegen hat man versucht, sie im Wasser zu verstecken.«
»So ungefähr stelle ich mir den Hergang der Dinge vor, aber wie gesagt, ich bin kein Experte. Die Apparate ließen erkennen, dass sie zu Spionagezwecken verwendet worden waren, das stand außer Zweifel. Und das hat auch niemanden überrascht.«
Es trat eine Pause ein. Erlendur blickte sich um. Das Wohnzimmer war voll gestopft mit Erinnerungsstücken aus allen Teilen der Welt, die von einer langen Tätigkeit für das Ministerium zeugten. Ómar und seine Frau waren in die entlegensten Erdenwinkel gereist. Da gab es Buddha-Figuren und Fotos von Ómar an der Chinesischen Mauer und in Cape Canaveral mit einer Raumfähre im Hintergrund. Erlendur bemerkte ebenfalls Fotos, auf denen er zusammen mit führenden Persönlichkeiten des öffentlichen Lebens zu sehen war.
Ómar räusperte sich. Er hatte anscheinend überlegt, ob er in seinen Bemühungen, ihnen behilflich zu sein, noch weitergehen oder es hierbei bewenden lassen sollte. Ihnen war nicht entgangen, dass er, seit das Gespräch auf die russischen Abhörgeräte im See gekommen war, praktisch jedes Wort auf die Goldwaage legte.
»Es wäre, ich weiß es nicht, es wäre vielleicht nicht dumm, wenn ihr euch mal mit Bob unterhalten würdet.«
»Und wer ist Bob?«, fragte Elínborg.
»Robert Christie. Bob. Er war in den sechziger und siebziger Jahren für Sicherheitsfragen in der amerikanischen Botschaft zuständig, ein absolut integrer Mann. Wir kannten uns gut und haben immer noch Kontakt zueinander. Wenn ich in die Staaten reise, besuche ich ihn immer. Er lebt in Washington und ist genau wie ich schon lange pensioniert. Er hat ein erstklassiges Gedächtnis und ist wirklich ein überaus netter Mensch.«

»Inwiefern sollte er uns weiterhelfen können?«, fragte Erlendur.

»Die Botschaften haben sich natürlich gegenseitig belauert und observiert«, sagte Ómar. »So viel hat er mir zumindest verraten. In welchem Ausmaß, weiß ich nicht, und meines Erachtens hatten Isländer nichts damit zu tun, aber unter den Botschaftsangehörigen, sowohl aus den NATO-Ländern als auch aus den Ostblockstaaten, gab es Spione. Das hat er mir gegenüber zugegeben, als der Kalte Krieg zu Ende war, und das hat uns auch die Geschichte gelehrt. Es gehörte unter anderem zu den Aufgaben der Botschaftsangehörigen, exakt über die personellen Veränderungen in den Vertretungen der gegnerischen Länder informiert zu sein. Sie wussten genau, wer ins Land kam und wer das Land verließ, welches ihre Aufgabenbereiche waren, woher sie kamen und wohin sie gingen, sie kannten die Namen und wussten über ihr Privatleben und die familiären Verhältnisse Bescheid. Die meiste Energie wurde darauf verschwendet, solche Informationen zu sammeln.«

»Zu welchem Zweck denn?«, fragte Elínborg.

»Einige dieser Botschaftsangehörigen waren bekannte Agenten oder Spione«, sagte Ómar. »Sie kamen nach Island, blieben nur kurz und verließen das Land dann wieder. Sie hatten unterschiedlich hohe Positionen inne. Falls also ein bestimmter Mitarbeiter mit einem bestimmten Rang zu ihnen kam, ließ das den Schluss zu, dass da irgendwas im Busch war. Ihr erinnert euch vielleicht an die Nachrichten früher, als dauernd Botschaftsangehörige aus irgendwelchen Ländern ausgewiesen wurden. Das passierte in den Ländern um uns herum in regelmäßigen Abständen, aber es ist auch hier bei uns vorgekommen. In Amerika wurden diverse Russen wegen Spionage des Landes verwiesen. Die Russen haben natürlich alles abgestritten und dann im Gegenzug ein paar Amerikaner aus der Sowjetunion ausgewiesen. Das passierte überall auf der Welt. Alle kannten die Spielregeln. Alle wussten alles über alle. Sie waren genauestens über Einreisen und Ausreisen informiert und führten Buch darüber, wer in eine Botschaft hineinging und wer wieder herauskam.«

Ómar hielt eine Weile inne.

»Auf eines wurde immer besonderen Wert gelegt, nämlich Leute zu rekrutieren«, fuhr er dann fort. »Neue Spione.«

»Du meinst, dass Botschaftsangehörige dazu ausgebildet wurden, Spionage zu betreiben?«, sagte Erlendur.

»Nein, sondern beim Feind Agenten abzuwerben«, sagte Ómar lächelnd. »Die Angehörigen anderer Botschaften dazu zu bringen, für sie zu spionieren. Sie haben natürlich auf allen Ebenen und in allen Bereichen des öffentlichen Lebens versucht, Leute für sich anzuwerben und Informationen zu sammeln, aber Botschaftsangehörige waren immer besonders gefragt.«

»Und?«, sagte Erlendur.

»Bob könnte euch dabei weiterhelfen.«

»Dabei? Wobei?«, fragte Elínborg.

»Bei den Botschaftsangehörigen«, sagte Ómar.

»Ich verstehe nicht, was ...«, sagte Elínborg.

»Willst du damit sagen, dass er sich daran erinnern würde, wenn irgendetwas Außergewöhnliches in diesem System vorgefallen wäre?«, sagte Erlendur.

»Er wird euch natürlich mit Sicherheit nichts über irgendwelche minutiösen Details sagen. Das tut er niemandem gegenüber. Mir nicht und noch viel weniger euch. Ich habe ihn häufig genug nach solchen Informationen gefragt, aber er hat das bloß ins Lächerliche gezogen und abgelehnt. Aber er könnte euch womöglich etwas sagen, so ein paar unschuldige Kleinigkeiten, die oberflächlich gesehen Interesse geweckt haben, aber für die es keine Erklärungen gab. Mit anderen Worten all das, was auffällig war.«

Elínborg und Erlendur starrten Ómar an, ohne ein Wort zu verstehen.
»Beispielsweise wenn jemand ins Land kam, es aber nicht wieder verlassen hat«, sagte Ómar. »Das könnte Bob euch erzählen.«
»Du denkst an das russische Abhörgerät«, sagte Erlendur. Ómar nickte bestätigend.
»Aber wie war es denn im Außenministerium? Ihr müsst doch auch selber mitverfolgt haben, wenn es an den Botschaften einen Personalwechsel gab und was für Personen hierher geschickt wurden.«
»Das war auch der Fall. Uns wurde immer mitgeteilt, wenn es Änderungen in der Besetzung gab. Aber wir hatten weder die Möglichkeiten noch die Kapazitäten oder das Interesse, dies in gleichem Ausmaß zu kontrollieren, wie sie es taten.«
»Mit anderen Worten, falls beispielsweise ein neuer Mitarbeiter in einer der Vertretungen aus den Ostblockländern eingetroffen und eine Weile dort tätig gewesen wäre und die amerikanische Botschaft nicht feststellen konnte, dass er das Land wieder verließ, dann könnte Bob uns das sagen?«
»Genau«, sagte Ómar. »Ich glaube, dass Bob euch bei Fragen dieser Art behilflich sein könnte.«

Marian Briem ließ Erlendur herein und zog das Gestell mit der Sauerstoffflasche hinter sich her ins Wohnzimmer. Erlendur dachte darüber nach, ob es im Alter auch sein Schicksal sein würde, allein in seiner Wohnung dahinzuvegetieren, von allen vergessen und verlassen und mit einem Sauerstoffapparat im Schlepptau. Er hatte keine Ahnung, ob Marian Briem Geschwister hatte; Freunde gab es weiß Gott nicht viele. Eines wusste Erlendur aber genau, nämlich dass diese jetzt so gebrechliche

Person es nie bereut hatte, keine Familie gegründet zu haben.

»Wozu?«, hatte Marian einmal vor vielen Jahren gesagt. »Familien bereiten einem nichts als Ärger und Verdruss.« Sie hatten damals über Erlendurs Familie gesprochen, was nicht häufig der Fall war, da Erlendur am liebsten gar nicht erst über sich selber redete. Marian hatte ihn nach den Kindern gefragt, ob er irgendwelchen Kontakt zu ihnen hätte. Das war vor vielen Jahren gewesen.

»Hast du nicht zwei?«, hatte Marian gefragt.

Erlendur war in seinem Büro gewesen und hatte einen Bericht über einen Fall von Unterschlagung verfasst, als Marian Briem urplötzlich auftauchte und ihn nach seinen Familienangelegenheiten fragte. Der Fall hatte mit zwei Schwestern zu tun, die ihre Mutter nach Strich und Faden geschröpft und ausgenommen hatten – daher rührte Marian Briems Kommentar, dass Familien nur Ärger und Verdruss bedeuteten.

»Ja, ich habe zwei«, sagte Erlendur. »Können wir uns über diesen Fall hier unterhalten? Ich glaube, dass …«

»Und wann hast du sie zuletzt gesehen?«, fragte Marian.

»Ich glaube, das geht dich nichts …«

»Nein, mich geht es selbstverständlich nichts an, aber dich geht es etwas an, oder? Geht es dich nichts an, dass du zwei Kinder hast?«

Erlendur verdrängte diese Erinnerung wieder, als er sich Marian gegenüber auf das Sofa setzte. Es hatte seine Gründe, weshalb Erlendur, der unter Marian Briem bei der Kriminalpolizei angefangen hatte, den ehemaligen Boss schwer erträglich fand. Er ging davon aus, dass aus dem gleichen Grund nur wenige andere jetzt zu einem Krankenbesuch kamen. Marian war nicht der Typ, der schnell Freundschaften schloss, das Gegenteil war eher der Fall. Sogar Erlendur, der sich zumindest hin und

wieder blicken ließ, war im Grunde genommen kein Freund.
Marian sah Erlendur an und setzte die Sauerstoffmaske auf. Einige Zeit verging, ohne dass ein Wort fiel. Endlich nahm Marian die Maske herunter. Erlendur räusperte sich.
»Wie geht es dir?«, fragte er.
»Ich fühl mich ungeheuer schlapp«, war die Antwort. »Dauernd nicke ich ein. Vielleicht kommt das vom Sauerstoff.«
»Wahrscheinlich zu gesund für dich«, sagte Erlendur.
»Wieso treibst du dich ständig hier bei mir herum?«, fragte Marian mit schwacher Stimme.
»Ich weiß es nicht«, sagte Erlendur. »Wie war der Western?«
»Den solltest du dir mal ansehen. Es geht um Starrsinn. Kommst du vorwärts mit dem Kleifarvatn-Fall?«
»Es geht.«
»Den Falcon-Mann, hast du den gefunden?«
Erlendur schüttelte den Kopf und erklärte, dass er das Auto gefunden hatte. Die gegenwärtige Besitzerin sei eine Witwe, die sich nicht mit dem Auto auskannte und den Wagen verkaufen wollte. Er erzählte Marian, dass dieser Leopold ein äußerst mysteriöser Mann gewesen war. Sogar seine Verlobte hatte kaum etwas über ihn gewusst. Es existierte kein Foto von ihm, und offiziell wurde er nirgends geführt. Es war, als hätte es ihn nie gegeben, als sei er nur der Fantasie der Frau entsprungen, die in dem Milchgeschäft arbeitete.
»Warum suchst du nach diesem Mann?«, fragte Marian.
»Ich weiß es nicht«, antwortete Erlendur. »Ich werde dauernd danach gefragt. Ich habe keine Ahnung, warum. Wegen einer Frau, die früher einmal in einem Milchgeschäft gearbeitet hat. Wegen einer Radkappe, die an dem Auto fehlte. Wegen eines ziemlich neuen Autos, das beim

Busbahnhof abgestellt wurde. Da ist irgendetwas, das meiner Meinung nach nicht zusammenpasst.«

Marian schloss die Augen und sank tiefer in den Sessel.

»Wir haben fast denselben Namen«, sagte Marian so leise, dass Erlendur es kaum verstehen konnte.

»Was?«, fragte er und beugte sich vor. »Was sagst du da?«

»John Wayne und ich«, erklärte Marian. »Wir haben fast denselben Namen.«

»Was redest du denn da für einen Quatsch?«

»Kein Quatsch. Findest du das nicht komisch? John Wayne.«

Erlendur wollte gerade antworten, als er sah, dass Marian einzuschlafen schien. Er nahm die Kassettenhülle zur Hand und betrachtete den Titel *The Searchers*. Ein Film über Starrsinn, dachte er.

Seine Blicke glitten von der Kassettenhülle zu Marian und dann wieder zu John Wayne, der hoch zu Ross und mit geschultertem Gewehr abgebildet war. Er sah auf den Fernseher in der Ecke des Zimmers, legte die Kassette ein, setzte sich wieder auf das Sofa und schaute sich *The Searchers* an, während Marian sanft schlummerte.

Sechzehn

Sigurður Óli war gerade im Begriff, sein Büro zu verlassen, als das Telefon klingelte. Er zögerte. Am liebsten hätte er die Tür hinter sich zugeknallt, aber er ging seufzend zurück und nahm den Hörer ab.

»Störe ich dich?«, fragte der Mann am anderen Ende der Leitung.

»Kann man so sagen«, erwiderte Sigurður Óli. »Ich bin auf dem Weg nach Hause. Außerdem ...«

»Entschuldige«, sagte der Mann.

»Hör auf, dich dauernd für alles Mögliche zu entschuldigen, und hör auf, dauernd bei mir anzurufen. Ich kann nichts für dich tun.«

»Ich habe nicht viele, mit denen ich reden kann«, sagte der Mann.

»Ich bin aber keiner von denen. Ich bin bloß zufälligerweise am Unfallort gewesen, weiter nichts. Ich bin kein Seelsorger. Sprich doch mit deinem Pastor.«

»Findest du, dass ich die Schuld daran habe?«, fragte der Mann. »Wenn ich sie nicht angerufen hätte ...«

Das hatten sie alles schon wer weiß wie oft durchgesprochen. Sie glaubten beide nicht an einen Gott, der hinter irgendeinem unbegreiflichen Gesamtkonzept steckte und Opfer forderte wie die Ehefrau und die Tochter des Mannes. Keiner von beiden glaubte an Vorsehung. Beide glaubten nicht, dass alles vorherbestimmt war und dass man keinen Einfluss darauf nehmen konnte. Beide glaubten an simple Zufälle. Beide waren aber realistisch und mussten die Tatsache akzeptieren, dass die Ehefrau nicht in dem Augenblick an dieser Kreuzung gewesen wäre, als der Betrunkene im Jeep bei Rot durchfuhr, wenn der Ehemann sie nicht angerufen hätte. Allerdings gab Sigurður Óli nicht dem Ehemann die Schuld daran, was geschehen war, und seine Argumente fand er völlig abwegig.

»Du trägst keine Schuld an diesem Unfall«, sagte Sigurður Óli. »Das weißt du selber auch, und hör auf, dich damit zu quälen. Nicht du bist auf dem Weg ins Gefängnis wegen fahrlässiger Tötung, sondern der Vollidiot in dem Jeep.«

»Das spielt keine Rolle«, stöhnte der Mann.

»Was sagt der Psychiater?«

»Der redet bloß von irgendwelchen Pillen und Nebenwirkungen. Wenn ich die eine Sorte einnehme, nehme ich zu, und wenn ich die andere nehme, habe ich keinen Appetit mehr. Und dann ist da noch eine Sorte, von der ich dauernd kotzen muss.«

»Darf ich dir ein anderes Beispiel nennen?«, sagte Sigurður Óli. »Eine Gruppe Leute fährt seit fünfundzwanzig Jahren einmal im Jahr in die Þórsmörk. Einer aus der Gruppe hatte seinerzeit die Idee gehabt. In einem Jahr passiert dann ein tödlicher Unfall, und einer der Teilnehmer am jährlichen Ausflug kommt ums Leben. Und ist das jetzt die Schuld dessen, der die Idee hatte? Das ist doch absurd! Wo soll das mit deinen Grübeleien enden? Zufall ist Zufall. Niemand hat Einfluss darauf.«

Der Mann antwortete ihm nicht.

»Verstehst du, was ich meine?«, fragte Sigurður Óli.

»Ich weiß, was du meinst, aber es hilft mir nicht.«

»Tja, also dann, ich muss jetzt los«, sagte Sigurður Óli.

»Vielen Dank«, sagte der Mann und legte auf.

Erlendur saß zu Hause in seinem Sessel und las. Er versetzte sich in die Situation einer Gruppe von Menschen hinein, die zu Anfang des 20. Jahrhunderts auf dem Weg von Ísafjörður nach Bolungarvík waren, und er stand zusammen mit ihnen im Schein einer kleinen Laterne unter der berüchtigten Steilwand von Óshlíð. Die sieben Menschen näherten sich der gefährlichen Schlucht Steinófæra. Zur Linken lag die schroffe, tief verschneite Bergwand und zur Rechten das kalte Meer. Sie hielten sich dicht hintereinander, damit allen der Schein der kleinen Lichtquelle zugute kam. Einige hatten sich am Abend eine Theatervorstellung in Ísafjörður angeschaut, *Vogt Leonhard*. Es war tiefster Winter, und als sie bei der Schlucht angelangt waren, bemerkte einer von ihnen, dass die Schneewechte über ihnen merkwürdig aussah, wie ein Felsbrocken, der heruntergerutscht war. Sie sprachen darüber, ob es ein Anzeichen dafür sein könnte, dass sich der Schnee ganz oben am Berg in Bewegung gesetzt hatte. Sie blieben stehen, und im gleichen Augenblick ging die Schneelawine auf sie nieder und riss sie mit sich ins Meer. Einer kam zerschunden und zerschlagen mit dem Leben davon. Von den anderen wurde nie jemand gefunden, man entdeckte nur ein Bündel, das einer von ihnen bei sich gehabt hatte, und die Laterne, die ihnen den Weg gewiesen hatte.

Das Telefon klingelte, und Erlendur blickte von seinem Buch hoch. Er überlegte, ob er es nicht einfach klingeln lassen sollte. Aber es konnte Valgerður sein, oder sogar Eva Lind, obwohl er eigentlich kaum damit rechnete.

»Hast du schon geschlafen?«, fragte Sigurður Óli, als Erlendur endlich an den Apparat ging.

»Was willst du denn von mir?«, fragte Erlendur.

»Bringst du morgen diese Frau zu der Grillparty mit? Bergþóra möchte das gern wissen. Sie möchte wissen, mit wie vielen Leuten sie rechnen kann.«

»Von was für einer Frau redest du?«, sagte Erlendur.

»Die, die du an Weihnachten kennen gelernt hast«, sagte Sigurður Óli. »Ihr trefft euch doch immer noch?«

»Was geht dich das an?«, sagte Erlendur. »Und von was für einer Grillparty redest du eigentlich? Wann habe ich zugesagt, dass ich zu einer Grillparty bei dir kommen würde?«

Im gleichen Augenblick klopfte es, und er schaute zur Tür. Sigurður Óli wollte sich gerade darüber auslassen, dass Erlendur sehr wohl zugesagt hätte und dass Elínborg schon das Essen vorbereitete, als Erlendur den Hörer auf die Gabel warf und zur Tür ging. Der Anflug eines Lächelns lag auf Valgerðurs Gesicht, als er öffnete. Sie fragte, ob sie hereinkommen dürfe. Er zögerte einen Augenblick, sagte aber dann: »Natürlich.« Sie ging ins Wohnzimmer und setzte sich auf das abgewetzte Sofa. Er wollte Kaffee aufsetzen, aber sie sagte, das sei nicht nötig.

»Ich habe ihn verlassen«, erklärte sie.

Er setzte sich ihr gegenüber auf einen Sessel. Ihm fiel wieder das Gespräch mit ihrem Mann ein, der gesagt hatte, er solle die Finger von Valgerður lassen. Sie sah ihn an und bemerkte den leicht besorgten Blick.

»Ich hätte es schon längst tun sollen«, sagte sie. »Du hast Recht gehabt. Ich hätte die Sache schon längst zu einem Ende bringen müssen.«

»Und warum jetzt?«, fragte er.

»Er hat mir gesagt, dass er bei dir angerufen hat«, sagte Valgerður. »Ich möchte nicht, dass du in unsere Sache verwickelt wirst. Ich will nicht, dass er dich anruft. Das hier ist einzig und allein zwischen ihm und mir. Es geht nicht um dich.«

Erlendur musste lächeln. Ihm fiel ein, dass er eine Flasche grünen Chartreuse im Schrank hatte. Er stand auf, holte die Flasche und zwei Gläser, goss ein und reichte ihr ein Glas.

»Ich meine es nicht so, und du weißt, was ich damit sagen will«, sagte sie, und sie nippten beide an ihrem Likör. »Wir haben nichts gemacht, außer miteinander zu reden. Das kann er von sich nicht behaupten.«
»Aber bislang hast du ihn nicht verlassen wollen«, sagte Erlendur.
»Das ist nicht leicht nach all den Jahren. Nach all dieser Zeit. Unsere Jungen und ... Es ist einfach furchtbar schwierig.«
Erlendur schwieg.
»Aber heute Abend habe ich erkannt, dass unsere Beziehung völlig tot ist«, fuhr Valgerður fort. »Und mir wurde auf einmal klar, dass ich sie gar nicht wiederbeleben möchte. Ich habe mit meinen Söhnen gesprochen. Sie müssen natürlich wissen, warum ich ihn verlasse. Ich treff mich morgen mit ihnen. Das war auch ein Grund, ich wollte ihnen das ersparen. Sie bewundern ihn so.«
»Ich habe gleich aufgehängt.«
»Ich weiß, er hat es mir erzählt. Mit einem Mal habe ich das alles durchschaut. Er kann mir nicht mehr vorschreiben, was ich tue und was ich tun möchte. Ich weiß nicht, für was er sich eigentlich hält.«
Valgerður hatte bislang kaum über ihren Mann geredet, nur dass er zwei Jahre lang mit einer Krankenschwester im gleichen Krankenhaus fremdgegangen war und dass es auch vorher schon Seitensprünge gegeben hatte. Er war Arzt und arbeitete am gleichen Krankenhaus wie sie. Erlendur hatte hin und wieder darüber nachgedacht, wie es für sie wohl gewesen sein musste, zu erfahren, dass am Arbeitsplatz vermutlich alle außer ihr genau wussten, dass der Ehemann hinter anderen Frauen her war.
»Und wie wird es bei der Arbeit werden?«, fragte er.
»Das steh ich schon durch«, sagte sie.
»Möchtest du heute bei mir übernachten?»
»Nein«, sagte Valgerður, »ich habe mit meiner Schwester

gesprochen, und ich werde fürs Erste bei ihr bleiben. Sie steht voll hinter mir.«

»Wenn du sagst, dass es nicht um mich geht ...«

»Ich verlasse ihn nicht deinetwegen«, sagte Valgerður. »Ich möchte einfach nicht, dass er weiterhin darüber bestimmt, was ich tue und denke und möchte. Meine Schwester sagt genau dasselbe wie du, und ihr habt Recht, ich hätte ihn schon längst verlassen sollen. In dem Augenblick, wo ich von seinen Seitensprüngen erfahren habe.«

Sie machte eine Pause und schaute Erlendur an.

»Vorhin hat er behauptet, dass ich ihn dazu getrieben hätte«, sagte sie. »Weil ich nicht ... nicht genug ... weil mich Sex nicht genügend interessiert.«

»Das sagen sie alle«, sagte Erlendur. »Das ist die erste Ausrede, die ihnen einfällt. Das darfst du dir nicht zu Herzen nehmen.«

»Er hat es immer bestens verstanden, mir die Schuld an allem zu geben«, sagte Valgerður.

»Was soll er auch anderes sagen? Er versucht, sich vor sich selber zu rechtfertigen.«

Sie schwiegen und tranken den Likör aus.

»Du bist ...«, sagte sie, brach aber mitten im Satz ab. »Ich weiß nicht, wie du bist«, erklärte sie dann, »oder wer du bist. Ich habe nicht die geringste Ahnung.«

»Ich auch nicht«, sagte Erlendur.

Valgerður lächelte.

»Hast du Lust, morgen mit mir zu einer Grillparty zu gehen?«, fragte Erlendur plötzlich. »Wir wollen uns mit ein paar Kollegen treffen. Elínborg hat ein Kochbuch herausgegeben, du hast vielleicht davon gehört. Sie kümmert sich um das Essen. Sie kocht wirklich verdammt gut«, sagte Erlendur und schaute zu seinem Schreibtisch hinüber, auf dem noch die Verpackung eines Frikadellengerichts für die Mikrowelle lag.

»Ich möchte nichts überstürzen«, sagte sie.
»Ich auch nicht«, sagte er.

Als Erlendur den Korridor entlangging und nach dem Zimmer des alten Bauern Ausschau hielt, hörte er aus dem Speisesaal des Altersheims das Klappern von Tellern. Einige der Angestellten räumten dort nach dem Frühstück ab, andere brachten die Zimmer in Ordnung. Die meisten Türen standen offen, und die Sonne schien zu den Fenstern hinein. Die Tür zum Zimmer des ehemaligen Bauern war allerdings zu, deswegen klopfte Erlendur an.

»Hat man hier denn nie seine Ruhe«, hörte er eine laute, heisere Stimme drinnen sagen. »Dauernd wird man gestört, verdammt noch mal.«

Erlendur drückte die Klinke herunter, öffnete die Tür und betrat das Zimmer. Er wusste kaum etwas über dessen Bewohner. Nur, dass er Haraldur hieß und vor zwanzig Jahren die Landwirtschaft aufgegeben hatte. Bevor er ins Altersheim ging, hatte er in einem Mehrfamilienhaus im Hlíðar-Viertel gewohnt. Eine Angestellte des Altersheims hatte Erlendur gewarnt und gesagt, dass Haraldur ein Querkopf war, der sich mit allen anlegte. Erst vor kurzem hatte er mit seinem Stock auf einen anderen Heiminsassen losgeschlagen, und er triezte die Angestellten, die ihn alle nicht ausstehen konnten.

»Wer bist du denn?«, fragte Haraldur, als er Erlendur in der Tür erblickte. Er war vierundachtzig, hatte schlohweißes Haar und große, abgearbeitete Hände. An den Füßen trug er grobe graue Wollsocken und saß mit krummem Rücken und eingezogenem Kopf auf der Bettkante. Ein struppiger Bart verhüllte das halbe Gesicht. Im Zimmer roch es unangenehm, und Erlendur überlegte, ob dieser Haraldur Schnupftabak nahm.

Er stellte sich vor und sagte, dass er von der Kriminalpolizei sei. Das schien Haraldurs Interesse ein wenig zu wecken, denn er versuchte sich aufzurichten, um Erlendur ins Gesicht schauen zu können.

»Was wollt ihr denn von mir?«, fragte er. »Kommt ihr vielleicht deswegen, weil ich dem Þórður eins mit dem Stock übergebraten habe?«

»Warum hast du das getan?«, fragte Erlendur aus purer Neugierde.

»Dieser Þórður ist ein Idiot«, erklärte Haraldur, »und ich muss dir überhaupt nichts darüber sagen. Raus mit dir und mach die Tür hinter dir zu, sonst starren alle zu mir rein. Die stecken hier alle, wie sie da sind, den ganzen Tag ihre Nase in Sachen, die sie nichts angehen.«

»Ich hatte nicht vor, mit dir über Þórður zu reden«, sagte Erlendur, trat ganz ins Zimmer und schloss die Tür.

»Hör zu«, sagte Haraldur, »Ich hab was dagegen, dass du einfach hier so eindringst. Was soll denn das werden? Mach, dass du rauskommst. Mach, dass du hier rauskommst, und lass mich in Ruhe!«

Der Alte richtete sich auf und versuchte, so gut er konnte, den Kopf hochzurecken. Er starrte Erlendur wütend an, der sich aber nichts anmerken ließ und auf dem Bett gegenüber Platz nahm. Es war unbenutzt. Erlendur überlegte, dass es wahrscheinlich niemandem zuzumuten war, das Zimmer mit diesem übellaunigen Haraldur zu teilen. Es gab nur wenige persönliche Gegenstände im Zimmer. Auf dem Nachttisch lagen zwei abgegriffene Gedichtbände von Einar Benediktsson, die offensichtlich wieder und wieder gelesen worden waren.

»Fühlst du dich hier nicht wohl?«, fragte Erlendur.

»Fühle ich mich nicht wohl? Was zur Hölle geht dich das an? Was willst du von mir? Wer bist du überhaupt? Warum haust du nicht ab, wie ich es dir gesagt habe?«

»Du hattest etwas mit einem Fall zu tun, der sich vor vielen

Jahren ereignet hat«, sagte Erlendur und fing an, von dem Mann zu erzählen, der Landmaschinen und Bagger verkaufte und einen schwarzen Ford Falcon besessen hatte. Haraldur lauschte seinen Worten schweigend und ohne ihn zu unterbrechen. Erlendur wusste nicht, ob er sich überhaupt an diese Dinge erinnerte. Er kam darauf zu sprechen, dass sich die Polizei danach erkundigt hätte, ob der Mann wirklich nicht bei dem Hof aufgetaucht war, aber er hätte rundheraus bestritten, den Mann getroffen zu haben.

»Kannst du dich daran erinnern?«, fragte Erlendur.

Haraldur gab ihm keine Antwort. Erlendur wiederholte die Frage.

»Pah«, ließ Haraldur verlauten, »er ist nie aufgekreuzt, der verdammte Kerl. Das war vor mehr als dreißig Jahren. Ich kann mich an gar nichts erinnern.«

»Aber du erinnerst dich daran, dass er nicht erschienen ist?«

»Ja, was soll denn der Quatsch, das habe ich doch gerade gesagt. Los jetzt, mach, dass du rauskommst. Ich mag es nicht, wenn Leute in meinem Zimmer sind.«

»Hast du Schafe auf deinem Hof gehabt?«, fragte Erlendur.

»Schafe? Auf dem Hof? Ja, ich hatte einige Schafe und Pferde, und außerdem zehn Kühe. Bestimmt geht es dir jetzt besser, nachdem du das erfahren hast.«

»Du hast sicher einen guten Preis für das Land bekommen«, fuhr Erlendur unbeirrt fort. »So nah bei der Stadt.«

»Bist du vom Finanzamt?«, fauchte Haraldur ihn an. Er starrte auf den Boden. Es war anstrengend für ihn, den Kopf zu heben, denn Alter und schwere Arbeit hatten ihm Rücken und Schultern gekrümmt.

»Nein, ich bin von der Kriminalpolizei«, sagte Erlendur.

»Die kriegen heute viel mehr dafür, diese Banditen«, sagte Haraldur. »Heute reicht die Stadt schon bis dahin. Das waren regelrechte Spekulanten, die mir das Land abgekungelt haben, verdammte Spekulanten! Und jetzt verschwinde!«, fügte er wütend hinzu. »Knöpf dir lieber diese verfluchten Spekulanten vor!«

»Was für Spekulanten?

»Diese Spekulanten, die mein Land für einen Pappenstiel gekriegt haben.«

»Was wolltest du diesem Mann abkaufen? Diesem Vertreter mit dem schwarzen Auto.«

»Kaufen? Von diesem Mann? Ich wollte einen Trecker kaufen. Ich brauchte einen neuen Trecker. Erst bin ich nach Reykjavík gefahren und habe mir die Trecker da angesehen und war interessiert. Da habe ich auch diesen Mann getroffen. Ich habe ihm meine Telefonnummer gegeben, und dann hat er andauernd angerufen. Die sind doch alle gleich, diese Vertreter. Wenn sie merken, dass man Interesse hat, geben sie keine Ruhe mehr. Ich war bereit, mich mit ihm zu unterhalten, falls er zu mir nach Hause kommen könnte. Er sagte, dass er mir Prospekte mitbringen würde. Und ich Depp habe dann auf ihn gewartet und gewartet, aber er ließ sich einfach nicht blicken. Als Nächstes ruft mich dann so ein Saftheini wie du an und fragt mich, ob ich diesen Mann gesehen hätte. Ich habe ihm das gesagt, was ich dir sage. Mehr weiß ich nicht, also kannst du jetzt abhauen.«

»Er besaß einen neuen Ford Falcon«, sagte Erlendur, »der Mann, der dir den Traktor verkaufen wollte.«

»Ich habe keine Ahnung, wovon du redest.«

»Komischerweise existiert der Wagen immer noch und steht sogar zum Verkauf, falls jemand Interesse hat«, sagte Erlendur. »Als das Auto seinerzeit gefunden wurde, fehlte eine Radkappe. Weißt du, was aus dieser Radkappe geworden sein könnte? Hast du da eine Idee?«

»Was soll denn dieser Blödsinn, Mensch«, sagte Haraldur und sah Erlendur in die Augen. »Ich weiß nichts über diesen Mann. Und was quasselst du da über dieses Auto? Was hat das mit mir zu tun?«

»Ich hoffe, dass du uns weiterhelfen kannst«, sagte Erlendur. »Solche Autos können bis in alle Ewigkeiten Beweismaterial aufbewahren. Also wenn beispielsweise dieser Mann zu dir auf den Hof gekommen, da ausgestiegen und über den Hofplatz gegangen wäre, würde er wahrscheinlich irgendwas von dort an oder unter den Schuhen gehabt haben, was sich jetzt noch im Auto befände, sogar nach all diesen Jahren. Es braucht nichts Besonderes zu sein. Ein Sandkörnchen reicht, wenn es derselbe Sand ist wie bei dir auf dem Hofplatz. Verstehst du, was ich meine?«

Der alte Mann starrte auf den Boden und gab keine Antwort.

»Steht das Haus noch?«, fragte Erlendur.

»Halt die Klappe«, sagte Haraldur.

Erlendur blickte sich im Zimmer um. Er wusste kaum etwas über diesen Mann, der vor ihm auf der Bettkante saß, außer dass er unangenehm und grob war und dass es in seinem Zimmer stank. Er las Einar Benediktsson, aber Erlendur dachte im Stillen, dass er wohl äußerst selten in seinem Leben die Worte des Dichters beherzigt hatte: *Mit einem Lächeln wandelt Dunkel sich in lichten Tag.*

»Hast du dort allein auf dem Hof gelebt?«

»Hau ab, sage ich!«

»Hast du eine Wirtschafterin gehabt?«

»Wir waren zu zweit, mein Bruder und ich. Jói ist tot. Lass mich in Ruhe.«

»Jói?« Erlendur konnte sich nicht erinnern, dass in den Polizeiprotokollen außer Haraldur noch jemand anderes erwähnt worden war. »Wer war das?«

»Mein Bruder Jóhann«, sagte Haraldur. »Er ist vor zwanzig Jahren gestorben. Mach, dass du rauskommst. Himmelherrgott nochmal, verschwinde jetzt endlich und lass mich in Ruhe!«

Siebzehn

Er öffnete den Karton mit den Briefen und nahm einen nach dem anderen heraus. Bei einigen überflog er nur den Absender, andere nahm er aus dem Umschlag und las sie langsam durch. Er hatte die Briefe jahrelang nicht angeschaut. Es waren Briefe von zu Hause, von seinen Eltern, seiner Schwester und den Kameraden in der Jugendorganisation, die wissen wollten, wie das Leben in Leipzig war. Er konnte sich auch an die Antwortbriefe erinnern, die er ihnen geschickt hatte, in denen er die Stadt beschrieb, den Wiederaufbau und die Einstellung der Menschen, und wie positiv alles war. Er schrieb über die Geschlossenheit in der Arbeiterschaft und die sozialistische Solidarität – all diese klischeehaften Floskeln. Er schrieb nie über die Zweifel, die sich in seinem Inneren zu rühren begannen. Er schrieb nie über Hannes.

Er grub sich tiefer in den Karton hinein. Da war der Brief von Rut und darunter lag das Schreiben von Hannes.

Und ganz zuunterst waren die Briefe von Ilonas Eltern.

In den ersten Wochen und Monaten, in denen sie zusammen waren, dachte er an kaum etwas anderes als an Ilona. Er war immer knapp bei Kasse und lebte äußerst sparsam, aber es gelang ihm, verschiedene Kleinigkeiten aufzutreiben, mit denen er ihr eine Freude machen konnte. Eines Tages, als sein Geburtstag sich näherte, bekam er ein Paket von zu Hause, und darin war auch ein kleines Bändchen mit

Gedichten von Jónas Hallgrímsson, das er ihr schenkte. Er sagte ihr, dass es die Werke des Mannes enthielt, der jene schönsten Worte in isländischer Sprache gedichtet hatte. Sie sagte, sie würde sich darauf freuen, Isländisch mit ihm zu lernen, um die Gedichte verstehen zu können. Sie sagte, sie hätte nichts für ihn. Er lächelte kopfschüttelnd. Er hatte ihr nicht gesagt, dass er Geburtstag hatte.

»Es ist genug, dich zu haben«, sagte er.

»Na, na«, sagte sie.

»Was?«

»Du mit deiner schmutzigen Fantasie.«

Sie legte das Buch zur Seite, zog ihn aufs Bett und setzte sich rittlings auf ihn. Sie küsste ihn lange und intensiv. Es sollte sich zeigen, dass er noch nie in seinem Leben einen so schönen Geburtstag gehabt hatte.

In diesem Winter unternahmen Emíl und er viel zusammen, und ihre Freundschaft wurde enger. Er mochte Emíl gern. Aber je länger sie in Leipzig waren, und je besser sie das gesellschaftliche System kennen lernten, desto härter wurde Emíl in seinen sozialistischen Überzeugungen. Trotz der Diskussionen unter den Isländern und ihren kritischen Kommentaren zum Kontroll- und Unterdrückungsapparat, den Lebensmittelengpässen und den Pflichtveranstaltungen der FDJ und dergleichen ließ er sich nicht beirren. Emíl pfiff darauf. Er hatte die langfristigen Ziele im Auge, und in dem Zusammenhang hatten kurzfristige Interessen keinerlei Bedeutung. Emíl und er kamen gut miteinander aus, und sie stärkten einander den Rücken.

»Aber warum produzieren sie denn nicht die Waren, die die Leute brauchen?«, fragte Karl einmal, als sie im Wohnheim zusammensaßen und über Ulbrichts Planwirtschaft diskutierten. »Es liegt doch auf der Hand, dass die Leute den Zustand hier mit der Situation der Menschen im Westen vergleichen, wo sie mit Konsumgütern überschüttet werden und es von allem genug gibt. Warum legen die hier in der DDR so großes Gewicht auf den Aufbau der Industrie, wenn es an Lebensmitteln fehlt? Das Einzige, wovon sie genug haben, ist Braunkohle, und das ist ja noch nicht mal anständige Kohle.«

»Die Planwirtschaft wird sich schon noch bewähren«, entgegnete Emil. »Der Aufbau hat ja gerade erst begonnen. Und außerdem strömen hier keine Dollars aus Amerika ins Land. Das braucht alles seine Zeit. Die Hauptsache ist, dass die SED auf dem richtigen Kurs ist.«

Auch andere Isländer verliebten sich in Leipzig, nicht nur er. Karl und Hrafnhildur lernten Deutsche kennen, die sehr nett waren und sich gut in die Gruppe einfügten. Karl wurde immer öfter mit einer Studentin aus Leipzig gesehen, die Ulrike hieß. Ulrike war klein und zart, aber ihre Mutter war ein richtiger Drachen. Sie hielt überhaupt nichts von dieser Verbindung. Alle brüllten vor Lachen, wenn Karl ihnen von den konfliktgeladenen Begegnungen mit der Mutter erzählte. Karl und Ulrike hatten darüber geredet, zusammenzuziehen und vielleicht zu heiraten. Sie passten wunderbar zusammen, beide waren Frohnaturen und völlig unbekümmert, und sie erklärte, dass sie unbedingt Island sehen, vielleicht sogar dort bleiben wollte. Hrafnhildur ging mit einem schüchternen Chemiestudenten. Er stammte aus einem kleinen Dorf in der Nähe von Leipzig und konnte sie ab und zu mit selbst gebranntem Schnaps versorgen.

Es war Februar geworden. Ilona und er trafen sich jeden Tag. Sie sprachen kaum noch über Politik, aber das war auch gar kein Problem, denn es gab genug anderes, worüber sie reden konnten. Er erzählte ihr von dem Land, wo man Schafsköpfe aß, und sie sprach von ihrer Familie in Ungarn. Sie hatte zwei ältere Brüder, die ihr als Schwester einiges abverlangt hatten. Ihre Eltern waren beide Ärzte.

Sie studierte Germanistik und Literaturwissenschaft. Einer ihrer Lieblingsdichter war Friedrich Hölderlin. Sie las viel und fragte ihn über isländische Literatur aus. Bücher gehörten zu ihren gemeinsamen Interessen.
Lothar hielt sich viel bei den Isländern auf. Sie amüsierten sich über seine steife und formelle Ausdrucksweise auf Isländisch und seine unablässigen Fragen nach allem, was mit Island zusammenhing. Lothar und er verstanden sich gut. Beide waren überzeugte Kommunisten, und sie konnten über Politik reden, ohne sich zu streiten. Lothar übte sich im Isländischen, und er sprach Deutsch mit ihm. Lothar stammte aus Berlin und war der Meinung, dass Berlin eine wunderbare Stadt sei. Seinen Vater hatte er im Krieg verloren, aber seine Mutter lebte noch dort. Lothar wollte unbedingt, dass sie irgendwann einmal zusammen nach Berlin führen, es sei ja nicht so weit mit dem Zug. Ansonsten redete der Deutsche nur selten über sich, und er ging davon aus, dass es damit zusammenhing, dass er als Junge im Krieg so viel mitgemacht hatte. Lothar stellte aber umso mehr Fragen in Bezug auf Island, für das er ein hartnäckiges Interesse zu haben schien. Er fragte nach der isländischen Universität, nach politischen Auseinandersetzungen, nach den führenden Politkern; er wollte alles über das Erwerbsleben wissen und über den Lebensstandard, und auch über das amerikanische Militär in Keflavík. Er versuchte, Lothar zu erklären, dass die Isländer enorm vom Krieg profitiert hätten, Reykjavík war rasant gewachsen, und das Land hatte sich im Handumdrehen von einer armen Agrargesellschaft in eine moderne bürgerliche Gesellschaft verwandelt.
Manchmal unterhielt er sich in der Universität mit Hannes, wenn sie sich in der Bibliothek oder in der so genannten Kaffeestube, dem Erfrischungsraum für die Studenten, trafen. Trotz Hannes' negativer Einstellung und ihrer ge-

gensätzlichen Meinungen freundeten sie sich miteinander an. Er bemühte sich angestrengt, Hannes zu überzeugen, hatte aber keinen Erfolg damit. Sein Interesse war erloschen. Er dachte nur an sich selbst, es ging nur noch darum, das Studium zu Ende zu bringen und dann nach Island zurückzukehren.

Eines Tages setzte er sich in der Kaffeestube zu Hannes. Draußen schneite es. Zu Weihnachten hatte man ihm von zu Hause einen warmen Mantel geschickt. In einem seiner Briefe hatte er von der Kälte in Leipzig erzählt. Hannes sprach ihn auf den Mantel an, und er glaubte, ein klein wenig Neid herauszuhören.

Damals wusste er nicht, dass es das letzte Mal war, dass sie in Leipzig miteinander sprachen.

»Wie geht es Ilona?«, fragte Hannes auf einmal.

»Woher kennst du Ilona?«, fragte er zurück.

»Ich kenne sie eigentlich nicht«, sagte Hannes und blickte sich um, als wolle er sichergehen, dass niemand ihnen zuhören konnte. »Ich weiß nur, dass sie Ungarin ist. Und dass ihr zusammen seid. Stimmt das nicht? Ihr seid doch zusammen?«

Er trank einen Schluck von dem dünnen Kaffee und antwortete nicht. Er hörte einen anderen Ton bei Hannes heraus. Härter und unnachgiebiger als sonst.

»Spricht sie manchmal mit dir über das, was in Ungarn passiert?«

»Ja. Aber wir versuchen eigentlich, so wenig wie möglich über …«

»Dir ist doch klar, was dort im Gange ist?«, unterbrach Hannes ihn. »Die Sowjets werden militärisch intervenieren und ihre Panzer hinschicken. Ich staune bloß, dass sie das nicht schon längst gemacht haben. Es ist unausweichlich. Wenn sie zulassen, dass sich die Dinge so zuspitzen wie in Ungarn, werden andere osteuropäische Staaten nachziehen, und dann gibt es einen allgemeinen Aufstand gegen die Sowjets. Spricht sie nie darüber?«

»Wir reden über Ungarn, ja. Aber wir sind uns nicht einig.«

»Nein, eben, du weißt natürlich besser als sie, die Ungarin, was dort passiert.«

»Das habe ich nicht gemeint.«

»Nein, aber was meinst du dann eigentlich?«, sagte Hannes. »Hast du jemals ernsthaft darüber nachgedacht? Ich meine, wenn du mal nicht alles durch die rosarote Brille siehst?«

»Was ist nur mit dir geschehen, Hannes? Warum diese Wut? Was ist passiert, seitdem du hier bist? Du warst doch bei uns zu Hause die große Hoffnung der Partei?«

»Die große Hoffnung«, schnaubte Hannes. »Das bin ich sicher nicht mehr.«

Eine ganze Weile fiel kein Wort.

»Ich habe nur diesen ganzen Quatsch durchschaut«, erklärte Hannes leise. »Diese ganze verfluchte Lüge. Wir wurden mit solchem Zeug wie ›das Paradies der Proletarier‹ hochgepäppelt, mit Gleichberechtigung und Völkerverständigung so lange gefüttert, bis man die Internationale wie eine aufgezogene Spieldose runterleiern konnte. Überall der gleiche kritiklose Halleluja-Chor. Zu Hause sind wir auf Kaderveranstaltungen gewesen. Hier gibt es nur Lobhudelei. Wo gibt's hier eine Debatte? Es lebe die Partei und sonst gar nichts! Hast du mit den Menschen gesprochen, die hier zu Hause sind? Hast du eine Ahnung, was die Leute hier denken? Hast du mal mit einem ganz normalen Bürger hier geredet? Wollten sie Walter Ulbricht und die SED? Wollten sie die Einheitspartei und die Planwirtschaft? Wollten sie Meinungsfreiheit und Pressefreiheit abschaffen und die politischen Gegner so gut wie ausschalten? Wollten sie sich auf der Straße niederschießen lassen wie beim Aufstand von 1953? Daheim in Island haben wir doch immerhin die Möglichkeit, uns mit unseren Gegnern auseinander zu setzen, und wir können unsere Meinung in Zeitungsartikeln veröffentlichen. Hier ist das verboten. Es gibt nur die Parteilinie – und damit basta. Und dann nennen sie das Wahlen, wenn die Leute in die Wahllokale gescheucht werden, um die einzige Partei zu wählen, die hier uneingeschränkt arbeiten darf. Für die Leute in diesem Land ist das Ganze eine einzige Farce. Sie wissen, dass es nicht das Geringste mit Demokratie zu tun hat!«

Hannes verstummte. Er kochte vor unterdrücktem Zorn.

»Die Leute trauen sich nicht zu sagen, was sie denken, weil hier alles und jeder bespitzelt wird. Diese ganze verdammte Gesellschaft. Sie können dir aus allem, was du sagst oder tust, einen Strick drehen, und dann wirst du vorgeladen, du wirst festgenommen, du fliegst von der Uni. Unterhalte dich doch mal mit den Menschen hier, aber wenn, dann nur von Angesicht zu Angesicht, denn die Telefone werden abgehört! Hier werden ganz normale Menschen bespitzelt!«

Sie schwiegen.

Im Grunde genommen war er sich darüber im Klaren, dass Ilona und Hannes Recht hatten. Er fand, dass es der Partei besser anstünde, mit offenen Karten zu spielen und zuzugeben, dass es im Augenblick keinen Platz für freie Wahlen und freie Meinungsäußerung gab. Das alles käme später, wenn das Ziel erreicht war: der Sieg der sozialistischen Produktionsverhältnisse. Sie hatten sich manchmal darüber amüsiert, wie die Deutschen auf Versammlungen mit allem, was ihnen vorgelegt wurde, einverstanden waren: Beschlussfassung nach dem Prinzip der Einstimmigkeit wurde so etwas genannt. Wenn man sich aber hinterher privat mit den Leuten unterhielt, kamen ganz andere Ansichten zum Vorschein, die völlig im Gegensatz zu dem standen, was gerade vorher beschlossen worden war. Niemand traute sich, offen seine Meinung zu sagen. Man traute sich kaum, eine eigene Meinung zu haben, aus Furcht davor, dass sie als parteifeindliche Äußerung ausgelegt würde, die strafbar war.

»Diese Leute sind gefährlich, Tómas«, sagte Hannes nach langem Schweigen. »Denen ist es bitterernst.«

»Warum redet ihr andauernd über Meinungsfreiheit?«, erwiderte er böse. »Du und Ilona. Sieh dir doch bloß an, was sie mit den Kommunisten in den USA machen! Sieh dir doch an, wie sie keine Arbeit bekommen und aus dem Land gewiesen werden. Und was ist mit der Überwachungsgesellschaft dort? Hast du gelesen, wie die Feiglinge unter ihnen ihre Genossen vor dem Komitee gegen unamerikanische Aktivitäten verraten haben? In den USA ist die kommunistische Partei verboten. Dort ist auch nur eine Meinung zugelassen, und das ist die Meinung der Monopolkapitalisten, der Imperialisten, der Militaristen. Alles andere wird ausgeschlossen. Alles.«

Er stand auf, weil er sich in Rage geredet hatte.

»Du bist hier als Gast der Menschen, der Werktätigen in diesem Land«, sagte er böse. »Sie sind es, die deine Ausbildung bezahlen, und du solltest dich schämen, so zu reden. Schäm dich! Und sieh zu, dass du nach Island zurückkommst!«

Er stiefelte davon.

»Tómas«, rief Hannes ihm nach, aber er reagierte nicht darauf.

Als er raschen Schritts den Korridor entlangging, traf er Lothar, der ihn fragte, was los sei. Er schaute zurück zur Kaffeestube. »Nichts«, sagte er. Sie verließen gemeinsam das Haus. Lothar lud ihn zu einem Bier ein, und er erzählte Lothar, worüber Hannes und er sich gestritten hatten und dass Hannes aus irgendwelchen Gründen jetzt ein erklär-

ter Gegner des Sozialismus sei und gegen ihn agitierte. Er sagte Lothar, dass er diese Doppelmoral bei Hannes nicht verstünde. Er sei gegen das sozialistische Regime, aber trotzdem war er entschlossen, es auszunutzen und sein Studium hier zu Ende zu bringen.
»Ich begreife das nicht«, sagte er zu Lothar. »Ich begreife nicht, wie er seine Stellung so missbrauchen kann. Das könnte ich nie tun. Niemals!«
Abends traf er Ilona und erzählte ihr von dem Streit. Er erwähnte auch, dass Hannes sich manchmal so anhörte, als würde er sie kennen, aber Ilona schüttelte den Kopf. Sie hatte nie von ihm gehört und nie mit ihm gesprochen.
»Bist du einverstanden mit dem, was er sagt?«, fragte er zögernd.
»Ja«, sagte sie nach längerem Schweigen, »ich bin genau derselben Meinung. Und nicht nur ich. Da sind noch viel, viel mehr Leute. Junge Leute in meinem Alter in Budapest. Junge Leute hier in Leipzig.«
»Warum melden die sich nicht zu Wort?«
»Das geschieht ja gerade in Budapest«, sagte sie. »Aber es geht gegen einen übermächtigen Gegner. Und es herrscht Angst. Überall herrscht Angst davor, was passieren könnte.«
»Das Militär?«
»Ungarn ist Kriegsbeute der Sowjetunion gewesen, und sie geben das Land nicht kampflos wieder frei. Falls es uns gelingt, sie abzuschütteln, weiß man nicht, was für Auswirkungen das auf die anderen osteuropäischen Länder haben wird. Das ist die große Frage, es geht um das, was damit ausgelöst würde.«
Zwei Tage später wurde Hannes ohne Vorwarnung relegiert und des Landes verwiesen. Er hörte, dass vor dem Zimmer, das Hannes gemietet hatte, ein Vopo postiert worden war und dass er von zwei Stasibeamten zum Flugplatz gebracht

wurde. Sein Studium wurde ihm aberkannt. Es war, als wäre Hannes nie an der Universität gewesen. Er wurde einfach gestrichen.
Er traute seinen Ohren nicht, als Emíl ihm sagte, was passiert war. Emíl wusste nicht viel. Er hatte Karl und Hrafnhildur getroffen, die ihm von dem Polizeiposten erzählten und davon dass alle darüber sprachen, dass man Hannes zum Flughafen gebracht hatte. Emíl musste es ihm drei Mal sagen. Ihr Landsmann wurde behandelt, als sei er ein regelrechter Verbrecher. Abends wurde im Wohnheim über nichts anderes geredet. Niemand wusste genau, was passiert war.
Tags darauf, drei Tage nach ihrem Streit in der Kaffeestube, erhielt er eine Nachricht von Hannes. Hannes' Zimmergenosse überbrachte sie ihm. Der Zettel steckte in einem verschlossenen Umschlag, auf dem nur sein Name stand. Tómas. Er öffnete den Umschlag und setzte sich mit dem Brief auf sein Bett.

Du hast mich gefragt, was in Leipzig passiert ist. Was mit mir passiert ist. Es ist sehr einfach. Sie haben mich wiederholt gebeten, meine Freunde zu bespitzeln und Informationen darüber weiterzugeben, was ihr über den Sozialismus sagt, über die DDR, über Ulbricht und was für Radiosender ihr hört. Nicht nur ihr, sondern alle, mit denen ich zusammenkam. Ich habe mich geweigert, für sie den Denunzianten zu spielen. Ich habe erklärt, dass ich meine Freunde nicht bespitzeln werde. Sie gingen davon aus, dass ich gefügig sein würde, weil sie mir damit drohten, mich von der Uni zu verweisen. Ich habe mich geweigert, aber sie haben mich immerhin noch geduldet. Bis jetzt. Warum konntest du mich nicht einfach in Ruhe lassen?

Hannes

Er las den Brief mehrmals und konnte nicht glauben, was da stand. Ein Schauder lief ihm über den Rücken, und für einen Augenblick schwindelte ihn.

Warum konntest du mich nicht einfach in Ruhe lassen?

Hannes gab ihm die Schuld daran, dass er relegiert worden war. Hannes glaubte wahrscheinlich, dass er direkt zur Universitätsverwaltung gegangen war und gemeldet hatte, was für Ansichten er hatte, seine Auflehnung gegen den Kommunismus. Wenn er ihn in Ruhe gelassen hätte, wäre nichts passiert. Er starrte auf den Brief. Das war ein Missverständnis. Was meinte Hannes eigentlich? Er hatte doch mit niemandem von der Universität gesprochen, sondern nur mit Lothar und Ilona geredet und abends Emíl, Karl und Hrafnhildur gegenüber sein Befremden über Hannes' Anschauungen zum Ausdruck gebracht. Das war nichts Neues. Die anderen waren seiner Meinung gewesen. Sie fanden, dass Hannes' Kehrtwendung im besten Fall fragwürdig, im schlimmsten Fall verwerflich war.

Es musste ein Zufall sein, dass Hannes nach ihrem Streit von der Uni verwiesen worden war. Hannes hatte das missverstanden und es mit ihrem Gespräch in Verbindung gebracht. Hannes konnte doch nicht allen Ernstes glauben, dass es seine Schuld war, dass er sein Studium nicht zu Ende bringen konnte! Er hatte gar nichts getan. Er hatte mit niemandem außer mit seinen Freunden darüber gesprochen. Grenzte das nicht an Verfolgungswahn? Konnte Hannes im Ernst so etwas glauben?

Emíl war in seinem Zimmer, und er zeigte ihm den Brief. Emíl schnaubte verächtlich. Er hatte eine starke Abneigung gegen Hannes und alles, wofür er stand, entwickelt, und er hielt nicht mit seiner Meinung hinter dem Berg.

»Der spinnt ja«, sagte Emíl. »Nimm das bloß nicht ernst.«

»Aber warum behauptet er das?«

»Tómas«, sagte Emíl. »Denk nicht weiter darüber nach. Er

versucht bloß, die Schuld für sein eigenes Fehlverhalten anderen zuzuschieben. Er hätte Leipzig schon lange verlassen sollen.«

Er sprang auf, schnappte sich seinen Mantel und zog ihn im Laufen an, während er das Haus verließ. Er rannte quer durch die Stadt, bis er vor Ilonas Wohnungstür stand und anklopfte. Die Vermieterin öffnete die Tür und ließ ihn herein. Ilona schien gerade aufbrechen zu wollen, sie war bereits im Mantel und setzte sich eine Mütze auf. Sie erschrak, als Tómas hereinkam, sie sah sofort, dass er aufgewühlt war.

»Was ist los?«, fragte sie und trat zu ihm.

Er schloss die Tür.

»Hannes glaubt, dass ich etwas damit zu tun habe, dass er von der Uni geflogen und nach Island abgeschoben worden ist. Als hätte ich ihn denunziert!«

»Was sagst du da?«

»Er gibt mir die Schuld daran, dass er relegiert wurde!«

»Mit wem hast du gesprochen?«, fragte Ilona. »Nach deinem Treffen mit Hannes?«

»Nur mit dir und mit den anderen Isländern. Ilona, was hast du neulich gemeint mit den jungen Leuten in Leipzig, die angeblich dieselben Anschauungen haben wie Hannes? Was für Leute sind das? Woher kennst du sie?«

»Hast du mit niemand anderem gesprochen? Bist du sicher?«

»Nein, nur mit Lothar. Was weißt du über die jungen Leute in Leipzig?«

»Hast du Lothar erzählt, was Hannes für Ansichten hat?«

»Ja. Was meinst du eigentlich? Er weiß alles über Hannes.«

Ilona starrte ihn an und schien fieberhaft zu überlegen.

»Kannst du mir nicht sagen, was hier eigentlich vorgeht?«, bat er sie.

»Wir wissen nicht ganz genau, wer Lothar ist«, sagte Ilona.

»Könnte es sein, dass dir irgendjemand hierher gefolgt ist?«
»Mir gefolgt ist? Was meinst du damit? Was soll das heißen? Alle wissen doch genau, wer Lothar ist?«
Ilona starrte ihn an. Er hatte sie nie so ernst gesehen, beinahe angsterfüllt. Er hatte nicht die geringste Ahnung, was um ihn herum vorging. Er wusste nur, dass ihn Schuldgefühle wegen Hannes peinigten. Weil Hannes glaubte, dass er die Schuld daran trug, wie es ihm ergangen war. Er hatte doch nichts getan. Gar nichts.
»Du kennst das System. Es ist riskant, zu viel zu sagen.«
»Zu viel! Ich bin doch kein Baby, ich weiß, dass man hier überwacht wird.«
»Natürlich weißt du das.«
»Ich habe nur mit meinen Freunden darüber geredet. Das ist doch nicht verboten! Es sind meine Freunde. Was geht hier eigentlich vor, Ilona?«
»Bist du sicher, dass dich niemand beschattet hat?«
»Mich hat niemand beschattet«, sagte er. »Was soll das? Weswegen sollte jemand mich beschatten? Wovon redest du eigentlich?« Dann dachte er einen Augenblick nach und sagte: »Ich weiß nicht, ob mir jemand gefolgt ist. Ich habe nicht darauf geachtet. Warum sollte mir jemand folgen? Und wer soll das denn sein?«
»Ich weiß es nicht«, erwiderte sie. »Komm, wir gehen zur Hintertür raus.«
»Wohin gehen wir?«
»Komm«, sagte sie.
Ilona nahm ihn bei der Hand und führte ihn durch die kleine Küche, wo die Vermieterin saß und strickte. Sie schaute hoch und lächelte, und sie erwiderten das Lächeln und verabschiedeten sich. Sie traten hinaus in einen dunklen Hinterhof, kletterten über einen Zaun und gelangten in eine schmale Gasse. Er wusste nicht, wie ihm geschah. Warum

lief er bei Nacht und Nebel hinter Ilona her und blickte sich andauernd um, ob ihnen jemand auf den Fersen war?

Sie hielten sich abseits der befahrenen Straßen. Manchmal blieb Ilona stocksteif stehen und lauschte auf Schritte. Dann ging sie wieder weiter und er hinter ihr her. Nach einem langen Marsch kamen sie in eine der Neubausiedlungen, die jetzt am Stadtrand errichtet wurden. Einige der Gebäude waren halb fertig, noch ohne Fenster und Türen, andere waren bereits bezogen worden. Sie betraten einen der Häuserblocks, der bereits zum großen Teil fertig gestellt war, und liefen in den Keller. Dort klopfte Ilona an eine Tür. Er hörte Stimmen von drinnen, die plötzlich verstummten, als geklopft wurde. Die Tür ging auf. Zehn Leute standen in der kleinen Wohnung und blickten die beiden Neuankömmlinge auf dem Flur forschend an. Ilona trat ein, begrüßte alle und stellte ihn vor.

»Er ist ein Freund von Hannes«, sagte sie. Sie schauten ihn an und nickten.

Ein Freund von Hannes, dachte er perplex. Wieso kannten diese Leute Hannes? Er war völlig konfus. Eine Frau aus der Gruppe trat vor und gab ihm die Hand.

»Weißt du, was passiert ist?«, fragte sie. »Weißt du, warum sie ihn relegiert haben?«

Er schüttelte den Kopf.

»Ich habe keine Ahnung«, sagte er. Er betrachtete die Gruppe. »Wer seid ihr?«, fragte er. »Woher kennt ihr Hannes?«

»Ist euch jemand gefolgt?«, fragte die Frau Ilona.

»Nein«, sagte Ilona. »Tómas weiß nicht, was hier vor sich geht, und ich wollte, dass er es von euch hört.«

»Wir wussten, dass man Hannes observiert hat«, sagte die Frau. »Nachdem er sich geweigert hat, für sie zu arbeiten. Sie haben nur auf eine günstige Gelegenheit gewartet, um ihn abschieben zu können.«

»Was wollten sie denn von ihm?«
»Sie nennen es Dienst an der SED und den Werktätigen.«
Ein Mann aus der Gruppe trat vor und ging auf ihn zu.
»Er war immer vorsichtig«, sagte der Mann. »Er hat stets darauf geachtet, nichts zu sagen, was ihn in Schwierigkeiten bringen konnte.«
»Erzählt ihm von Lothar«, sagte Ilona. Die Spannung hatte ein wenig nachgelassen. Einige setzten sich wieder. »Lothar ist Tómas' Betreuer.«
»Ist euch jemand gefolgt?«, wiederholte einer aus der Gruppe und schaute Ilona besorgt an.
»Nein, niemand«, sagte sie. »Das habe ich euch doch gesagt. Ich habe aufgepasst.«
»Was ist mit Lothar?«, fragte er und konnte kaum glauben, was er hörte und sah. Er blickte sich in der kleinen Wohnung um und betrachtete die Leute, die ihn ängstlich und neugierig zugleich anstarrten. Ihm wurde klar, dass das hier ein Kadertreffen mit umgekehrten Vorzeichen war. Das war nicht wie bei den Jungsozialisten daheim in Island, wenn sie Aktionen planten. Diese Leute kämpften nicht für den Sozialismus, sondern es war ein geheimes Treffen von Gegnern des Sozialismus. Soweit er begriff, trafen sich diese Leute heimlich, weil sie fürchteten, wegen staatsgefährdender Umtriebe bestraft zu werden.
Sie erzählten ihm von Lothar. Er war keineswegs in Berlin geboren, sondern in Bonn. Er hatte in Moskau studiert, wo er unter anderem Isländisch gelernt hatte. Seine Aufgabe war es, die Studenten an der Universität für die Partei zu rekrutieren. Er freundete sich vor allem mit ausländischen Studierenden an, die in Städten wie Leipzig ihre Ausbildung machten und später womöglich von Nutzen sein konnten. Es war Lothar gewesen, der versucht hatte, Hannes dazu zu bewegen, für ihn und die Partei zu arbeiten. Und Lothar hatte bestimmt seinen Anteil daran gehabt,

dass Hannes schließlich von der Universität gewiesen worden war.
»Warum hast du mir nicht gesagt, dass du Hannes kennst?«, fragte er Ilona verwirrt.
»Wir sprechen zu niemandem darüber«, sagte sie. »Hannes hat es dir gegenüber ja auch nicht erwähnt, oder? Du hättest es sonst brühwarm an Lothar weitergegeben.«
»Lothar?«
»Du hast ihm von Hannes erzählt«, sagte Ilona.
»Ich wusste nicht ...«
»Wir müssen uns bei allem, was wir sagen, in Acht nehmen, immer. Du hast Hannes bestimmt nicht geholfen, indem du mit Lothar gesprochen hast.«
»Ich wusste nichts über Lothar, Ilona.«
»Es muss auch nicht Lothar sein«, sagte Ilona. »Es kann jeder x-Beliebige gewesen sein. Das weiß man nie. Man weiß nie, wer es ist. So funktioniert das System. So haben sie Erfolg.«
Er starrte Ilona an und wusste, dass sie Recht hatte. Lothar hatte ihn ausgenutzt, hatte sich seine Wut zunutze gemacht. Er hatte etwas zu jemandem gesagt, das er nicht hätte sagen dürfen. Niemand hatte ihn gewarnt. Niemand hatte darüber gesprochen, dass man die Dinge für sich behalten musste. In seinem Innersten wusste er aber, dass ihm niemand etwas hätte sagen müssen. Er fühlte sich elend. Sein Gewissen quälte ihn. Er wusste genau, wie das System funktionierte. Er wusste alles über die gegenseitige Kontrolle. Er hatte sich vom Zorn hinreißen lassen. Sein kindisches Verhalten hatte ihnen etwas gegen Hannes in die Hand gegeben.
»Hannes hatte keine Verbindung zu den anderen Isländern mehr«, sagte er.
»Genau«, sagte Ilona.
»Weil ... weil er ...« Er brachte den Satz nicht zu Ende.

Ilona nickte.

»Was geht hier eigentlich vor?«, fragte er. »Was geht hier eigentlich vor, Ilona?«

Ilona blickte in die Runde, als würde sie auf eine Reaktion warten. Der Mann, der vorhin das Wort ergriffen hatte, nickte ihr zu, und sie sagte ihm, dass die anderen von sich aus an sie herangetreten waren. Eine in der Gruppe – Ilona deutete auf die Frau, die ihm die Hand gegeben hatte – studierte zusammen mit ihr Germanistik und wollte etwas darüber wissen, was in Ungarn passierte, über den Widerstand gegen die kommunistische Partei und die Angst vor der Sowjetunion. Die Kommilitonin war sehr vorsichtig zu Werke gegangen, und erst, als sie sich ganz sicher war, dass Ilona einen Aufstand in Ungarn befürwortete, lud sie sie zu einem Treffen mit Gleichgesinnten ein. Die Überwachungsmaßnahmen wurden verschärft, und allenthalben waren die Menschen aufgefordert, sich mit der Staatssicherheit in Verbindung zu setzen, falls sich klassenfeindliche Anschauungen und Verhaltensweisen bemerkbar machten. Es hing mit dem Volksaufstand von 1953 zusammen und war in gewissem Sinne eine Reaktion auf die aktuelle Entwicklung in Ungarn. Ilona hatte Hannes bei ihrer ersten Begegnung mit den jungen Leuten in Leipzig getroffen. Sie wollten alle wissen, was in Ungarn vor sich ging und ob man einen solchen Widerstand auch in der DDR aufbauen könne.

»Wieso war Hannes in dieser Gruppe?«, fragte er. »Wie ist er zu euch gestoßen?«

»Hannes war auf die gleiche Propaganda hereingefallen wie du«, sagte Ilona. »Ihr habt da wohl eine sehr rührige und starke Partei in Island.« Sie sah den Mann an, der vorher das Wort ergriffen hatte. »Martin hier und Hannes haben beide Ingenieurwissenschaften studiert und sich angefreundet«, sagte sie. »Es hat lange gedauert, bis Hannes endlich begriff, worum es ging. Wir vertrauten ihm und hatten keinen Anlass, das nicht zu tun.«

»Wenn das wirklich stimmt mit Lothar«, sagte er, »warum unternehmt ihr denn nicht etwas?«

»Wir können nur eins tun, nämlich ihm aus dem Weg gehen, was nicht ganz einfach ist, denn er ist darin geschult, sich mit jedermann freundlich zu stellen«, antwortete ein anderer Mann aus der Gruppe. »Wenn er aufdringlich wird, können wir versuchen, ihn in die Irre zu führen. Die meisten Leute wissen nicht, woran sie mit ihm sind. Er sagt immer genau das, was man hören will, er stimmt sogar anderen Ansichten zu. Aber er ist falsch. Und er ist gefährlich.«

»Aber halt mal«, sagte er und schaute Ilona an. »Wenn ihr das alles über Lothar wisst, muss Hannes es doch auch gewusst haben.«

»Ja, Hannes hat es gewusst«, sagte Ilona.

»Warum hat er dann nie einen Ton gesagt? Warum hat er mich nicht vor ihm gewarnt? Warum hat er nie etwas gesagt?«

Ilona trat zu ihm hin.

»Er hat dir nicht vertraut«, sagte sie. »Er wusste nicht, woran er mit dir war.«

»Er hat gesagt, ich soll ihn in Ruhe lassen.«

»Er wollte in Ruhe gelassen werden. Er wollte niemanden bespitzeln, und schon gar nicht seine eigenen Landsleute.«

»Er hat hinter mir hergerufen, als ich ihn verließ. Er wollte mir noch etwas sagen, aber er … Ich war wütend. Ich bin rausgerannt, direkt in die Arme von Lothar.«

Er sah Ilona an.

»Das war dann wohl kein Zufall?«

»Das bezweifle ich stark«, sagte Ilona. »Aber früher oder

später wäre es sowieso dazu gekommen. Hannes wurde observiert.«

»Sind da an der Universität noch mehr solche Leute wie Lothar?«

»Ja«, sagte Ilona. »Wir kennen aber nicht alle, wir wissen nur von einigen.«

»Lothar ist dein Betreuer«, sagte ein junger Mann, der in einem Sessel saß und bislang das Ganze schweigend mitverfolgt hatte.

»Ja.«

»Was meinst du damit?«, fragte Ilona den Mann.

»Die Betreuer haben die Aufgabe, die Ausländer zu überwachen«, sagte der Mann und stand auf. »Sie müssen alles über die Ausländer melden. Wir wissen, dass Lothar dich auch zur Mitarbeit überreden soll.«

»Sag das, was du sagen möchtest«, erklärte Ilona und ging einen Schritt auf den Mann zu.

»Wie können wir wissen, dass wir deinem Freund vertrauen können?«

»Ich vertraue ihm«, sagte Ilona. »Das reicht.«

»Woher wisst ihr, dass Lothar gefährlich ist?«, fragte er. »Wer hat euch das gesagt?«

»Das ist unsere Sache«, entgegnete der Mann.

»Er hat natürlich Recht«, sagte er und sah zu dem Mann hinüber, der bezweifelte, ob man ihm trauen könne. »Warum solltet ihr mir vertrauen?«

»Wir vertrauen Ilona«, war die Antwort.

Ilona lächelte verlegen.

»Hannes war der Meinung, dass du dich schon mausern würdest«, sagte sie.

Er schaute auf das vergilbte Papier und las noch einmal den alten Brief von Hannes. Der Abend brach bald an, und das alte Ehepaar würde an seinem Haus vorbeigehen. Er dachte

an jenen Abend in der Kellerwohnung in Leipzig, und wie sein Leben von da an einen ganz anderen Verlauf genommen hatte. Er dachte an Ilona, an Hannes und an Lothar. Und er sah im Geiste die angsterfüllten Gesichter dieser Menschen im Keller vor sich.
Es waren die Kinder dieser Menschen, die die Nikolaikirche zu ihrer Festung machten und auf die Straßen von Leipzig strömten, als Jahrzehnte später der Volkszorn überkochte.

Achtzehn

Valgerður begleitete Erlendur nicht zu der Grillparty bei Sigurður Óli, und niemand erwähnte ihren Namen. Elínborg hatte köstliche Lammfilets in einer speziellen Kräutermarinade mit geriebener Zitronenschale vorbereitet. Als Vorspeise gab es einen Krabbencocktail, den Bergþóra beigesteuert hatte und der von Elínborg sehr gelobt wurde. Zum Nachtisch gab es wiederum eine Mousse von Elínborg. Erlendur war sich nicht sicher, was darin war, aber es schmeckte vorzüglich. Eigentlich hatte er nicht zu der Party gehen wollen, ließ sich aber breitschlagen, als Sigurður Óli und Bergþóra ihn noch einmal heftig bekniet hatten. Auf jeden Fall war es nicht so schlimm wie auf Elínborgs Kochbuch-Release-Party. Bergþóra freute sich so über sein Kommen, dass sie ihm gestattete, im Wohnzimmer zu rauchen. Sigurður Óli starrte sie völlig entgeistert an, als sie einen Aschenbecher für ihn holte. Erlendur blickte zu ihm hinüber und grinste. Er hatte das Gefühl, ein nettes kleines Trostpflästerchen bekommen zu haben. Über die Arbeit sprachen sie nur einmal, als Sigurður Óli Überlegungen anstellte, weshalb das russische Gerät demoliert worden war, bevor es mit der Leiche im Wasser versenkt wurde. Erlendur hatte die Informationen aus der Spurensicherungsabteilung an sie weitergegeben. Sie standen zu dritt auf der kleinen Sonnenterrasse. Elínborg war mit den Grillvorbereitungen beschäftigt.

»Was schließen wir daraus?«, fragte sie.

»Ich weiß es nicht«, sagte Erlendur. »Ich habe keine Ahnung, was für eine Rolle es spielt, ob es funktionierte oder nicht. Ich sehe da keinen Unterschied. Abhörgerät ist Abhörgerät. Russen sind Russen.«

»Ja, das mag stimmen«, sagte Sigurður Óli. »Vielleicht war es kaputt, weil es bei Handgreiflichkeiten auf den Boden gefallen und zu Bruch gegangen ist.«

»Denkbar«, sagte Erlendur. Er schaute in die Sonne und wusste eigentlich nicht so recht, was er da auf der Terrasse zu suchen hatte. Er war noch nie bei Sigurður Óli und Bergþóra zu Besuch gewesen, obwohl sie schon lange zusammenarbeiteten. Es überraschte ihn nicht, dass bei den beiden alles tipptopp in Ordnung war. Alles designermäßig eingerichtet – teure Möbel, exquisite Kunstgegenstände und geschmackvolle Teppiche. Nirgends ein Staubkörnchen. Nirgends ein Buch.

Erlendur lebte auf, als sich herausstellte, dass sich Elínborgs Mann Teddi mit der Automarke Ford Falcon auskannte. Der Automechaniker Teddi liebte die Köchin Elínborg und war entsprechend wohlgenährt. Bei ihm ging die Liebe durch den Magen, und so ging es den meisten Menschen, die mit Elínborg in Berührung kamen. Teddis Vater hatte einmal einen Falcon besessen und war begeistert gewesen. Er sagte Erlendur, dass das Auto hervorragende Fahreigenschaften gehabt hätte, vorne hatte es eine durchgehende Bank und keine Schalensitze gegeben, ein Automatik-Wagen mit elfenbeinfarbenem Steuerrad. Ein Pkw, der im Vergleich zu anderen amerikanischen Autos aus den sechziger Jahren relativ klein gewesen war.

»Aber er eignete sich nicht besonders für die isländischen Straßen, so wie sie früher waren«, erklärte Teddi und schnorrte eine Zigarette von Erlendur. »Er war nicht stabil genug gebaut. Einmal sind wir echt in Schwierigkeiten geraten, als wir einen Ausflug aufs Land gemacht haben. Wir hatten einen Achsenbruch. Mein Vater musste das Auto mit einem Lastwagen in die Stadt transportieren lassen. Viel Power hatten die nicht, diese Autos, aber es war ein richtig netter Wagen für eine kleine Familie.«

»Hatte er irgendwelche besonderen Radkappen?«, fragte Erlendur und gab Teddi Feuer.

»Die Radkappen bei den amerikanischen Autos waren meist ziemlich was fürs Auge, und das war auch beim Falcon der Fall. Aber ansonsten eigentlich nichts Besonderes. Beim Chevrolet allerdings ...«

Für kleine Familien, dachte Erlendur und hörte gar nicht mehr hin, was Teddi sagte. Der Handelsreisende, der spurlos verschwand, hatte ein nettes Auto für die kleine Familie gekauft, die er mit der jungen Frau aus dem Milchladen gründen wollte. Das war für die Zukunftsperspektive. Als er verschwand, fehlte eine Radkappe an seinem Auto. Erlendur hatte mit Elínborg und Sigurður Óli darüber geredet, wie sich Radkappen von der Felge lösten. Vielleicht hatte er eine zu enge Kurve genommen und war an eine Bordsteinkante gekommen. Oder vielleicht war die Radkappe einfach vor dem Busbahnhof geklaut worden.

»... aber dann kam die Ölkrise in den siebziger Jahren, und deswegen mussten sparsamere Motoren entwickelt werden.« Teddi redete unbeirrt weiter und trank einen Schluck Bier.

Erlendur nickte abwesend und drückte die Zigarette aus. Er sah, wie Sigurður Óli die Fenster und die Tür zur Terrasse aufriss, um zu lüften. Erlendur versuchte, das Rauchen einzuschränken, aber rauchte doch immer mehr, als er sich vornahm. Er überlegte, ob er nicht einfach aufhören sollte, sich Gedanken wegen der Zigaretten zu machen. Bislang hatte es jedenfalls nichts gebracht. Er dachte an Eva Lind, die noch nichts von sich hatte hören lassen, seit sie aus der Therapie entlassen worden war. Sie machte sich keine Gedanken über ihre Gesundheit. Er betrachtete die Terrasse von Bergþóras und Sigurður Ólis kleinem Reihenhaus. Elínborg war immer noch am Grill beschäftigt, und er glaubte zu sehen, dass sie vor sich hinsummte. Als sein Blick in die Küche wanderte, sah er, wie Sigurður Óli im Vorbeigehen Bergþóra einen Kuss auf den Nacken drückte. Neben ihm schlürfte Teddi sein Bier. Vielleicht war das hier das Lebensglück. Vielleicht war alles ganz einfach, wenn die Sonne an einem schönen Sommertag schien.

Statt abends zu sich nach Hause zu fahren, nahm er Kurs aus der Stadt heraus, am neuen Viertel Grafarholt vorbei in Richtung Mosfellsbær. Er bog in eine Seitenstraße ein, die zu einem ansehnlichen Bauernhof führte, von da aus nahm er einen schmalen Feldweg zum Meer hinunter, bis er sich auf dem ehemaligen Land von Haraldur und dessen Bruder befand. Von Haraldur, der sich Mühe gab, so unleidlich wie nur möglich zu sein, hatte er nur begrenzte Informationen erhalten. Er war nicht auf die Frage eingegangen, ob die alten Hofgebäude noch stünden, und behauptete, nichts darüber zu wissen. Er hatte erklärt, dass sein Bruder Jóhann einen Herzschlag erlitten hatte und eines plötzlichen Todes gestorben war. »Nicht alle haben so viel Glück wie Jói«, hatte er hinzugefügt.

Die Hofgebäude waren noch vorhanden. Auf dem ehemaligen Land der beiden Brüder befanden sich einige Sommerhäuser. Nach der Höhe der Bäume zu schließen, von denen sie umgeben waren, standen sie schon länger dort. Es gab aber auch einige neuere. Etwas weiter entfernt sah Erlendur einen Golfplatz. Obwohl der Abend schon vorgerückt war, schlugen immer noch ein paar Gestalten nach den Bällen.

Die Hofgebäude, ein kleines Wohnhaus und etwas weiter unterhalb die Stallungen, waren völlig verfallen. Das

Haus war von außen mit Wellblech verkleidet. Das Blech war irgendwann einmal gelb angestrichen worden, aber die Farbe war inzwischen fast völlig abgeblättert. Einige der rostigen Platten saßen noch fest, aber teilweise hatten sie vor Wind und Wetter kapituliert und waren abgefallen. Die Dachplatten waren wahrscheinlich vom Sturm aufs Meer hinausgetragen worden. Sämtliche Fensterscheiben waren zerbrochen, und die Haustür war nicht mehr vorhanden. Nicht weit entfernt befanden sich die Relikte eines kleinen Geräteschuppens, der an den Kuhstall und die Scheune angebaut war.
Er blieb vor dem verlassenen Hof stehen. Die Szenerie erinnerte ihn an den Hof seiner Jugend.
Er betrat das Haus und kam zunächst in eine Diele und einen engen Korridor. Rechter Hand waren Küche und Waschküche und linker Hand eine Vorratskammer. In der Küche stand noch ein vorsintflutlicher Rafha-Herd mit drei Platten und einem kleinen, völlig verrosteten Backofen. Der schmale Flur führte zu zwei kleineren Räumen und dem ehemaligen Wohnzimmer. Die Dielen knarrten laut in der Abendstille. Er wusste überhaupt nicht, wonach er suchte. Er wusste nicht, weshalb er hierher gefahren war.
Er ging zu den Stallungen hinunter, und seine Blicke schweiften an den Boxen im Kuhstall entlang. Die Scheune hatte einen gestampften Lehmboden. Als er um die Ecke bog, konnte er sehen, wo früher der Misthaufen hinter dem Kuhstall gewesen war. Der Geräteschuppen hatte noch eine Tür, aber als er nach ihr griff, ging sie aus den Angeln, fiel auf den Boden und zersplitterte geräuschvoll. An den Wänden des Schuppens befanden sich kleine Regale mit Fächern für Schrauben und Muttern. Die Nägel an einer Wand gaben zu erkennen, dass hier früher das Werkzeug gehangen hatte, das aber nicht mehr da war. Haraldur

hatte bestimmt alles, was noch genutzt werden konnte, mitgenommen, als er den Hof verließ und nach Reykjavík zog. Der Arbeitstisch war zusammengebrochen und stützte sich schräg gegen eine Wand. Ein altes Zuggeschirr für einen Traktor gammelte zuoberst auf einem Schrotthaufen vor sich hin, und in einer Ecke lag die Hinterradfelge eines Traktors.

Erlendur betrat den Schuppen. War der Mann mit dem Falcon hierher gekommen?, überlegte er. Oder hatte er tatsächlich einen der Linienbusse in einen anderen Landesteil genommen? Falls er hierher gekommen war, was hatte er im Sinn gehabt? Er hatte Reykjavík am Nachmittag verlassen. Er wusste, dass nicht viel Zeit war. Sie würde vor dem Milchladen auf ihn warten, und er wollte nicht zu spät kommen. Trotzdem durfte er den Brüdern nicht den Eindruck vermitteln, dass er es eilig hatte, denn sie hatten Interesse daran, ihm einen Traktor abzukaufen. Der Vertragsabschluss war in Sicht. Er wollte aber nicht zu sehr drängeln. Es konnte den Verkauf vermasseln, wenn sie den Eindruck bekamen, dass ihm sehr viel daran gelegen war. Trotzdem galt es, sich zu beeilen. Der Kauf musste über die Bühne.

Falls er hier gewesen war, wieso hatten die Brüder das nicht zugegeben? Warum erzählten sie eine Lüge? Für sie ging es um nichts. Sie kannten den Mann überhaupt nicht. Und warum fehlte die eine Radkappe? War sie abgefallen? War sie vor dem Busbahnhof gestohlen worden? War sie hier gestohlen worden?

Falls er der Mann aus dem Kleifarvatn war, wie war er dorthin gelangt? Woher kam der Apparat, der bei ihm gefunden worden war? Hatte es irgendetwas zu bedeuten, dass er Traktoren und Landmaschinen aus den Ostblockländern verkaufte? Gab es da eine Verbindung?

Das Handy in Erlendurs Manteltasche klingelte.

»Ja«, sagte er kurz angebunden.
»Lass mich bloß in Ruhe«, sagte eine Stimme, die er nur zu gut kannte.
»Das tu ich ja«, sagte er.
»Mach das bloß. Lass mich von jetzt an in Ruhe. Hör auf, dich in meine Angelegenheiten einzumischen … Ich will …«
Er schaltete ab. Schwieriger war es, die Stimme abzuschalten, die in seinem Kopf widerhallte, gedopt, aggressiv, garstig und abstoßend. Er wusste genau, dass sie wieder in irgendeinem Loch mit jemandem herumgammelte, der vielleicht Eddi hieß und doppelt so alt war wie sie. Er vermied es, so gut er konnte, darüber nachzudenken, wie ihr Leben war. Er hatte so oft versucht, ihr nach Kräften beizustehen. Er wusste nicht, was er überhaupt noch tun konnte. Er stand seiner drogenabhängigen Tochter vollkommen ratlos gegenüber. Es hatte Zeiten gegeben, da hätte er versucht, sie in einem solchen Zustand zu finden, früher wäre er bei so einem Anruf losgestürzt und hätte sie irgendwo aufgespürt. Irgendwann einmal hatte er sich eingeredet, dass sie, wenn sie »lass mich in Ruhe« sagte, in Wirklichkeit »komm doch und hilf mir« meinte. Aber jetzt nicht mehr. Er wollte es nicht mehr. Er hätte ihr am liebsten gesagt: Jetzt ist Schluss. Mach, was du willst.
Letztes Jahr hatte sie sich über Weihnachten bei ihm einquartiert. Nach der Fehlgeburt war sie eine Weile clean gewesen, aber dann wieder rückfällig geworden. Kurz nach Neujahr spürte er, wie rastlos sie wieder war. Sie verschwand immer häufiger für kürzere oder längere Zeit. Er ging ihr nach und brachte sie wieder nach Hause, doch am folgenden Morgen hatte sie sich schon wieder aus dem Staub gemacht. So ging es eine Zeit lang, bis er aufhörte, ihr nachzulaufen, aufhörte, sich vorzumachen, dass das, was er unternahm, eine Rolle spielte. Es war ihr Leben.

Wenn sie es so leben wollte, war das ihre Sache. Er konnte nichts mehr tun. Er hatte mehr als zwei Monate nichts von ihr gehört, als Sigurður Óli von einem Hammer an der Schulter getroffen wurde.

Er stand auf dem Hofplatz und betrachtete die Ruinen eines Lebens, das einmal gewesen war. Er dachte an den Mann mit dem Ford Falcon. An die Frau, die immer noch auf den Mann wartete. An seine eigene Tochter und seinen Sohn. Er blickte in die Abendsonne und dachte an seinen Bruder, der umgekommen war. An was hatte er in dem tobenden Schneesturm gedacht?

Wie kalt es war?

Wie schön es wäre, wieder nach Hause in die Wärme zu kommen?

Am nächsten Morgen fuhr Erlendur wieder zu der Frau, die den Mann mit dem Falcon vermisste. Da es Samstag war, ging er davon aus, dass sie nicht zu arbeiten brauchte. Er meldete sich telefonisch an, und als er eintraf, hatte sie Kaffee für ihn gekocht, obwohl er ihr ausdrücklich gesagt hatte, sie solle sich seinetwegen keine Umstände machen. Wie beim ersten Mal setzten sie sich ins Wohnzimmer. Sie hieß Ásta.

»Ihr arbeitet natürlich auch am Wochenende«, sagte sie. Sie selber hatte einen Job in der Küche des Krankenhauses in Fossvogur.

»Ja, es gibt oft viel zu tun«, erwiderte er ausweichend. Er hätte sich durchaus an diesem Wochenende freinehmen können. Aber dieser Fall hatte ihn gepackt, und ohne zu wissen, warum, verspürte er einen seltsamen Drang, ihm auf den Grund zu gehen. Vielleicht war es wegen der Frau, die ihm gegenübersaß und sich wahrscheinlich ihr ganzes Leben lang in unterbezahlten Jobs abgerackert hatte und immer noch allein lebte. Ihr müder Gesichtsausdruck zeugte davon, dass das Leben an ihr vorbeigegangen war, ohne angeklopft zu haben. Es hatte ganz den Anschein, als glaubte sie immer noch daran, dass der Mann, den sie einmal geliebt hatte, wieder zu ihr zurückkehren würde, sie wie früher küssen und ihr von der Arbeit erzählen und sie fragen würde, wie ihr Tag verlaufen war.

»Als wir neulich mit dir gesprochen haben, hast du erklärt, dass du nicht daran glaubst, dass eine andere Frau im Spiel gewesen ist«, tastete er sich vorsichtig vor. Er hatte mit sich gerungen, ob dieser Besuch richtig war. Er wollte nicht die Erinnerungen zerstören, die sie an diesen Mann hatte, er wollte nichts von dem zerstören, was ihr noch geblieben war. Er hatte zu oft gesehen, wie so etwas geschah. Wenn sie zu Hause bei einem Straftäter erschienen und die Ehefrau sie anstarrte und ihren Augen nicht zu trauen vermochte. Kinder scharten sich um sie herum. Das ganze Kartenhaus brach zusammen. »Mein Mann? Ein Dealer? Ihr seid wohl nicht ganz dicht!«

»Warum fragst du danach?«, entgegnete die Frau in dem Sessel. »Wisst ihr vielleicht mehr als ich? Habt ihr etwas herausgefunden? Habt ihr etwas Neues herausgefunden?«

»Nein, nichts«, sagte Erlendur, und sein Gesicht verzerrte sich leicht, als er hörte, wie gespannt sie war. Er berichtete ihr von seinem Besuch bei Haraldur und dass er den Falcon gefunden hatte, der immer noch existierte, in einer Garage in Kópavogur. Er sagte ihr auch, dass er den verlassenen Hof in Mosfellssveit besucht hatte. Trotzdem sei das Verschwinden ihres Mannes genauso rätselhaft wie zuvor.

»Du hast gesagt, du hättest kein Foto von ihm oder von euch beiden gehabt«, sagte er.

»Nein, das stimmt«, erklärte Ásta. »Wir haben uns nicht so lange gekannt.«

»Es ist also nie ein Bild von ihm in den Zeitungen oder im Fernsehen erschienen, als nach ihm gefahndet wurde?«

»Nein, aber die Beschreibung war recht genau. Damals wollten sie zunächst das Passfoto aus dem Führerschein nehmen, von dem angeblich immer ein Abzug bei der Polizei aufbewahrt wird, aber das haben sie nie gefunden. Als hätte er es nie eingereicht. Aber vielleicht haben sie es ja auch einfach nur verschlampt.«

»Hast du jemals seinen Führerschein gesehen?«

»Seinen Führerschein? Nein, nicht dass ich wüsste. Aber wieso fragst du auf einmal nach einer anderen Frau?«

In ihrer Stimme schwang jetzt ein härterer, unnachgiebigerer Ton mit. Erlendur zögerte einen Augenblick, bevor er die Tür zu etwas öffnete, was die reinste Hölle für sie sein musste. Vielleicht war es zu früh. Es gab einiges, was noch näher in Augenschein genommen werden musste. Vielleicht wäre es besser gewesen, noch etwas zu warten.

»Es gibt Männer, die ihre Frauen verlassen und sich aus dem Staub machen, um ein neues Leben zu beginnen«, sagte er dann.

»Ein neues Leben?« Ásta klang so, als hätte sie noch nie von so etwas gehört.

»Ja«, sagte er. »Vielleicht sogar hier auf Island. Alle glauben, dass hier jeder jeden kennt, aber das ist weit gefehlt. Es gibt viele kleine Dörfer, wo höchstens im Sommer eine Hand voll Leute hinkommt, und vielleicht noch nicht einmal das. Damals waren all diese Orte weitaus isolierter als heute und einige sogar regelrecht von der Außenwelt abgeschlossen. Die Verkehrsverbindungen waren schlecht. Es gab keine Straße, die rings um die Insel führte.«

»Ich verstehe dich nicht«, sagte sie. »Worauf willst du hinaus?«

»Ich möchte nur wissen, ob du diese Möglichkeit jemals in Erwägung gezogen hast.«

»Was für eine Möglichkeit?«

»Dass er einen Bus bestiegen hat und zu sich nach Hause gefahren ist.«
Er sah ihr an, dass sie etwas zu begreifen versuchte, das unbegreiflich für sie war.
»Wovon redest du eigentlich?«, stöhnte sie. »Nach Hause? Wohin nach Hause? Was meinst du denn?«
Erlendur merkte, dass er zu weit gegangen war, dass trotz der vielen Jahre, die vergangen waren, seitdem der Mann aus ihrem Leben verschwunden war, das Ganze noch eine offene Wunde war, frisch und nicht verheilt. Er hätte noch etwas warten müssen, bevor er zu ihr ging, mit etwas mehr als seinen eigenen Spekulationen und einem verlassenen Auto vor dem Busbahnhof in der Hand.
»Es ist nur eine Vermutung«, sagte er rasch, um seine Worte abzumildern. »Island ist bestimmt viel zu klein, und hier leben viel zu wenig Menschen«, erklärte er hastig. »Es ist nur so eine Idee, und zwar eine völlig unbegründete.«
Erlendur hatte sich den Kopf darüber zerbrochen, was geschehen sein konnte, falls der Mann nicht Selbstmord begangen hatte. Nachdem sich der Gedanke in ihm festgesetzt hatte, dass eine andere Frau im Spiel sein konnte, wälzte er sich manchmal schlaflos im Bett. Zunächst schien diese Theorie ganz plausibel zu sein; auf seinen Reisen im Land lernte der Handelsreisende die unterschiedlichsten Menschen aus allen Schichten kennen, Bauern, Hotelangestellte, die Bewohner der kleinen Handelsorte und Fischerdörfer, Frauen. Möglicherweise hatte sich auf einer dieser Reisen eine Liebesbeziehung zu einer Frau angebahnt, die er mit der Zeit der Frau in Reykjavík vorzog, aber er besaß nicht die Charakterstärke, ihr das zu sagen.
Je länger Erlendur darüber nachdachte, desto mehr neigte er zu der Ansicht, dass der Mann einen zusätzlichen, wichtigen Grund für sein Verschwinden gehabt haben musste, falls es mit einer anderen Frau zusammenhing. Ihm fiel

ein, was ihm vor dem verlassenen Bauernhof, der ihn an den Ort seiner Jugend in Ostisland erinnerte, in den Sinn gekommen war.
Nach Hause.
Sie hatten im Dezernat darüber gesprochen. Was, wenn man das Ganze andersherum aufzog? Was wäre, wenn die Frau, die ihm gegenübersaß, nur Leopolds Verhältnis in der Stadt gewesen war und er eine Familie irgendwo auf dem Lande besaß? Was, wenn er einfach der prekären Lage, in die er sich hineingeritten hatte, ein Ende machen wollte, indem er sich dazu entschloss, wieder nach Hause zurückzukehren?
Er ging kurz auf diese Theorie ein und beobachtete, wie sich die Miene der Frau verdüsterte.
»Er hat in keiner prekären Lage gesteckt«, sagte sie. »Das ist Unsinn. Wie kommst du nur auf so eine Idee? So über ihn zu reden.«
»Sein Name ist ziemlich selten«, sagte Erlendur. »Nur ganz wenige Männer in Island heißen Leopold. Du hattest noch nicht einmal seine Personenkennziffer oder, wie das früher hieß, seine Identifikationsnummer, und du hattest nur ganz wenige persönliche Gegenstände von ihm.«
Erlendur verstummte. Níels hatte ihm gesagt, dass Verschiedenes darauf hindeutete, dass Leopold nicht seinen richtigen Namen verwendet hatte. Dass er die Frau getäuscht und vorgegeben hatte, ein anderer zu sein, als er war. Níels hatte aber Ásta nichts von diesem Verdacht erzählt, weil er Mitleid mit ihr hatte. Erlendur begriff jetzt, was er gemeint hatte.
»Vielleicht hat er nicht seinen richtigen Namen verwendet«, sagte er. »Hast du das jemals in Erwägung gezogen? Er war nirgendwo unter diesem Namen registriert. Man konnte keinerlei Unterlagen finden.«
»Ich wurde von der Polizei angerufen«, sagte die Frau un-

gehalten. »Später, viel später. Briem war, glaube ich, der Name, oder so etwas. Da habe ich von eurer Theorie gehört, dass Leopold vielleicht ein anderer war, als er vorgab, zu sein. Mir wurde nur gesagt, dass es sich ein wenig hinausgezögert hätte, mich darüber zu informieren. Ich weiß von dieser eurer Theorie, aber sie ist absurd. Leopold hätte niemals ein falsches Spiel gespielt. Niemals!«
Erlendur schwieg.
»Du versuchst mir zu sagen, dass die Möglichkeit besteht, dass er eine Familie gehabt hat und zu ihr zurückgekehrt ist. Dass ich für ihn nur eine Liebschaft in der Stadt war? Was soll denn dieser Quatsch?«
»Was weißt du über diesen Mann?«, fragte Erlendur. »Was weißt du tatsächlich über diesen Mann? Ist es wirklich so viel?«
»Bitte rede nicht so«, entgegnete die Frau. »Ich bitte dich inständig, mir nicht einen solchen Blödsinn aufzutischen. Behalte bitte deine Meinungen für dich, ich bin nicht daran interessiert, sie zu hören.«
Ásta verstummte und starrte ihn an.
»Ich … ich bin nicht …«, begann Erlendur, aber sie unterbrach ihn.
»Meinst du damit, dass er noch am Leben ist? Willst du mir das zu verstehen geben? Dass er noch am Leben ist und irgendwo auf dem Land wohnt?«
»Nein«, sagte Erlendur, »nein, das will ich nicht zu verstehen geben. Ich hätte nur gern diese Möglichkeit mit dir besprochen. Alles, was ich gesagt habe, ist reine Mutmaßung. Nichts davon muss zutreffen, und nichts davon trifft wohl auch zu. Ich wollte bloß wissen, ob du dich an irgendetwas in seinem Benehmen erinnerst, was Anlass zu der Vermutung geben könnte, dass es sich so verhalten hat. Das ist das Einzige. Ich will überhaupt nichts zu verstehen geben, was ich auch nicht kann, weil ich nichts weiß.«

»Es ist völliger Unsinn, zu glauben, dass er nur mit mir gespielt hätte. Dass ich mir so etwas anhören muss!«
Während Erlendur versuchte, sie zu beschwichtigen, beschlich ihn ein seltsamer Gedanke. Von nun an, nach dem, was er gesagt hatte und was nicht mehr rückgängig zu machen war, wäre es wahrscheinlich ein größerer Trost für die Frau, zu erfahren, dass er tot war, als wenn er lebend gefunden wurde. Das würde ihr unendliches Leid zufügen. Er sah sie an und hatte den Eindruck, als würde sie etwas Ähnliches denken.
»Leopold ist tot«, sagte sie. »Es hat keinen Sinn, etwas anderes zu behaupten oder mir weismachen zu wollen. Für mich ist er gestorben. Und zwar vor vielen Jahren. Vor einem ganzen Menschenleben.«
Sie schwiegen.
»Aber was weißt du tatsächlich über diesen Mann?«, wiederholte Erlendur nach einer Weile.
Ihre Blicke gaben ihm zu verstehen, dass sie ihm am liebsten gesagt hätte, er solle damit aufhören und gehen.
»Meinst du im Ernst, dass er in Wirklichkeit anders hieß und sich diesen Namen nur zugelegt hat?«, fragte sie.
»Nichts von dem, was ich sage, muss so gewesen sein«, betonte Erlendur. »Leider ist es am wahrscheinlichsten, dass er sich aus irgendwelchen Gründen umgebracht hat.«
»Was weiß man schon über die Menschen?«, sagte sie auf einmal. »Er war verschlossen und sprach fast nie über sich selbst. Andere Männer sind sehr von sich selber eingenommen, ich weiß nicht, ob das besser ist. Er hat mir wunderschöne Dinge gesagt, die mir nie zuvor jemand gesagt hat. Ich bin nicht in einer Familie aufgewachsen, wo man sich nette Dinge sagte.«
»Du hast danach nicht noch einmal den Versuch gemacht, einen anderen Mann zu finden. Zu heiraten. Eine Familie zu haben.«

»Ich war schon über dreißig, als wir uns kennen lernten. Ich war damals davon ausgegangen, dass ich eine alte Jungfer werden würde. Dass es zu spät für mich sei. Das hatte ich zwar nicht so geplant, aber irgendwie ist es einfach so gelaufen. Dann kommt man in ein gewisses Alter und hat nichts außer sich selbst und einer leeren Wohnung. Deswegen war er ... er hat das geändert. Auch wenn er verschlossen war und häufig nicht daheim, er war trotzdem mein Mann.«

Sie blickte Erlendur an.

»Wir waren zusammen, und nachdem er verschwunden war, wartete ich einige Jahre, und wahrscheinlich warte ich immer noch. Wann hört man damit auf? Gibt es da eine Regel?«

»Nein«, sagte Erlendur. »Es gibt keine Regel.«

»Der Meinung war ich auch«, sagte sie, und er empfand tiefes Mitleid mit ihr, als er sah, dass ihr die Tränen in die Augen stiegen.

Neunzehn

Eines Tages kam ein Bescheid von der amerikanischen Botschaft in Reykjavík und landete auf Sigurður Ólis Schreibtisch. Die Botschaft teilte mit, dass sie über Informationen verfüge, die möglicherweise der Kriminalpolizei im Zusammenhang mit dem Knochenfund im Kleifarvatn weiterhelfen könnten. Er landete buchstäblich auf Sigurður Ólis Schreibtisch, denn einer der Botschaftsfahrer legte den verschlossenen Umschlag mit behandschuhter Hand vor ihn hin und erklärte, dass er den Auftrag hätte, auf eine Antwort zu warten. Ómar, der ehemalige Staatssekretär im Außenministerium, hatte den Kontakt zu Robert Christie in Washington hergestellt, der seine Mithilfe zusagte, als er hörte, um was es ging. Dieser Robert, oder Bob, war Ómars Ausführungen zufolge sehr interessiert, und wahrscheinlich würden sie bald über die amerikanische Botschaft von ihm hören.

Sigurður Óli musterte den Botschaftsfahrer, der in seiner schwarzen Montur mit der goldverzierten Schirmmütze und den schwarzen Lederhandschuhen ziemlich idiotisch aussah. Sigurður Óli las den Bescheid und nickte. Er erklärte dem Fahrer, er würde sich um zwei Uhr in Begleitung seiner Kollegin Elínborg in der Botschaft einfinden. Der Fahrer lächelte, und Sigurður Óli glaubte, er würde im nächsten Augenblick die Hand zum Salut an die Mütze legen, aber das unterblieb.

Elínborg begegnete dem Chauffeur in der Tür zu Sigurður

Ólis Büro und stieß beinahe mit ihm zusammen. Er bat um Entschuldigung, und sie schaute ihm nach, als er den Korridor entlangmarschierte.

»Was war denn das?«, fragte sie.

»Die amerikanische Botschaft«, sagte Sigurður Óli.

Pünktlich um zwei Uhr trafen sie bei der Botschaft ein. Zwei isländische Sicherheitsbeamte standen vor der Tür und beobachteten argwöhnisch, wie sie sich näherten. Als sie sagten, weswegen sie gekommen waren, öffnete sich die Tür, und sie wurden eingelassen. Zwei weitere Sicherheitsbeamte, diesmal amerikanische, nahmen sie drinnen in Empfang. Elínborg ging davon aus, dass sie jetzt auf Waffen durchsucht würden, doch stattdessen tauchte ein Mann in der Eingangshalle auf und begrüßte sie. Er gab ihnen die Hand, stellte sich als Christopher Melville vor und bat sie, ihm zu folgen. Er äußerte sich anerkennend darüber, dass sie »right on time« seien. Sie sprachen Englisch miteinander.

Elínborg und Sigurður Óli folgten ihm in den zweiten Stock, und dort gingen sie einen Korridor entlang bis zu einer Tür mit der Aufschrift »Sicherheitsbeauftragter«. Melville öffnete sie, und im Zimmer erwartete sie ein kahl rasierter Mann in Zivil. Er war um die sechzig, stellte sich als besagter Sicherheitsbeauftragter vor und hieß Patrick Quinn. Melville zog sich zurück, und sie nahmen auf der Sofagarnitur Platz, die in dem geräumigen Büro klein wirkte. Er erklärte, sich mit seinem Verteidigungsministerium in Verbindung gesetzt zu haben. Es sei eine Selbstverständlichkeit, die Arbeit der isländischen Polizei zu unterstützen, soweit man dies vermochte. Sie tauschten ein paar höfliche Floskeln über das Wetter aus und darüber, ob der Sommer in Reykjavík schön war oder nicht.

Quinn sagte ihnen, dass er bereits seit 1973 an der Botschaft tätig sei, als das Gipfeltreffen zwischen Richard Nixon und

Georges Pompidou stattfand. Trotz Dunkelheit und Kälte im Winter fühle er sich in Island sehr wohl. Zu der Jahreszeit mache er immer Urlaub in Florida, fügte er lächelnd hinzu. »Und im Übrigen stamme ich aus Norddakota und bin an solche Winter gewöhnt. Trotzdem vermisse ich manchmal im Sommer die Wärme.«
Sigurður Óli lächelte ihm zu. Er fand, dass es jetzt mit dem Smalltalk reichte, obwohl er Quinn gerne gesagt hätte, dass er drei Jahre in Amerika Kriminologie studiert hatte und von Land und Leuten sehr angetan war.
»Sie haben in den USA studiert, nicht wahr?«, sagte Quinn und lächelte wieder. »Kriminologie. Waren es nicht drei Jahre?«
Das Lächeln gefror in Sigurður Ólis Gesicht.
»Soweit ich weiß, sind Sie sehr angetan von unserem Land«, fügte Quinn hinzu. »In diesen schlimmsten aller schlimmen Zeiten können wir Freunde gebrauchen.«
»Wird … wird hier in der Botschaft eine Akte über mich geführt?«, stammelte Sigurður Óli entgeistert.
»Eine Akte?«, sagte Quinn lachend. »Ich habe mich bei der Fulbright-Stiftung erkundigt, bei Bára.«
»Bára, ja richtig, ich verstehe«, sagte Sigurður Óli, der die Leiterin des Fulbright-Büros recht gut kannte.
»Sie haben ein Stipendium erhalten, nicht wahr?«
»Stimmt«, sagte Sigurður Óli verlegen. »Einen Augenblick habe ich geglaubt, dass …« Er schüttelte den Kopf darüber, wie er so dumm gewesen sein konnte.
»Nein, aber ich habe hier eine CIA-Mappe über Sie«, erklärte Quinn und streckte seine Hand nach einem Schnellhefter aus.
Wieder gefror Sigurður Ólis Lächeln. Quinn schwenkte eine leere Mappe und fing an zu lachen.
»Er ist ganz schön zart besaitet«, sagte er zu Elínborg, die neben Sigurður Óli saß und grinste.

»Wer ist dieser Christie?«, fragte sie.
»Robert Christie hat seinerzeit denselben Job an der Botschaft gehabt wie ich jetzt«, erwiderte Quinn. »Nur haben sich die Aufgabengebiete drastisch gewandelt. Er war während des Kalten Krieges Sicherheitsbeauftragter der Botschaft. Ich hingegen bin in einer komplett anderen Welt für die Sicherheit zuständig, in der Terroranschläge die größte Bedrohung für die USA darstellen und letzten Endes für die gesamte Welt.«
Er sah Sigurður Óli an, der sich nach diesem Scherz noch nicht wieder gefangen hatte.
»Entschuldigen Sie«, sagte er, »ich wollte Sie nicht aus dem Konzept bringen.«
»Ist schon in Ordnung«, entgegnete Sigurður Óli. »Es wäre ja schlimm, wenn man keinen Scherz vertragen könnte.«
Quinn kam wieder zur Sache: »Bob Christie und ich sind befreundet. Er hat mich beauftragt, Ihnen im Zusammenhang mit dem Knochenfund behilflich zu sein, mit diesem Skelett im ... wie heißt der See noch, im Kläuffarvatten?«
»Klei-far-vatn«, sagte Elínborg.
»Ja«, sagte Quinn. »Es gibt keine Vermisstenmeldung, die diesen Fund erklärt, oder?«
»Keine scheint auf den Mann im Kleifarvatn zu passen«, sagte Elínborg.
»Nur zwei von fünfundvierzig Fällen von verschollenen Personen in den letzten fünfzig Jahren wurden als potenziell kriminelle Delikte untersucht«, sagte Sigurður Óli. »Der Fall liegt so, dass wir jedem Hinweis nachgehen müssen.«
»Ja«, sagte Quinn. »Wenn ich richtig verstehe, war er an ein russisches Sendegerät angebunden. Den Apparat würden wir mit dem größten Vergnügen für euch in Augenschein nehmen, falls es Probleme gibt im Hinblick auf Typ, Herstellungsjahr und Verwendungsmöglichkeiten. Das versteht sich von selbst.«

»Unsere Spezialisten arbeiten diesbezüglich mit einer der Telefongesellschaften zusammen«, sagte Sigurður Óli und lächelte. »Sie werden vielleicht auf das Angebot zurückkommen.«

»Aber, wie gesagt, es geht um eine verschollene Person, die nicht unbedingt ein Isländer sein muss«, sagte Quinn und setzte seine Lesebrille auf. Er griff sich eine schwarze Aktenmappe und blätterte darin. »Wie Sie vermutlich wissen, hat man früher die personelle Besetzung der Botschaften genauestens überwacht. Die Kommunisten haben uns observiert und wir die Kommunisten. So lief das damals, und niemand fand das merkwürdig oder unnormal.«

»Sie machen das vielleicht auch heute noch?«, warf Sigurður Óli ein.

»Das geht Sie nichts an«, erklärte Quinn, der jetzt nicht mehr lächelte. »Wir haben in unserem Archiv recherchiert. Bob konnte sich gut an die Sache erinnern. Alle fanden das damals mysteriös, aber man hat nie herausgefunden, was eigentlich gespielt wurde. Also, laut unseren Unterlagen – und ich habe mich auch ausführlich mit Bob darüber unterhalten – verhält es sich so, dass ein Angehöriger der DDR-Vertretung ins Land kam, wir aber nie feststellen konnten, dass er Island wieder verlassen hat.«

Elínborg und Sigurður Óli schauten Quinn an, ohne eine Miene zu verziehen.

»Sie möchten vielleicht, dass ich das wiederhole«, sagte Quinn. »Ein Angehöriger der DDR-Vertretung ist eingereist, aber nicht mehr ausgereist. Unseren Unterlagen zufolge, die ziemlich zuverlässig sind, befindet er sich entweder immer noch in Island und ist dann allerdings nicht mehr im diplomatischen Dienst, oder er ist umgebracht worden, die Leiche wurde versteckt oder vielleicht sogar außer Landes gebracht.«

»Sie haben ihn also hier in Island aus den Augen verloren?«, fragte Elínborg.
»Das ist der einzige Fall dieser Art, der uns bekannt ist«, sagte Quinn. »Das heißt, hier in Island. Der Mann war ein DDR-Spion, und als solcher war er bei uns bekannt. Auch unsere Botschaften in anderen Teilen der Welt haben nie wieder eine Spur von ihm entdeckt, nachdem er in Island verschwunden war. Unsere Botschaft wurde damals seinetwegen speziell gewarnt. Er ist nie wieder irgendwo aufgetaucht. Wir haben überprüfen lassen, ob er wieder in die DDR zurückgekehrt ist. Es hatte ganz den Anschein, als sei er vom Erdboden verschluckt worden. Von isländischem Erdboden.«
Elínborg und Sigurður Óli ließen sich seine Worte durch den Kopf gehen.
»Hätte er zur gegnerischen Seite, mit anderen Worten zu Ihrer oder der der Briten und Franzosen, überwechseln können?«, fragte Sigurður Óli, der angestrengt die Thriller und Spionagefilme zu rekapitulieren versuchte, die er gelesen oder im Kino gesehen hatte. »Und dass er deswegen untergetaucht ist«, fügte er hinzu, ohne eigentlich zu wissen, was er genau damit meinte. Er interessierte sich nicht besonders für Spionagethriller.
»Ausgeschlossen«, sagte Quinn. »Das wäre uns nicht entgangen.«
»Aber könnte er nicht einen Decknamen verwendet haben, als er das Land verließ?«, gab Elínborg zu bedenken, die genau wie Sigurður Óli völlig im Dunkeln tappte.
»Wir kannten die meisten von ihnen«, sagte Quinn. »Und die Botschaften aus dem anderen Lager wurden intensiv überwacht. Wir sind davon überzeugt, dass dieser Mann das Land nicht verlassen hat.«
»Vielleicht doch, aber nicht auf dem Wege, wie Sie denken?«, sagte Sigurður Óli. »Vielleicht mit einem Schiff?«

»Auch dieser Möglichkeit sind wir nachgegangen«, entgegnete Quinn. »Und ohne allzu detailliert darauf einzugehen, wie wir gearbeitet haben beziehungsweise arbeiten, kann ich Ihnen versichern, dass dieser Mann offiziell nie wieder in der DDR aufgetaucht ist, wo er herkam, und genauso wenig in der Sowjetunion oder in irgendeinem anderen Land in Ost- oder Westeuropa. Er hat sich in Luft aufgelöst.«

»Was glauben Sie, was damals passiert ist? Oder was hat man damals geglaubt?«

»Sie haben ihn umgebracht und im Garten verscharrt«, sagte Quinn, ohne mit der Wimper zu zucken.» Sie haben ihren eigenen Agenten liquidiert. Oder, wie sich jetzt herauszustellen scheint, in diesem See versenkt, festgebunden an eins von ihren Abhörgeräten. Ich weiß nicht, warum. Nach dem, was wir in Erfahrung bringen konnten, hat er für keinen von uns, für keinen der NATO-Staaten gearbeitet. Er war kein Doppelagent. Falls er das doch gewesen sein sollte, wäre er auf jeden Fall so gut getarnt gewesen, dass niemand davon wusste, wahrscheinlich sogar er selber nicht so richtig.«

Quinn blätterte in den Unterlagen und sagte ihnen, dass der Mann das erste Mal Anfang der sechziger Jahre nach Island gekommen und einige Monate in der DDR-Vertretung tätig gewesen sei. »Anschließend hat er das Land wieder verlassen, im Herbst 1962. Nach einem kurzen Besuch 1964 hat er sich dann in Norwegen, in der DDR und einen Winter lang in Moskau aufgehalten. Danach tauchte er in der DDR-Botschaft in Argentinien auf und titulierte sich als Wirtschaftsreferent, so wie die meisten von ihnen«, sagte Quinn und lächelte wieder. »Bei uns war es genauso. 1967 war er wieder für einige Zeit an der hiesigen DDR-Vertretung tätig, fuhr von hier aus nach Deutschland zurück und anschließend nach Moskau. Im Frühjahr 1968 kam er wieder nach Island, und im Herbst 1968 verschwand er von der Bildfläche.«

»Im Herbst 1968?«, wiederholte Elínborg.

»Da haben wir festgestellt, dass er nicht mehr an der Botschaft tätig war. Wir haben die Sache über bestimmte Kanäle unter die Lupe genommen, und es stellte sich heraus, dass er nirgends aufzufinden war. Die DDR hatte zwar in Reykjavík keine Botschaft im eigentlichen Sinne, sondern nur eine so genannte Handelsvertretung, aber das ist wohl nebensächlich.«

»Was wissen Sie über diesen Mann?«, hakte Sigurður Óli nach. »Besaß er Freunde hierzulande? Oder Feinde in seinem Heimatland? Wissen Sie, ob irgendein Fehlverhalten seinerseits bekannt geworden ist?«

»Nein, wie gesagt, derartige Informationen haben wir nicht. Aber wir wissen natürlich nicht alles. Wir haben den Verdacht, dass im Herbst 1968 etwas vorgefallen sein muss, aber wir wissen nicht, was. Er kann ebenso gut den Staatsdienst quittiert und sich abgesetzt haben. Er wusste genau, wie man es anstellt, wenn man untertauchen will. Sie können diese Informationen deuten, wie es Ihnen beliebt. Das ist alles, was wir wissen.«

Er zögerte einen Moment. »Vielleicht ist er uns entwischt«, sagte er dann. »Vielleicht gibt es für all das eine ganz einfache Erklärung. Aber das ist jedenfalls das, was uns vorliegt. Doch jetzt müssen Sie mir noch eins sagen, Bob fragte danach. Wie wurde er getötet, der Mann im See?«

Elínborg und Sigurður Óli blickten sich kurz an.

»Er bekam einen Hieb auf den Kopf. Dicht bei der Schläfe war ein Loch im Schädel.«

»Einen Hieb auf den Kopf?«, wiederholte Quinn.

»Es könnte auch durch einen Sturz verursacht worden sein, aber das wäre dann ein ziemlich tiefer Sturz gewesen«, sagte Elínborg.

»Es war also kein klarer Fall von Hinrichtung? Kein Schuss in den Nacken?«
»Hinrichtung?«, sagte Elínborg. »Wir sind hier in Island. Die letzte Hinrichtung hierzulande wurde mit dem Beil ausgeführt.«
»Ja, natürlich«, sagte Quinn. »Ich sage ja auch nicht, dass ein Isländer ihn umgebracht hat.«
»Können Sie etwas damit anfangen, dass er auf diese Weise ums Leben kam?«, fragte Sigurður Óli. »Falls es denn dieser Spion gewesen ist, der im Kleifarvatn lag.«
»Nein, gar nichts«, erwiderte Quinn. »Der Mann war ein Spion, und mit diesem Job ist ein gewisses Risiko verbunden.«
Er erhob sich. Elínborg und Sigurður Óli begriffen, dass das Gespräch aus seiner Sicht beendet war. Quinn legte die Mappe auf den Schreibtisch und schwieg. Sigurður Óli schaute Elínborg an.
»Wir bedanken uns«, sagte er, »und hoffen, dass Sie sich unseretwegen nicht allzu große Umstände machen mussten.« Er versuchte, sich an weitere Höflichkeitsfloskeln zu erinnern, aber ihm fiel nichts ein.
»Über mich gibt es hier keine Akte?«, fragte Elínborg munter, als sie aufstand.
»Bedaure, genauso wenig wie über ihn«, sagte Quinn, warf Sigurður Óli einen Seitenblick zu und lächelte.
Sie bedankten sich und traten auf den Flur hinaus. Im gleichen Augenblick kam Christopher Melville die Treppe hoch und ging ihnen entgegen, um sie hinauszubegleiten.
»Nur eins noch«, sagte Quinn.
»Was?«, fragte Sigurður Óli.
»Solche Kleinigkeiten vergisst man nur allzu leicht«, sagte Quinn.
»Kleinigkeiten sind meist von enormer Bedeutung«, erklär-

te Sigurður Óli mit dem amerikanischen Diplom wichtigtuerisch.
»Ja, ich dachte, Sie würden vielleicht wissen wollen, wie er hieß«, sagte Quinn gelassen. »Der Spion, der spurlos verschwand.«
»Wie er hieß?«, sagte Sigurður Óli. »Haben Sie uns das nicht gesagt?«
»Nein, ich glaube, das habe ich noch nicht getan.« Ein knappes Lächeln flog über Quinns Gesicht.
»Und wie hieß er?»
»Er hieß Weiser«, sagte Quinn.
»Weiser«, wiederholte Elínborg.
»Ja«, sagte Quinn und warf einen Blick auf die Papiere, die er in der Hand hielt. »Sein Name war Lothar Weiser, und er wurde in Bonn geboren. Und interessanterweise sprach er Isländisch wie ein Einheimischer.«

Zwanzig

Noch am gleichen Tag wandten sie sich an die Deutsche Botschaft und ließen sich einen Termin geben. Sie nannten ihr Anliegen, damit die Botschaft Gelegenheit hatte, sich Informationen über Lothar Weiser zu verschaffen. Das Treffen wurde für Ende der Woche vereinbart. Elínborg und Sigurður Óli berichteten Erlendur darüber, was sie von Patrick Quinn erfahren hatten. Sie diskutierten über die Möglichkeit, dass der Mann im See ein DDR-Spion gewesen sein könnte. Einiges deutete darauf hin, vor allem das russische Gerät und der Fundort. Alle drei waren sie der Meinung, dass dieser Mord alles andere als typisch isländisch war. Dieser Fall schien eine Dimension zu haben, die alles überstieg, womit sie bisher konfrontiert worden waren. Er war brutal – aber alle Morde waren brutal. Wichtiger war, dass dieser Mord vorsätzlich geplant und so professionell ausgeführt worden war, dass er all diese Jahre verborgen bleiben konnte. Morde in Island waren normalerweise zufälliger, plumper und schlampiger, und die Täter hinterließen fast ausnahmslos Spuren.

»Vielleicht ist dieser Mann ja doch einfach gestürzt und und auf dem Kopf gelandet«, sagte Elínborg.

»Niemand landet auf dem Kopf und wird dann an ein russisches Abhörgerät gebunden und im Kleifarvatn versenkt«, sagte Erlendur.

»Kommst du mit dem Falcon vorwärts?«, fragte Elínborg.

»Überhaupt nicht«, sagte Erlendur. »Mir ist es bloß gelungen, Leopolds Frau zu beleidigen, die gar nicht begreifen will, wovon ich spreche.«

Erlendur hatte ihnen von den beiden Brüdern auf dem Hof erzählt und der vagen Theorie, dass der Falcon-Mann noch am Leben sein könnte und möglicherweise irgendwo auf dem Land lebte. Darüber hatten sie bereits gesprochen und ähnlich darauf reagiert wie die Frau. Sie fanden nicht, dass sie besonders viel in der Hand hatten, was diese Theorie stützte.

»Zu weit hergeholt für Island«, sagte Sigurður Óli. Elínborg stimmte ihm zu: »Denkbar in einer Millionenstadt.«

»Nur komisch, dass dieser Mann hier nirgendwo im System aufzufinden ist«, sagte Sigurður Óli.

»Genau«, sagte Erlendur. »Leopold, wie der Mann sich genannt hat, ist eine ganz schön mysteriöse Figur. Als Níels seinerzeit den Fall bearbeitete, hat er die Herkunft dieses Mannes nie wirklich ausgeleuchtet, weil er keinerlei Unterlagen fand. Der Fall wurde allerdings auch nicht als kriminelles Delikt behandelt.«

»Genauso wenig wie all die anderen Fälle von verschollenen Personen«, warf Elínborg ein.

»Es gibt nur ganz wenige Isländer mit diesem Namen, sowohl damals als auch heute. Und alle anderen, die so heißen, sind auffindbar. Ich habe mir das kurz angeschaut. Seine Verlobte sagt, dass er viel im Ausland gewesen sei. Kann schon sein, dass er sogar dort geboren wurde, schwer zu sagen.«

»Warum gehst du davon aus, dass er wirklich Leopold geheißen hat?«, fragte Sigurður Óli. »Ist doch eigentlich ein ziemlich merkwürdiger Name für einen Isländer.«

»Diesen Namen hat er sich zumindest zugelegt«, sagte Erlendur. »Kann sein, dass er andernorts einen anderen Namen verwendet hat, das ist sogar ziemlich wahrscheinlich. Über den Mann wissen wir nur, dass er eines Tages als Handelsreisender für Landmaschinen und Bagger auftaucht und als Verlobter einer einsamen Frau, die irgendwie zum Opfer des Ganzen wird. Sie weiß bitterwenig über ihn, trauert ihm aber immer noch nach. Seinen Hintergrund kennen wir nicht, und es existiert keine Geburtsurkunde. Schullaufbahn unbekannt. Wir wissen nur, dass er viel gereist ist, lange Zeit im Ausland gelebt hat, wo er, wie gesagt, vielleicht auch zur Welt gekommen ist. Er war so lange im Ausland, dass er einen leichten Akzent hatte.«

»Und wenn er sich am Ende doch einfach selbst umgebracht hat?«, sagte Elínborg. »Meiner Meinung nach ist diese Theorie über Leopolds Doppelleben ein reines Produkt deiner Fantasie.«

»Ist mir schon klar«, sagte Erlendur. »Die Wahrscheinlichkeit spricht dafür, dass er Selbstmord begangen hat und dass keine weiteren Geheimnisse dahinter stecken.«

»Ich find's ganz schön hart, diese Frau mit so einem Quatsch zu belästigen«, sagte Elínborg. »Jetzt glaubt sie bestimmt, dass er noch am Leben sein könnte.«

»Das hat sie doch in ihrem Innersten die ganze Zeit geglaubt«, sagte Erlendur. »Dass er sie nur verlassen hat.«

Sie schwiegen. Es war bereits später Nachmittag, und Elínborg schaute auf die Uhr. Sie probierte gerade eine neue Marinade für Geflügel aus. Sigurður Óli hatte Bergþóra einen Ausflug nach Þingvellir versprochen. Sie wollten den Sommerabend dort genießen und im Hotel übernachten. Das Wetter war so schön, wie es im Juni nur sein konnte. Es war warm, die Sonne schien, und die ganze Natur duftete.

»Und was machst du heute Abend?«, fragte er Erlendur.

»Nichts«, entgegnete Erlendur.

»Möchtest du vielleicht mit uns nach Þingvellir fahren?«, fragte er, konnte aber kaum verhehlen, welche Antwort er erhoffte. Erlendur musste lächeln. Ihre Fürsorglichkeit ihm gegenüber konnte einem auf die Nerven gehen. Manchmal, so wie jetzt, waren es nur höfliche Floskeln.

»Ich erwarte Besuch«, sagte er.

»Wie geht es Eva Lind?«, fragte Sigurður Óli und massierte sich die Schulter.

»Ich habe so gut wie nichts von ihr gehört«, sagte Erlendur. »Ich weiß bloß, dass sie die Therapie durchgehalten hat, aber mehr auch nicht.«

»Was hast du da eben über diesen Leopold gesagt?«, warf Elínborg ein. »Hast du gesagt, dass er mit Akzent gesprochen hat?«

»Ja«, sagte Erlendur, »die Frau hat mir gesagt, dass er einen leichten ausländischen Akzent hatte. Wieso fragst du?«

»Dieser Lothar muss doch bestimmt auch einen Akzent gehabt haben«, sagte Sigurður Óli.

»Was meinst du damit?«, fragte Erlendur.

»Nur dass dieser Typ in der amerikanischen Botschaft gesagt hat, dass dieser Lothar Weiser fließend Isländisch gesprochen hat. Er hat doch bestimmt auch einen Akzent gehabt.«

»Das ist allerdings ein Punkt, den man ins Auge fassen muss«, sagte Erlendur.

»Dass es sich bei Leopold und Lothar womöglich um ein und dieselbe Person handelt?«, fragte Elínborg.

»Ja«, sagte Erlendur, »es ist meines Erachtens durchaus nicht abwegig, das in Betracht zu ziehen. Außerdem verschwinden beide im gleichen Jahr, 1968.«

»Dieser Lothar hätte sich also Leopold genannt?«, überlegte Sigurður Óli. »Und weshalb?«

»Ich weiß es nicht«, sagte Erlendur. »Ich habe wirklich keinen blassen Schimmer, was dahinter steckt.«

Sie schwiegen.

»Aber dann ist da noch das russische Gerät«, begann Erlendur wieder.

»Ja?«, sagte Elínborg.
»Leopold war auf dem Weg zum Hof von Haraldur. Wo sollte Haraldur ein russisches Abhörgerät herhaben, um ihn im Kleifarvatn zu versenken? Diesen Apparat kann man allerdings durchaus mit Lothar in Zusammenhang bringen, der ein Spion war. Da ist dann etwas passiert, was dazu geführt hat, dass er im See versenkt wurde. Aber Haraldur und Leopold, die passen nicht ins Bild.«
»Haraldur behauptet steif und fest, dass der Vertreter nie auf seinen Hof gekommen ist«, sagte Sigurður Óli. »Ob er nun Leopold oder Lothar geheißen hat.«
»Das ist es nämlich«, sagte Erlendur.
»Was?«, fragte Elínborg.
»Ich glaube, er lügt.«

Erlendur musste drei Videotheken abklappern, bis er den Western fand, den er Marian Briem mitbringen wollte. Marian hatte irgendwann einmal erwähnt, dass es ein hervorragender Film war, der von einem Mann handelte, der ganz allein und auf sich gestellt einer drohenden Gefahr entgegensah, denn seine Mitmenschen und nicht zuletzt seine Freunde hatten ihm den Rücken gekehrt.
Niemand antwortete, als er anklopfte. Marian Briem erwartete ihn, da Erlendur sich telefonisch angemeldet hatte. Als er die Türklinke hinunterdrückte, war die Tür nicht abgeschlossen, und er betrat den Raum. Er hatte nicht vor, lange zu bleiben, sondern wollte nur das Video abliefern. Abends erwartete er Valgerðurs Besuch. Sie war zu ihrer Schwester gezogen.
»Bist du schon da?«, fragte Marian schläfrig. »Ich hab gehört, wie du geklopft hast. Ich bin bloß so unendlich müde. Ich habe fast den ganzen Tag geschlafen. Bist du so nett und schiebst mir das Sauerstoffgerät rüber?«
Erlendur schob das Gestell zum Sessel hin, und als er sah,

wie Marian die Hand nach der Maske ausstreckte, schoss ihm urplötzlich die Erinnerung an einen einsamen und bizarren Tod in den Sinn. Die Polizei war zu einem Haus im Þingholt-Viertel gerufen worden. Marian Briem und er gingen zusammen hin. Er war damals erst ein paar Monate bei der Kriminalpolizei gewesen. Ein Todesfall in einem Privathaus, der als Unfall klassifiziert wurde. Eine sehr korpulente ältere Frau saß im Ohrensessel vor dem Fernseher. Sie war schon zwei Wochen tot. Der Gestank in der Wohnung war kaum zu ertragen. Der Nachbar hatte deswegen die Polizei verständigt. Er hatte die Frau seit längerem nicht gesehen, und nach einiger Zeit fiel ihm auf, dass der Fernseher, den er schwach durch die Wand hörte, Tag und Nacht lief. Die Frau war erstickt, ein Teller mit Pökelfleisch und gekochten gelben Rüben stand auf einem Tisch neben dem Sessel. Das Besteck lag auf dem Boden. Ein großer Bissen Pökelfleisch war ihr im Hals stecken geblieben. Sie war nicht aus dem tiefen Sessel hochgekommen. Ihr Gesicht war schwarzblau verfärbt. Es stellte sich heraus, dass sie keine Anverwandten hatte, die bei ihr nach dem Rechten sahen. Nie kam jemand zu Besuch. Niemand vermisste sie.

»Wir müssen alle sterben«, sagte Marian und schaute auf die Leiche hinunter. »Aber so möchte ich nicht sterben.«

»Die arme Frau«, sagte Erlendur und hielt sich Mund und Nase zu.

»Ja, die arme Frau«, wiederholte Marian. »Bist du deswegen zur Kriminalpolizei gegangen? Um so etwas zu sehen?«

»Nein«, erwiderte Erlendur.

»Weswegen denn dann?«, fragte Marian. »Weswegen bist du zur Kriminalpolizei gegangen?«

»Nimm Platz«, hörte er Marian in seine Gedanken hinein sagen. »Steh da nicht so rum wie ein Ölgötze.«

Er kam wieder zu sich und setzte sich auf den Stuhl.

»Du brauchst mich nicht zu besuchen, Erlendur.«

»Weiß ich«, sagte Erlendur. »Ich hab dir noch einen Film mitgebracht. Den mit Gary Cooper.«
»Hast du ihn gesehen?«, fragte Marian.
»Ja«, antwortete Erlendur, »irgendwann vor langer Zeit.«
»Warum bist du so trübselig, an was denkst du?«, fragte Marian.
»Wir müssen alle sterben, aber so möchte ich nicht sterben«, zitierte Erlendur.
»Ja«, antwortete Marian nach kurzem Schweigen. »Ich kann mich an sie erinnern, die alte Frau in dem Sessel. Und jetzt schaust du mich an und denkst dasselbe.«
Erlendur zuckte mit den Achseln.
»Du hast mir damals nicht geantwortet«, sagte Marian, »und die Antwort steht immer noch aus.«
»Ich weiß nicht, warum ich zur Kriminalpolizei gegangen bin«, sagte er. »Ich sah es als bequeme Arbeit im Büro.«
»Nein, da war noch etwas anderes«, widersprach Marian. »Es war mehr als nur der bequeme Bürojob.«
»Hast du keine Angehörigen?«, fragte Erlendur, um das Thema zu wechseln. Er war unsicher, wie er das formulieren sollte. »Niemanden, der ... der sich um alles kümmert, wenn es vorüber ist?«
»Nein«, sagte Marian.
»Was für Vorkehrungen hast du getroffen?«, bohrte Erlendur weiter. »Wir müssen ja irgendwann einmal darüber sprechen, über diese praktischen Dinge. Wenn ich dich richtig kenne, hast du schon längst alles geregelt.«
»Freust du dich schon drauf?«, fragte Marian.
»Ich freu mich auf gar nichts«, sagte Erlendur.
»Ich habe mit einem Rechtsanwalt gesprochen, mit so einem jungen Spund, der meine Angelegenheiten regeln wird, vielen Dank. Du könntest dich vielleicht um das Praktische kümmern. Die Kremation.«
»Die Kremation?«

»Ich will nicht in einem Sarg verrotten«, sagte Marian. »Ich lasse mich verbrennen. Kein Leichenbegängnis, keine Umstände.«

»Und die Asche?«

»Du weißt genau, um was es in dem Film geht«, wich Marian der Frage aus. »In diesem Film mit Gary Cooper. Es geht um die Kommunistenverfolgung in den USA in den fünfziger Jahren. Da treffen Männer in der Stadt ein, die sich gegen Gary Cooper wenden. Seine Freunde kehren ihm schließlich den Rücken, und zum Schluss ist er ganz auf sich gestellt. *High Noon*. Die besten Western sind mehr als nur Western.«

»Ja, das hast du mir irgendwann schon einmal gesagt.«

Der Tag ging zur Neige, aber es war immer noch hell. Erlendur schaute zum Fenster hinaus. Es würde jetzt nicht mehr dunkel werden. Im Sommer vermisste er die Dunkelheit, und er sehnte sich nach Kälte, Finsternis und tiefem Winter.

»Was hast du eigentlich mit diesen Western?«, konnte Erlendur sich nicht beherrschen zu fragen. Er hatte nichts von dieser Vorliebe für amerikanische Western gewusst. Im Grunde genommen wusste er sehr wenig über Marian Briem. Er saß auf dem Sofa und rief sich ins Gedächtnis, dass sie nur äußerst selten über persönliche Dinge gesprochen hatten.

»Die Landschaft«, sagte Marian. »Die Pferde. Die Weite.«

Schweigen senkte sich über das Zimmer. Erlendur kam es so vor, als würde Marian wieder einnicken.

»Als ich das letzte Mal hier war, haben wir über Leopold gesprochen, den Mann, der den Ford Falcon besaß und beim Busbahnhof verschwunden ist«, sagte er. »Du hast aber nicht erwähnt, dass du mit seiner Verlobten gesprochen und ihr gesagt hast, dass ein Mann dieses Namens unauffindbar sei.«

»Spielt das eine Rolle? Falls ich mich richtig erinnere, hat dieser Idiot von Níels versucht, sich darum herumzudrücken, ihr das zu sagen. Da hat es bei mir ausgehakt.«

»Und wie hat sie reagiert, als du ihr das gesagt hast?«

Marian versuchte, sich in die Vergangenheit zurückzuversetzen. Erlendur wusste, dass sein Gedächtnis trotz des hohen Alters und diverser Gebrechen unfehlbar war.

»Sie war natürlich alles andere als begeistert. Das war aber Niels' Fall, und ich wollte mich nicht zu sehr einmischen.«

»Hast du ihr Hoffnung gemacht, dass er noch am Leben sei?«

»Nein«, sagte Marian. »Das wäre absurd gewesen. Völlig absurd. Ich hoffe, dass du dich nicht mit solchen Hirngespinsten abgibst.«

»Nein«, sagte Erlendur, »gewiss nicht.«

»Und lass sie das bloß nicht hören!«

»Nein«, sagte Erlendur, »das wäre absurd.«

Eva Lind rief an, als er nach Hause gekommen war. Er war noch einmal im Büro vorbeigefahren und hatte anschließend etwas zu essen eingekauft. Das Fertiggericht war in der Mikrowelle, die sich im gleichen Augenblick wie das Telefon meldete. Diesmal war Eva ruhiger als bei ihrem letzten Gespräch. Sie wollte ihm nicht sagen, wo sie war, erklärte aber, in der Therapie einen Mann kennen gelernt zu haben, bei dem sie derzeit wohne. Sie sagte Erlendur, er solle sich keine Sorgen machen. Sie hatte sich mit Sindri in einem Café im Zentrum getroffen. Er sei dabei, sich eine Arbeit zu suchen.

»Will er in Reykjavík bleiben?«, fragte Erlendur.

»Ja, er will wieder nach Reykjavík ziehen. Passt dir das etwa nicht in den Kram?«

»Dass er in die Stadt zieht?«

»Dass du mehr von ihm siehst.«

»Nein, ich habe nichts dagegen. Ich finde es gut, wenn er nach Reykjavík kommt. Denk doch nicht immer das Schlimmste von mir, Eva. Was ist das für ein Mann, bei dem du jetzt wohnst?«
»Niemand, der dich interessiert«, sagte Eva Lind. »Und ich denke auch nicht ständig das Schlimmste von dir.«
»Seid ihr zusammen auf einem Trip?«
»Auf einem Trip?«
»Ich höre es, Eva. Ich höre es an deiner Stimme. Ich mach dir keine Vorwürfe, dazu habe ich keine Lust mehr. Von mir aus kannst du tun und lassen, was du willst, aber lüg mich nicht an. Ich möchte nicht, dass du lügst.«
»Ich ... ich lüge ... was meinst du damit, wie ich rede? Immer musst du ...«
Sie hängte ein.
Valgerður kam nicht, obwohl sie verabredet waren. Sie rief in dem Augenblick an, als Erlendur den Hörer auflegte, und erklärte, dass sie Überstunden hätte machen müssen und erst jetzt bei ihrer Schwester eingetroffen sei.
»Alles in Ordnung bei dir?«, fragte er.
»Ja«, sagte sie. »Wir sprechen uns.«
Er ging in die Küche und nahm das Fertiggericht aus der Mikrowelle, Frikadellen in brauner Soße und Kartoffelpüree. Er dachte an Eva Lind, an Valgerður und an Elínborg. Er warf die Packung ungeöffnet in den Müll und zündete sich eine Zigarette an.
Das Telefon klingelte zum dritten Mal an diesem Abend. Er starrte auf den Apparat und hoffte, dass er von selber wieder aufhören würde, aber als das nicht geschah, ging er dran. Es war ein Mitarbeiter der Spurensicherung.
»Es ist wegen dem Falcon«, sagte der Mann.
»Ja. Was ist mit dem Falcon? Hast du etwas gefunden?«
»Das meiste ist Straßenstaub, Steinchen und dann etwas Erde«, sagte der Mann. »Wir haben alles analysiert und fan-

den etwas, das Tiermist sein könnte. Etwas aus einem Kuhstall oder einem Schafstall. Aber nirgendwo Blut.«
»Kuhmist?«
»Ja, da ist aller möglicher Dreck und Sand, genau wie in allen anderen Autos, aber auch Kuhmist. Wohnte dieser Mann vielleicht außerhalb von Reykjavík?«
»Nein«, erwiderte Erlendur, »aber er war viel auf dem Land unterwegs.«
»Man kann dem aber keinerlei Bedeutung beimessen, das weißt du«, sagte der Mann. »Nach so langer Zeit und nach so vielen Besitzern.«
»Vielen Dank«, sagte Erlendur und beendete das Gespräch. Eine Idee schoss ihm durch den Kopf. Er schaute auf die Uhr. Es war bereits nach zehn. Um diese Zeit schläft doch noch niemand, dachte er unschlüssig. Nicht im Sommer. Trotzdem zögerte er noch eine Weile, aber dann gab er sich einen Ruck.
»Ja«, sagte Ásta, Leopolds Verlobte. Erlendur verzog sein Gesicht. Er hörte ihr an, dass sie es nicht gewöhnt war, so spät am Abend noch Anrufe zu erhalten. Obwohl es Sommer war. Er sagte, wer er war, und sie fragte sehr verwundert, was er von ihr wolle, ob es nicht Zeit bis zum nächsten Tag damit gehabt hätte.
»Natürlich hätte es Zeit gehabt«, sagte Erlendur, »aber ich habe gerade erfahren, dass man auf dem Boden des Falcon Spuren von Kuhmist gefunden hat. Wir haben ihn untersucht. Wie lange habt ihr das Auto besessen?«
»Gar nicht lange, nur ein paar Wochen. Ich dachte, ich hätte dir das schon gesagt.«
»Ist er jemals damit aufs Land gefahren?«
»Aufs Land?«
Die Frau überlegte.
»Nein«, erklärte sie schließlich, »ich glaube nicht. Er hat ihn ja nur so kurz gehabt. Ich kann mich auch erinnern,

dass er gesagt hat, das Auto sei ihm zu schade, um damit auf diesen miserablen isländischen Straßen zu fahren. Er wollte es nur innerhalb der Stadt benutzen.«

»Da ist noch etwas«, sagte Erlendur, »und entschuldige bitte, dass ich dich zu dieser Tageszeit belästige, dieser Fall ist nur ... Ich weiß, dass der Wagen auf deinen Namen angemeldet war. Kannst du dich erinnern, wie ihr ihn bezahlt habt? Hat Leopold ein Darlehen aufgenommen? Hast du etwas dazugezahlt? Besaß er Geld? Kannst du dich daran erinnern?«

Wieder herrschte Schweigen in der Leitung, während sich die Frau in die Vergangenheit hineinversetzte und versuchte, sich an etwas zu erinnern, was wohl die wenigsten im Gedächtnis behalten.

»Nein, ich habe nichts dazugezahlt«, sagte sie endlich. »Ich kann mich erinnern. Ich glaube, er hat ihn bar bezahlt. Er hatte Geld zurückgelegt, während er zur See fuhr, sagte er mir. Warum willst du das wissen? Warum rufst du wegen so etwas so spät an? Gibt es etwas Neues?«

»Weißt du, warum er das Auto auf deinen Namen angemeldet hat?»

»Nein.«

»Fandest du das nicht merkwürdig?«

»Merkwürdig?«

»Dass er das nicht auf seinen Namen machen ließ? So war es doch normalerweise. Die Männer haben die Autos gekauft, und die Papiere wurden auf sie ausgestellt. Soweit ich weiß, hat es von dieser Regel nur ganz wenige Ausnahmen gegeben.«

»Da kenne ich mich nicht aus«, erwiderte Ásta.

»Er könnte das getan haben, um seine Spur zu verwischen«, sagte Erlendur. »Wenn das Auto auf seinen Namen angemeldet worden wäre, hätte er bestimmt Papiere vorlegen müssen, die Auskunft über ihn gegeben hätten.«

Ásta schwieg eine Weile, dann erklärte sie:
»Er hat sich nicht versteckt.«
»Nein, vielleicht nicht«, sagte Erlendur. »Aber vielleicht hieß er ganz anders, vielleicht hieß er gar nicht Leopold. Möchtest du nicht wissen, wer er war? Wer er in Wirklichkeit war?«
»Ich weiß, wer er war«, sagte die Frau, und Erlendur hörte, dass sie kurz davor stand, in Tränen auszubrechen.
»Natürlich«, sagte Erlendur. »Entschuldige die Störung. Ich habe nicht daran gedacht, wie spät es ist. Ich sage dir Bescheid, wenn ich etwas herausgefunden habe.«
»Ich weiß ganz genau, wer er war«, wiederholte die Frau.
»Natürlich«, sagte Erlendur. »Natürlich weißt du das.«

Einundzwanzig

Die Spuren von Kuhmist halfen nicht viel weiter, denn es hatte mehrere Besitzer gegeben, bevor das Auto beim Schrotthändler gelandet war. Jeder von denen hätte in Kuhmist treten und ihn ins Auto tragen können. Vor mehr als dreißig Jahren war Reykjavík eine ländliche Stadt, und der Besitzer hätte nicht einmal die Stadtgrenzen verlassen müssen, um auf Kühe zu stoßen. Erlendur konnte sich gut an Schafe erinnern, die aus einer eingezäunten Wiese ausgebrochen waren und nach kurzer Zeit mitten in der Stadt bei Háaleitisbraut herumstreunten. Er hatte damals gerade bei der Polizei angefangen und war einer von denen gewesen, die sie wieder einfangen mussten.

Es konnte aber auch sein, dass Haraldur, der immer noch auf allem und jedem herumhackte, irgendetwas herausrutschen würde. Seine Laune hatte sich nicht gebessert, seit Erlendur zuletzt in seinem Zimmer gesessen hatte. Er war gerade dabei, sich das Mittagessen einzuverleiben, Hafergrütze mit gesäuerter Sülzwurst. Sein Gebiss lag auf dem Nachttisch. Erlendur versuchte krampfhaft, nicht dorthin zu blicken. Es reichte schon, das Schlürfen zu hören und zu sehen, wie ihm der Brei am Mundwinkel herunterlief. Haraldur schmatzte mit sichtlichem Genuss auf einem Bissen herum.

»Wir wissen, dass der Verkäufer mit seinem Falcon zu euch auf den Hof gekommen ist«, sagte Erlendur, als das Schmatzen aufgehört und Haraldur sich den Mund abgewischt hatte. Er war wie beim ersten Mal aufgebraust, als er Erlendur erblickte, und hatte ihm gesagt, er solle sich zum Teufel scheren, aber Erlendur hatte nur gelächelt und sich hingesetzt.

»Kannst du mich nicht in Ruhe lassen?«, hatte Haraldur gesagt und gierig auf sein Essen gestarrt. Er wollte Erlendur nicht beim Essen dabeihaben.

»Iss ruhig«, hatte Erlendur gesagt. »Ich warte so lange.«

Haraldur schaute ihn grimmig an, kapitulierte aber bald. Erlendur schaute weg, als er sich das Gebiss aus dem Mund nahm.

»Und was für Beweise wollt ihr dafür haben?«, fragte Haraldur jetzt. »Ihr habt gar keine Beweise, weil er nämlich nie zu uns gekommen ist. Gibt es denn kein Gesetz, das einen vor solchen Belästigungen schützt? Dürft ihr einen wirklich am laufenden Band behelligen?«

»Wir wissen jetzt, dass er zu euch gekommen ist«, sagte Erlendur.

»Pah. Verdammter Blödsinn. Wie wollt ihr so was wissen?«

»Wir haben sein Auto gründlich untersucht«, sagte Erlendur. Er hatte eigentlich nichts in der Hand, fand es aber die Mühe wert, dem Alten etwas zuzusetzen und ihn glauben zu machen, dass es Indizien gäbe. »Seinerzeit wurde das Auto nämlich nicht sehr genau unter die Lupe genommen, und seitdem hat sich die gesamte Technik revolutioniert.« Erlendur versuchte zu bluffen. Haraldur ließ den Kopf hängen und starrte auf den Boden.

»Auf diese Weise haben wir neue Indizien gefunden«, fuhr Erlendur fort. »Der Fall wurde damals nicht als kriminelles Delikt angesehen und nicht entsprechend bearbeitet. Das wird bei Vermisstenmeldungen im seltensten Fall gemacht, weil es hierzulande gar nichts Besonderes ist, wenn Leute verschwinden. Vielleicht wegen der Wetterverhältnisse.

Vielleicht liegt es auch daran, dass man in Island so etwas gern auf die leichte Schulter nimmt. Vielleicht genügt uns ja die simple Erklärung, dass die Selbstmordrate hier erschreckend hoch ist.«

»Ich habe keine Ahnung, wovon du redest«, entgegnete Haraldur.

»Er hieß Leopold. Kannst du dich daran erinnern? Er war Verkäufer, und du hattest ihm in Aussicht gestellt, einen neuen Traktor bei ihm zu kaufen. Und an dem bewussten Tag hatte er nichts anderes mehr vor, als zu euch hinauszufahren. Ich glaube, das hat er gemacht.«

»Irgendein Recht muss man doch haben«, sagte Haraldur. »Du kannst doch nicht einfach hier aufkreuzen, wann es dir passt.«

»Leopold ist zu euch auf den Hof gekommen«, sagte Erlendur.

»Quatsch.«

»Er kam zu euch Brüdern, und irgendwas ist passiert. Ich weiß nicht, was das war. Er hat vielleicht etwas gesehen, was er nicht hätte sehen dürfen. Ihr habt euch mit ihm angelegt wegen etwas, das er gesagt hat. Vielleicht war er zu penetrant. Er wollte an diesem Tag den Kaufvertrag unter Dach und Fach bringen.«

»Ich weiß nicht, wovon du redest«, beharrte Haraldur. »Er ist nie zu uns gekommen. Er hatte es vor, aber er ist nicht erschienen.«

»Was glaubst du wohl, wie lange du noch zu leben hast?«, fragte Erlendur.

»Einen Scheißdreck glaube ich. Du hast überhaupt keine Beweise, sonst hättest du mir sie schon längst unter die Nase gerieben. Aber du hast gar nichts in der Hand. Du kannst nämlich nichts in der Hand haben, weil er nie zu uns gekommen ist.«

»Willst du mir nicht einfach sagen, was passiert ist?«, sagte

Erlendur. »Du wirst es nicht mehr sehr lange machen. Du würdest dich besser fühlen. Selbst wenn er zu euch gekommen ist, muss das nicht bedeuten, dass ihr ihn umgebracht habt. Davon habe ich nichts gesagt. Er kann genauso gut wieder weggefahren sein und sich dann aus dem Staub gemacht haben.«

Haraldur hob den Kopf, und die Augen unter den buschigen Brauen waren starr auf ihn gerichtet.

»Mach, dass du wegkommst«, sagte er. »Ich will dich nie wieder hier sehen.«

»Ihr hattet Kühe da auf dem Hof, nicht wahr?«

»Raus mit dir!«

»Ich bin hingefahren und habe den Kuhstall und den Misthaufen dahinter gesehen. Du hast mir gesagt, ihr hättet zehn Kühe gehabt.«

»Was soll denn das?«, sagte Haraldur. »Wir waren Bauern, willst du mich etwa deswegen einbuchten?«

Erlendur stand auf. Er ließ sich von Haraldur irritieren und provozieren, obwohl er wusste, dass er über den Dingen stehen sollte. Er hätte einfach gehen und mit der Ermittlung weitermachen sollen, anstatt sich über ihn zu ärgern und sich von ihm reizen zu lassen. Haraldur war nichts anderes als ein unangenehmer alter Griesgram. Erlendur ließ sich aber nicht lange von solchen Gedanken beeinflussen.

»Wir haben Kuhscheiße im Auto gefunden«, sagte er. »Deswegen musste ich an deine Kühe denken, Skjalda oder Huppa oder wie du sie genannt hast. Ich glaube nicht, dass der Dreck von Leopold ins Auto getragen wurde. Es ist natürlich eine Möglichkeit, dass er mit Kuhscheiße an den Schuhen eingestiegen und weggefahren ist. Ich bin aber eher der Ansicht, dass jemand anderes das gemacht hat. Jemand, der auf dem Hof lebte, jemand, der in einen Streit mit ihm geriet. Jemand, der über ihn herfiel und sich dann ins Auto setzte, um es zum Busbahnhof zu bringen.«

»Lass mich in Ruhe. Ich weiß nichts von Kuhscheiße.«
»Ganz bestimmt nicht?«
»Nein. Hau ab, und bleib mir vom Leib.«
Erlendur sah auf Haraldur herunter.
»Da ist nur ein Haken an meiner Theorie«, fuhr er fort.
»Pah«, ließ Haraldur sich vernehmen.
»Und zwar die Sache mit dem Busbahnhof.«
»Was damit?«
»Da sind zwei Dinge, die nicht zusammengehen.«
»Es interessiert mich nicht, was du da quasselst. Hau ab!«
»Das ist nämlich viel zu genial eingefädelt.«
»Pah.«
»Und dazu bist du viel zu blöd.«

Die Firma, bei der Leopold bis zu seinem Verschwinden gearbeitet hatte, existierte immer noch, war aber jetzt Teil eines großen Autoimportunternehmens. Der ehemalige Besitzer hatte die Firma vor vielen Jahren verkauft. Sein Sohn hatte Erlendur zu verstehen gegeben, dass er sich lange damit abgestrampelt hatte, den Betrieb am Laufen zu halten, aber es sei so hoffnungslos gewesen, dass er ihn schließlich verkaufte, bevor es zum Bankrott kam. Der Sohn war beim Verkauf mit in die neue Firma gewechselt und hatte nun die Abteilung für Bau- und Landmaschinen unter sich. Diese Veränderungen waren vor mehr als zehn Jahren eingetreten. Ein paar der alten Mitarbeiter waren wie er übernommen worden, aber von denen arbeitete niemand mehr in der Firma. Erlendur erfuhr den Namen des früheren Eigentümers – und eines Mannes, der über den insgesamt längsten Zeitraum in der Firma tätig gewesen war, eben auch zu der Zeit, als Leopold dort arbeitete.
Als Erlendur wieder in seinem Büro war, suchte er im Telefonbuch die Nummern heraus. Er versuchte es bei dem ehemaligen Verkäufer, aber niemand ging an den Apparat.

Das Gleiche war der Fall, als er beim früheren Besitzer der Firma anrief.
Erlendur nahm noch einmal den Hörer auf. Er schaute aus dem Fenster und sah den Sommer auf den Straßen von Reykjavík. Er wusste nicht, warum ihn der Fall des Falcon-Manns nicht losließ. Der Mann hatte bestimmt Selbstmord begangen. Es gab kaum Hinweise, die in eine andere Richtung deuteten, und trotzdem hatte er bereits den Hörer in der Hand und war im Begriff, die Genehmigung zu beantragen, das ehemalige Land der beiden Brüder in einer groß angelegten Suchaktion zu durchkämmen, zu der mindestens fünfzig Polizisten und Angehörige von Rettungsmannschaften benötigt wurden, was wiederum ein gefundenes Fressen für die Medien sein würde.
Aber es war nicht auszuschließen, dass der Vertreter dieser Lothar war, und es war denkbar, dass er die ganzen Jahre auf dem Grund des Sees gelegen hatte. Vielleicht handelte es sich tatsächlich um ein und denselben Mann?
Langsam legte er den Hörer wieder auf die Gabel. War er so besessen davon, das spurlose Verschwinden von Menschen aufzuklären, dass er nun weit über das Ziel hinausschoss? In seinem Innersten wusste er, dass es vernünftiger wäre, den Fall Leopold in die Schublade zu packen und da vergammeln zu lassen, genau wie die anderen Vermisstenmeldungen, für die es keine plausible Erklärung gab.
Das Telefon auf seinem Schreibtisch klingelte, während sich Erlendur diese Gedanken durch den Kopf gehen ließ. Es war Patrick Quinn aus der amerikanischen Botschaft. Sie tauschten ein paar Höflichkeiten aus, aber dann kam der Botschaftsangehörige zur Sache.
»Ihre Leute haben von uns die Informationen erhalten, die wir damals zur Verfügung stellen konnten«, erklärte Quinn. »Jetzt haben wir aber die Erlaubnis erhalten, diesbezüglich noch etwas weiter zu gehen.«

»Es sind wohl kaum ›meine Leute‹«, sagte Erlendur und dachte an Elínborg und Sigurður Óli.
»Yes, whatever«, erwiderte Quinn. »Wenn ich richtig verstanden habe, leiten Sie diese Ermittlung wegen des Skeletts in diesem See. Die beiden waren nicht ganz überzeugt von dem, was ich ihnen über das Verschwinden von Lothar Weiser gesagt habe. Uns lagen Informationen vor, dass er ins Land eingereist, aber nicht wieder ausgereist sei. In meiner Darstellung mag es sich vielleicht auch so angehört haben, als wären sie, wie soll ich mich ausdrücken, nicht besonders zuverlässig. Ich habe noch einmal mit meinem Ministerium in Washington Rücksprache genommen und habe die Genehmigung, Ihnen und Ihrer Behörde ein wenig mehr entgegenzukommen. Wir kennen den Namen eines Tschechen, der vermutlich das Verschwinden Weisers bestätigen kann. Er heißt Miroslav. Ich werde sehen, was ich da tun kann.«
»Sagen Sie mir eines«, sagte Erlendur. »Verfügen Sie über ein Foto von Lothar Weiser, das Sie uns leihweise überlassen könnten?«
»Ich bin mir nicht sicher«, antwortete Quinn, »doch ich werde es überprüfen lassen. Es könnte aber eine Weile dauern.«
»Ich bedanke mich.«
»Aber, bitte, rechnen Sie nicht unbedingt damit«, sagte Quinn, bevor sie sich verabschiedeten.
Erlendur versuchte noch einmal, den ehemaligen Verkäufer anzurufen, und wollte schon fast wieder auflegen, als jemand an den Apparat ging. Der Mann hörte schlecht und glaubte, dass Erlendur von der Seniorenbetreuung war. Er beschwerte sich bitter über das Essen, das ihm mittags nach Hause gebracht wurde. »Es ist immer kalt«, sagte der Mann. »Und das ist beileibe nicht alles«, fuhr er fort.
Erlendur merkte, dass er im Begriff war, eine lange Litanei

über das Schicksal alter Menschen in Reykjavík vom Stapel zu lassen.
»Ich bin von der Kriminalpolizei«, erklärte Erlendur laut und deutlich. »Ich möchte dir ein paar Fragen über einen deiner ehemaligen Kollegen stellen, der seinerzeit mit dir zusammen in dieser Firma für Landmaschinen gearbeitet hat. Er ist eines Tages verschwunden und seitdem hat man nie wieder etwas von ihm gehört.«
»Du meinst Leopold?«, fragte der Mann. »Wieso fragst du nach so langer Zeit nach ihm? Habt ihr ihn vielleicht gefunden?«
»Nein«, sagte Erlendur. »Wir haben ihn noch nicht gefunden. Kannst du dich an ihn erinnern?«
»Tja, ein bisschen«, sagte der Mann. »Wahrscheinlich wegen dem, was passiert ist, besser als an vieles andere. Weil er verschwunden ist. Hat er nicht irgendwo ein funkelnagelneues Auto rumstehen lassen?«
»Vor dem Busbahnhof«, sagte Erlendur. »Was für ein Mensch war er?«
»Was hast du gesagt?«
Erlendur war aufgestanden. Er wiederholte die Frage, indem er fast in die Muschel brüllte.
»Das lässt sich nicht so einfach sagen. Er war ein sehr reservierter Typ und hat nicht viel von sich erzählt. Er war wohl viel zur See gefahren, und ich glaube sogar, dass er nicht in Island zur Welt gekommen ist. Er sprach zumindest mit etwas Akzent. Und er hatte eine recht dunkle Haut, so gesehen, ich meine, er war kein Neger oder so was, aber er war nicht so leichenblass wie wir Isländer. Aber ansonsten ein freundlicher Mensch. Traurig, wie es mit ihm ausgegangen ist.«
»Er ist als Handelsreisender im ganzen Land herumgekommen«, sagte Erlendur.
»Ja, ja sicher, das haben wir ja alle gemacht. Sind von Hof zu

Hof gezogen mit unseren Prospekten und haben versucht, den Bauern etwas zu verkaufen. Was das Reisen betrifft, hat er uns alle übertroffen. Er hat auch immer Brennivín dabeigehabt, verstehst du, um das Eis zu brechen. Die meisten von uns machten das, denn damit konnte man die potenziellen Käufer leichter zu einem Vertragsabschluss bringen.«

»Hattet ihr bestimmte Landesteile zu betreuen, ich meine, habt ihr irgendwie das Land unter euch aufgeteilt?«

»Nein, das gab es kaum. Die reichsten Bauern sind natürlich entweder in Südisland oder im Norden, und die haben wir unter uns aufgeteilt. Tja, und die meisten waren natürlich dick im Geschäft mit der verdammten Genossenschaft.«

»Hat Leopold irgendwelche Landesteile häufiger als andere besucht? Gab es Orte, wo er selber immer wieder hinwollte?«

Aus der Leitung kam eine ganze Weile nichts, und Erlendur stellte sich vor, wie der alte Mann versuchte, sich an Dinge im Zusammenhang mit Leopold zu erinnern, die er längst vergessen hatte.

»Wo du das so sagst«, kam schließlich die Antwort, »Leopold war ziemlich häufig in Ostisland, vor allem in den Fjorden im Südosten. Man könnte schon sagen, dass das seine bevorzugte Gegend war. Aber er war auch in Westisland und in den Westfjorden. Und auf Reykjanes. Er ist eigentlich überall gewesen.«

»Hat er viel verkauft?«

»Nein, das kann ich nicht sagen. Manchmal war er wochenlang unterwegs, vielleicht sogar monatelang, ohne dass viel dabei rumkam. Du müsstest eigentlich mit dem alten Benedikt, dem Chef, reden. Leopold war nicht so lange bei uns, und ich kann mich erinnern, dass es da ein bisschen Theater gab, weil er unbedingt eingestellt werden musste.«

»Weil er eingestellt werden musste?«
»Ich meine mich zu erinnern, dass seinetwegen jemand anderem gekündigt wurde. Benedikt hat bei ihm ziemlich Druck gemacht, obwohl er keineswegs mit ihm zufrieden war. Ich hab das nie kapiert. Unterhalte dich lieber mit ihm, sprich mit Benedikt.«

Sigurður Óli schaltete den Fernseher aus. Er hatte sich eine Zusammenfassung der isländischen Fußballspiele vom Wochenende angesehen, die spätabends ausgestrahlt wurde. Bergþóra war in ihrem Damenclub. Als das Telefon klingelte, dachte er, sie sei es, und nahm ab. Sie war es aber nicht.
»Entschuldige, dass ich dauernd bei dir anrufe«, sagte die Stimme in der Leitung. Sigurður Óli zögerte ein wenig, bevor er auflegte. Gleich darauf klingelte es wieder. Sigurður Óli starrte auf den Apparat.
»Verdammt noch mal«, sagte er, als er abhob.
»Nicht auflegen, bitte«, sagte der Mann. »Ich wollte nur ganz kurz mit dir sprechen. Ich habe einfach das Gefühl, dass ich mit dir reden kann. Von dem Augenblick an, als du zu mir nach Hause kamst und mir die Nachricht überbracht hast.«
»Ich bin ... im Ernst, ich bin nicht dein Seelsorger. Du gehst zu weit. Ich möchte, dass du damit aufhörst. Ich kann dir nicht helfen. Es war ein erbärmlicher Zufall und nichts anderes. Damit musst du dich abfinden. Versuch doch, das zu verstehen. Adiós.«
»Ich weiß, dass es Zufall war«, sagte der Mann. »Aber ich war es, der ihn bewirkt hat.«
»Niemand kann Zufälle bewirken«, sagte Sigurður Óli. »Sonst wären es ja keine Zufälle. Es fängt damit an, dass man in diese Welt hineingeboren wird.«
»Wenn ich sie nicht aufgehalten hätte, wären die beiden sicher nach Hause gekommen.«

»Das ist völlig absurd. Und du weißt es auch. Du kannst dir nicht die Schuld daran geben. Das kannst du einfach nicht machen. Es ist einfach ein Unding, sich an so etwas die Schuld zu geben.«

»Wieso nicht? Zufälle kommen nicht von allein zustande. Sie entstehen aus den Umständen, die wir schaffen. Wie an jenem Tag.«

»Das ist völlig absurd, und ich habe absolut keine Lust, darüber zu reden.«

»Weshalb?«

»Wenn wir uns von solchen fixen Ideen leiten lassen, wie sollen wir es dann je geregelt kriegen, irgendwelche Entscheidungen zu treffen? Deine Frau fuhr an diesem Tag zum Supermarkt, mit der Entscheidung hattest du nichts zu tun. War es dann vielleicht Selbstmord? Nein, natürlich nicht, sondern es war ein hirnrissiger Depp in einem Jeep und noch dazu besoffen. Nichts anderes.«

»Den Zufall habe ich bewirkt, denn ich habe sie angerufen.«

»Wenn du so weitermachst, können wir endlos darüber diskutieren«, sagte Sigurður Óli. »Sollen wir einen Ausflug aufs Land machen? Sollen wir ins Kino gehen? Sollen wir uns in einem Café treffen? Niemand würde es noch wagen, so etwas vorzuschlagen, aus lauter Angst, dass etwas passiert. Du bist absurd.«

»Genau darum geht es«, sagte der Mann.

»Wie bitte?«

»Wie kriegen wir es geregelt?«

Sigurður Óli hörte Bergþóra zur Tür hereinkommen.

»Jetzt muss ich Schluss machen«, erklärte er. »Das ist blanker Unsinn.«

»Ja, ich auch«, sagte der Mann. »Ich muss Schluss machen.« Dann legte er auf.

Zweiundzwanzig

Er verfolgte die Berichterstattung über den Skelettfund im Kleifarvatn im Rundfunk, im Fernsehen und in den Zeitungen genau mit und bemerkte, dass immer weniger darüber gemeldet wurde, bis der Fall schließlich völlig in den Hintergrund rückte. Nur noch ganz vereinzelt kam eine Meldung, dass sich in der Ermittlung nichts Neues ergeben habe, und man berief sich dabei auf einen gewissen Sigurður Óli bei der Kriminalpolizei. Ihm war klar, dass es nichts zu bedeuten hatte, wenn auf einmal keine Nachrichten mehr verlautbarten. Die Ermittlungen waren bestimmt noch in vollem Gange, und falls sie gut vorankamen, würden sie eines Tages vor seiner Tür stehen. Vielleicht schon bald. Vielleicht dieser Sigurður Óli. Möglicherweise würden sie aber auch nie herausfinden, was geschehen war. Er musste im Stillen lächeln. Er war sich nicht mehr sicher, ob es das war, was er wollte. Es hatte viel zu lange auf ihm gelastet. Manchmal kam es ihm so vor, als hätten sich sein Leben und seine Existenz ausschließlich um die Angst vor der Vergangenheit gedreht.

Früher hatte er manchmal den unwiderstehlichen Drang verspürt – einen Drang, den er nur schwer unter Kontrolle zu halten vermochte –, von dem, was geschehen war, zu erzählen, sich zu stellen und die Wahrheit zu sagen. Aber er widerstand der Versuchung jedes Mal und beruhigte sich wieder. Mit der Zeit verschwand dieses Bedürfnis, und eine gewisse Taubheit gegenüber dem, was passiert war,

nistete sich bei ihm ein. Er bereute nichts. Er hätte es nicht anders haben wollen, so wie die Dinge lagen.
Immer, wenn er zurückdachte, stand ihm Ilonas Antlitz vor Augen, als er sie zum ersten Mal sah. Als sie sich in der Küche des Wohnheims zu ihm setzte und er ihr das Gedicht von Jónas Hallgrímsson erklärte und sie ihn küsste. Wenn er allein mit seinen Gedanken war und sich den Erinnerungen an das, was ihm so kostbar gewesen war, hingab, glaubte er fast, den weichen Kuss auf seinen Lippen zu spüren.
Er setzte sich auf einen Sessel am Fenster und dachte zurück an den Tag, als seine Welt zusammenbrach.

Im nächsten Sommer fuhr er nicht nach Island, sondern arbeitete eine Zeit lang in einer Braunkohlengrube und bereiste anschließend mit Ilona die DDR. Eigentlich hatten sie nach Ungarn fahren wollen, aber er erhielt keine Reiseerlaubnis. Ihm wurde gesagt, dass es immer schwieriger wurde, solche Genehmigungen zu bekommen, wenn man nicht aus den Ostblockländern stammte. Er hörte ebenfalls, dass die Reisen in die Bundesrepublik stark eingeschränkt worden waren.
Sie reisten mit Zügen und Bussen und wanderten viel. Sie genossen es, nur zu zweit unterwegs zu sein. Manchmal schliefen sie unter freiem Himmel, manchmal in kleinen Pensionen, in Schulgebäuden oder auf Bahnhöfen. Es kam auch vor, dass sie einige Tage in landwirtschaftlichen Betrieben arbeiteten, die am Wege lagen. Sie hielten sich längere Zeit auf einem Hof auf, wo Schafe gezüchtet wurden, und der Bauer war sehr angetan davon, dass ein Isländer bei ihm aufgekreuzt war. Er stellte viele Fragen nach der Insel im Norden, vor allem aber erkundigte er sich nach dem Snæfellsjökull, denn es stellte sich heraus, dass er Jules Vernes *Reise zum Mittelpunkt der Erde* gelesen hatte.

Sie blieben zwei Wochen dort, und es machte ihnen Spaß, auf dem Hof zu arbeiten. Sie lernten einiges über die Landwirtschaft. Als sie sich von dem Bauern und seiner Famlie verabschiedeten, waren ihre Rucksäcke prall gefüllt mit Lebensmitteln.

Sie erzählte ihm von ihrem Elternhaus in Budapest und ihren Eltern, die beide Mediziner waren. Sie hatte ihnen in ihren Briefen von ihm erzählt. Was habt ihr für Pläne?, hatte ihre Mutter in einem Brief gefragt. Sie war die einzige Tochter. Ilona hatte ihr gesagt, dass sie sich keine Sorgen machen solle, aber das nützte nicht viel. Wollt ihr heiraten? Was ist mit dem Studium? Was ist mit der Zukunft? Es waren alles Fragen, über die sie selber auch nachgedacht hatten, sowohl gemeinsam als auch jeder für sich, aber sie brannten ihnen nicht auf der Seele. Nur sie beide in der Gegenwart waren wichtig. Die Zukunft war ein unbekanntes, geheimnisvolles Land, und sie wussten nur eines, dass sie gemeinsam auf dem Weg dorthin waren.

Manchmal erzählte sie ihm abends von ihren Freunden in Ungarn und war sich sicher, dass sie ihn mit offenen Armen empfangen würden. Sie erzählte ihm, wie sie stundenlang in Kneipen und Cafés saßen und über die Veränderungen diskutierten, die geschehen mussten und die bevorstanden. Ilona war voller Begeisterung, wenn sie sich ein freies Ungarn vorstellte. Von der Freiheit, die er selber sein ganzes Leben lang genossen hatte, sprach sie wie von einem unfassbaren und fernen Traumbild. Ilona und ihre Freunde sehnten sich nach etwas, das für ihn eine solche Selbstverständlichkeit war, dass er nie ernsthaft darüber nachgedacht hatte. Sie berichtete von Freunden, die verhaftet wurden und ins Gefängnis kamen, und anderen Leuten, von denen sie gehört hatte, dass sie spurlos verschwunden waren und niemand wusste, was aus ihnen geworden war. Er spürte die Angst in ihrer Stimme, aber auch die Hochstimmung, die damit verbunden war, eine tiefe Überzeugung zu haben und bereit zu sein, für sie zu kämpfen, was für Opfer es auch kosten möge. Er spürte ihre innere Spannung und die Erwartungen, die damit verbunden sind, wenn große Ereignisse bevorstehen.

In diesen Wochen, in denen sie zusammen auf Reisen waren, hatte er viel Zeit zum Nachdenken, und er gelangte zu der Überzeugung, dass der Sozialismus, den er in Leipzig kennen gelernt hatte, auf Lügen aufbaute. Er verstand immer besser, wie Hannes zumute gewesen war. Er war jetzt, genau wie Hannes seinerzeit, zu Verstand gekommen und hatte entdeckt, dass es nicht nur eine Wahrheit, und zwar die sozialistische, gab, sondern dass eine einzige unumstößliche simple Wahrheit nicht existierte. Sein Weltbild war ins Wanken geraten, und er musste sich mit ganz neuen und drängenden Fragen beschäftigen. Die erste und wichtigste war, wie er reagieren sollte. Er befand sich jetzt in der gleichen Situation wie Hannes. Sollte er sein Studium in Leipzig fortsetzen? Sollte er lieber nach Island zurückkehren? Die Voraussetzungen für seinen Studienaufenthalt hatten sich von Grund auf gewandelt. Was sollte er seiner Familie sagen? Aus Island war ihm zu Ohren gekommen, dass Hannes, der früher an der Spitze der Jugendorganisation gestanden hatte, Zeitungsartikel veröffentlichte und Vorträge hielt, in denen er von seinen Erfahrungen in der DDR berichtete und die kommunistischen Denkschablonen kritisierte. Das hatte nicht wenig Aufruhr und Empörung in den Reihen der isländischen Sozialisten verursacht, denn es schwächte die hehre Sache erheblich, nicht zuletzt auch wegen der Ereignisse in Ungarn.

Er war immer noch Sozialist, und daran würde sich auch nichts ändern, aber der Sozialismus, den er in Leipzig kennen gelernt hatte, war nicht das, was ihm vor Augen schwebte.

Und was würde aus Ilona werden? Er wollte nichts mehr tun ohne sie. Was immer sie von nun an unternahmen, unternahmen sie gemeinsam.

Über all das sprachen sie während der letzten Tage ihrer Reise, und sie kamen zu einem gemeinsamen Ergebnis. Sie würde weiterstudieren und weiter Untergrundarbeit betreiben, Informationen weitergeben und von der Entwicklung in Ungarn berichten. Er würde ebenfalls weiterstudieren und so tun, als sei nichts vorgefallen. Er dachte an die Strafpredigt, die er Hannes gehalten hatte, als er ihn beschimpfte, die Gastfreundschaft der SED zu missbrauchen. Jetzt hatte er genau dasselbe vor und konnte es nur schlecht vor sich selbst rechtfertigen.

Er fühlte sich unwohl. Noch nie hatte er sich in einer so zwiespältigen Situation befunden. Zuvor war sein Leben viel einfacher und sicherer gewesen. Er musste an seine Freunde daheim denken, was sollte er ihnen sagen? Er hatte den Boden unter den Füßen verloren. Alles, an was er früher so fest geglaubt hatte, war ihm jetzt fremd. Er wusste, dass er auch weiterhin für die sozialistischen Ideale arbeiten würde, für eine gerechtere Verteilung des Reichtums und gegen Ausbeutung und Unterdrückung, doch der Sozialismus, wie er sich ihm in der DDR-Realität offenbarte, war nichts, woran man glauben oder wofür man kämpfen konnte. Sein Gesinnungswechsel hatte sich gerade erst angebahnt. Er würde einige Zeit brauchen, bis er das alles verarbeitet hatte, und in der Zwischenzeit hatte er nicht vor, radikale Entscheidungen zu treffen.

Als sie wieder nach Leipzig zurückkamen, zog er aus der alten Villa aus und bei Ilona ein. Sie schliefen zusammen in ihrem schmalen Bett. Die alte Dame, die ihr das Zimmer vermietete, war zunächst dagegen, denn sie war katholisch und auf Sitte und Anstand bedacht, doch nach einigem Drängen gab sie nach. Er unterhielt sich manchmal mit ihr, und sie erzählte ihm, dass sie ihren Ehemann und ihre beiden Söhne bei der Belagerung von Stalingrad verloren hatte, und zeigte ihm Bilder von ihnen. Er verstand sich gut mit ihr und erledigte manches für sie, reparierte kleinere Sachen in der Wohnung, kaufte das eine oder andere an Lebensmitteln ein und kochte. Seine Freunde aus dem Wohnheim kamen manchmal zu Besuch, aber er spürte, wie er sich mehr und mehr von ihnen entfernte. Sie wiederum spürten, dass er anders war als sonst und nicht mehr so gesprächig wie früher. Emíl, der ihm am nächsten gestanden hatte, setzte sich einmal in der Unibibliothek zu ihm und brachte das zur Sprache.

»Ist alles in Ordnung bei dir?«, fragte Emíl und zog die Nase hoch. Er hatte eine Erkältung. Der Herbst war nasskalt und düster, und im Wohnheim wurde es nicht richtig warm.

»In Ordnung?«, wiederholte er. »Doch, bei mir ist alles in Ordnung.«

»Ach, es ist nur, weil ...«, sagte Emíl, »... oder ... wir finden, dass du uns irgendwie aus dem Weg gehst, aber das ist vielleicht Quatsch.«

Er sah Emíl an.

»Natürlich ist das Quatsch«, sagte er. »Bei mir hat sich bloß so vieles geändert. Da ist Ilona. Du weißt doch, es hat sich vieles geändert.«

»Ja, ich weiß«, entgegnete Emíl besorgt. »Natürlich, Ilona und so. Weißt du eigentlich irgendetwas über dieses Mädchen?«

»Ich weiß alles über sie«, sagte er lachend. »Es ist schon alles in Ordnung, Emíl. Mach dir keine Gedanken.«

»Lothar hat etwas über sie gesagt.«

»Lothar? Ist er wieder da?«

Er hatte seinen Freunden nicht erzählt, was Ilonas Kameraden über Lothar Weiser gesagt hatten, und seinen Anteil

daran verschwiegen, dass Hannes von der Uni geflogen war. Lothar war zu Semesterbeginn nicht aufgetaucht, und erst jetzt hörte er wieder von ihm. Er hatte sich vorgenommen, Lothar und allem, was mit ihm in Verbindung stand, aus dem Weg zu gehen und es zu vermeiden, mit ihm oder über ihn zu sprechen.
»Er hat vorgestern Abend mit uns in der Küche zusammengesessen«, sagte Emíl. »Er brachte Schweinekoteletts mit. Der kommt immer an Essen ran.«
»Was hat er über Ilona gesagt? Weshalb hat er über Ilona gesprochen?«
Er versuchte, seine Erregung zu verbergen, aber darin war er nicht sonderlich geschickt. Er war sehr aufgewühlt und starrte Emíl unverwandt an.
»Nichts, bloß, dass sie Ungarin ist und dass die Ungarn mit Vorsicht zu genießen sind«, sagte Emíl. »Irgendwas in dem Stil. Alle reden darüber, was in Ungarn passiert, aber niemand scheint genau zu wissen, was wirklich los ist. Hast du vielleicht durch Ilona was mitgekriegt? Was passiert da eigentlich in Ungarn?«
»Ich weiß kaum etwas«, sagte er, »bloß dass die Leute über Veränderungen reden. Was hat Lothar genau über Ilona gesagt? Dass sie mit Vorsicht zu genießen ist? Was hat er damit gemeint?«
Emíl spürte seine Erregung und versuchte, sich an das, was Lothar gesagt hatte, zu erinnern.
»Er hat gesagt, dass er nicht wüsste, woran er mit ihr sei«, sagte Emíl schließlich zögernd. »Er hat seine Zweifel daran, ob sie wirklich überzeugte Sozialistin ist, und außerdem meinte er, dass sie einen schlechten Einfluss auf die Leute in ihrer Umgebung hat. Sie würde hinter dem Rücken von Leuten schlecht über sie reden, auch über uns, die wir sie kennen, und über dich. Er hat gesagt, sie würde schlecht über uns reden, das hätte sie in seinem Beisein gemacht.«

»Warum sagt er so was? Was weiß er schon über Ilona? Sie kennen sich doch so gut wie gar nicht. Sie hat sich nie mit ihm unterhalten.«

»Ich weiß nicht«, sagte Emíl, »das hat er vielleicht nur so dahergeredet, meinst du nicht?«

Er schwieg tief in Gedanken versunken.

»Tómas«, sagte Emíl. »Hat er das nicht nur so dahergeredet?«

»Natürlich ist das dummes Gerede«, antwortete er. »Er kennt Ilona überhaupt nicht. Sie hat nie schlecht über euch geredet. Das ist eine verdammte Lüge! Lothar ist ...«

Es hätte nicht viel gefehlt, und er hätte Emíl erzählt, was er über Lothar erfahren hatte, aber plötzlich wurde ihm klar, dass er das nicht durfte. Er spürte, dass er Emíl nicht trauen konnte. Seinem Freund. Es gab keinen besonderen Grund dafür, ihm zu misstrauen, aber sein Leben drehte sich nur noch darum, zu überlegen, wem er trauen konnte und wem nicht. Mit wem er sich über das, was ihm auf dem Herzen lag, unterhalten konnte und mit wem nicht. Nicht weil die anderen hinterhältig waren und ihm in den Rücken fallen würden, sondern weil sie unvorsichtige Äußerungen anderen gegenüber machen konnten, so wie er sich unvorsichtig über Hannes ausgelassen hatte. Das galt für alle seine Freunde im Wohnheim, Emíl, Hrafnhildur und Karl. Er hatte ihnen seinerzeit davon erzählt, was er bei Ilona und ihren Freunden im Keller erlebt hatte und wieso Ilona und Hannes sich kannten. Dass alles sehr spannend sei und sogar gefährlich. So würde er in Zukunft nie wieder reden können. Besonders vor Lothar musste er sich in Acht nehmen. Er zerbrach sich den Kopf darüber, weshalb Lothar vor seinen Freunden so über Ilona redete. Er überlegte krampfhaft, ob der Deutsche irgendwann einmal so über Hannes gesprochen hatte, aber er konnte sich nicht erinnern. Vielleicht war das eine Botschaft an ihn und Ilona. Sie wussten so gut wie nichts über diesen Lothar. Sie wussten nicht einmal genau, für wen er arbeitete. Ilona teilte die Meinung ihrer Freunde, die davon ausgingen, dass er für die Stasi arbeitete. Vielleicht gehörte das zu den Methoden des Staatssicherheitsdienstes, Personen innerhalb eines kleinen Freundeskreises zu denunzieren und Zwietracht zu säen.

»Tómas?« Emíl versuchte, seine Aufmerksamkeit wiederzuerlangen.

»Was ist mit Lothar?«

»Entschuldige«, sagte er, »ich habe nachgedacht.«

»Du wolltest gerade was über Lothar sagen.«

»Nein«, sagte er, »das war nichts.«

»Was ist mit dir und Ilona?«, fragte Emíl.

»Mit uns? Wieso?«, sagte er.

»Wollt ihr zusammenbleiben?«, fragte Emíl zögernd.

»Was soll denn das? Selbstverständlich. Warum fragst du danach?«

»Du solltest dich in Acht nehmen«, entgegnete Emíl.

»Was meinst du denn damit?«

»Nichts. Nur, nachdem Hannes von der Uni geflogen ist, weiß man nicht, was passieren kann.«

Er erzählte Ilona von seinem Gespräch mit Emíl und versuchte, so gut es ging, es herunterzuspielen. Er sah ihr jedoch sofort an, dass sie beunruhigt war, sie fragte ihn in allen Einzelheiten danach, wie Emíl sich ausgedrückt hatte. Sie versuchten sich klar zu machen, was Lothar damit bezweckte. Er hatte offensichtlich angefangen, sie bei den anderen Studenten und bei denen, die Umgang mit ihr hatten, nämlich seinen Freunden, zu verleumden. War das womöglich nur der Anfang? Konnte es sein, dass Lothar sie ganz speziell observierte? Konnte es sein, dass er über die geheimen Treffen Bescheid wusste? Sie beschlossen, sich in den nächsten Wochen bedeckt zu halten.

»Im schlimmsten Fall schieben sie uns einfach ab«, sagte sie und versuchte zu lächeln. »Was können sie sonst schon tun? Wir machen dann dasselbe durch wie Hannes. Was Schlimmeres bestimmt nicht.«
»Nein«, sagte er tröstend, »Schlimmeres bestimmt nicht.«
»Sie können mich wegen Verrat am Arbeiter- und Bauernstaat festnehmen«, sagte sie, »wegen demagogischer Umtriebe gegen die SED. Worte haben sie genug dafür.«
»Kannst du nicht damit aufhören? Zumindest für eine Weile? Eine Zeit lang abwarten, was wird?«
Sie schaute ihn an.
»Was meinst du damit?«, sagte sie. »Ich lass mir doch von so einem Idioten wie Lothar keine Vorschriften machen.«
»Ilona!«
»Ich sage meine Meinung«, erklärte sie. »Immer. Ich sage allen, die es wissen wollen, was in Ungarn passiert, was die Menschen für Veränderungen wollen. Das habe ich immer gemacht, wie du weißt. Ich habe nicht vor, damit aufzuhören.«
Sie schwiegen beide sorgenvoll.
»Was ist das Schlimmste, das sie tun können?«
»Dich nach Hause schicken.«
»Sie schicken mich nach Hause.«
Sie blickten einander in die Augen.
»Wir müssen uns in Acht nehmen«, sagte er. »Du musst vorsichtig sein. Versprich es mir.«
Wochen und Monate vergingen. Ilona machte weiter wie bisher, war aber vorsichtiger als je zuvor. Er ging seinem Studium nach, aber seine Sorgen um Ilona mehrten sich, und er bat sie immer wieder, Vorsicht an den Tag zu legen. Dann lief ihm eines Tages Lothar über den Weg. Er hatte ihn lange Zeit nicht gesehen. Er dachte an das, was im Anschluss an jene letzte Begegnung passiert war, und ihm wurde klar, dass es kein zufälliges Treffen sein konnte. Er

kam aus einem Seminar und war auf dem Weg in die Stadt, um Ilona bei der Thomaskirche zu treffen, als Lothar um die Ecke bog. Er lief ihm direkt in die Arme. Lothar lächelte und begrüßte ihn herzlich. Er erwiderte den Gruß nicht und wollte weitergehen, als Lothar ihn am Arm packte.
»Grüßt du einen nicht mehr?«
Er riss sich los und ging weiter. Er war schon ein Stockwerk tiefer, als er sich wieder am Arm gepackt fühlte.
»Wir sollten miteinander reden«, sagte Lothar, als er sich umdrehte.
»Wir haben nichts miteinander zu bereden«, sagte er.
Lothar hatte zwar wieder sein Lächeln aufgesetzt, aber es erreichte nicht seine Augen.
»Ganz im Gegenteil«, sagte Lothar, »wir haben sehr, sehr viel miteinander zu bereden.«
»Lass mich in Ruhe«, sagte er, ging weiter die Treppe hinunter und gelangte auf die Etage, wo sich die Kaffeestube befand. Er blickte sich nicht um und hoffte, dass Lothar aufgegeben hätte, aber der Wunsch ging nicht in Erfüllung. Lothar hielt ihn wieder an und sah sich um. Er wollte kein Aufsehen erregen.
»Was soll denn das eigentlich?«, sagte er böse zu Lothar. »Ich habe nichts mit dir zu bereden, kapier das doch. Lass mich in Ruhe!«
Er versuchte, an ihm vorbeizukommen, aber Lothar verhinderte das.
»Was ist los?«, fragte Lothar.
Er schwieg und starrte ihm in die Augen.
»Was ist los?«, wiederholte Lothar.
»Nichts«, sagte er. »Lass mich in Frieden.«
»Sag mir, warum du nicht mit mir reden willst. Ich dachte, wir wären Freunde.«
»Nein, wir sind keine Freunde«, sagte er. »Hannes war mein Freund.«

»Hannes?«
»Ja, Hannes.«
»Ist es wegen Hannes?«, fragte Lothar. »Benimmst du dich seinetwegen so komisch?«
»Lass mich«, sagte er.
»Was habe ich mit Hannes zu tun?«
»Du ...«
Er verstummte abrupt. Was hatte Lothar mit Hannes zu tun? Er hatte Lothar nicht gesehen, seit Hannes relegiert worden war. Lothar war danach wie vom Erdboden verschluckt gewesen. In der Zwischenzeit hatte er aber von Ilona und ihren Freunden erfahren, dass Lothar im Auftrag der Stasi arbeitete, er war ein Informant und Denunziant, ein Mann, der versuchte, die Leute dazu zu bringen, ihre Freunde auszuhorchen, was sie dachten und was sie sagten. Lothar wusste nichts von diesem Verdacht. Er war im Begriff gewesen, ihm alles zu sagen, ihm das zu sagen, was Ilona über ihn erzählt hatte. Aber plötzlich durchzuckte es ihn wie ein Blitz: Wenn es irgendetwas gab, was er unter gar keinen Umständen tun durfte, dann war es, Lothar Vorhaltungen zu machen und ihm zu verstehen zu geben, dass er etwas über ihn wusste. Er merkte, wie weit er noch davon entfernt war, das Spiel, auf das er sich eingelassen hatte, zu beherrschen, nicht nur Lothar, sondern auch seinen Landsleuten gegenüber, und im Grunde genommen allen, mit denen er in Berührung kam, außer Ilona.
»Was ist mit mir?«, fragte Lothar beharrlich.
»Nichts«, sagte er.
»Hannes gehörte hier nicht mehr hin«, sagte Lothar. »Er hatte hier nichts mehr zu suchen, das hast du selber gesagt. Du hast es zu mir gesagt, du bist zu mir gekommen, und wir haben darüber geredet. Wir saßen in der Kneipe, und du hast dich darüber aufgeregt, wie beschissen du sein Verhalten fandest. Hannes und du, ihr wart keine Freunde.«

»Nein, das ist richtig«, sagte er und hatte dabei einen ekelhaften Geschmack im Mund. »Wir waren keine Freunde.« Er fand, dass er das sagen musste. Er war sich nicht vollständig darüber im Klaren, über wen oder was er einen Schutzschild hielt. Er wusste nicht mehr genau, wo er selber stand. Warum sagte er nicht unverblümt seine Meinung, wie es immer seine Art gewesen war? Das hier war ein Blindekuh-Spiel, das er nicht begriff. Er war gezwungen, sich blind vorzutasten. Vielleicht fehlte es ihm an Mut. Vielleicht war er feige. Er dachte an Ilona. Sie hätte genau gewusst, was sie Lothar sagen sollte.
»Ich habe aber nie gesagt, dass er von der Uni verwiesen werden müsste.«
»Mir kommt es aber so vor, als hättest du doch etwas in der Richtung geäußert«, entgegnete Lothar.
»Das habe ich nicht gemacht«, sagte er und erhob die Stimme. »Das ist eine Lüge!«
Lothar lächelte.
»Immer ruhig Blut«, sagte er.
»Lass mich in Frieden.«
Er wollte weitergehen, aber Lothar ließ ihn nicht vorbei. Er wurde drohender, packte ihn fester am Arm, zog ihn zu sich heran und flüsterte ihm ins Ohr.
»Wir müssen miteinander reden.«
»Wir haben nichts miteinander zu bereden«, erwiderte er und versuchte, sich loszureißen, aber Lothar hielt ihn am Arm gepackt.
»Wir müssen uns einmal über deine Ilona unterhalten«, sagte Lothar.
Es durchzuckte ihn siedend heiß. Seine Muskeln erschlafften, und Lothar merkte, wie sein Arm für einen Augenblick völlig kraftlos wurde.
»Wovon redest du eigentlich?«, fragte er und versuchte, normal zu klingen.

»Ich bin der Meinung, dass du dich in keiner guten Gesellschaft befindest«, sagte Lothar, »und jetzt spreche ich als dein Betreuer und Genosse zu dir. Du entschuldigst, wenn ich mich da einmische.«

»Wovon redest du eigentlich?«, wiederholte er. »Nicht in guter Gesellschaft? Ich glaube, es geht dich nichts an, in was für ...«

»Ich glaube, dass sie sich mit ganz anderen Leuten abgibt als uns beiden«, unterbrach Lothar ihn. »Ich fürchte, dass sie dich mit in den Dreck zieht.«

Er starrte Lothar sprachlos an.

»Von was in aller Welt redest du eigentlich?«, fragte er ein drittes Mal, weil er nicht wusste, was er sonst sagen sollte. Ihm fiel nichts ein. Er konnte an nichts anderes denken als an Ilona.

»Wir wissen, dass sie geheime Treffen organisiert«, sagte Lothar. »Wir wissen, welche Leute da zusammenkommen. Wir wissen auch, dass du daran teilgenommen hast. Wir wissen von den Propagandaschriften, die sie verteilt.«

Er traute seinen Ohren nicht.

»Lass dir doch von uns helfen«, sagte Lothar.

Er starrte Lothar an, der ihm mit ernster Miene in die Augen schaute. Lothar hatte die Maske abgelegt. Das falsche Lächeln war verschwunden. Er konnte nur noch unbeugsame Härte aus seiner Miene herauslesen.

»Von euch? Wer seid ihr? Was meinst du eigentlich?«

»Komm mit«, sagte Lothar. »Ich möchte dir etwas zeigen.«

»Ich komme nicht mit«, sagte er. »Ich brauche nicht mitzukommen!«

»Du wirst es nicht bereuen«, sagte Lothar seelenruhig wie zuvor. »Ich versuche, dir zu helfen. Versuch, das zu verstehen. Lass mich dir etwas zeigen. Damit du begreifst, wovon ich rede.«

»Was kannst du mir zeigen?«, sagte er.

»Komm«, sagte Lothar und schob ihn regelrecht vor sich her. »Ich versuche, dir zu helfen. Glaub mir.«
Er sträubte sich zunächst, aber dann gewannen Angst und Neugier die Oberhand, und er gab nach. Falls Lothar ihm etwas zu zeigen hatte, war es vielleicht besser, sich das anzusehen, als sich ihm zu verweigern. Sie verließen das Universitätsgebäude und überquerten den Karl-Marx-Platz. Er sah bald, dass Lothar auf das Eckhaus am Dittrichring 24 zusteuerte, wo sich die Stasizentrale in Leipzig befand. Er verlangsamte seinen Schritt und blieb stehen, als Lothar sich anschickte, die Treppen zum Eingang hinaufzugehen.
»Und was sollen wir hier?«, fragte er.
»Komm«, sagte Lothar. »Wir müssen mit dir reden. Mach es nicht komplizierter für dich als unbedingt nötig.«
»Komplizierter? Du kriegst mich da nicht rein!«
»Entweder kommst du jetzt freiwillig mit, oder sie werden dich einfach holen«, sagte Lothar. »Es ist besser, so mitzukommen.«
Er stand immer noch da und rührte sich nicht von der Stelle. Am liebsten wäre er weggerannt. Was wollte die Stasi von ihm? Er hatte nichts getan. Er sah sich an der Straßenecke um. Würde jemand sehen, wie er da hineinging?
»Was meinst du damit?«, fragte er leise. Er hatte es mit der Angst bekommen.
»Komm«, sagte Lothar und öffnete die Tür.
Zögernd stieg er die Treppe hoch und folgte Lothar in das Gebäude. Sie kamen in einen kleinen Eingangsbereich mit grauen Steinstufen und rostrotem Marmor an den Wänden. Oben angekommen, führte eine Tür nach links in ein Anmeldezimmer. Das Linoleum und die Wände waren dreckig, und es roch nach Rauch, Schweiß und Angst. Lothar nickte dem Mann am Schreibtisch zu und öffnete die Tür zu einem langen Korridor mit grün gestrichenen Türen zu beiden Seiten. In der Mitte des Korridors war eine Ni-

sche, in der die Tür zu einem Büro offen stand. Daneben befand sich eine schmale Stahltür. Lothar betrat das Büro, in dem ein müde wirkender Mann mittleren Alters am Schreibtisch saß. Er schaute hoch und begrüßte Lothar mit einem Kopfnicken.

»Das hat ja vielleicht gedauert«, sagte der Mann zu Lothar. Tómas beachtete er gar nicht.

Der Mann rauchte übel riechende, unförmige Zigaretten. Seine Finger waren gelblich braun, und der Aschenbecher quoll über von winzigen Stummeln. Er hatte einen buschigen Schnauzbart, und um den Mund herum waren die Haare von Zigarettenglut angesengt worden. Er war ein dunkler Typ und an den Schläfen leicht ergraut. Er zog eine Schublade auf, entnahm ihr eine Mappe und öffnete sie. In der Mappe waren einige Blätter und Schwarzweißfotos. Der Mann nahm die Fotos zur Hand, betrachtete sie und warf sie ihm dann hin.

»Bist du nicht auch da drauf?«, fragte er.

Er griff nach den Fotos. Er brauchte geraume Zeit, um zu erkennen, was darauf zu sehen war. Sie waren abends gemacht worden und aus ziemlich großer Entfernung: Leute kamen aus einem Häuserblock heraus. Über der Tür war eine Außenlampe, die die Gruppe beleuchtete. Er starrte intensiv auf das Foto und erkannte auf einmal Ilona und einen Mann, der auf den geheimen Treffen gewesen war, und auch eine Frau aus der Gruppe, und dann erkannte er sich selbst. Er ging die Bilder durch. Einige waren Vergrößerungen von den Gesichtern, auch von ihm und Ilona.

Der Mann mit dem buschigen Schnauzbart hatte sich eine neue Zigarette angesteckt und lehnte sich zurück. Lothar saß in einer Ecke des Büros auf einem Stuhl. An einer Wand hingen ein riesengroßer Stadtplan von Leipzig und ein Foto von Ulbricht. An den anderen Wänden standen drei imposante Stahlschränke mit Aktenordnern.

Er wandte sich an Lothar und versuchte, das Zittern seiner Hände zu unterdrücken.
»Was ist das?«, fragte er.
»Das solltest du uns doch wohl eher sagen können«, gab Lothar zurück.
»Wer hat diese Fotos gemacht?«
»Findest du, dass das eine Rolle spielt?«, fragte Lothar.
»Werde ich beschattet?«
Lothar und der Mann mit dem angesengten Schnauzbart warfen sich Blicke zu. Lothar fing an zu lachen.
»Was willst du?«, fragte er und richtete seine Worte an Lothar. »Warum habt ihr diese Fotos gemacht?«
»Weißt du, was das für Leute sind?«, fragte Lothar.
»Ich kenne die Leute nicht«, erwiderte er, was nicht gelogen war. »Natürlich mit Ausnahme von Ilona. Warum habt ihr diese Aufnahmen gemacht?«
»Nein, selbstverständlich kennst du diese Leute nicht«, sagte Lothar. »Nur die schöne, schöne Ilona. Die kennst du. Kennst sie sogar besser als viele andere. Kennst sie sogar besser als Hannes, dein Freund.«
Er wusste nicht, worauf Lothar hinauswollte. Er blickte hinüber zu dem Mann mit dem Schnauzbart und schaute anschließend auf den Gang, wo die Stahltür war. An ihr befand sich ein kleiner Spion mit einer Klappe davor. Er überlegte, ob jemand drinnen war. Ob sie jemanden verhaftet hatten. Er wollte raus aus diesem Büro, um jeden Preis. Er fühlte sich wie ein in die Enge gedrängtes Tier, das in Panik nach einem Fluchtweg sucht.
»Wollt ihr, dass ich nicht mehr zu solchen Versammlungen gehe?«, fragte er zögernd. »Kein Problem. Auf vielen bin ich gar nicht gewesen.«
Er starrte hinaus auf die Stahltür. Seine Angst war in diesem Augenblick stärker als alles andere. Er hatte sofort einen Rückzieher gemacht, hatte Besserung gelobt, auch wenn

er nicht genau wusste, was er verbrochen hatte, was er tun konnte, um ihnen zu Gefallen zu sein. Er war bereit, alles zu tun, nur um aus diesem Büro herauszukommen.

»Nicht mehr hingehen?«, sagte der Schnauzbart. »Auf gar keinen Fall. Niemand verlangt von dir, damit aufzuhören. Ganz im Gegenteil. Wir hätten sehr gern, wenn du weitere solcher Treffen besuchst. Die müssen ja sehr interessant sein. Was bezweckt man mit diesen Treffen?«

»Nichts«, sagte er und spürte, wie schwierig es war, mutig zu sein. Das konnten sie ihm bestimmt ansehen. »Niemand bezweckt etwas damit. Wir reden über das Studium. Über Musik und Bücher und alles Mögliche.«

Der Schnauzbart grinste. Der wusste wohl ganz genau, wie Angst aussah. Und seine Angst musste ihm ins Gesicht geschrieben stehen. Er war auch noch nie ein geschickter Lügner gewesen.

»Was hast du da über Hannes gesagt?«, fragte er zögernd, indem er zu Lothar hinüberblickte. »Dass ich Ilona besser als Hannes kenne? Was meinst du damit?«

»Hast du das nicht gewusst?«, sagte Lothar mit gespielter Verwunderung. »Die beiden waren zusammen, genau wie du und Ilona jetzt. Bevor du aufgetaucht bist. Hat sie dir nichts davon erzählt?«

Er schwieg und starrte Lothar an.

»Warum sie dir wohl nichts davon erzählt hat?«, fuhr Lothar mit demselben scheinheiligen Tonfall der Verwunderung fort. »Sie scheint ganz besonders auf Isländer zu stehen. Weißt du, was ich glaube? Ich glaube, dass Hannes ihr nicht helfen konnte.«

»Helfen konnte?«

»Sie möchte irgendeinen von euch heiraten, um nach Island ausreisen zu können«, sagte Lothar. »Mit Hannes hat es nicht geklappt. Vielleicht kannst du ihr helfen. Sie wollte schon immer aus Ungarn raus. Hat sie dir das nie gesagt?

Sie hat große Anstrengungen unternommen, um rauszukommen.«
»Nimm Platz«, sagte der Schnauzbärtige und steckte sich die nächste Zigarette an.
»Ich habe eigentlich gar keine Zeit«, sagte er und versuchte, sich einen Ruck zu geben. »Ich muss weiter. Vielen Dank, dass ihr mir das gesagt habt. Wir sprechen uns später, Lothar.«
Er ging zögernd ein paar Schritte zur Tür. Der Mann mit dem Schnauzbart wechselte einen Blick mit Lothar, der mit den Achseln zuckte.
»Setz dich, du dämlicher Idiot!«, brüllte der Mann und sprang hoch.
Er blieb in der Tür stehen, als hätte er einen Schlag bekommen, und drehte sich um.
»Wir dulden keine antikommunistische Unterwanderung«, brüllte der Schnauzbärtige ihn an. »Und erst recht nicht von irgendwelchen verfluchten Ausländern, die unter falscher Flagge segeln, um hier zu studieren, so wie du. Setz dich, du verdammter Idiot! Mach die Tür zu und setz dich!«
Er schloss die Tür, ging zum Schreibtisch und setzte sich auf einen Stuhl, der davor stand.
»Jetzt hast du ihn wütend gemacht«, sagte Lothar kopfschüttelnd.

Er sehnte sich danach, nach Island zurückzukehren und alles zu vergessen. Er beneidete Hannes darum, diesem Albtraum entronnen zu sein. Das war das Erste, was er dachte, als sie ihm endlich gestatteten, zu gehen. Sie hatten ihm verboten, das Land zu verlassen. Er musste noch am gleichen Tag seinen Pass abliefern. Dann dachte er an Ilona. Er wusste, dass er sie nie verlassen könnte, und als die Angst sich etwas gelegt hatte, wollte er das auch nicht.

Er war nicht imstande, Ilona zu verlassen. Mit Ilona hatten sie ihn unter Druck gesetzt und ihm gedroht. Falls er nicht nach ihrer Pfeife tanzte, könnte ihr etwas zustoßen. Die Drohung war eindeutig genug, obwohl sie nicht konkret ausgesprochen worden war. Falls er ihr sagen würde, was zwischen ihnen besprochen worden war, könnte ihr etwas zustoßen. Sie sagten nicht, was. Die Drohung schwebte in der Luft, damit er sich das Schlimmste ausmalte.
Es war, als hätten sie ihn lange im Visier gehabt. Sie wussten präzise, was sie vorhatten und was sie von ihm wollten. Da wurden keine spontanen Entscheidungen getroffen. Er sollte ihr Informant an der Universität werden. Er sollte ihnen Bericht erstatten, sollte gesellschaftsfeindliche Aktivitäten observieren und seine Kommilitonen denunzieren. Er wusste, dass er ab jetzt unter Beobachtung stehen würde, das hatten sie ihm klar gemacht. Am meisten interessierte sie das, was Ilona und ihre Leute in Leipzig und an vielen anderen Orten in der DDR trieben. Sie wollten wissen, was auf diesen Versammlungen geredet wurde. Wer die Rädelsführer waren. Was für Gedankengut hier verbreitet wurde. Ob es Verbindungen zu Ungarn oder anderen osteuropäischen Ländern gab. Wie verbreitet der Widerstand war. Was über Ulbricht und die SED gesagt wurde. Sie zählten noch weitere Punkte auf, aber er hatte schon längst aufgehört, ihnen zuzuhören. Ihm schwirrte der Kopf.
»Was ist, wenn ich mich weigere?«, fragte er auf Isländisch.
»Hier wird Deutsch gesprochen!«, befahl der Schnauzbärtige wütend.
»Du weigerst dich nicht«, sagte Lothar.
Der Mann klärte ihn darüber auf, was passieren würde, wenn er sich weigerte. Er würde nicht abgeschoben. Er würde nicht so billig davonkommen wie Hannes. Er war

ihnen im Grunde genommen völlig egal. Falls er nicht genau das tat, was sie von ihm verlangten, würde er Ilona verlieren.

»Aber wenn ich alles an euch weitertrage, habe ich sie sowieso verloren«, sagte er.

»Nicht so, wie wir das arrangiert haben«, sagte der Mann mit dem buschigen Schnauzbart und zündete mit einer Zigarette die nächste Zigarette an.

Nicht so, wie wir das arrangiert haben.

Dieser Satz begleitete ihn aus der Stasizentrale und hämmerte ihm die gesamte Strecke vom Dittrichplatz bis nach Hause im Kopf.

Nicht so, wie wir das arrangiert haben.

Er hatte Lothar angestarrt. Sie hatten etwas für Ilona arrangiert. Jetzt schon. Es wartete nur darauf, ausgeführt zu werden. Falls er nicht das tat, was sie ihm sagten.

»Was bist du eigentlich?«, fragte er Lothar noch und erhob sich langsam und zögernd von seinem Stuhl.

»Setzen!«, brüllte der Schnauzbart und stand selbst auf.

Lothar schaute ihn an, und ein schwaches Lächeln spielte um seine Lippen.

»Wie kann man nur so ein Mensch sein?«

Lothar gab ihm keine Antwort darauf.

»Und was ist, wenn ich Ilona davon erzähle?«

»Das solltest du lieber nicht tun«, sagte Lothar. »Aber jetzt sag mir mal, wie es ihr gelungen ist, dich rumzukriegen. Unseren Informationen zufolge gab es kaum einen überzeugteren Kommunisten als dich. Was ist passiert? Wie hat sie es geschafft, dich rumzukriegen?«

Er ging auf Lothar zu und sammelte Mut, um ihm das zu sagen, was er sagen wollte. Der Schnauzbart war hinter seinem Schreibtisch hervorgetreten und stand hinter ihm.

»Nicht sie war es, die das bewirkt hat«, sagte er auf Isländisch. »Du warst es. Das, wofür du stehst, hat mich auf einen anderen Kurs gebracht. Die Menschenverachtung. Der Hass. Die Machtgier. All das, was du bist, hat mich rumgekriegt.«

»Es ist doch so einfach«, sagte Lothar, »entweder ist man ein Sozialist, oder man ist keiner.«

»Nein«, sagte er, »das begreifst du nicht, Lothar. Entweder ist man ein Mensch, oder man ist keiner.«

Er eilte im Laufschritt nach Hause und dachte die ganze Zeit an Ilona. Er musste ihr sagen, was geschehen war, egal, was sie von ihm verlangten und was sie arrangiert hatten. Sie musste die Stadt verlassen. Vielleicht würden sie zusammen nach Island gehen können. Auf einmal kam es ihm so vor, als sei Island unendlich weit weg. Vielleicht könnte sie von Ungarn aus nach Island fahren. Oder vielleicht nach Westdeutschland gehen. In Berlin über die Grenze. Die Kontrollen waren nicht so streng. Er würde ihnen alles sagen, was sie hören wollten, aber in der Zwischenzeit musste Ilona ihre Flucht vorbereiten. Sie musste aus diesem Land heraus.

Was sollten diese Andeutungen in Bezug auf Hannes? Was hatte Lothar über Ilona und Hannes gesagt? Waren sie ein Paar gewesen? Das hatte Ilona ihm nie gesagt. Nur, dass sie Freunde gewesen waren und sich auf diesen Geheimversammlungen kennen gelernt hatten. Konnte es sein, dass Lothar versuchte, ihn damit zu verunsichern? Oder wollte Ilona ihn benutzen, um in den Westen zu gelangen?

Zum Schluss rannte er. Menschliche Wesen sausten an ihm vorbei, ohne dass er sie wahrnahm. Wie benommen überquerte er eine Straße nach der anderen, und wirre Gedankenfetzen und Bilder schossen ihm durch den Kopf, Gedanken über Ilona, über sich selbst, über Lothar und die Stasi und die Stahltür mit dem Spion. Über den Mann mit dem Schnauzbart. Ihm gegenüber würde man keine Nachsicht zeigen, so viel wusste er. Isländer oder nicht Isländer, das spielte für diese Leute keine Rolle. Isländer konnten genauso gut wie andere einfach verschwinden. Sie wollten, dass er für sie spionierte. Ihnen Berichte ablieferte über das, was auf Ilonas Geheimversammlungen diskutiert wurde. Berichte über das, was ihm in der Universität zu Ohren kam, was die Isländer unter sich redeten und die anderen Ausländer dachten. Sie wussten, dass sie ihn in die Enge getrieben hatten. Und falls er sich weigerte, würde er nicht so glimpflich davonkommen wie Hannes.

Sie hatten Ilona.

Er war den Tränen nahe, als er endlich nach Hause kam und Ilona stumm umarmte. Sie hatte sich Sorgen gemacht und sagte, dass sie lange bei der Thomaskirche auf ihn gewartet hätte, aber als er nicht auftauchte, sei sie nach Hause gegangen. Er berichtete ihr von dem, was passiert war, obwohl ihm eingeschärft worden war, dass er ihr nichts sagen durfte. Ilona lauschte seinen Worten schweigend, und als er geendet hatte, begann sie, ihn nach Einzelheiten auszufragen. Er antwortete so präzise wie möglich. Ihre erste Frage galt den Leipzigern, ihren Freunden, ob man alle auf den Fotos erkennen könne. Er sagte, dass seiner Meinung nach die Stasi über jeden Einzelnen von ihnen Bescheid wusste.

»Großer Gott«, stöhnte Ilona, »wir müssen sie warnen. Wie haben sie das herausgekriegt? Sie müssen uns beschattet haben. Irgendjemand hat uns verraten, jemand, der von diesen Treffen gewusst hat. Wer? Wer hat uns verraten? Wir sind so vorsichtig vorgegangen. Niemand wusste von diesen Versammlungen.«

»Ich weiß es nicht«, sagte er.

»Ich muss mich mit ihnen in Verbindung setzen«, sagte sie, während sie in dem kleinen Zimmer auf und ab ging. Sie blieb am Fenster stehen und spähte auf die Straße. »Beschatten sie uns wirklich?«, fragte sie. »Jetzt?«

»Ich weiß es nicht«, sagte er.
»Großer Gott«, stöhnte Ilona noch einmal.
»Sie haben gesagt, dass Hannes und du ... dass ihr zusammen gewesen seid«, sagte er. »Lothar hat das gesagt.«
»Das ist gelogen«, sagte sie. »Alles, was sie sagen, ist gelogen. Das müsstest du doch wissen. Sie spielen mit dir Katz und Maus, mit uns beiden. Wir müssen eine Entscheidung treffen, was jetzt zu tun ist. Ich muss diese Leute warnen.«
»Sie haben gesagt, dass du dich an die Isländer hältst, um in den Westen zu kommen, um nach Island zu kommen.«
»Tómas, natürlich sagen sie so etwas. Was sollten sie denn sonst sagen? Hör auf mit diesem Unsinn.«
»Sie haben verlangt, dass ich dir nichts davon sage, deswegen müssen wir schrecklich vorsichtig sein«, sagte er. Er wusste, dass sie Recht hatte. Alles, was sie sagten, war gelogen. Alles. »Du bist in großer Gefahr«, sagte er, »das haben sie mir zu verstehen gegeben. Wir dürfen keine Fehler machen.«
Sie schauten sich verzweifelt an.
»In was sind wir da hineingeraten?«, stöhnte er.
»Ich weiß es nicht«, sagte sie und umarmte ihn. Sie schien sich dabei etwas zu beruhigen.
»Sie wollen hier kein zweites Ungarn. Da sind wir hineingeraten.«

Drei Tage später verschwand Ilona spurlos.
Karl war bei ihr, als sie anrückten und Ilona festnahmen, und er rannte anschließend die ganze Strecke bis zur Universität, um ihm Bescheid zu sagen. Karl war gekommen, um ein Buch bei ihr abzuholen, das sie ihm ausleihen wollte. Urplötzlich erschienen die Vopos. Er selber wurde an die Wand gedrückt. Das Zimmer wurde auf den Kopf gestellt. Ilona wurde abgeführt.

Karl berichtete immer noch, als er schon loslief. Sie hatten sich so in Acht genommen. Ilona hatte ihre Freunde benachrichtigt, und sie hatten Vorbereitungen getroffen, Leipzig zu verlassen. Sie wollte zurück nach Ungarn, um bei ihrer Familie zu sein, und er beabsichtigte, zunächst nach Island zu fahren und später nach Budapest zu kommen. Das Studium spielte keine Rolle mehr, es ging nur noch um Ilona.

Seine Lungen waren dem Platzen nah, als er nach Hause kam. Die Haustür stand offen, und er rannte in die Wohnung und zu ihrem Zimmer, wo ein heilloses Chaos herrschte. Bücher, Zeitschriften, Decken lagen wild durcheinander auf dem Fußboden, der Schreibtisch war umgekippt worden, und das Bett lag auf der Seite. Nichts war verschont geblieben, einiges kaputtgegangen. Er trat gegen die Schreibmaschine, die auf den Boden gefallen war.

Dann rannte er wieder los, diesmal in Richtung Stasizentrale. Als er dort eintraf, fiel ihm plötzlich ein, dass er nicht einmal wusste, wie der Mann mit dem Schnauzbart hieß, und im Anmelderaum wollte ihn niemand verstehen. Er bat darum, in den Gang gehen und den Mann selbst suchen zu dürfen, doch der Stasibeamte schüttelte den Kopf. Er warf sich gegen die Tür, die zu diesem Korridor führte, aber sie war verschlossen. Er schrie nach Lothar. Der Mann in der Anmeldung war hinter dem Tisch hervorgetreten. Er hatte um Verstärkung gebeten, und drei Männer tauchten auf, die ihn von der Tür wegzogen. Im gleichen Augenblick öffnete sie sich, und der Schnauzbart betrat den Anmelderaum.

»Was habt ihr mit ihr gemacht?«, brüllte er den Mann an. »Lasst mich zu ihr!« Und er schrie in den Gang hinein: »Ilona! Ilona!«

Der Schnauzbart warf die Tür hinter sich ins Schloss und bellte den anderen Männern Befehle zu. Sie packten ihn

und setzten ihn auf die Straße. Er hämmerte gegen die schwere Außentür und rief nach Ilona, aber es führte zu nichts. Er war seiner Sinne nicht mehr mächtig. Er war überzeugt davon, dass sie Ilona in diesem Gebäude festhielten. Er musste sie sehen, er musste ihr zu Hilfe kommen, er musste sie da herausholen. Er war bereit, alles dafür zu tun. Seine Verzweiflung war grenzenlos.
Da fiel ihm auf einmal ein, dass er frühmorgens Lothar in der Universität begegnet war. Er rannte los. Er erwischte eine Straßenbahn, die in Richtung Universität fuhr. Vor der Universität sprang er während der Fahrt ab, suchte nach Lothar und fand ihn schließlich ganz allein an einem Tisch in der Kaffeestube. Nur wenige Leute waren dort, und er setzte sich keuchend und schnaufend zu Lothar an den Tisch, das Gesicht feuerrot vor Anstrengung, Sorge und Angst.
»Stimmt was nicht?«, fragte Lothar.
»Ich tu alles für dich, für euch, wenn ihr sie freilasst.«
Lothar schaute ihn lange an und schien mit wissenschaftlichem Interesse seine Qualen zu studieren.
»Wer ist diese Sie?«, fragte er dann.
»Ilona, du weißt ganz genau, von wem ich spreche. Ich tu alles, was ihr wollt, wenn ihr sie freilasst.«
»Ich weiß ehrlich gesagt nicht, wovon du redest«, sagte Lothar.
»Ihr habt heute Mittag Ilona verhaftet.«
»Wir?«, fragte Lothar. »Wer sind denn ›wir‹?«
»Die Stasi«, sagte er. »Ilona ist verhaftet worden. Karl war bei ihr, als sie gekommen sind. Kannst du nicht mit ihnen reden? Kannst du ihnen nicht sagen, dass ich alles, alles für sie mache, wenn sie Ilona freilassen?«
»Ich denke eher, dass du jetzt völlig uninteressant für sie bist«, sagte Lothar.
»Hilf mir doch«, sagte er. »Kannst du nicht mit denen reden?«

»Wenn sie festgenommen worden ist, kann ich leider gar nichts mehr tun. Dann ist es zu spät. Leider.«
»Was kann ich tun?«, sagte er mit tränenerstickter Stimme. »Sag mir doch, was ich tun kann.«
Lothar betrachtete ihn lange.
»Geh nach Hause«, sagte er, »geh in die Poechestraße und hoff das Beste.«
»Was bist du bloß für ein Mensch?«, sagte er und spürte, wie der Zorn wieder in ihm hochstieg. »Was bist du für ein teuflischer Mensch? Was bringt dich dazu, dich wie ein Scheusal zu verhalten, was ist das eigentlich? Woher kommen diese Machtgier und die Menschenverachtung, die Bösartigkeit und Niedertracht?«
Lothar blickte sich um und sah nur ein paar Gestalten, die an den anderen Tischen saßen. Dann lächelte er.
»Leute, die mit dem Feuer spielen, können sich verbrennen, aber sie sind immer wieder gleichermaßen erstaunt, wenn es passiert. Immer sind sie verflucht unschuldig und erstaunt, wenn sie sich verbrennen.«
Lothar stand auf und beugte sich zu ihm hinunter.
»Geh nach Hause«, sagte er. »Hoff das Beste. Ich werde mit ihnen reden, aber ich kann nichts versprechen.«
Dann schlenderte Lothar so gelassen zum Ausgang, als ginge ihn nichts von alledem etwas an. Er blieb zurück und schlug die Hände vors Gesicht. Seine Gedanken waren unablässig bei Ilona; in seiner Verzweiflung begann er, sich harmlose Szenarien und Erklärungen einzureden. Dass sie nur zur Vernehmung abgeführt worden war und bald wieder freigelassen würde. Vielleicht ging es jetzt darum, ihr Angst zu machen, genau wie sie ihm vor einigen Tagen Angst gemacht hatten. Sie machten sich die Angst der Menschen zunutze. Vielleicht war sie sogar schon wieder zu Hause. Er stand auf und verließ die Kaffeestube.
Als er hinaustrat, schaute er sich um und fand es seltsam,

dass alles genau wie immer zu sein schien. Die Leute benahmen sich wie sonst – als ob nichts passiert wäre. Sie hasteten über die Bürgersteige oder standen zusammen und hielten ein Schwätzchen. Seine Welt war zusammengebrochen, aber alles war wie gehabt, alles schien in Ordnung zu sein. Er wollte nach Hause und dort auf sie warten. Vielleicht war sie sogar schon zu Hause. Vielleicht würde sie etwas später kommen. Sie musste einfach wiederkommen. Aus welchem Grund konnten sie sie festhalten? Weil sie sich mit Leuten getroffen und mit ihnen geredet hatte?
Auf dem Weg nach Hause wusste er nicht, wo ihm der Kopf stand, er war wie von Sinnen. Es war erst so kurz her, dass sie dicht beieinander lagen und sie ihm sagte, dass es jetzt sicher sei, was sie seit einiger Zeit vermutet hatte. Sie flüsterte es ihm ins Ohr. Wahrscheinlich war es gegen Ende des Sommers geschehen.
Er lag wie gelähmt da und starrte zur Decke, weil er nicht wusste, wie er darauf reagieren sollte. Aber dann umarmte er sie und sagte, dass er sein ganzes Leben mit ihr verbringen wollte.
»Mit uns beiden«, flüsterte sie.
»Ja, mit euch beiden«, sagte er und legte den Kopf auf ihren Bauch.

Er kam wieder zu sich, als seine Hand zu schmerzen begann. Wenn er an die damaligen Ereignisse zurückdachte, ballte er oft unwillkürlich die Faust, bis sie zu schmerzen anfing. Die Muskeln entkrampften sich, er saß auf seinem Sessel und dachte wie immer darüber nach, ob er es hätte verhindern können. Ob er etwas anderes hätte tun können. Etwas, das den Lauf der Dinge beeinflusst hätte. Er kam nie zu einem Ergebnis.
Steif erhob er sich aus dem Sessel und ging zur Kellertür. Er öffnete sie und schaltete das Treppenlicht ein, bevor er

vorsichtig nach unten stieg. Die Treppe war ausgetreten, und die Stufen waren glatt. Er betrat den geräumigen Keller und machte Licht. Hier hatte sich im Laufe der Jahre viel angesammelt. Das schien unvermeidlich zu sein, denn er warf kaum etwas weg. Trotzdem herrschte kein Durcheinander, er war schon immer ein ordnungsliebender Mensch gewesen. Alles hatte seinen Platz, und alles, was er aufbewahrte oder verwendete, war an Ort und Stelle.

An der einen Wand befand sich ein Werktisch. Hin und wieder schnitzte er kleine Gegenstände aus Holz und bemalte sie. Das war sein einziges Hobby. Sich einen kantigen Holzklotz vorzunehmen und daraus etwas Lebendiges und Schönes zu schaffen. Einige Tierfiguren hatte er oben in seiner Wohnung, und zwar die, die er selber für gelungen hielt. Je kleiner sie waren, desto mehr Ehrgeiz legte er hinein. Es war ihm beispielsweise gelungen, einen Islandhund mit buschigem Schwanz und spitzen Ohren zu schnitzen, der kaum größer als ein Fingerhut war.

Er hockte sich vor den Arbeitstisch und öffnete den Kasten, den er darunter aufbewahrte. Seine Hand umschloss den Pistolengriff, und er zog die Waffe heraus. Wie immer fühlte sich der Stahl kalt an. Manchmal führten ihn seine Erinnerungen in den Keller, um die Waffe in die Hand zu nehmen oder auch nur, um sich zu vergewissern, dass sie noch an Ort und Stelle war.

Er bereute nichts von dem, was sich viele Jahre später ereignet hatte. Lange nachdem er aus der DDR zurückgekehrt war.

Lange nachdem Ilona spurlos verschwand.

Er würde es nie bereuen.

Dreiundzwanzig

Die deutsche Botschafterin in Reykjavík, Frau Dr. Elisabeth Müller, eine imposante Persönlichkeit knapp über sechzig, nahm sie gegen Mittag persönlich in ihrem Büro in Empfang. Sie warf Sigurður Óli wohlgefällige Blicke zu. Für Erlendur in seiner braunen Strickweste unter dem abgewetzten Jackett schien sie kaum Interesse aufzubringen. Den Doktortitel hatte sie sich als Historikerin erworben. Man hatte Gebäck aus Deutschland und Kaffee für sie bereitgestellt. Sie nahmen auf der eleganten Sofagarnitur Platz, und Sigurður Óli bat um Kaffee. Er wollte nicht unhöflich sein. Erlendur lehnte dankend ab. Am liebsten hätte er sich eine Zigarette angezündet, aber er konnte sich nicht zu der Frage durchringen, ob es gestattet sei.

Es wurden einige höfliche Worte gewechselt, und sie entschuldigten sich, der Botschaft solche Umstände gemacht zu haben, worauf sie ihnen versicherte, dass es eine Selbstverständlichkeit sei, die isländischen Behörden zu unterstützen.

Die Anfrage in Bezug auf Lothar Weiser sei auf dem Dienstweg weitergeleitet worden, erklärte Elisabeth Müller ihnen, oder vielmehr Sigurður Óli, denn sie richtete das Wort nahezu ausschließlich an ihn. Es wurde Englisch gesprochen. Sie bestätigte, dass ein Mann dieses Namens in den sechziger Jahren in der Handelsmission der ehemaligen DDR tätig gewesen war. Es sei außerordentlich schwierig gewesen, an Informationen über ihn heranzukommen, da er zu jener Zeit dem Staatssicherheitsdienst in der DDR angehörte, der engste Verbindungen zum sowjetischen Geheimdienst gehabt habe. Sie teilte ihnen mit, dass ein bedeutender Teil der diesbezüglichen Akten nach dem Fall der Mauer zerstört worden sei und dass die wenigen Informationen, die ihnen zur Verfügung standen, größtenteils vom Bundesnachrichtendienst stammten.

»Er ist 1968 in Island spurlos verschwunden«, sagte Frau Dr. Müller. »Niemand weiß, was aus ihm geworden ist. Seinerzeit vermutete man, dass er höchstwahrscheinlich irgendeinen fatalen Fehler begangen hat und ...«

Frau Dr. Müller verstummte und zuckte die Achseln.

»... abgemurkst worden ist«, beendete Erlendur den Satz.

»Das ist vielleicht eine Möglichkeit, aber dafür haben wir bislang noch keinen Beweis. Ebenso gut könnte es sein, dass er seinem Leben selbst ein Ende gesetzt hat und die Leiche mit dem diplomatischen Kurier entsorgt worden ist.«

Sie schenkte Sigurður Óli ein Lächeln, als wolle sie sagen, dass dies ihre Art von Humor sei.

»Ich weiß, dass es für Sie vermutlich komisch und absurd klingt«, fuhr sie fort, »aber für Angehörige des diplomatischen Korps liegt Island am Ende der Welt. Das Wetter ist der reinste Horror. Ewig dieser Sturm und dann die Dunkelheit und die Kälte. Im diplomatischen Dienst kommt es praktisch einer Strafversetzung gleich, wenn man nach Reykjavík geschickt wird.«

»Wurde dieser Mann also wegen irgendetwas strafversetzt, als man ihn nach Island schickte?«, erkundigte sich Sigurður Óli.

»Soweit uns bekannt ist, hat er für den Staatssicherheitsdienst der DDR gearbeitet, und er lebte in jüngeren Jahren lange in Leipzig.« Sie blätterte die Papiere durch, die vor ihr auf dem Tisch lagen. »In den Jahren zwischen 1953 und

1957, vielleicht sogar bis 1958, hatte er den Auftrag, die ausländischen Studierenden an der Universität Leipzig, von denen die meisten, wenn nicht alle, Kommunisten waren und ein Stipendium erhielten, dazu zu bringen, für ihn zu arbeiten und andere zu denunzieren. Es ging letzten Endes nicht um Spionage, sondern eher darum, die ausländischen Studenten zu observieren.«

»Denunzieren?«, fragte Sigurður Óli.

»Ja, ich weiß nicht, wie Sie das nennen wollen«, sagte Frau Dr. Müller. »Seine Mitmenschen zu bespitzeln. Lothar Weiser stand in dem Ruf, besonders geschickt darin zu sein, junge Leute auf seine Seite zu ziehen. Er hatte einiges anzubieten, Geld beispielsweise oder gute Noten. Zu dieser Zeit war die Lage vor allem wegen der Entwicklungen in Ungarn sehr angespannt. Die jungen Menschen verfolgten durchaus mit, was dort vor sich ging, und die Stasi wiederum hatte die jungen Leute im Visier. Weiser schlich sich bei ihnen ein, und nicht nur er, sondern viele andere ebenfalls. Leute wie Weiser gab es an allen Universitäten der DDR – und generell in den kommunistischen Ländern. Es ging darum, die Menschen zu überwachen, um genau zu wissen, was sie dachten. Der Einfluss von Ausländern konnte gefährlich sein, auch wenn die meisten wahrscheinlich sowohl das Studium als auch den Sozialismus ernst genommen haben.«

Erlendur warf ins Gespräch, dass Lothar Weiser ausgezeichnet Isländisch gesprochen habe.

»Gab es damals isländische Studenten in Leipzig?«, fragte er.

»Darüber habe ich leider keine Informationen«, entgegnete Frau Dr. Müller. »Das müssten Sie aber selbst herausbekommen können.«

»Aber was wurde später aus Lothar Weiser, nachdem er Leipzig verlassen hatte?«, fragte Sigurður Óli.

»Ihnen wird das alles sehr abwegig vorkommen«, entgegnete sie. »Geheimdienst und Spionage. Sie kennen so etwas hier auf Ihrem Eiland im Nordatlantik vermutlich nur vom Hörensagen.«

»Vermutlich«, erwiderte Erlendur lächelnd. »Ich kann mich nicht erinnern, dass wir hier einen einzigen richtigen Spion gehabt hätten.«

»Weiser nahm anschließend seine Tätigkeit im diplomatischen Dienst der DDR auf. Da war er nicht mehr bei der Stasi. Er ist in der ganzen Welt herumgekommen und hat bei den DDR-Vertretungen in allen möglichen Ländern gearbeitet. Unter anderem auch hier in Island. Er hatte aus irgendwelchen Gründen ein ganz besonderes Interesse an Island, das kann man schon daran ablesen, dass er in jungen Jahren Isländisch gelernt hat. Er war wohl so etwas wie ein Sprachgenie. Hier genau wie andernorts hatte er die Aufgabe, einheimische Informanten zu rekrutieren. Das war vergleichbar mit dem, was er früher in Leipzig gemacht hatte. Falls es an ideologischer Begeisterung mangelte, was nicht allzu selten der Fall war, konnte er Geld bieten.«

»Gab es Isländer, die für ihn gearbeitet haben?«, fragte Sigurður Óli.

»Es muss nicht sein, dass er hier in Island Erfolg gehabt hat«, sagte Frau Dr. Müller.

»Von den Mitarbeitern in dieser DDR-Vertretung damals«, warf Erlendur ein, »ist von denen noch jemand am Leben?«

»Uns liegen Personallisten aus dieser Zeit vor, aber wir haben niemanden ausfindig machen können, der noch am Leben ist und Herrn Weiser gekannt haben könnte oder wüsste, was aus ihm geworden ist. Eins steht aber zum gegenwärtigen Zeitpunkt mit Sicherheit fest: dass seine Laufbahn hier in Island zu enden scheint, aber wie – das wissen wir nicht. Es hat den Anschein, als hätte er sich ganz einfach in Luft aufgelöst. Allerdings sind diese alten

Geheimdienstprotokolle nicht immer verlässlich. Da gibt es enorme Lücken, genau wie in den Stasidokumenten. Als sie nach der Wiedervereinigung Deutschlands öffentlich zugänglich gemacht wurden, ging ein Großteil davon verloren, vor allem die Unterlagen über die Bespitzelungen im eigenen Land. Der Staatssicherheitsdienst wurde selbstverständlich aufgelöst. Um ehrlich zu sein, wir haben keinerlei Informationen über Lothar Weisers Schicksal, aber wir werden weiter am Ball bleiben.«

Für eine Weile trat Schweigen ein. Sigurður Óli nahm sich etwas von dem Gebäck. Erlendur verlangte es noch dringlicher nach einer Zigarette. Er sah aber nirgendwo einen Aschenbecher. Wahrscheinlich war das die Methode, um zu verhindern, dass Besucher sich eine anzuzündeten.

»Bei der ganzen Sache ist aber eines bemerkenswert«, fuhr Frau Dr. Müller fort, »nämlich dass es hier um Leipzig geht. Die Einwohner von Leipzig sind stolz darauf, dass im Grunde genommen von dort der Widerstand ausging, der letztendlich dazu führte, dass Honecker zurücktrat und die Mauer fiel. In Leipzig war der Protest am stärksten, und im Zentrum stand dabei die Nikolaikirche. Dort kamen die Menschen zusammen, sie beteten und protestierten stumm, und eines Abends verließen sie die Kirche und drangen in die Stasizentrale ein, die ganz in der Nähe lag. In Leipzig – und wahrscheinlich nicht nur dort – sieht man es so, dass es hier war, wo die Entwicklung einsetzte, die mit dem Fall der Mauer endete.«

»Genau«, sagte Erlendur.

»Komisch, dass so ein deutscher Agent hierzulande spurlos verschwindet«, sagte Sigurður Óli. »Das ist irgendwie ...«

»Absurd?«, sagte Frau Dr. Müller und lächelte. »Es war in gewissem Sinne nicht unpraktisch für denjenigen, der ihn liquidiert hat, falls er denn liquidiert wurde, dass Weiser ein Agent war. Das wiederum kann man an den Reaktionen der damaligen Handelsvertretung der DDR ablesen, es gab damals keine Botschaft im eigentlichen Sinne. Sie haben gar nichts in der Sache unternommen. Eine derartige Reaktion ist typisch, wenn ein diplomatischer Skandal unter den Teppich gekehrt werden soll. Niemand sagt was. Man könnte glauben, es hätte nie einen Lothar Weiser gegeben. Aus unseren Unterlagen geht nicht hervor, dass seinetwegen jemals eine Untersuchung in die Wege geleitet worden wäre.«

Ihr Blick wanderte von Sigurður Óli zu Erlendur.

»Der isländischen Polizei wurde sein Verschwinden nicht gemeldet«, sagte Erlendur. »Wir sind dem nachgegangen.«

»Deutet das nicht darauf hin, dass die Sache intern geregelt wurde?«, fragte Sigurður Óli. »Dass er von einem Kollegen umgebracht wurde?«

»Das könnte sein«, gab Frau Dr. Müller zu. »Aber wir wissen sehr wenig über Lothar Weiser und sein Schicksal.«

»Der Mörder ist womöglich auch bereits unter der Erde«, sagte Sigurður Óli. »Das ist doch alles eine Ewigkeit her. Falls dieser Weiser tatsächlich ermordet wurde.«

»Glauben Sie, dass er der Mann aus diesem See ist?«, erkundigte sich Frau Dr. Müller.

»Dazu können wir zum gegenwärtigen Zeitpunkt nichts sagen«, entgegnete Sigurður Óli. Sie hatten der deutschen Botschaft keine näheren Einzelheiten in Bezug auf den Skelettfund mitgeteilt. Er schaute zu Erlendur hinüber und erhielt ein zustimmendes Kopfnicken.

»Das Skelett, das gefunden wurde, war mit einem Strick an ein russisches Abhörgerät angebunden«, sagte Sigurður Óli.

»Ich verstehe«, sagte die deutsche Botschafterin nachdenklich. »Ein russisches Gerät? Was für Schlüsse ziehen Sie daraus?«

»Da gibt es diverse Optionen«, sagte Sigurður Óli.

»Könnte das Gerät aus der ostdeutschen Botschaft stammen? Oder dieser Handelsvertretung oder wie auch immer so etwas genannt wird«, warf Erlendur ein.

»Selbstverständlich kann das der Fall gewesen sein«, erwiderte Dr. Müller. »Die Staaten des Warschauer Paktes haben überaus eng zusammengearbeitet, nicht zuletzt, wenn es um Spionage ging.«

»Im Zuge der Wiedervereinigung«, sagte Erlendur, »ich meine, als die beiden Botschaften hier zusammengelegt wurden, haben Sie da Geräte dieser Art bei den anderen gefunden?«

»Wir wurden nicht zusammengelegt«, erklärte Frau Dr. Müller. »Die DDR-Vertretung wurde aufgelöst, ohne dass wir etwas damit zu tun hatten. Aber ich werde der Sache mit diesen Apparaten nachgehen.«

»Was meinen Sie, bedeutet es, dass ein russisches Abhörgerät bei dem Skelett gefunden wurde?«, fragte Sigurður Óli.

»Dazu kann ich absolut nichts sagen«, antwortete Frau Dr. Müller. »Es fällt nicht in meinen Aufgabenbereich, darüber Spekulationen anzustellen.«

»Genau«, sagte Sigurður Óli. »Aber wir haben sowieso nichts anderes als Spekulationen an der Hand, und deswegen ...«

Weder Erlendur noch Frau Dr. Müller gingen auf ihn ein, und das Gespräch geriet ins Stocken. Erlendur griff unwillkürlich in die Tasche seines Jacketts und tastete nach der Zigarettenschachtel. Er getraute sich nicht, sie aus der Tasche zu ziehen.

»Und was haben Sie verbrochen?«, fragte er.

»Verbrochen? Ich?«, erwiderte Frau Dr. Müller.

»Wieso wurden Sie in dieses grauenvolle Land am Arsch der Welt versetzt?«

Dr. Elisabeth Müller lächelte, aber ihr Lächeln kam Erlendur nicht ganz geheuer vor.

»Sind Sie der Meinung, dass eine solche Frage angebracht ist? Sie sprechen mit der Botschafterin der Bundesrepublik Deutschland.«

Erlendur zuckte die Achseln.

»Entschuldigen Sie, aber Sie haben selber gesagt, dass der Botschafterposten hier eine Art Strafversetzung bedeutet. Es geht mich natürlich gar nichts an.«

Verlegenes Schweigen machte sich im Büro der Botschafterin breit, bis Sigurður Óli eingriff und sich räusperte, um sich dann für die Hilfe zu bedanken. Frau Dr. Müller erklärte kühl, dass sie sich mit ihnen in Verbindung setzen würde, falls es in Bezug auf Lothar Weiser neue Erkenntnisse gäbe, die ihnen von Nutzen sein konnten. Es war ihr anzuhören, dass sie nicht unverzüglich zum Telefon greifen würde.

Als sie die Botschaft verließen, unterhielten sie sich über die Möglichkeit, dass isländische Studenten in Leipzig studiert hatten, die dort möglicherweise mit Lothar Weiser in Berührung gekommen waren. Sigurður Óli wollte dem nachgehen.

»Bist du nicht reichlich unverschämt ihr gegenüber gewesen?«, fragte er.

»Mann, es geht mir auf den Geist, dieses Gerede, dass Island am Arsch der Welt liegt«, erklärte Erlendur und zündete sich die lang ersehnte Zigarette an.

Vierundzwanzig

Als Erlendur abends nach Hause kam, wartete Sindri Snær in der Wohnung auf ihn. Er lag schlafend auf dem Sofa im Wohnzimmer, wachte aber auf, als Erlendur zur Tür hereinkam, und richtete sich auf.

»Und wo bist du gewesen?«, fragte Erlendur.

»Irgendwo«, sagte Sindri Snær.

»Hast du schon gegessen?«

»Nee, aber das ist okay.«

Erlendur holte Roggenbrot, Lammpastete und Butter aus dem Kühlschrank und setzte Kaffee auf. Sindri behauptete zwar, keinen Hunger zu haben, aber Erlendur beobachtete, wie er dann doch ordentlich zulangte. Auch der Käse, den er auf den Tisch stellte, war im Handumdrehen weg.

»Weißt du etwas über Eva Lind?«, fragte Erlendur, als Sindri den gröbsten Hunger gestillt hatte und sie zusammen Kaffee tranken.

»Ja«, erwiderte Sindri, »ich habe sie getroffen.«

»Ist sie in Ordnung?«, fragte Erlendur.

»In gewisser Weise schon«, sagte Sindri, zog eine Zigarettenschachtel und ein billiges Feuerzeug aus der Tasche und zündete sich eine Zigarette an. »Ich glaube, es ist ziemlich lange her, seit Eva in Ordnung war«, sagte er.

Sie saßen eine Weile schweigend da und tranken schwarzen Kaffee.

»Warum hast du es hier drin bei dir so dunkel?«, fragte Sindri und blickte in Richtung Wohnzimmer, wo dicke Vorhänge die Abendsonne draußen hielten.

»Zu viel Helligkeit«, sagte Erlendur. »Vor allem abends und nachts«, fügte er nach einer Weile hinzu. Er ließ es dabei bewenden und ging nicht weiter auf das Thema ein. Er sagte Sindri nicht, dass er winterliche Dunkelheit und pechschwarze Nächte dieser ewigen Sommersonne und der Helligkeit, die sie rund um die Uhr ausstrahlte, vorzog. Er wusste selber nicht, woher das kam. Er wusste nicht, warum er sich in dunklen Wintern wohler fühlte als in hellen Sommern.

»Wo hast du sie aufgetrieben?«, fragte er. »Wo hast du Eva gefunden?«

»Sie hat eine Nachricht auf meinem Handy hinterlassen, und ich habe zurückgerufen. Wir haben immer Verbindung gehabt, auch als ich auf dem Land war. Wir haben uns immer gut verstanden.«

Er machte eine kleine Pause und schaute seinen Vater an.

»Eva ist prima.«

»Ja«, sagte Erlendur.

»Im Ernst«, sagte Sindri. »Wenn du sie gekannt hättest, als sie noch ...«

»Das brauchst du mir nicht unter die Nase zu reiben«, unterbrach Erlendur ihn, ohne sich darüber im Klaren zu sein, wie schroff er klang. »Das weiß ich nur zu gut.«

Sindri saß stumm da und sah seinen Vater an. Dann drückte er die Zigarette aus und stand auf.

»Danke für den Kaffee«, sagte er.

»Willst du schon gehen?«, fragte Erlendur und erhob sich ebenfalls. Er ging Sindri hinterher. »Wo willst du hin?«

Sindri gab ihm keine Antwort, sondern nahm seine abgewetzte Jeansjacke vom Sofa und zog sie an. Erlendur sah ihm zu. Er wollte nicht, dass Sindri ihn im Streit verließ.

»Ich wollte nicht ...«, begann er. »Es ist nur ... Eva ist ... Ich weiß, dass ihr euch gut versteht.«

»Was weißt du schon über Eva«, sagte Sindri. »Wieso glaubst du, dass du etwas über Eva weißt?«

»Stell sie bloß nicht auf ein Podest«, sagte Erlendur. »Das hat sie nicht verdient. Und das würde sie selber auch nicht wollen.«

»Das tu ich ja gar nicht«, entgegnete Sindri, »aber du brauchst dir auch nicht einzubilden, dass du Eva kennst. Bilde dir das bloß nicht ein. Und was weißt du darüber, was sie verdient hat?«

»Ich weiß, dass sie ein Junkie ist, verdammt noch mal«, stieß Erlendur hervor. »Braucht man mehr zu wissen? Sie denkt gar nicht daran, ihr Problem in Angriff zu nehmen. Du weißt, dass sie ein Kind verloren hat. Die Ärzte haben gesagt, dass sie, gemessen an dem, was sie während der Schwangerschaft an Drogen genommen hat, noch glimpflich davongekommen ist. Setz dich nicht aufs hohe Ross wegen deiner Schwester. Das dämliche Mädchen ist mal wieder versackt, und ich habe einfach keine Lust mehr, mich mit diesem verfluchten Schwachsinn rumzuschlagen.«

Sindri hatte schon die Tür aufgemacht und stand halb auf dem Gang. Er hielt inne und blickte über die Schulter zurück auf seinen Vater. Dann drehte er sich um, kam wieder in die Wohnung, schloss die Tür und ging auf Erlendur zu.

»Mich wegen meiner Schwester aufs hohe Ross setzen?«, wiederholte er.

»Sieh es doch mal realistisch«, sagte Erlendur. »Mehr will ich nicht sagen. Solange sie selber nichts unternimmt, können wir ihr verdammt wenig helfen.«

»Ich kann mich gut daran erinnern, als Eva noch nicht abhängig war«, sagte Sindri. »Kannst du dich daran erinnern?«

Er stand jetzt dicht vor seinem Vater, und Erlendur sah die Wut in seinen Bewegungen, seinem Gesicht, seinen Augen.
»Kannst du dich an Eva erinnern, als sie noch nicht mit Dope angefangen hatte?«, sagte er noch einmal.
»Nein«, sagte Erlendur, »das kann ich nicht. Das weißt du ganz genau.«
»Ja, das weiß ich ganz genau«, sagte Sindri.
»Fang du jetzt nicht auch noch an, mir Vorhaltungen wegen diesem Quatsch zu machen«, sagte Erlendur. »Das hat sie schon zur Genüge getan.«
»Wir sind also bloß Quatsch ...«
»Herrgott noch mal«, stöhnte Erlendur. »Hör auf damit. Ich will mich nicht mit dir streiten. Ich will mich auch nicht mit ihr streiten, und ich will auf gar keinen Fall wegen ihr streiten.«
»Du weißt rein gar nichts, oder?«, sagte Sindri. »Ich habe Eva getroffen, vorgestern. Sie ist mit einem Typ zusammen, der Eddi heißt und zehn oder fünfzehn Jahre älter ist als sie. Er ist völlig ausgeklinkt. Er wollte mit einem Messer auf mich losgehen, weil er dachte, dass ich gekommen wäre, um Geld einzutreiben. Beide sind Dealer, und beide sind Addicts, aber die Kohle rollt nicht immer, wie sie soll. Irgendwer ist hinter ihnen her. Diesen Eddi kennst du womöglich, weil du Bulle bist. Eva wollte mir nicht sagen, wo sie ist, weil sie eine Scheißangst hat. Sie hocken da in irgendeinem Rattenloch in der Altstadt. Eddi versorgt sie mit Dope, und sie liebt ihn. Hab noch nie so eine wahre und echte Liebe gesehen! Kapierst du? Er ist ihr Dealer. Sie war dreckig, nein, sie war ekelhaft. Und weißt du, wonach sie gefragt hat?«
Erlendur schüttelte den Kopf.
»Sie hat danach gefragt, ob ich dich getroffen hätte«, sagte Sindri. »Findest du das nicht witzig? Das Einzige, was sie

wissen wollte, war, ob ich dich getroffen hätte. Weißt du vielleicht, warum? Was glaubst du, warum sie ausgerechnet danach gefragt hat? Bei dem ganzen Schlamassel und der Scheiße, in der sie steckt, macht sie sich Gedanken wegen dir. Hast du eine Ahnung, warum?«

»Ich weiß es nicht«, sagte Erlendur. »Mir ist schon seit langem klar, dass ich aus ihr überhaupt nicht schlau werde.«

Er hätte sagen können, dass Eva und er sowohl scheußliche als auch schöne Stunden durchlebt hatten. Dass ihre Verbindung, obwohl sie schwierig und fragil und alles andere als problemlos war, trotzdem eine Verbindung war. Er dachte an Weihnachten im vergangenen Jahr, als sie wegen des Kindes, das sie verloren hatte, in einem derartigen seelischen Tief war, dass er das Schlimmste befürchtete. Sie war über Weihnachten und Neujahr bei ihm gewesen, und sie hatten über das Kind gesprochen und die Schuldgefühle, die sie quälten. Und dann verschwand sie eines Morgens im neuen Jahr.

Sindri starrte ihn an.

»Sie hat sich Sorgen gemacht, wie es dir geht. Wie es *dir* geht!«

Erlendur schwieg.

»Wenn du sie bloß gekannt hättest, wie sie war«, sagte Sindri. »Bevor sie in dieser Dopescheiße landete, und wenn du sie gekannt hättest wie ich, dann würdest du die Krise kriegen. Wir hatten uns längere Zeit nicht getroffen, und als ich jetzt gesehen habe, wie sie aussieht, da … ich hätte am liebsten …«

»Ich glaube, ich habe alles getan, was ich tun konnte, um ihr zu helfen«, sagte Erlendur. »Es gibt Grenzen für das, was man tun kann. Und wenn man das Gefühl hat, dass kein richtiger Wille vorhanden ist, um dagegen anzukämpfen, dann …«

Seine Worte verebbten.

»Sie war rothaarig«, sagte Sindri, »als wir klein waren. Sie hatte superschöne rote Haare, und Mama hat gemeint, das müsste aus deiner Familie kommen.«
»An die roten Haare kann ich mich erinnern«, sagte Erlendur.
»Mit zwölf Jahren hat sie sie abgeschnitten und schwarz gefärbt«, sagte Sindri, »und seitdem sind sie schwarz.«
»Warum hat sie das gemacht?«
»Ihr Verhältnis zu Mama war beschissen. Zu mir war Mama nie so wie zu Eva. Vielleicht, weil Eva die ältere war und Mama zu sehr an dich erinnert hat. Vielleicht, weil Eva immer Zoff gemacht hat. Sie war bestimmt hyperaktiv. Rothaarig und hyperaktiv. Sie hat sich mit ihren Lehrern angelegt. Mama hat sie dann in eine andere Schule gesteckt, aber da wurde es nur noch schlimmer. Sie wurde geschnitten, weil sie neu war, und sie hat alles Mögliche angestellt, um die Aufmerksamkeit auf sich zu ziehen. Und sie hat andere Kinder gemobbt, weil sie dachte, dass sie dann von der Gruppe akzeptiert würde. Mama musste zigtausend Mal wegen ihr in die Schule.«
Sindri steckte sich eine Zigarette an.
»Sie hat nie geglaubt, was Mama über dich erzählt hat. Zumindest hat sie gesagt, dass sie es nicht glaubt. Deswegen haben die beiden sich oft gefetzt, und Eva ist es immer auf geniale Weise gelungen, Mama auf die Palme zu bringen, indem sie dich benutzte. Sie hat erklärt, dass sie es mehr als gut verstünde, dass du sie verlassen hast, weil man mit ihr einfach nicht zusammenleben könnte. Sie hat dich verteidigt.«
Sindri hielt die Zigarette in der Hand und schaute sich suchend um. Erlendur deutete auf den Aschenbecher auf dem Wohnzimmertisch. Sindri tat einen letzten Zug und setzte sich dann an den Tisch. Er hatte sich etwas beruhigt, und die Spannung zwischen ihnen nahm ab. Er erzählte

Erlendur, wie Eva sich Geschichten über ihren Vater ausgedacht hatte, als sie in das Alter kam, wo sie etwas über ihren Vater wissen wollte.

Beide spürten sie die Hassgefühle ihrer Mutter Erlendur gegenüber, und Eva glaubte keineswegs alles, was sie sagte, und legte sich für jede Situation die passenden Vaterbilder zurecht, und die waren ganz anders als das Bild, das ihre Mutter ihnen vermittelte. Zwei Mal, im Alter von neun und von elf Jahren, war Eva von zu Hause weggelaufen, um ihren Vater zu suchen. Ihren Freundinnen schwindelte sie vor, dass ihr Papa, ihr richtiger Papa, nicht die Kerle, die sich bei ihrer Mutter einquartierten, immer im Ausland war. Jedes Mal, wenn er nach Hause käme, würde er ihr tolle Geschenke machen. Die könnte sie aber niemandem zeigen, weil ihr Papa nicht wollte, dass sie damit vor den anderen angab. Wieder anderen Mädchen erzählte sie, dass ihr Papa eine riesengroße Villa besäße und dass sie manchmal bei ihm übernachten durfte und alles bekam, was sie sich wünschte, weil er so reich war.

Mit zunehmendem Alter fielen die Geschichten wirklichkeitsnaher aus. Ihre Mutter hatte ihnen gegenüber einmal erwähnt, dass Erlendur ihres Wissens nach immer noch bei der Polizei war. In all den schwierigen Zeiten, die Eva jetzt durchlief, als sie mit dreizehn, vierzehn Jahren zu rauchen begann, Hasch probierte und Alkohol trank – die ganze Zeit wusste Eva immer von ihrem Vater irgendwo in der Stadt. Mit der Zeit war sie sich aber nicht mehr so sicher, ob sie ihn kennen lernen wollte.

»Vielleicht«, hatte sie zu Sindri gesagt, »vielleicht ist es einfach besser, ihn nur im Kopf zu haben.« Sie ging davon aus, dass sie mit ihm, genau wie mit allen anderen, bestimmt nur Enttäuschungen erleben würde.

»Da hat sie sicher Recht gehabt«, sagte Erlendur.

Er hatte sich in seinen Sessel gesetzt. Sindri kramte wieder die Zigarettenschachtel hervor.
»Sie war auch nicht gerade attraktiv, mit diesen ganzen Piercings oder wie das Zeugs heißt«, sagte Erlendur. »Sie kommt nicht aus den eingefahrenen Bahnen heraus. Sie hat nie Geld und macht sich immer an jemanden heran, der den Stoff entweder ins Land oder unter die Leute bringt, und an den hängt sie sich. Egal wie widerlich sie von denen behandelt wird, sie hält sich immer an solche Typen.«
»Ich will versuchen, mit ihr zu reden«, sagte Sindri. »Trotzdem denke ich aber, dass sie darauf wartet, dass du kommst und sie rettest. Ich hab das Gefühl, sie pfeift auf dem letzten Loch. Sie ist oft übel dran gewesen, aber so schlimm wie jetzt habe ich sie noch nie erlebt.«
»Warum hat sie sich die Haare abgeschnitten, als sie zwölf war?«, fragte Erlendur.
»Da war ein Kerl, der sich an sie rangemacht und ihr den Kopf getätschelt hat, und dabei hat er ihr obszöne Sachen gesagt«, erklärte Sindri.
Er warf das ganz lässig ins Gespräch, und es hatte ganz den Anschein, als könnte er noch jede Menge mehr ausgraben, wenn er in seiner Erinnerung kramte.
Sindris Blicke glitten an den Bücherregalen entlang. In der Wohnung gab es fast nichts außer Büchern.
Erlendur ließ sich keinerlei Reaktion anmerken, aber seine Augen waren kalt wie Marmor.
»Eva hat mir erzählt, du würdest dich dauernd mit solchen verschollenen Typen beschäftigen.«
»Ja«, sagte Erlendur.
»Machst du das wegen deinem Bruder?«
»Vielleicht. Wahrscheinlich sogar.«
»Eva hat auch gesagt, dass du gesagt hast, du seist der verschollene Typ in ihrem Leben.«
»Ja. Auch wenn Leute verschollen sind, müssen sie nicht

unbedingt tot sein«, sagte Erlendur und sah vor seinem inneren Auge einen schwarzen Ford Falcon am Busbahnhof in Reykjavík, an dem eine Radkappe fehlte.

Sindri übernachtete nicht bei Erlendur, der ihm das Sofa im Wohnzimmer anbot. Sindri lehnte aber dankend ab und verabschiedete sich. Nachdem sein Sohn gegangen war, saß Erlendur noch lange im Sessel, während ihm wirre Gedanken durch den Kopf gingen, Gedanken an seinen Bruder und an Eva Lind, an das Wenige, woran er sich erinnern konnte, aus der Zeit, als sie klein war. Sie war zwei Jahre alt, als er sich scheiden ließ. Die Geschichten, die Sindri über Evas Jugend erzählt hatte, hatten eine empfindliche Saite in ihm angerührt, und er sah das, was zwischen ihnen vorgefallen war, in einem anderen und noch trostloseren Licht als zuvor.

Als er kurz vor Mitternacht ins Bett ging und einschlief, kreisten seine Gedanken immer noch um seinen Bruder, um Eva Lind und um Sindri, und er hatte einen sonderbaren Traum. Sie machten zu dritt einen Ausflug mit dem Auto, er und seine Kinder. Die beiden saßen hinten, er war am Steuer und wusste nicht, wo er sich befand, denn draußen war das Licht so grell, dass er keine Landschaft erkennen konnte. Trotzdem kam es ihm so vor, als sei das Auto in Bewegung, und er musste sehr viel vorsichtiger als normalerweise steuern, weil er fast völlig geblendet war. Als er in den Rückspiegel blickte, konnte er die Gesichter seiner Kinder nicht erkennen. Er glaubte zu sehen, dass es Eva und Sindri waren, aber die Gesichter waren irgendwie undeutlich und verschwommen. Er kam aber zu dem Schluss, dass es wohl kaum andere Kinder sein konnten. Eva schien ungefähr vier Jahre alt zu sein. Er sah, dass sie sich an der Hand hielten.

Das Radio lief und eine betörende weibliche Stimme sang: *Ich weiß, du kommst heut' Nacht zu mir.*

Urplötzlich sah er einen riesigen Lastwagen auf sich zukommen. Er versuchte, zu hupen und zu bremsen, aber nichts geschah. Als er in den Rückspiegel schaute, waren seine Kinder verschwunden, und er verspürte unsägliche Erleichterung. Er blickte nach vorn auf die Straße. Er näherte sich dem Lastwagen mit Furcht erregender Geschwindigkeit, und ein Zusammenstoß schien unvermeidlich.
Als alles aussichtslos zu sein schien, spürte er eine seltsame Nähe neben sich. Er schaute zum Beifahrersitz, dort saß jetzt Eva Lind und lächelte ihn an. Sie war aber kein kleines Mädchen mehr, sondern sie war erwachsen und sah entsetzlich aus in ihrem abgerissenen blauen Anorak, mit verfilzten dreckigen Haaren, Ringen unter den Augen, hohlen Wangen und schwarzen Lippen. Als ihr Lächeln breiter wurde, sah er Zahnlücken.
Er wollte ihr etwas sagen, brachte aber nichts heraus. Am liebsten hätte er ihr zugebrüllt, sie solle aus dem Auto springen, aber irgendetwas hielt ihn zurück. Vielleicht war es diese Ruhe, die von ihr ausging. Sie war vollkommen gelassen. Sie wandte ihren Blick von ihm ab, sah den Lastwagen und fing an zu lachen.
Im letzten Augenblick vor dem Aufprall wachte er auf und schrie den Namen seiner Tochter. Er setzte sich auf und brauchte einige Zeit, um sich zurechtzufinden. Als er den Kopf wieder auf das Kissen legte, drang ein seltsam trauriges Lied an ihn heran, das ihn in einen traumlosen Schlaf geleitete.
Ich weiß, du kommst heut' Nacht zu mir …

Fünfundzwanzig

Níels konnte sich kaum an Haraldurs Bruder Jóhann erinnern. Er begriff nicht, wieso Erlendur sich darüber aufregte, dass in den Berichten kein Wort über den Bruder stand. Níels telefonierte gerade, als Erlendur zu ihm ins Büro kam. Er sprach mit seiner Tochter, die Medizin studiert hatte und in den USA eine Spezialausbildung als Kinderärztin machte, wie Níels ihm selbstgefällig verkündete, nachdem er aufgelegt hatte. So als hätte er noch nie jemandem davon erzählt, obwohl er im Grunde genommen kaum über etwas anderes sprach. Erlendur war es so egal wie nur irgendwas. Níels ging bald in Pension und befasste sich jetzt fast nur noch mit unbedeutenden Delikten, Autodiebstählen und kleineren Einbrüchen. Seine Standardaussage den Betroffenen gegenüber war, dass es am besten sei, das Ganze zu vergessen, Anzeige zu erstatten sei die reinste Zeitverschwendung. Wenn man die Täter überführen könnte, würde selbstverständlich ein Protokoll angefertigt, aber das brächte rein gar nichts. Die Straftäter würden gleich nach der Vernehmung wieder auf freien Fuß gesetzt, und es käme gar nicht erst zu einer Gerichtsverhandlung. Und falls es sich zufälligerweise so träfe, dass sich genügend Straftaten angesammelt hätten und die Betreffenden doch vor Gericht gestellt würden, fiele das Urteil absolut lächerlich aus und sei im Grunde genommen eine Beleidigung für diejenigen, die ihnen zum Opfer gefallen waren.

»Kannst du dich an diesen Jóhann erinnern?«, fragte Erlendur. »Hast du ihn getroffen? Bist du damals zum Hof der Brüder in Mosfellssveit gefahren?«

»Solltest du dich nicht lieber mit diesem russischen Apparat befassen?«, fragte Níels, zog eine Nagelschere aus der Westentasche und begann, sich die Fingernägel zu schneiden. Er blickte auf die Uhr. Eine lange und gemütliche Mittagspause stand bevor.

»Doch«, sagte Erlendur, »da gibt es genug zu tun.«

Níels unterbrach die Schnippelei. Da war so ein Unterton, der ihm nicht gefiel.

»Dieser Jóhann beziehungsweise Jói, wie sein Bruder ihn nannte, war irgendwie komisch«, sagte Níels. »Er war ein einfältiger Depp, früher hätte man ihn einen armen Tropf genannt. Bevor die Hüter der Wörter die Sprache mit ihren offiziellen Sprachregelungen glatt gebügelt haben.«

»Was für ein armer Tropf?«, fragte Erlendur. Er war der gleichen Ansicht wie Níels, was die Sprache betraf. Sie war aus lauter Rücksichtnahme auf alle möglichen Gesellschaftsgruppen völlig kastriert worden.

»Er hatte sie nicht alle«, sagte Níels, der weiter an seinen Nägeln herumschnitt. »Ich bin zweimal zu ihnen rausgefahren und habe mit den Brüdern gesprochen. Der Ältere hat die ganze Zeit das Wort geführt. Dieser Jóhann hat kaum etwas gesagt. Sie waren sich nicht sehr ähnlich, diese Brüder. Der eine war nur Haut und Knochen, und der andere war kräftig gebaut und wohlgenährt, aber er hatte diesen kindlichen, schafsdummen Ausdruck im Gesicht.«

»Ich weiß nicht so recht, wie ich diesen Jóhann einordnen soll«, sagte Erlendur. »Was meinst du damit, wenn du sagst, er hätte sie nicht alle gehabt?«

»Ich kann mich nicht so genau daran erinnern, Erlendur. Er klebte irgendwie immer an seinem Bruder, wie ein kleines Kind, und er hat andauernd gefragt, wer wir seien. Er konnte auch kaum richtig sprechen, es war eher ein Stammeln.

Er war genau so, wie man sich einen hinterwäldlerischen Bauerndepp in einer gottverlassenen Gegend vorstellt, mit zwei Daumen am Handschuh und einer albernen Mütze auf dem Kopf.«

»Und Haraldur ist es gelungen, dich davon zu überzeugen, dass Leopold nie bei den Brüdern aufgetaucht ist?«

»Er brauchte mich nicht zu überzeugen«, sagte Níels. »Wir haben das Auto am Busbahnhof gefunden. Nichts deutete darauf hin, dass er bei den Brüdern gewesen war. Wir hatten nichts an der Hand, genauso wenig wie du.«

»Du glaubst nicht, dass die Brüder ihn dorthin gebracht haben?«

»Wir hatten nicht den geringsten Anlass, das zu glauben«, sagte Níels. »Du kennst dich doch aus mit diesen Vermisstenfällen. Mit den Informationen, die uns zur Verfügung standen, hättest du auch nicht anderes gehandelt.«

»Ich habe den Falcon aufgetan«, sagte Erlendur. »Ich weiß, dass es viele Jahre her ist und der Wagen sicherlich ziemlich viel herumgekommen ist, aber die von der Spurensicherung haben etwas darin gefunden, das Kuhscheiße sein könnte. Ich frage mich, ob man, wenn du den Fall gründlich angegangen wärst, den Mann hätte finden und die Frau beruhigen können, die auf ihn wartete und seitdem auf ihn wartet.«

»Was für einen hirnrissigen Schmarren erzählst du da eigentlich«, stöhnte Níels und blickte von seinen Nägeln hoch. »Wie kommst du bloß auf so einen Quatsch? Selbst wenn du dreißig Jahre später irgendwelche Scheiße in dem Auto findest. Tickst du noch ganz richtig?«

»Du hättest damals etwas Handfestes finden können«, beharrte Erlendur.

»Du mit deinen verschollenen Typen«, sagte Níels. »Wieso befasst du dich eigentlich jetzt wieder mit diesem Fall? Wer hat dich damit beauftragt? Und ist es überhaupt ein

Fall? Wer behauptet das? Weshalb rollst du einen dreißig Jahre alten Fall wieder auf, der gar kein Fall war und aus dem sowieso niemand schlau wird? Warum musst du auf Teufel komm raus die ganze Geschichte wieder hervorkramen? Hast du der Frau irgendwelche Hoffnungen gemacht? Gibst du ihr zu verstehen, dass du ihn finden kannst?«

»Nein«, sagte Erlendur.

»Du bist nicht ganz dicht«, sagte Níels, »das habe ich schon immer gesagt, gleich nachdem du hier angefangen hast. Das habe ich Marian Briem auch gesagt. Ich habe keine Ahnung, was Marian an dir gefunden hat.«

»Ich würde am liebsten da auf dem Hof nach ihm suchen lassen«, sagte Erlendur.

»Auf dem Hof nach ihm suchen?«, rief Níels wie vom Donner gerührt. »Bist du völlig übergeschnappt? Und wo? Wo willst du genau nach ihm suchen lassen?«

»Rings um die Gebäude«, sagte Erlendur genauso gelassen wie immer. »Und dann sind da unterhalb der Hügel Gräben und sumpfiges Gelände bis hinunter zum Meer. Ich würde gern wissen, ob man da nicht fündig wird.«

»Was für einen Anlass hast du dafür?«, fragte Níels. »Hast du ein Geständnis? Gibt es neue Aspekte? Nein, nichts außer Scheiße in einer alten Klapperkiste!«

Erlendur stand auf.

»Ich möchte dir nur sagen, dass ich dich, falls du vorhast, jetzt irgendeinen Aufstand wegen der Sache zu machen, darauf hinweisen muss, wie schlampig die damalige Untersuchung durchgeführt worden ist. Das Ganze ist löcheriger als ...«

»Mach doch, was du willst«, fiel Níels ihm ins Wort und starrte ihn hasserfüllt an. »Von mir aus kannst du dich gern zum Narren machen. Aber diese Durchsuchung wird dir nie und nimmer genehmigt!«

Erlendur öffnete die Tür und trat auf den Korridor hinaus. »Schneid dir bloß nicht in die Finger«, sagte er und machte die Tür hinter sich zu.

Erlendur hatte wegen des Kleifarvatn-Falls eine kurze Besprechung mit Elínborg und Sigurður Óli. Die Suche nach weiteren Informationen, die in irgendeiner Form über Lothar Auskunft gaben, war zeitraubend und mühselig. Alle Anfragen liefen über die deutsche Botschaft, wo es Erlendur immerhin gelungen war, sich unbeliebt zu machen. Sie hatten nur wenige Anhaltspunkte. Sie hatten sich an Interpol gewandt, aber die Antwort besagte nur, dass man dort nie etwas mit einem Lothar Weiser zu tun gehabt hätte. Patrick Quinn von der amerikanischen Botschaft arbeitete daran, den damaligen Mitarbeiter der tschechischen Botschaft dazu zu bringen, sich mit der isländischen Kriminalpolizei zu unterhalten. Er wusste nicht, ob ihm das gelingen würde. Dieser Lothar Weiser schien nicht viel Umgang mit Isländern gehabt zu haben. Nachforschungen bei ehemaligen Mitarbeitern des Regierungsapparats führten zu nichts. Die Gästelisten der ehemaligen DDR-Vertretung waren nicht mehr aufzutreiben. Die Gästelisten offizieller isländischer Behörden aus dieser Zeit existierten nicht mehr. Sie tappten völlig im Dunkeln im Hinblick darauf, welche Kontakte Lothar Weiser zu Isländern gehabt hatte. Niemand schien sich an diesen Mann erinnern zu können.
Sigurður Óli hatte sich an das isländische Kultusministerium und die deutsche Botschaft gewandt und sie gebeten, darüber Auskunft zu geben, welche Isländer in der DDR studiert hatten. Er wusste nicht genau, welchen Zeitraum er dafür ansetzen sollte, deswegen bat er um eine Liste aller Personen, die von Kriegsende bis 1970 zum Studium in die Deutsche Demokratische Republik gegangen waren.

Unterdessen hatte Erlendur Zeit, sich in den Fall des Falcon-Manns zu vertiefen, der ihn so beschäftigte. Niemand wusste besser als er, dass er bitterwenig in der Hand hatte, um die Genehmigung zu einer groß angelegten Durchsuchungsaktion auf dem früheren Besitz der beiden Brüder in Mosfellssveit zu erwirken.

Er beschloss, bei Marian Briem vorbeizuschauen. Marian schien es wieder etwas besser zu gehen. Die Sauerstoffflasche stand zwar immer noch bereit, aber Marian sah jetzt frischer aus, sprach von Medikamenten, die besser wirkten als die alten, und fluchte über Ärzte, die keine Ahnung hätten. Erlendur hatte fast den Eindruck, dass Briem wieder zu alter Form auflief.

»Wieso scharwenzelst du eigentlich dauernd hier herum?«, fragte Marian und nahm auf dem Sessel Platz. »Hast du nichts Besseres mit deiner Zeit anzufangen?«

»Weiß Gott, das habe ich«, sagte Erlendur. »Wie geht es dir?«

»Es klappt einfach nicht mit dem Abkratzen. Heute Nacht dachte ich, mein letztes Stündlein hätte geschlagen. Komisch. Wahrscheinlich ist so etwas ganz normal bei Leuten, die nur daliegen und auf den Tod warten. Ich war ganz sicher, dass es zu Ende geht.«

Marian befeuchtete die trockenen Lippen mit einem Schluck Wasser.

»Was ist denn passiert?«, fragte Erlendur.

»Wahrscheinlich läuft es bei gewissen Leuten unter der Rubrik, dass man seinen Körper verlässt«, sagte Marian Briem. »Du weißt, dass ich nicht an solchen Quatsch glaube. Das sind Trugbilder oder irgendwelche Fantasien im Halbschlaf. Wahrscheinlich hängt das mit diesem neuen Medikament zusammen. Also, ich bin da herumgeschwebt«, sagte Marian und blickte zur Decke, »und schaute auf dieses Wrack, das ich bin, herunter. Ich habe wirklich geglaubt, es wäre das Ende, und hatte es völlig akzeptiert. Aber dann bin ich natürlich doch nicht gestorben. Das war wohl bloß so ein komischer Traum. Heute Morgen war ich zur Untersuchung, und der Arzt sagt, es ginge mir besser. Die Blutsenkung ist seit Wochen nicht so gut gewesen. Allerdings hat er mir keine Hoffnung hinsichtlich einer weiteren Besserung gemacht.«

»Was weiß dieser Arzt schon«, sagte Erlendur.

»Was willst du eigentlich von mir? Geht es wieder um den Falcon-Mann? Warum bist du hinter dieser alten Sache her?«

»Kannst du dich an den Bruder dieses Bauern in Mosfellssveit erinnern?«, fragte Erlendur ins Blaue hinein. Er wusste, dass Marian Spaß an allem hatte, was mysteriös und merkwürdig war, die unglaublichsten und winzigsten Details im Kopf behielt und sie trotz hohen Alters und Krankheit mühelos hervorkramen konnte.

Marian schloss die Augen und überlegte.

»Níels, dieser faule Sack, sprach darüber, dass er komisch war.«

»Ja, er sagt, er hätte sie nicht alle gehabt, aber ich weiß nicht genau, was das besagt.«

»Er war nicht ganz zurechnungsfähig, wenn ich mich recht erinnere. Groß und stark, aber er hatte einen Verstand wie ein kleines Kind. Ich glaube, er konnte kaum richtig sprechen. Hat nur so dummes Zeug vor sich hin gebrabbelt.«

»Warum wurde in diesem Fall damals nicht gründlicher ermittelt, Marian?«, fragte Erlendur. »Warum ließ man das einfach so vor sich hindümpeln? Man hätte so viel mehr tun können.«

»Wie kommst du darauf?«

»Man hätte auf dem Besitz der Brüder nach ihm suchen sollen. Aber stattdessen hat man ihnen einfach geglaubt, dass der Mann nie dort aufgetaucht ist. Niemand hat irgendwelche Zweifel daran gehabt. Alles lag sonnenklar zutage, und es wurde einfach angenommen, dass der Mann sich umgebracht hatte oder aufs Land gefahren war und wieder in der Stadt auftauchen würde, wenn es ihm passte. Er tauchte aber nie wieder auf, und ich bin mir keineswegs sicher, dass er Selbstmord begangen hat.«

»Du bist der Ansicht, dass die Brüder ihn umgebracht haben?«

»Dem würde ich zumindest gern auf den Grund gehen. Der geistig Zurückgebliebene ist tot, aber der andere Bruder lebt in einem Altersheim in Reykjavík. Irgendwie macht er auf mich den Eindruck, als sei ihm ohne weiteres zuzutrauen, wegen einer Lappalie über einen Menschen herzufallen.«

»Und worin sollte diese Lappalie bestanden haben? Du weißt, dass du nichts in der Hand hast. Der Mann wollte ihnen einen Trecker verkaufen. Sie hatten nicht den geringsten Grund, ihn zu töten.«

»Ist mir klar«, sagte Erlendur. »Falls sie es getan haben, muss es so gewesen sein, dass bei ihnen auf dem Hof etwas vorgefallen ist, nachdem der Mann zu ihnen gekommen war. Es kam zu einer Kette von Ereignissen, vielleicht aus purem Zufall, was schließlich zum Tod des Mannes führte.«

»Erlendur, du solltest es besser wissen«, sagte Marian Briem. »Das sind doch reine Hirngespinste. Hör auf mit diesem Unsinn.«

»Ich weiß, ich habe keinerlei Anhaltspunkte und keine Leiche, und es ist viele Jahre her, aber irgendetwas stimmt da nicht, und ich möchte herausfinden, was.«

»Es gibt doch immer solche Unstimmigkeiten, Erlendur. Man kann nicht immer alle Posten subsumieren. Dazu ist das Leben etwas zu kompliziert, und das solltest gerade du am besten wissen. Wie soll der Bauer in Mosfellssveit an ein russisches Abhörgerät gekommen sein, um damit den Mann im Kleifarvatn zu versenken?«

»Ja, das weiß ich, aber die beiden Fälle müssen ja gar nichts miteinander zu tun haben.«

Marian blickte Erlendur forschend an. Es war ein durchaus bekanntes Phänomen, dass jemand ein derartig brennendes Interesse an einem Fall bekommen konnte und dass er davon völlig gefangen genommen wurde. Marian war es selbst oft so gegangen. Erlendur engagierte sich bei den ernsthafteren Fällen voll und ganz, und er verfügte über eine Sensibilität, die nicht allen gegeben war, was sowohl ein Vorteil als auch ein Fluch sein konnte.

»Du hast neulich über John Wayne geredet«, sagte Erlendur. »Als wir uns den Western angeschaut haben.«

»Du hast es also herausgefunden?«

Erlendur nickte. Er hatte Sigurður Óli gefragt, der sich bestens in Amerika auskannte und über Filmstars Bescheid wusste.

»Er hieß in Wirklichkeit Marion mit Vornamen«, sagte er. »Stimmt das nicht? Ihr habt also fast den gleichen Namen.«

»Komisch, findest du nicht?«, sagte Marian. »Weil ich nun mal so bin, wie ich bin.«

Sechsundzwanzig

Benedikt Jónsson, der ehemalige Inhaber des Landmaschinenimporthandels, nahm Erlendur an der Tür in Empfang. Dieser Besuch konnte erst jetzt stattfinden, weil Benedikt seine Tochter in Dänemark besucht hatte, die in einer Vorstadt von Kopenhagen lebte. Er war gerade erst nach Island zurückgekommen, und ihm war anzumerken, dass er durchaus gerne länger geblieben wäre, weil er sich in Dänemark außerordentlich wohl fühlte.

Während Benedikt sich über Dänemark ausließ, nickte Erlendur an den Stellen, wo es angebracht zu sein schien. Benedikt war Witwer und schien mit seinem Leben zufrieden zu sein. Er war klein und gedrungen, hatte ein rotes, rundliches und unschuldiges Gesicht und kurze, dickliche Finger. Er lebte allein in einem gepflegten kleinen Einfamilienhaus. Erlendur hatte vor der Garage einen funkelnagelneuen Mercedes-Geländewagen bemerkt. Wahrscheinlich war der ehemalige Firmeninhaber vorausschauend gewesen und hatte für seine alten Tage etwas auf die hohe Kante gelegt.

»Ich habe immer gewusst, dass ich irgendwann noch einmal Fragen über diesen Mann beantworten muss«, kam Benedikt schließlich zur Sache. Sein Vorrat an höflichem Geschwätz war erschöpft.

»Ja, es geht um diesen Leopold«, sagte Erlendur.

»Das Ganze war ziemlich rätselhaft. Wie schon gesagt, es musste irgendwann mal dazu kommen, dass sich jemand darüber Gedanken macht. Wahrscheinlich hätte ich euch schon damals die Wahrheit sagen sollen, aber ...«

»Die Wahrheit?«

»Ja«, fuhr Benedikt fort. »Darf ich vielleicht erfahren, weshalb jetzt wieder nach diesem Mann gefragt wird? Mein Sohn hat mir erzählt, dass du dich auch schon bei ihm erkundigt hast. Am Telefon hast du nicht viel sagen wollen. Warum habt ihr jetzt auf einmal wieder so ein Interesse an ihm? Ich dachte, der Fall wäre damals untersucht und abgeschlossen worden. Das hatte ich zumindest gehofft.«

Erlendur berichtete ihm von dem Skelettfund im Kleifarvatn, und dass die Polizei in diesem Zusammenhang einige Fälle von vermissten Personen aufrollte.

»Hast du ihn vielleicht auch privat gekannt?«, fragte Erlendur.

»Privat? Nein, das kann ich nicht behaupten. Er hat nicht viel verkauft in der Zeit, in der er bei uns gearbeitet hat. Wenn ich mich richtig erinnere, ist er sehr häufig auf dem Land herumgereist. Alle meine Verkäufer waren in ganz Island unterwegs, wir verkauften Landmaschinen und Bagger, aber niemand ist so viel wie Leopold durch die Gegend kutschiert und hat so wenig verkauft wie er.«

»Er war also kein Gewinn für deine Firma?«, fragte Erlendur.

»Ich wollte ihn zuerst überhaupt nicht einstellen«, sagte Benedikt.

»Was?«

»Ja. Nein, was ich meine, ist, dass sie mich eigentlich dazu gezwungen haben. Ich musste einem verflixt guten Mann kündigen, um ihn einzustellen. Es war ja keine so große Firma.«

»Moment mal, würdest du das bitte noch einmal wiederholen. Wer hat dich dazu gezwungen, ihn einzustellen?«

»Sie haben gesagt, ich dürfte niemandem davon erzählen,

deswegen ... Ich weiß nicht, ob ich das jetzt ans Tageslicht bringen soll. Aber ich habe mich bei dieser Geheimniskrämerei die ganze Zeit über nicht wohl gefühlt. Ich bin nicht für Geheimniskrämerei.«

»Inzwischen sind ja einige Jahrzehnte ins Land gegangen«, sagte Erlendur. »Jetzt kann es doch wohl kaum noch jemandem schaden.«

»Nein, wahrscheinlich nicht. Sie haben mir damit gedroht, jemand anderem die Vertretung zu übergeben. Das haben sie mir eiskalt angedroht, falls ich diesen Mann nicht einstellen würde. Es kam mir so vor, als sei ich der Mafia in die Klauen geraten.«

»Wer hat dich gezwungen, Leopold einzustellen?«

»Die Hersteller in Deutschland, ich meine in der DDR damals. Die hatten Traktoren, die gut und wesentlich billiger als die amerikanischen waren. Und Bagger und Planierraupen. Wir haben ziemlich viele von denen verkauft, obwohl diese ostdeutschen Marken natürlich nicht so viel hermachten wie Ferguson oder Caterpillar.«

»Konnten sie dir wirklich vorschreiben, wen du einstellst?«

»Sie haben mir gedroht«, sagte Benedikt. »Was hätte ich tun sollen? Ich konnte gar nichts anderes machen, als den Mann einzustellen.«

»Hast du eine Erklärung dafür bekommen, weswegen du diesen Mann einstellen solltest?«

»Nein, keine. Keine einzige Erklärung. Ich habe ihn eingestellt, aber ich habe ihn eigentlich nie richtig kennen gelernt. Sie haben gesagt, es sei nur vorübergehend. Und, wie gesagt, er war nicht so oft in der Stadt, sondern hat meist das ganze Land bereist.«

»Vorübergehend?«

»Es hieß, dass er nicht lange bei mir bleiben würde. Und sie haben bestimmte Bedingungen gestellt. Er durfte auf keiner Gehaltsliste erscheinen. Er war freiberuflich für mich tätig, und die Provision musste ich ihm schwarz bezahlen, was gar nicht so einfach war. Mein Steuerberater hat mir dauernd vorgehalten, dass es nicht in Ordnung sei. Es ging allerdings nicht um große Summen, er hat bestimmt nicht davon leben können, was ich ihm gezahlt habe. Er muss von irgendwo anders her Einkünfte bezogen haben.«

»Was glaubst du, was bei diesen Leuten dahinter gesteckt hat?«

»Ich habe ehrlich gesagt keine Ahnung. Und dann ist er auf einmal verschwunden, und seitdem habe ich nichts mehr von Leopold gehört, außer natürlich, als ihr mich dann über ihn ausgefragt habt.«

»Du hast also damals nichts von dem, was du mir jetzt gesagt hast, erwähnt?«

»Ich habe niemandem etwas davon gesagt. Sie haben mir gedroht. Mein Auskommen hing von diesem Unternehmen ab, und ich musste an meine Angestellten denken. Obwohl die Firma nicht sehr groß war, haben wir ganz gutes Geld gemacht, als sie anfingen, die Kraftwerke bei Búrfell und Sigalda zu bauen. Da fehlten Maschinen. An den Kraftwerken haben wir uns eine goldene Nase verdient. Das war genau zu dieser Zeit. Die Firma vergrößerte sich, und ich hatte genügend anderes zu tun.«

»Und dann hast du einfach versucht, das Ganze zu verdrängen?«

»Genau. Ich war immer der Meinung, dass mich das nichts anginge. Weil der Hersteller darauf bestand, dass ich diesen Mann einstellte, habe ich es getan, aber persönlich ging es mich nicht das Geringste an.«

»Hast du dir damals Gedanken darüber gemacht, was aus ihm geworden sein könnte?«

»Nein. Er hatte diesen Termin in Mosfellssveit, ließ sich

dort aber nicht blicken, soweit man weiß. Vielleicht hatte er es einfach aufgegeben oder ihn auf den nächsten Tag verschoben. Das ist denkbar. Vielleicht hatte er etwas Dringenderes zu erledigen.«

»Du glaubst nicht, dass der Bauer, mit dem er verabredet war, gelogen haben könnte?«

»Da bin ich überfragt.«

»Wer hat sich wegen der Anstellung von Leopold mit dir in Verbindung gesetzt? Er selber?«

»Nein, nicht er selber. Da hat sich jemand aus dieser DDR-Botschaft an der Ægisíða an mich gewandt. Eigentlich war es eine kleine Handelsvertretung und keine richtige Botschaft, die sie damals hier in Island unterhielten. Später haben sie sich dann vergrößert. Wir haben uns übrigens in Leipzig getroffen.«

»In Leipzig?«

»Wir sind einmal im Jahr zur Leipziger Messe gefahren. Dort wurden alle möglichen Industriemessen veranstaltet, und von hier aus fuhr immer eine ziemlich große Delegation hin. Ich meine, von den Firmen, die Geschäftsbeziehungen zu den Betrieben in der DDR unterhielten.«

»Wer war der Mann, der damals mit dir gesprochen hat?«

»Er hat sich nie vorgestellt.«

»Kommt dir der Name Lothar bekannt vor? Lothar Weiser? Er war Deutscher.«

»Nie gehört. Lothar Weiser? Der Name ist mir noch nie untergekommen.«

»Kannst du mir diesen Mann aus der Botschaft beschreiben?«

»Das ist alles so lange her. Er war ziemlich stämmig und gar nicht mal unsympathisch, würde ich sagen, wenn er mich nicht dazu gezwungen hätte, diesen Leopold einzustellen.«

»Findest du nicht, dass du seinerzeit die Polizei darüber

hättest informieren müssen? Siehst du nicht, dass das ein anderes Licht auf den Fall geworfen hätte?«

Benedikt zögerte, dann zuckte er mit den Achseln.

»Ich habe versucht, weder mich noch meine Firma damit zu belasten. Und ich fand, dass mich das wirklich nichts anging. Dieser Mann hatte nichts mit mir zu tun, und er hatte im Grunde genommen genauso wenig mit der Firma zu tun. Ich wurde unter Druck gesetzt. Was sollte ich tun?«

»Kannst du dich an die Verlobte von diesem Leopold erinnern?«

»Nein«, sagte Benedikt nachdenklich. »Nein, das kann ich nicht behaupten. War sie ...«

Sein Verstummen deutete darauf hin, dass er nicht so recht wusste, was er eigentlich über die Frau sagen sollte, die den Mann, den sie liebte, verlor und nie erfuhr, was aus ihm geworden war.

»Ja«, sagte Erlendur. »Sie war untröstlich. Und ist es immer noch.«

Der Tscheche Miroslav lebte in Südfrankreich. Er war zwar nicht mehr der Jüngste, aber sein Gedächtnis funktionierte noch einwandfrei. Er sprach Französisch und Englisch und erklärte sich bereit, sich telefonisch mit Sigurður Óli zu unterhalten. Patrick Quinn von der amerikanischen Botschaft hatte das Gespräch vermittelt. Der Tscheche war seinerzeit in seinem Heimatland wegen Spionage verurteilt worden und hatte einige Jahre im Gefängnis verbracht. Er war aber als Spion weder besonders umtriebig noch erfolgreich gewesen. Deswegen hatte er wohl den größten Teil seiner Laufbahn im auswärtigen Dienst in Island verbracht. Er betrachtete sich selbst nicht als Spion, sondern erklärte, dass er der Versuchung nicht widerstehen konnte, als ihm Geld dafür angeboten wurde, einen Kontaktmann in der amerikanischen Botschaft auf dem Laufenden zu halten, falls sich etwas Ungewöhnliches in seiner Botschaft oder in denen der anderen Ostblockstaaten zutrug. Er hatte aber nie etwas zu berichten gehabt, da auf Island ja nichts passierte.

Inzwischen war der Sommer fortgeschritten. Während der Sommerpause war das Skelett im Kleifarvatn vollständig in Vergessenheit geraten. In den Medien wurde mit keinem Wort mehr darauf eingegangen. Weil die meisten in Urlaub waren, hatte es sich auch hinausgezögert, dass Erlendurs Antrag auf eine Durchsuchung des ehemaligen Landbesitzes der beiden Brüder bearbeitet wurde.

Sigurður Óli war zwei Wochen mit Bergþóra in Spanien gewesen und kam braun gebrannt und gut gelaunt von dort zurück. Elínborg war in Island geblieben und hatte die zwei Wochen mit ihrem Teddi in einem Ferienhaus in Nordisland verbracht, das ihrer Schwester gehörte. Das Interesse an ihrem Kochbuch hielt unvermindert an, und als in einer der Illustrierten ein kleines Interview mit ihr erschien, erklärte sie, dass das nächste bereits im Ofen garte, und meinte damit ein neues Kochbuch.

Eines Tages gegen Ende Juli flüsterte sie Erlendur zu, dass es jetzt endlich bei Sigurður Óli und Bergþóra geklappt hätte.

»Warum flüsterst du?«, fragte Erlendur.

»Endlich«, seufzte Elínborg froh. »Bergþóra hat es mir gesagt. Es soll noch geheim bleiben.«

»Was?«, fragte Erlendur.

»Bergþóra ist schwanger!«, sagte Elínborg. »Sie haben sich doch so viel Mühe gegeben! Sie haben es sogar mit künstlicher Befruchtung versucht, und jetzt hat es endlich geklappt.«

»Sigurður Óli bekommt also ein Kind?«, sagte Erlendur.

»Ja«, entgegnete Elínborg. »Aber kein Wort zu den anderen, es soll noch niemand etwas davon wissen.«

»Das arme Kind«, sagte Erlendur. Elínborg schnaubte verächtlich und verließ sein Büro.

Dieser Miroslav gab sich zunächst außerordentlich kooperativ. Das Telefongespräch wurde von Sigurður Ólis Büro aus geführt. Elínborg und Erlendur waren ebenfalls anwesend. Das Gespräch sollte aufgezeichnet werden. Am vereinbarten Tag zur vereinbarten Zeit nahm Sigurður Óli den Hörer ab, wählte die Nummer und schaltete den Lautsprecher ein.

Erst nach mehrmaligem Klingeln antwortete eine weibliche Stimme. Sigurður Óli stellte sich vor und fragte nach Miroslav. Er wurde um einen Augenblick Geduld gebeten. Sigurður Óli blickte zu Elínborg und Erlendur hinüber und zuckte etwas verständnislos mit den Achseln. Endlich kam ein Mann an den Apparat, der sich als Miroslav vorstellte. Sigurður Óli wiederholte noch einmal seinen Namen und kam gleich auf die Sache zu sprechen. Miroslav wusste sofort, worum es ging. Er sprach sogar ein wenig Isländisch, wollte aber das Gespräch lieber auf Englisch führen.

»Einfacher für mich«, sagte er.

»Ja, genau. Ähm, es handelt sich also um diesen Mitarbeiter der DDR-Vertretung in Reykjavík. In den siebziger Jahren war das. Diesen Lothar Weiser.«

»Ich habe gehört, dass ihr eine Leiche in einem See gefunden habt und glaubt, dass er das ist«, sagte Miroslav.

»Das steht keineswegs fest«, sagte Sigurður Óli. »Es ist nur eine Möglichkeit von mehreren«, fügte er nach einer kleinen Pause hinzu.

»Ihr findet wohl dauernd Leichen, die an russische Abhörgeräte gebunden sind«, erwiderte Miroslav und lachte laut. Quinn hatte ihn offensichtlich gut gebrieft. »Nein, ist mir schon klar. Ich verstehe natürlich, dass ihr vorsichtig an die

Sache herangeht und nicht allzu viel preisgeben wollt und erst recht nicht am Telefon. Kriege ich diese Informationen bezahlt?«

»Tut mir Leid«, sagte Sigurður Óli. »Wir haben leider keine Möglichkeit, über so etwas zu verhandeln. Uns wurde gesagt, dass Sie mit uns kooperieren wollen.«

»Kooperieren, genau«, sagte Miroslav. »*Enginn peningur?*«, fragte er dann auf Isländisch.

»*Nei*«, antwortete Sigurður Óli ebenfalls auf Isländisch. »*Engir peningar.*«

Die Leitung blieb eine Weile stumm, und sie warfen sich gegenseitig Blicke zu. Erst nach einer ganzen Weile meldete sich der Tscheche wieder. Er rief etwas in einer Sprache, die wohl Tschechisch war, und im Hintergrund antwortete eine weibliche Stimme. Die Stimmen klangen so gedämpft, als hielte er die Hand vor die Muschel. Es entspann sich ein längerer Wortwechsel, aber sie konnten nicht recht hören, ob es ein Streit war.

»Lothar Weiser war einer von den DDR-Spitzeln auf Island«, ließ sich Miroslavs Stimme auf einmal unvermittelt wieder in der Leitung vernehmen. Die Worte sprudelten aus ihm heraus, als sei er wütend wegen dieses Wortwechsels mit der Frau. »Lothar Weiser sprach ausgezeichnet Isländisch, das hat er in Moskau gelernt, wussten Sie das?«

»Ja, genau«, sagte Sigurður Óli. »Was hat er hier in Island gemacht?«

»Er betitelte sich als Wirtschaftsreferent. Das taten sie alle.«

»War er denn etwas anderes?«, fragte Sigurður Óli.

»Lothar Weiser arbeitete nicht für die Handelsvertretung, sondern für den Staatssicherheitsdienst der DDR«, erklärte Miroslav. »Seine Aufgabe war es, die Leute auf seine Seite zu ziehen, und darauf verstand er sich ausgezeichnet. Er wandte alle möglichen Tricks an, damit sie für ihn arbeiteten, und hatte ein besonderes Geschick dafür, sich die Schwächen der Leute zunutze zu machen. Er setzte sie so lange unter Druck, bis sie mit ihm zusammenarbeiteten. Er stellte ihnen regelrechte Fallen, unter anderem mit Hilfe von Nutten. Das haben sie alle getan. Er machte Aufnahmen, die die Leute in Schwierigkeiten bringen konnten. Begreifen Sie, worauf ich hinauswill? Er war ziemlich ideenreich.«

»Hat er, wie sollen wir das nennen, Komplizen hier in Island gehabt?«

»Meines Wissens nicht, aber das bedeutet nicht, dass er sie nicht trotzdem gehabt haben könnte.«

Erlendur griff nach einem Stift auf dem Schreibtisch und begann, einen Gedanken, der ihm durch den Kopf geschossen war, auf ein Blatt zu kritzeln.

»Hatte er isländische Freunde, an die Sie sich erinnern können?«

»Über seine Verbindungen zu Isländern weiß ich nichts. Ich habe ihn nicht näher kennen gelernt.«

»Könnten Sie uns Lothar Weiser etwas genauer beschreiben?«

»Das Einzige, was für Lothar Weiser eine Rolle spielte, war er selber. Ihm war es völlig egal, wen er hinterging und betrog, solange er nur selber Nutzen daraus ziehen konnte. Er hatte viele Feinde, und es gab zweifellos nicht wenige, die ihn am liebsten aus dem Weg geräumt hätten. Das habe ich zumindest gehört.«

»Kannten Sie jemanden, der ihn gerne aus dem Weg geräumt hätte?«

»Nein.«

»Was ist mit diesem russischen Apparat, woher könnte der stammen?«

»Aus jeder x-beliebigen kommunistischen Botschaft in Reykjavík. Wir haben alle russische Geräte verwendet.

Dort wurden die meisten davon hergestellt, und alle Botschaften hatten solche Geräte aus der Sowjetunion. Sendegeräte, Aufnahmegeräte, Abhörgeräte. Sogar Radios und diese hoffnungslosen russischen Fernsehapparate. Die haben uns mit diesem ganzen Mist bombardiert, und wir waren gezwungen, die Sachen zu kaufen.«

»Soweit wir sehen können, haben wir ein Abhörgerät gefunden, das dazu verwendet worden ist, die amerikanischen Streitkräfte in Keflavík zu überwachen.«

»Das war im Grunde genommen das Einzige, was gemacht wurde«, sagte Miroslav. »Und dann haben wir noch andere Botschaften abgehört. Außerdem hatten die Amerikaner natürlich im ganzen Land Radarstationen. Aber darüber will ich nicht sprechen. Quinn hat mir gesagt, dass Sie etwas über das Verschwinden von Lothar Weiser wissen wollen.«

Erlendur reichte Sigurður Óli das Blatt, und er las die Frage vor, die Erlendur eingefallen war.

»Wissen Sie, weshalb Weiser nach Island geschickt worden war?«

»Weshalb?«, sagte Miroslav.

»Uns wurde gesagt, dass Island für diplomatische Kreise am Ende der Welt liegt und beim diplomatischen Korps nicht sonderlich beliebt ist«, sagte Sigurður Óli.

»Für uns, die wir aus der Tschechoslowakei kamen, war es ganz okay«, sagte Miroslav. »Mir ist nicht bekannt, dass Lothar Weiser sich etwas hat zuschulden kommen lassen und womöglich deswegen nach Island geschickt wurde, falls Sie darauf anspielen. Soweit ich weiß, ist er einmal aus Norwegen ausgewiesen worden. Die Norweger fanden heraus, wer er war, als er versuchte, einen hoch gestellten Beamten im Außenministerium zur Zusammenarbeit zu bewegen.«

»Was wissen Sie über Lothar Weisers Verschwinden?«

»Das letzte Mal, dass ich ihn gesehen habe, war bei einem Empfang in der sowjetischen Botschaft. Kurze Zeit später hieß es dann, dass er spurlos verschwunden wäre. Das war im Jahr 1968. Es waren schlimme Zeiten damals wegen dem, was in Prag passierte, und in dem Zusammenhang hat sich Weiser auf diesem Empfang über den Ungarnaufstand 1956 ausgelassen. Ich hörte nur ein paar Gesprächsfetzen, aber ich kann mich noch daran erinnern, denn das, was er sagte, war irgendwie typisch für ihn.«

»Und was hat er gesagt?«, fragte Sigurður Óli.

»Er sprach über irgendwelche Ungarn, die er in Leipzig kannte«, sagte Miroslav. »Vor allem über eine Frau, die damals viel mit isländischen Studenten in Leipzig zusammen war.«

»Erinnern Sie sich daran, was er genau gesagt hat?«

»Er sagte, dass er wüsste, wie man mit diesen politischen Abweichlern umspringen müsste, diesen Dissidenten in der Tschechoslowakei. Am besten sollte man sie sich alle, wie sie da waren, einfach schnappen und in den Gulag befördern. Er war angetrunken, als er das sagte, und worüber er genau gesprochen hat, weiß ich nicht, aber so hat er sich ausgedrückt.«

»Und kurz darauf haben Sie gehört, dass er verschwunden war?«

»Er hat sich bestimmt was zuschulden kommen lassen«, sagte Miroslav. »Davon gingen die Leute aus. Es ging das Gerücht, dass sie ihn selber liquidiert hätten, die Ostdeutschen, um ihn anschließend per Kurier in die DDR zu schicken. Das hätte durchaus der Fall sein können. Diplomatenpost unterlag keinerlei Kontrollen. Wir konnten damals auf diese Weise alles einführen oder ausführen, was wir wollten, es waren unglaubliche Dinge darunter.«

»Oder sie haben ihn im Wasser versenkt«, sagte Sigurður Óli.

»Ich weiß nur das eine, nämlich dass er komplett von der Bildfläche verschwand und man nie wieder etwas von ihm gehört hat.«

»Wissen Sie, was er sich möglicherweise hat zuschulden kommen lassen?«

»Wir glaubten damals, dass er eine Kehrtwendung gemacht hätte.«

»Eine Kehrtwendung?«

»Sich von den anderen hat kaufen lassen. Das passierte nicht selten. Schauen Sie mich an. Aber in der DDR verfuhr man nicht so gnädig mit solchen Überläufern wie bei uns in der Tschechoslowakei.«

»Sie meinen, dass er Informationen an ...«

»Ist ganz bestimmt kein Geld für mich drin?«, unterbrach Miroslav Sigurður Óli. Die Frauenstimme im Hintergrund war wieder da, und zwar durchdringender als zuvor.

»Tut mir Leid«, sagte Sigurður Óli.

Sie hörten, wie Miroslav etwas in seiner Muttersprache sagte, um dann auf Englisch fortzufahren: »Ich habe genug gesagt. Versuchen Sie nicht noch einmal, hier anzurufen.«

Dann knallte er den Hörer auf. Sie schauten sich an. Erlendur streckte die Hand nach dem Aufnahmegerät aus und schaltete es ab.

»Wie konntest du dich nur so blöde anstellen«, sagte er zu Sigurður Óli. »Konntest du ihm nicht etwas vorlügen? Ihm sagen, dass er zehntausend Kronen kriegen würde, oder so was. Warum hast du nicht versucht, ihn noch etwas länger in der Leitung zu behalten?«

»Reg dich ab«, sagte Sigurður Óli. »Er wollte nichts mehr sagen. Er wollte nicht mehr mit uns reden. Das habt ihr doch gehört.«

»Bringt uns das hier weiter in der Frage, wer da im See gelegen hat?«, fragte Elínborg.

»Ich weiß es nicht«, sagte Erlendur. »Ein so genannter Wirtschaftsreferent aus der DDR und ein russisches Spionagegerät. Es könnte passen.«

»Meiner Meinung nach liegt es klar auf der Hand«, sagt Elínborg. »Lothar und Leopold sind ein und derselbe Mann, und seine Leiche wurde im Kleifarvatn versenkt. Er hat sich was zuschulden kommen lassen, und sie mussten ihn loswerden.«

»Und die Frau im Milchgeschäft?«, fragte Sigurður Óli.

»Sie hat keine Ahnung gehabt, was los war«, sagte Elínborg. »Sie weiß nichts über diesen Mann, außer dass er nett zu ihr gewesen ist.«

»Vielleicht war sie ein Teil seiner Camouflage hier«, sagte Erlendur.

»Vielleicht«, sagte Elínborg.

»Also, ich finde, dass die Tatsache, dass das Gerät kaputt war, als die Leiche damit versenkt wurde, etwas zu bedeuten hat«, gab Sigurður Óli zu bedenken. »Als hätte es nicht mehr verwendet werden sollen und wäre mutwillig zerstört worden.«

»Die Frage ist, ob das Gerät tatsächlich aus einer dieser Botschaften stammt. Oder ob es nicht irgendwie auf anderen Wegen ins Land gekommen sein kann«, sagte Elínborg.

»Wer in aller Welt würde denn ein russisches Abhörgerät einschmuggeln wollen?«, fragte Sigurður Óli.

Sie schwiegen, und alle drei dachten so ungefähr das Gleiche. Dieser Fall war so verzwickt, dass sie sich absolut keinen Reim darauf machen konnten. Sie hatten es gewöhnlich mit simplen, isländischen Verbrechen zu tun, bei denen keine rätselhaften Apparate auftauchten oder Wirtschaftsreferenten, die noch nicht einmal welche waren, wo weder ausländische Botschaften eine Rolle spielten, noch der Kalte Krieg, sondern nur die isländische Realität, unbedeutend, ereignislos, alltäglich und so unendlich weit entfernt von den Konfliktschauplätzen dieser Welt.

»Gibt es denn wirklich gar keinen isländischen Aspekt bei dieser Sache?«, fragte Erlendur schließlich, um irgendetwas zu sagen.

»Genau«, sagte Elínborg. »Was ist mit diesen Studenten? Sollten wir nicht versuchen, sie ausfindig zu machen und herauszufinden, ob einer von denen sich an diesen Lothar Weiser erinnern kann? Dem sind wir noch gar nicht nachgegangen.«

Am nächsten Tag wurde Sigurður Óli aus dem isländischen Kultusministerium eine Liste mit den Namen derjenigen zugestellt, die ein Studium in der DDR absolviert hatten, und zwar seit Ende des Zweiten Weltkriegs bis etwa 1970. Sie kamen nur langsam voran; sie begannen mit denjenigen, die Ende der sechziger Jahre dort gewesen waren, und arbeiteten sich von da aus zeitlich zurück. Es gab keinen Zeitdruck, und sie konnten sich parallel dazu mit anderen Dingen befassen, die unterdessen auf ihren Schreibtischen landeten, größtenteils Einbrüche und Diebstähle. Sie wussten zwar, dass Lothar Weiser in den fünfziger Jahren an der Leipziger Universität immatrikuliert gewesen war, aber es war durchaus denkbar, dass er sich auch noch in späteren Jahren dort herumgetrieben hatte. Sie versuchten, die Suche so effektiv wie möglich zu gestalten, deswegen tasteten sie sich von dem Zeitpunkt an, als er in Island spurlos verschwunden war, Schritt für Schritt in die Vergangenheit zurück.

Die Strategie war, die Betreffenden nicht anzurufen und sich am Telefon mit ihnen zu unterhalten, sondern sie versprachen sich mehr davon, unerwartet bei ihnen zu Hause vorzusprechen. Erlendur war der Meinung, dass die erste Reaktion, wenn die Kriminalpolizei vor der Tür stand, besonders wichtig war. Wie in militärischen Auseinandersetzungen konnte ein unerwarteter Angriff unter Umständen den Gegner aus der Reserve locken. Das Mienenspiel beispielsweise, wenn sie erklärten, weshalb sie gekommen waren. Die ersten Sätze.

Der September neigte sich bereits dem Ende zu, und sie waren mit ihren Recherchen über isländische Studenten in Leipzig in der Mitte der fünfziger Jahre angelangt, als Elínborg und Sigurður Óli eines Tages an der Tür einer Frau mit Namen Rut Bernharðs anklopften. Ihren Informationen zufolge hatte sie schon nach anderthalb Jahren das Studium in Leipzig abgebrochen.

Sie kam selbst zur Tür und erschrak heftig, als sich herausstellte, dass die Kriminalpolizei etwas von ihr wollte.

Siebenundzwanzig

Rut Bernharðs' fragende Blicke wanderten zwischen Elínborg und Sigurður Óli hin und her. Sie begriff überhaupt nicht, was die Kriminalpolizei von ihr wollte. Sigurður Óli musste es dreimal wiederholen, bevor sie schaltete und fragte, worum es denn genau ginge. Es war gegen zehn Uhr morgens. Sie standen auf dem Korridor eines Wohnblocks der gleichen Art wie der, in dem Erlendur lebte, nur war dieser hier dreckiger, der Teppich zerschlissener, und auf sämtlichen Etagen roch es muffig.

Ruts Erstaunen war grenzenlos, als Elínborg ihr gesagt hatte, um was es ging.

»Die Studenten in Leipzig?«, sagte sie. »Was wollt ihr denn über sie wissen? Und wozu?«

»Dürfen wir vielleicht einen Moment zu dir hereinkommen?«, fragte Elínborg. »Es dauert bestimmt nicht lange.«

Rut war noch eine ganze Weile unschlüssig, aber schließlich öffnete sie ihnen die Tür. Sie traten in eine kleine Diele, von der aus man ins Wohnzimmer gelangte. Rechts war das Schlafzimmer, links waren die Küche und das Wohnzimmer. Rut ließ sie Platz nehmen und fragte, ob sie vielleicht einen Tee oder etwas anderes wollten. Sie entschuldigte sich mehrmals und erklärte, sie habe noch nie in ihrem Leben mit der Polizei zu tun gehabt. Es war ihr anzusehen, wie verwirrt sie war. Elínborg ging davon aus, dass sie sich wieder fangen würde, während sie den Tee zubereitete, und sie nahm deswegen das Angebot dankend an, sehr zum Verdruss von Sigurður Óli, der keineswegs auf eine Einladung zum Tee erpicht war. Er gab Elínborg dies mit einer Grimasse zu verstehen, die sie aber mit einem Lächeln quittierte.

Sigurður Óli hatte tags zuvor wieder einen Anruf von dem Mann bekommen, der Frau und Tochter bei einem Verkehrsunfall verloren hatte. Bergþóra und er waren gerade von einer Routineuntersuchung nach Hause gekommen. Der Arzt hatte ihnen gesagt, dass die Schwangerschaft bestens verliefe, der Embryo würde prächtig gedeihen, und sie bräuchten sich keine Sorgen zu machen. Die Worte des Arztes hatten aber wenig Wirkung, denn Ähnliches hatten sie schon früher zu hören bekommen. Sie saßen in der Küche und unterhielten sich besorgt über den weiteren Verlauf der Schwangerschaft, als das Telefon klingelte.

»Ich kann jetzt nicht mit dir reden«, sagte Sigurður Óli, als er hörte, wer dran war.

»Ich wollte dich nicht stören«, sagte der Mann, der immer die gleiche ausgesuchte Höflichkeit an den Tag legte. Er war immer sehr ruhig und wechselte nie die Tonlage, was Sigurður Óli auf Psychopharmaka zurückführte.

»Nein«, sagte Sigurður Óli, »nicht schon wieder.«

»Ich wollte mich nur noch einmal bei dir bedanken«, sagte der Mann.

»Keine Ursache, ich habe gar nichts gemacht«, erwiderte Sigurður Óli. »Du bist mir keinen Dank schuldig.«

»Ich glaube, ich sehe jetzt langsam klarer«, sagte der Mann.

»Das ist gut«, sagte Sigurður Óli.

»Ich vermisse sie so entsetzlich«, sagte der Mann.

»Natürlich tust du das«, sagte Sigurður Óli und sah zu Bergþóra hinüber.

»Ich will nicht aufgeben. Ihretwegen. Ich will versuchen, meinen Mann zu stehen.«

»Das ist gut.«
»Entschuldige die Störung. Ich weiß nicht, warum ich dich immer wieder anrufe. Das ist jetzt das letzte Mal.«
»Ist schon in Ordnung.«
»Ich muss durchhalten.«
Sigurður Óli wollte sich gerade verabschieden, als der Mann am anderen Ende plötzlich auflegte.
»Ist alles in Ordnung mit ihm?«, fragte Bergþóra.
»Ich weiß es nicht«, antwortete Sigurður Óli. »Ich hoffe es.«

Elínborg und Sigurður Óli hörten, wie Rut in der Küche Tee kochte, kurz darauf erschien sie wieder im Wohnzimmer mit Tassen und Zuckerdose und fragte, ob sie Milch nähmen. Elínborg wiederholte das, was sie an der Tür über ihre Suche nach isländischen Studenten in Leipzig gesagt hatte, und fügte hinzu, dass diese Suche möglicherweise, und sie wiederholte: möglicherweise, mit dem Verschwinden einer Person kurz vor 1970 zu tun hatte.
Rut hörte ihr zu, ohne etwas zu sagen, bis der Kessel in der Küche zu pfeifen begann. Sie ging in die Küche und kam dann mit dem Tee und ein paar Keksen zurück. Elínborg wusste, dass sie über siebzig war, und fand, dass sie sich gut gehalten hatte. Sie war schlank, ungefähr so groß wie Elínborg und färbte sich die Haare braun. Sie hatte ein ovales Gesicht mit ernstem Ausdruck, der durch die Falten unterstrichen wurde, und ein schönes Lächeln, das sie aber sparsam dosierte.
»Ihr meint also, dass dieser Mann in Leipzig studiert hat?«, fragte sie.
»Das wissen wir nicht«, sagte Sigurður Óli.
»Von was für einem Vermisstenfall redet ihr?«, fragte Rut. »Ich kann mich an nichts in den Nachrichten erinnern, was …« Auf einmal wurde sie nachdenklich. »Nur

an das Skelett aus dem Kleifarvatn im Frühjahr«, sagte sie. »Sprecht ihr vielleicht über das Skelett im Kleifarvatn?«

»Genau«, sagte Elínborg lächelnd.

»Und das soll etwas mit Leipzig zu tun haben?«

»Wir wissen es nicht«, sagte Sigurður Óli.

»Aber irgendetwas müsst ihr doch wohl wissen«, sagte Rut unbeirrt, »wenn ihr euch schon die Mühe macht, zu mir zu kommen, um mit einer ehemaligen Studentin aus Leipzig zu reden.«

»Wir haben ganz bestimmte Anhaltspunkte«, entgegnete Elínborg. »Sie sind aber nicht so stichhaltig, dass man viel darüber reden sollte. Wir hoffen aber, dass du uns vielleicht behilflich sein kannst.«

»Was hat das mit Leipzig zu tun?«

»Es muss nicht sein, dass dieser Mann in irgendeiner Form eine Verbindung mit Leipzig hatte«, mischte sich Sigurður Óli jetzt in etwas schärferem Ton ein. »Du hast das Studium in Leipzig nach anderthalb Jahren abgebrochen«, wechselte er das Thema. »Du warst zu diesem Zeitpunkt doch wohl kaum mit dem Studium fertig, oder?«

Sie antwortete ihm nicht, sondern goss den Tee ein und gab Milch und Zucker in ihre Tasse. Während sie mit einem kleinen Löffel in der Tasse rührte, schien sie mit ihren Gedanken ganz woanders zu sein.

»Es war also ein Mann da in dem See? Du hast Mann gesagt?«

»Ja«, sagte Sigurður Óli.

»Du bist Lehrerin, nicht wahr?«, fragte Elínborg.

»Ich bin auf die Pädagogische Hochschule gegangen, nachdem ich zurückgekehrt war«, sagte Rut. »Mein Mann war auch Lehrer, wir waren beide Grundschullehrer. Wir haben uns vor nicht allzu langer Zeit scheiden lassen. Ich bin jetzt pensioniert. Ich werde nicht mehr gebraucht. Es kommt einem so vor, als ob man aufhört zu leben, wenn man aufhört zu arbeiten.«

Sie trank einen Schluck Tee, und Elínborg und Sigurður Óli taten es ihr nach.

»Ich konnte aber die Wohnung halten«, sagte sie.

»Es ist immer schlimm, wenn …«, begann Elínborg, aber Rut unterbrach sie, als sei sie nicht auf die Anteilnahme einer unbekannten Frau angewiesen, die sich ihr aufgedrängt hatte.

»Wir waren alle Sozialisten«, sagte sie und schaute Sigurður Óli an. »Alle, die in Leipzig waren.«

Sie schwieg eine Weile, während sie sich in die Zeit zurückversetzte, als sie jung war und das ganze Leben vor ihr lag.

»Wir hatten Ideale«, sagte sie, und ihr Blick wanderte zu Elínborg. »Ich weiß nicht, ob es heutzutage noch jemanden gibt, der welche hat. Ich meine, von den jungen Leuten. Aufrichtige Ideale von einer besseren und gerechteren Welt. Ich glaube nicht, dass heute noch jemand so denkt. Heute geht es doch nur darum, wie man zu möglichst viel Geld kommt. Damals hat niemand so gedacht, es ging nicht darum, zu Geld zu kommen oder etwas zu besitzen. Da gab es nicht dieses beispiellose Konsumdenken. Niemand besaß etwas, außer vielleicht schöne Ideale.«

»Die aber auf Lügen beruhten«, sagte Sigurður Óli. »Ist das nicht richtig? Zumindest zum größten Teil?«

»Ich weiß es nicht«, sagte Rut. »Auf Lügen beruhten? Was ist eine Lüge?«

»Nein«, sagte Sigurður Óli eigentümlich brüsk. »Was ich meine, ist, dass der Kommunismus praktisch überall auf der Welt abgeschafft worden ist, abgesehen von Ländern, in denen es grobe Verstöße gegen die Menschenrechte gibt, beispielsweise China und Kuba. Es gibt kaum noch Leute, die sich dazu bekennen, dass sie einmal Kommunisten gewesen sind. Es ist beinahe ein Schimpfwort geworden. So ist es damals nicht gewesen, oder?«

Elínborg starrte Sigurður Óli schockiert an. Sie konnte nicht glauben, dass Sigurður Óli diese Frau absichtlich vor den Kopf stoßen wollte. Es kam für sie allerdings nicht ganz überraschend. Sie wusste, dass Sigurður Óli konservativ wählte, und sie hatte hin und wieder seine Ansichten über die isländischen Kommunisten gehört: dass sie endlich mal mit der Vergangenheit aufräumen müssten, nachdem sie jahrzehntelang ein total kaputtes System verteidigt hätten, ein System, von dem sie wussten, dass es nichts anderes bedeutete als Diktatur und Unterdrückung, da, wo es voll zum Tragen kam. Als hätten die Kommunisten ihre Vergangenheit noch nicht bewältigt, als hätten sie es besser wissen müssen und trügen die Verantwortung für all diese Lügen. Vielleicht hatte er sich deswegen jetzt Rut als Zielscheibe vorgenommen. Vielleicht war ihm auch einfach mal wieder nur der Geduldsfaden gerissen.

»Du hast das Studium abbrechen müssen«, beeilte Elínborg sich zu sagen, um das Gespräch in andere Bahnen zu lenken.

»Für uns gab es kein edleres Ziel«, sagte Rut, die ihre Blicke nicht von Sigurður Óli abwandte. »Und das hat sich nicht geändert. Der Sozialismus, an den wir geglaubt haben und glauben, ist immer noch derselbe und hat seinen Anteil daran, dass hier eine Arbeiterbewegung entstanden ist. Er garantierte uns menschenwürdigere Arbeitsbedingungen und kostenlose Krankenhausbehandlungen, wenn dir oder deinen Angehörigen etwas zustößt. Und nur seinetwegen hast du eine Ausbildung machen können! Er hat die Sozialversicherung ermöglicht und unser ganzes Wohlfahrtssystem. Aber das ist gar nichts im Vergleich zu dem Sozialismus, nach dem wir alle leben, du und ich und sie, wenn wir überleben wollen. Es ist dieser Sozialismus, der uns zu Menschen macht. Denk bloß nicht, dass du mir mit solchen höhnischen Bemerkungen kommen kannst, Jungchen!«

»Bist du dir wirklich sicher, dass das alles durch den Sozialismus erreicht worden ist?«, fragte Sigurður Óli zurück. Er ließ nicht locker. »Soweit ich weiß, waren es die Konservativen, die das Sozialversicherungssystem aufgebaut haben.«

»Blödsinn«, sagte Rut.

»Und die Sowjetunion?«, sagte Sigurður Óli. »War das nicht eine einzige Riesenlüge?«

Rut schwieg eine Weile.

»Wieso ist dir daran gelegen, mich zur Rechenschaft zu ziehen?«, fragte sie.

»Ich ziehe dich nicht zur Rechenschaft«, sagte Sigurður Óli.

»Es kann gut sein, dass es manchem notwendig erschien, eine unerbittliche Position zu beziehen«, sagte Rut. »Vielleicht war genau das zu einem gewissen Zeitpunkt erforderlich. Aber das würdest du nie kapieren. Die Zeiten ändern sich, die Anschauungen ändern sich und die Menschen auch. Nichts ist unveränderlich. Ich begreife diese Wut nicht. Woher kommt sie?«

Sie schaute Sigurður Óli direkt ins Gesicht.

»Woher kommt diese Wut?«

»Ich wollte keinen Streit vom Zaun brechen«, sagte Sigurður Óli. »Das war keineswegs meine Absicht.«

»Kannst du dich an jemanden in Leipzig erinnern, der Lothar hieß?«, fragte Elínborg verlegen. Sie hoffte insgeheim darauf, dass Sigurður Óli sich unter einem Vorwand ins Auto zurückziehen würde, aber er blieb stur neben ihr sitzen und starrte Rut an. »Er hieß Lothar Weiser«, fügte sie hinzu.

»Lothar?«, sagte Rut. »Ja, aber nicht sehr gut. Er konnte Isländisch.«
»Das passt«, sagte Elínborg. »Erinnerst du dich an ihn?«
»Nur ganz wenig«, erklärte Rut. »Er kam manchmal zum Essen zu uns ins Wohnheim. Ich habe ihn aber nie näher kennen gelernt. Ich hatte immer Heimweh und ... Die Verhältnisse waren so primitiv, die Unterkünfte waren schlimm und ... ich ... das war einfach nichts für mich.«
»Ja, die Zustände waren wohl schlimm dort nach dem Krieg«, sagte Elínborg.
»Es war einfach grauenvoll«, sagte Rut. »Der Aufbau in Westdeutschland ging zehnmal schneller voran, aber dort wurden sie ja auch von den Westmächten unterstützt. In der DDR lief alles im Schneckentempo oder überhaupt nicht.«
»Soweit wir wissen, hat dieser Lothar die Aufgabe gehabt, seine Kommilitonen dazu zu bringen, für sich zu arbeiten«, sagte Sigurður Óli. »Oder sie in gewissem Sinne zu bespitzeln. Hast du davon etwas bemerkt?«
»Wir wurden ständig bespitzelt«, erklärte Rut, »und wir wussten es alle. Es wurde die gegenseitige Kontrolle genannt, ein anderer Begriff für Bespitzeln. Die Leute sollten sich freiwillig melden und davon berichten, wenn sie das Gefühl hatten, mit antisozialistischen Anschauungen in Berührung zu kommen. Wir haben das natürlich nicht gemacht, keiner von uns. Ich habe nicht bemerkt, dass Lothar die Aufgabe hatte, uns zu Mitarbeitern zu machen. Alle ausländischen Studierenden hatten einen so genannten Betreuer, an den sie sich immer wenden konnten und der sich um sie kümmerte. Lothar war einer von diesen Betreuern.«
»Hast du noch Verbindung zu deinen ehemaligen Kommilitonen aus Leipzig?«
»Nein«, sagte Rut, »es ist lange her, dass ich jemanden ge-

troffen habe. Wir haben keinen Kontakt mehr zueinander, oder zumindest weiß ich davon nichts. Was mich betrifft: Ich bin ausgestiegen, als ich nach Hause kam. Das heißt, ich bin nicht aus der Partei ausgetreten, aber ich habe mich völlig zurückgezogen.«

»Wir haben hier die Namen von weiteren isländischen Studenten in Leipzig, die zu deiner Zeit dort waren: Karl, Hrafnhildur, Emíl, Tómas, Hannes ...«

»Hannes wurde von der Uni relegiert und nach Island abgeschoben«, unterbrach Rut Sigurður Óli. »Soweit ich gehört habe, hat er zum Schluss weder an den Pflichtveranstaltungen noch an den Aufmärschen zum Tag der Republik teilgenommen, und irgendwie passte er nicht mehr ins Bild. Man ging in der DDR davon aus, dass wir an allem teilnahmen. Deswegen haben wir in den Semesterferien für den Sozialismus gearbeitet. In den Landwirtschaftskollektiven und im volkseigenen Braunkohlenabbau. Soweit ich weiß, hatte Hannes kritische Ansichten über das, was er sah und hörte. Es ging ihm nur noch darum, sein Studium zu Ende zu bringen, aber das wurde ihm nicht gestattet. Vielleicht wäre es gut, wenn ihr euch mit ihm unterhieltet – falls er überhaupt noch am Leben ist, was ich nicht weiß.«

Sie blickte fragend von Sigurður Óli zu Elínborg.

»Habt ihr vielleicht Hannes da in dem See gefunden?«, fragte sie.

»Nein«, sagte Elínborg. »Ganz bestimmt nicht. Unseres Wissens lebt er in Selfoss und betreibt dort ein kleines Hotel.«

»Ich kann mich daran erinnern, dass er nach seiner Rückkehr über seine Leipziger Erfahrungen schrieb, und deswegen haben sie ihn fertig gemacht, die alten Sozis in der Partei. Sie haben ihn als Verräter und Lügner gebrandmarkt. Die Rechten haben ihn wie den verlorenen

Sohn aus der Bibel gefeiert und auf Händen getragen. Ich kann mir nicht vorstellen, dass ihm daran gelegen war. Ich denke, er hat ganz einfach nur die Realität schildern wollen, die ihm allenthalben ins Auge sprang, aber das kostet natürlich Kraft. Ich habe ihn ein paar Jahre später einmal getroffen, da wirkte er sehr reserviert und sagte wenig. Vielleicht hat er geglaubt, dass ich immer noch in der Partei aktiv wäre, aber das war ich nicht. Ihr solltet mit ihm sprechen. Er könnte mehr über Lothar wissen. Ich war bloß so kurze Zeit da.«

Als sie wieder im Auto saßen, wies Elínborg Sigurður Óli scharf darauf hin, dass seine privaten politischen Ansichten in einer kriminalpolizeilichen Ermittlung nichts zu suchen hätten, er solle sich gefälligst am Riemen reißen und nicht in dieser Form über die Leute herfallen, und schon gar nicht über ältere Damen, die allein lebten.

»Was ist eigentlich mit dir los?«, fragte sie, als sie losfuhren. »Ich hab noch nie so einen Quatsch gehört. Ich möchte genau wie Rut wissen: Woher kommt diese Wut?«

»Ach, Mensch, ich weiß nicht«, sagte Sigurður Óli. »Mein Vater war so ein knallharter Kommunist, der nie zur Vernunft kam«, sagte er schließlich. Es war das erste Mal, dass er Elínborg gegenüber seinen Vater erwähnte.

Erlendur war gerade nach Hause gekommen, als das Telefon klingelte. Er brauchte eine Weile, um sich zu besinnen, wer dieser Benedikt Jónsson am anderen Ende der Leitung war, aber dann erinnerte er sich. Dieser Mann hatte Leopold in seiner Firma angestellt.

»Störe ich?«, erkundigte sich Benedikt höflich, als Erlendur klar geworden war, wer am Apparat war.

»Nein«, sagte Erlendur. »Kann ich irgendwas …«

»Es ist wegen diesem Mann.«

»Diesem Mann?«, sagte Erlendur.

»Diesem Mann aus der DDR-Botschaft oder der Handelsmission, oder wie das nun hieß«, sagte Benedikt. »Dem, der mir gesagt hat, ich müsste diesen Leopold anstellen, und der mich darauf hingewiesen hat, dass das deutsche Unternehmen ansonsten Konsequenzen ziehen würde – falls ich mich weigerte.«

»Ja«, sagte Erlendur. »Dieser Stämmige. Was ist mit ihm?«

»Irgendwie erinnere ich mich dunkel daran«, sagte Benedikt, »dass er Isländisch konnte. Eigentlich hat er ganz gut Isländisch gesprochen.«

Achtundzwanzig

Die Wochen nach Ilonas Verschwinden vergingen eine nach der anderen wie ein unbegreiflicher Albtraum. In seiner Erinnerung waren sie ein einziges Horrorszenario. An welche Behörde in Leipzig er sich auch wandte, überall stieß er auf die gleiche ablehnende Haltung. Niemand wollte ihm sagen, was aus ihr geworden war, wohin man sie gebracht hatte und wo sie gefangen gehalten wurde, wessen sie beschuldigt wurde oder welche Abteilung der Volkspolizei mit ihrer Verhaftung zu tun hatte. Er versuchte, zwei seiner Dozenten von seinem Anliegen zu überzeugen, aber sie erklärten nur, dass sie nichts ausrichten könnten. Er wagte einen Vorstoß beim Rektor der Universität, aber der lehnte das Ansinnen rundheraus ab. Als er den zuständigen FDJ-Funktionär dazu bringen wollte, Nachforschungen anzustellen, wurde er eiskalt abserviert.

Zum Schluss rief er im Außenministerium in Island an. Man versprach, sich in dieser Angelegenheit kundig zu machen, aber er hörte nie wieder etwas von dort; Ilona war keine isländische Staatsbürgerin, und sie waren nicht verheiratet. Der isländische Staat hatte keine Interessen wahrzunehmen, und darüber hinaus bestanden keine diplomatischen Beziehungen zur DDR. Seine Freunde an der Universität und die Isländer in Leipzig versuchten, ihm den Rücken zu stärken, waren aber genauso ratlos wie er. Sie verstanden nicht, was da vorging. Vielleicht war alles nur ein Missverständnis. Früher oder später würde sie wieder auftauchen, und alles würde klargestellt werden. Das Gleiche sagten Ilonas Freunde und andere ungarische Studenten an der Universität, die genauso bemüht waren, Antworten zu erhalten. Alle versuchten sie, ihn zu trösten und ihm zu sagen, dass er die Ruhe bewahren müsse, alles würde sich zum Schluss aufklären.

Er fand heraus, dass außer Ilona auch noch andere an diesem Tag verhaftet worden waren. Die Staatssicherheit hatte eine Razzia an der Universität durchgeführt. Unter denen, die festgenommen wurden, waren auch einige von Ilonas Freunden, die auf den geheimen Treffen gewesen waren. Er wusste, dass Ilona sie alle gewarnt hatte, nachdem klar war, dass sie beschattet wurden und dass die Stasi Fotos von ihnen besaß. Einige wenige wurden noch am selben Tag wieder auf freien Fuß gesetzt, andere waren länger in Polizeigewahrsam, und einige waren immer noch im Gefängnis, als sie ihn abschoben. Niemand hatte etwas von Ilona gehört.

Er nahm Verbindung zu Ilonas Eltern auf, die von ihrer Verhaftung erfahren hatten; sie schrieben ihm einen ergreifenden Brief und wollten wissen, ob er Näheres über Ilonas Schicksal herausgefunden habe. Ihnen war nichts darüber bekannt, dass man sie nach Ungarn abgeschoben hatte. Zuletzt hatten sie eine Woche vor ihrem Verschwinden von ihr gehört, als sie einen Brief von ihr erhielten. Darin hatte nichts gestanden, was darauf hindeutete, dass sie sich in Gefahr befand. Die Eltern hatten versucht, die ungarischen Behörden einzuschalten, um Nachforschungen über das Schicksal ihrer Tochter in der DDR anzustellen, aber ohne Erfolg. Die Behörden zeigten sich völlig desinteressiert. Angesichts des politischen Zustands in Ungarn machten sich die Funktionäre nicht das Geringste daraus, wenn eine vermeintliche Oppositionelle verhaftet wurde.

Die Eltern schrieben auch, dass sie keine Reiseerlaubnis in die DDR bekämen, um selber Nachforschungen anzustellen. Sie schienen vollkommen verzweifelt zu sein.
Er schrieb zurück, dass er alles daransetze, um in Leipzig etwas in Erfahrung zu bringen. Er sehnte sich danach, ihnen alles sagen zu können, was er wusste, dass sie heimlich gegen die SED und die FDJ agitiert hatte, dass sie Kritik an bestimmten Veranstaltungen und an der Unterdrückung von Meinungsfreiheit, Versammlungsfreiheit und Pressefreiheit geübt hatte. Dass sie junge Deutsche auf ihre Seite gezogen und geheime Treffen organisiert hatte. Und dass sie es nicht hätte voraussehen können. Und schon gar nicht er selber. Aber er wusste, dass er einen solchen Brief nicht schreiben konnte, weil alles, was von ihm kam, gelesen werden würde.
Stattdessen schrieb er, dass er nicht ruhen werde, bis er herausgefunden hätte, was aus Ilona geworden war, und sie wieder freikäme.
Er ging nicht mehr zur Universität. Tagsüber marschierte er von einer Behörde zur anderen und ließ sich Termine bei den Funktionären geben, verlangte Hilfe und Erklärungen. Zuletzt war es nur noch eine reine Formsache, denn es stellte sich immer klarer heraus, dass er dort keine Antworten auf seine Fragen bekam und sie nirgends bekommen würde. Nachts tigerte er in ihrem kleinen Zimmer auf und ab. Er konnte kaum noch richtig schlafen, schreckte nach ein paar Stunden unruhigem Schlaf wieder hoch. Die ganze Zeit über hoffte er, dass sie plötzlich wieder auftauchen würde, dass der Albtraum zu Ende wäre, dass sie mit einer Verwarnung freigelassen und wieder zu ihm zurückkommen würde und sie zusammen sein konnten. Er fuhr bei jedem Geräusch auf, das von der Straße hereindrang. Wenn sich ein Auto näherte, ging er zum Fenster. Wenn es irgendwo im Haus knarrte, blieb er stehen, lauschte und

hoffte, dass es Ilona wäre. Aber sie kam nicht. Und wieder brach ein neuer Tag an, und er war so entsetzlich allein und hilflos in dieser Welt.
Endlich raffte er sich dazu auf, Ilonas Eltern einen weiteren Brief zu schreiben und ihnen zu sagen, dass sie sein Kind unter dem Herzen getragen hatte. Es kam ihm so vor, als hörte er bei jedem einzelnen Buchstaben ihr Wehklagen.

Nun hielt er nach all diesen Jahren die Briefe von ihnen in der Hand, las sie wieder und spürte immer noch den Zorn darin, später die Verzweiflung und das völlige Unverständnis. Sie sahen ihre Tochter nie wieder. Er sah seine Geliebte nie wieder.
Ilona war für sie unwiederbringlich verloren.
Wie immer, wenn er es sich gestattete, sich in seine schmerzlichsten Erinnerungen zu vergraben, seufzte er tief. Gleichgültig, wie viele Jahre auch vergingen, die Sehnsucht war immer gleich schmerzhaft, der Verlust genauso unbegreiflich wie zuvor. In späteren Jahren versuchte er es zu vermeiden, über ihr Schicksal nachzudenken. Früher hatte er sich endlos mit dem Gedanken daran gequält, was mit ihr geschehen war, nachdem man sie abgeführt hatte. Er stellte sich die Verhöre vor. Er sah die Gefängniszelle neben dem kleinen Büro in der Stasizentrale vor sich. Hatte man sie dort eingesperrt? Wie lange? Hatte sie Angst gehabt? Hatte sie sich gewehrt? Hatte sie geweint? War sie misshandelt worden? Wie lange war sie dort oder woanders geblieben? Und natürlich die schlimmste Frage von allen: Was war aus ihr geworden?
Jahrelang hatte sich sein ganzes Leben nur um diese Fragen gedreht. Er hatte nie geheiratet und Kinder bekommen. Er versuchte, so lange wie möglich in Leipzig zu bleiben, aber da er sich von der Universität fern hielt und sich den Behörden und der FDJ gegenüber renitent verhielt, wurde

ihm das Stipendium gestrichen. Er versuchte, ein Bild von Ilona zusammen mit einer Meldung über ihre ungesetzliche Festnahme im FDJ-Organ und in den Tageszeitungen von Leipzig unterzubringen, lief aber gegen Wände. Zuletzt wurde er aus der DDR ausgewiesen.

Als er später Nachforschungen anstellte und sich darüber informierte, wie man in jenen Zeiten im Ostblock mit Oppositionellen und Regimegegnern verfuhr, fand er heraus, dass es eine Reihe von Möglichkeiten gab. Sie konnte während der Inhaftierung in Leipzig oder in Ostberlin, wo sich der Hauptsitz der Staatssicherheit befand, umgekommen sein, oder sie war in ein Gefängnis wie Schloss Hoheneck überführt worden und hatte da den Tod gefunden. Dort befand sich das größte Frauengefängnis für politische Gefangene in der DDR. Ein anderes berüchtigtes Gefängnis war Bautzen II, bekannt unter dem Namen »Gelbes Elend«, weil die Mauersteine dort gelb waren. Dort wurden Häftlinge untergebracht, die sich der »verräterischen Handlungsweise gegen den Arbeiter- und Bauernstaat« schuldig gemacht hatten. Viele politisch Andersdenkende wurden kurz nach der ersten Verhaftung, die als Warnung galt, wieder freigelassen. Andere kamen nach kurzer Haft wieder frei, ohne jemals vor Gericht gestellt worden zu sein, und wieder andere tauchten erst nach vielen Jahren wieder auf, einige aber auch nie. Ilonas Eltern erhielten nie eine Benachrichtigung über ihren Tod, deswegen lebten sie jahrelang in der Hoffnung, dass sie wiederkommen könnte, aber das geschah nicht. Trotz intensiver Bemühungen, sowohl bei den Behörden in Ungarn als auch in der DDR, erhielten sie niemals Auskünfte über ihre Tochter. Es war, als hätte sie nie existiert.

Als Ausländer hatte er in einer Gesellschaft, die er so wenig kannte und noch weniger verstand, letzten Endes kaum Chancen. Er litt unter dem Gefühl seiner Ohnmacht gegenüber den Machthabern, während er von Dienststelle zu Dienststelle, von einem leitenden Funktionär zum anderen lief. Er hasste es, sich von allen Seiten sagen lassen zu müssen, dass man einen Menschen wie Ilona verhaften konnte, nur weil sie andere Ansichten hatte als die Machthaber.

Immer wieder fragte er Karl danach, was bei Ilonas Verhaftung geschehen war. Er war der einzige Zeuge, als die Polizei bei ihr zu Hause erschien. Er hatte von ihr einen Band mit Gedichten eines jungen ungarischen Dichters, den sie ins Deutsche übersetzt hatte, ausleihen wollen.
»Und was passierte dann?«, fragte er Karl zum hundertsten Mal. Er und Emíl saßen im Erfrischungsraum mit Karl zusammen. Drei Tage waren seit Ilonas Verschwinden vergangen, und er klammerte sich zu dem Zeitpunkt noch an die Hoffnung, dass man sie wieder freiließe und sie sich jeden Augenblick bei ihm melden oder womöglich hier in der Kaffeestube auftauchen würde. In regelmäßigen Abständen wanderten seine Blicke zur Eingangstür. Er war außer sich vor Sorge.
»Sie hat mir einen Tee angeboten«, sagte Karl, »und ich habe nicht nein gesagt. Dann hat sie Wasser aufgesetzt.«
»Über was habt ihr geredet?«
»Nichts Besonderes, bloß über Bücher, die wir gelesen hatten.«
»Was hat sie gesagt?«
»Nichts. Wir haben uns einfach unterhalten, und zwar über nichts Besonderes. Wir konnten doch nicht wissen, dass sie kurze Zeit später verhaftet werden würde.«
Karl sah, wie sehr er unter all dem litt.
»Ilona war mit uns allen befreundet«, sagte er. »Ich versteh das nicht. Ich begreife nicht, was hier vorgeht.«
»Und was dann? Was ist passiert?«
»Dann klopfte es an der Tür«, sagte Karl.

»Und?«
»An der Wohnungstür. Wir waren in ihrem Zimmer, in eurem Zimmer, meine ich. Sie hämmerten an die Tür und brüllten etwas, das wir nicht verstanden. Ilona ging zur Tür, und als sie öffnete, stürmten sie herein.«
»Wie viele waren es?«
»Fünf, oder vielleicht sechs, ich kann mich nicht genau erinnern. Das Zimmer war voll von ihnen. Einige trugen die Uniform der Vopos, andere waren in Zivil. Einer kommandierte herum, und die anderen haben ihm gehorcht. Sie fragten Ilona nach ihrem Namen, sie hatten auch ihr Foto dabei, vielleicht das aus der Studentenkartei. Ich weiß es nicht. Und dann haben sie sie abgeführt.«
»Und sie haben alles auf den Kopf gestellt?«, fragte er.
»Sie haben einige Papiere mitgenommen, die sie gefunden hatten, und auch einige Bücher, aber ich weiß nicht, was genau«, sagte Karl.
»Was hat Ilona gemacht?«
»Sie wollte natürlich wissen, worum es ging, und hat mehrmals danach gefragt. Ich auch. Sie haben einfach nicht geantwortet. Sie haben ihr nicht geantwortet und erst recht nicht mir. Sie haben mich überhaupt nicht beachtet. Ilona bat darum, ein Telefongespräch führen zu dürfen, aber das wurde ihr nicht gestattet. Sie hatten den Auftrag, sie zu verhaften, nichts anderes.
»Konntest du nicht fragen, wohin sie mit ihr wollten?«, warf Emíl ein. »Konntest du nicht irgendetwas machen?«
»Da war nichts zu machen«, sagte Karl kleinlaut. »Das müsst ihr verstehen. Wir konnten gar nichts tun. Ich konnte nichts machen! Sie waren gekommen, um sie zu verhaften, und sie haben sie abgeführt.«
»Hat sie Angst gehabt?«
Karl und Emíl schauten ihn teilnahmsvoll an.
»Nein«, sagte Karl. »Sie hatte keine Angst. Sie hat gefragt,

wonach sie suchten und ob sie ihnen behilflich sein könnte. Und dann gingen sie mit ihr weg. Sie bat mich noch, dir zu sagen, dass alles wieder in Ordnung kommen würde.«

»Wie hat sie sich genau ausgedrückt?«

»Ich sollte dir sagen, dass alles in Ordnung kommen würde. Das hat sie gesagt, und ich sollte es dir ausrichten. Dass alles in Ordnung kommen würde.«

»Das hat sie gesagt?«

»Dann wurde sie ins Auto gebracht. Sie waren mit zwei Autos gekommen. Ich rannte hinterher, aber das war natürlich hoffnungslos. Sie verschwanden um die Ecke. Das war das Letzte, was ich von Ilona gesehen habe.«

»Was wollten diese Kerle?«, stöhnte er. »Was haben sie mit ihr gemacht? Warum will niemand mir etwas sagen? Warum kriegt man keine Antworten? Was werden sie mit ihr machen? Was können sie ihr antun?«

Er stützte die Ellbogen auf den Tisch und vergrub sein Gesicht in den Händen.

»Was um alles in der Welt ist geschehen?«, stöhnte er.

»Vielleicht kommt es ja wieder in Ordnung«, sagte Emíl und versuchte, ihn zu trösten. »Vielleicht ist sie schon wieder zu Hause. Vielleicht kommt sie morgen nach Hause.«

Er schaute Emíl mit verstörten Augen an. Karl saß stumm da.

»Wusstet ihr, dass … nein, natürlich habt ihr das nicht gewusst.«

»Was?«, fragte Emíl. »Was sollen wir gewusst haben?«

»Sie hat es mir gesagt, als wir uns zuletzt sahen. Niemand hat etwas gewusst.«

»Was wusste niemand?«, sagte Emíl.

»Dass sie schwanger ist«, sagte er. »Sie hatte es gerade erfahren. Wir bekommen ein Kind! Kapierst du jetzt? Kapierst du, wie abscheulich das ist? Diese verdammte Scheißbespitzelei und die Denunziationen dieser Arschlöcher! Was für Scheusale sind das? Was sind das für Menschen?! Für was kämpfen die? Wollen sie eine bessere Welt, indem sie einander bespitzeln? Wie lange wollen sie das Land hier mit Hilfe von Angst und Menschenverachtung regieren?«

»Sie war schwanger?«, stöhnte Emíl.

»Ich hätte bei ihr sein sollen, Karl, und nicht du. Ich hätte nie zugelassen, dass sie sie abführen. Niemals.«

»Willst du etwa mir die Schuld daran geben?,« fragte Karl. »Es war nicht möglich, etwas zu tun. Ich konnte gar nichts machen.«

»Nein«, sagte er und legte die Hände vors Gesicht, um seine Tränen zu verbergen. »Natürlich nicht. Natürlich trägst du keine Schuld.«

Später, nachdem er gezwungen worden war, Leipzig und die DDR zu verlassen, und er seine Abreise vorbereitete, hatte er ein letztes Mal Lothar aufgesucht. Er traf ihn im FDJ-Büro an der Universität. Er hatte nicht das Geringste über Ilona herausgefunden. Die Angst und die Sorge, die ihn in den ersten Tagen und Wochen auf der Suche nach ihr vorangetrieben hatten, waren Hoffnungslosigkeit und Mutlosigkeit gewichen, die ihn beinahe erdrückten.

Lothar schäkerte im Büro mit zwei jungen Frauen, die über etwas, das er gesagt hatte, kicherten. Sie verstummten, als er eintrat. Er bat Lothar um ein Gespräch unter vier Augen.

»Und worum geht es diesmal?«, fragte Lothar, ohne sich zu rühren. Die beiden Frauen schauten ihn an, ihre Mienen waren jetzt ernst. Ilonas Verhaftung war wie ein Lauffeuer durch die ganze Universität gegangen. Sie war als Verräterin angeprangert worden, und es hieß, man hätte sie nach Ungarn abgeschoben. Er wusste, dass das eine Lüge war.

»Ich würde gern mit dir reden«, sagte er. »Ist das möglich?«
»Du weißt, dass ich nichts für dich tun kann«, sagte Lothar. »Ich habe dir das bereits gesagt. Lass mich in Ruhe.«
Lothar wandte sich wieder den beiden Frauen zu, um weiter mit ihnen seine Späße zu machen.
»Hast du etwas mit Ilonas Verhaftung zu tun gehabt?«, fragte er und war jetzt ins Isländische übergewechselt.
Lothar wandte ihm den Rücken zu und antwortete nicht. Die Blicke der Mädchen wanderten zwischen ihnen hin und her.
»Du hast vielleicht sogar selber den Befehl zur Verhaftung gegeben«, sagte er und hob die Stimme. »Hast du ihnen gesagt, dass sie gefährlich wäre? Dass man sie aus dem Verkehr ziehen müsste? Dass sie antikommunistische Propaganda verbreitete? Dass sie Widerstandstreffen organisierte? Warst du es, Lothar? War das deine Aufgabe?«
Lothar tat, als hörte er ihn nicht, und sagte stattdessen etwas zu den beiden Frauen, die albern grinsten. Er trat an Lothar heran und packte ihn am Arm.
»Wer bist du?«, fragte er gefasst und ruhig. »Sag mir das.«
Lothar drehte sich zu ihm um und schlug seine Hand weg. Er packte ihn bei den Jackettaufschlägen und stieß ihn so heftig gegen den Aktenschrank an der Wand, dass es krachte.
»Lass mich in Ruhe«, zischte Lothar zwischen zusammengebissenen Zähnen.
»Was hast du Ilona angetan?«, fragte er mit der gleichen gefassten Stimme und machte keinen Versuch, sich zu wehren. »Wo ist sie? Sag mir das.«
»Ich habe nichts getan«, fauchte Lothar. »Sondier deine Umgebung, du dämlicher Isländer!«
Damit stieß Lothar ihn zu Boden und marschierte aus dem Zimmer.

Auf der Heimreise erfuhr er, dass das sowjetische Militär in Ungarn einmarschierte, um den Aufstand niederzuschlagen.

Er hörte die alte Wanduhr Mitternacht schlagen und legte die Briefe wieder zurück an ihren Platz.
Im Fernsehen hatte er die Nachrichten aus aller Welt verfolgt. Die Berliner Mauer war gefallen, und Deutschland sollte wiedervereinigt werden. Er sah, wie die Menschen auf die Mauer kletterten und mit Spitzhacken und Vorschlaghämmern darauf einschlugen, als wollten sie die Bösartigkeit und Menschenverachtung treffen, mit denen sie errichtet worden war.
Als die Wiedervereinigung der beiden deutschen Staaten Wirklichkeit geworden war und er sich bereit glaubte, unternahm er eine Reise in die ehemalige DDR. Es war das erste Mal, seitdem er dort studiert hatte. Diesmal brauchte er nur einen halben Tag, um dorthin zu gelangen. Er flog nach Frankfurt und von dort aus weiter nach Leipzig. Am Flughafen nahm er ein Taxi, das ihn zu seinem Hotel brachte. Abends aß er allein im Hotel, das ganz in der Nähe der Altstadt und des Universitätsgeländes lag. Im Restaurant saßen nur wenige Menschen, zwei ältere Ehepaare und vereinzelt ein paar Männer. Womöglich Vertreter, dachte er. Einer von ihnen nickte ihm zu, als ihre Blicke sich trafen.
Später am Abend unternahm er einen langen Spaziergang und erinnerte sich daran, was er gefühlt hatte, als er zum ersten Mal nach seiner Ankunft in aller Herrgottsfrühe durch die Stadt spazierte, in der er studieren sollte. Er dachte daran, wie die Welt sich seitdem verändert hatte. Er ging über das Universitätsgelände. Sein ehemaliges Wohnheim, die alte Villa, war instand gesetzt und restauriert worden, und dort befand sich jetzt die Hauptniederlassung eines

ausländischen Konzerns. Das alte Universitätsgebäude, wo er Vorlesungen und Seminare besucht hatte, wirkte in der nächtlichen Finsternis noch düsterer, als er es in Erinnerung hatte. Er ging zurück in Richtung Innenstadt und besuchte die Nikolaikirche. Er stellte eine Kerze zum Gedenken an die Verstorbenen auf und zündete sie an. Dann lief er über den früheren Karl-Marx-Platz und von da aus zur Thomaskirche. Er schaute zur Statue von Bach hoch, vor der sie damals so oft gestanden hatten.

Eine alte Frau näherte sich ihm und bot ihm einen Blumenstrauß an. Er lächelte sie an und kaufte ihr einen kleinen Strauß ab.

Kurze Zeit später lenkte er seine Schritte dorthin, wo er im Geiste so oft verweilt hatte, im Wachen und im Träumen. Er freute sich zu sehen, dass das Haus noch stand. Es war zum Teil renoviert worden, und die Fenster waren erleuchtet. Er traute sich nicht, zu den Fenstern hineinzuschauen, aber es kam ihm so vor, als lebte dort jetzt eine Familie. Dort, wo einmal das Wohnzimmer der alten Dame gewesen war, die alle ihre Angehörigen im Krieg verloren hatte, sah man jetzt das Flimmern eines Fernsehgeräts. Jetzt sah es da drinnen bestimmt ganz anders aus. Vielleicht war ihr Zimmer jetzt das Kinderzimmer des ältesten Sprösslings.

Er küsste den Blumenstrauß, legte ihn bei der Tür nieder und schlug das Zeichen des Kreuzes über ihm.

Einige Jahre zuvor war er nach Budapest geflogen und hatte Ilonas hochbetagte Mutter und ihre beiden Brüder getroffen. Der Vater war gestorben, ohne etwas über das Schicksal seiner Tochter erfahren zu haben.

Er saß einen ganzen Tag lang bei der alten Frau, die ihm Bilder von Ilona zeigte, als sie klein war, als Jugendliche und bis zum Abitur. Ilonas Brüder, die genau wie er nicht mehr die Jüngsten waren, sagten ihm das, was er bereits wusste, dass all ihr Bemühen um Antworten auf die Frage nach Ilonas Verbleib erfolglos geblieben war. Er hörte die Bitterkeit in ihren Worten und die Resignation, die sich seit langem in ihnen eingenistet hatte.

Am Tag nach seiner Ankunft in Leipzig begab er sich zur alten Stasizentrale am Dittrichring. Jetzt saßen aber keine Stasimitarbeiter mehr im Anmeldezimmer, sondern eine junge Frau, die ihn freundlich anlächelte und ihm eine Informationsbroschüre reichte. Er sprach immer noch recht gut Deutsch und erzählte ihr, dass er zu Gast sei und sich das Gebäude ansehen wolle. Außer ihm befanden sich noch zahlreiche andere Menschen dort und gingen durch offene Türen von einem Raum zum anderen, ohne dass jemand etwas sagte. Die junge Frau hörte, dass er Ausländer war, und auf ihre Frage, woher er käme, sagte er ihr, dass er Isländer sei. Sie erklärte, dass aus der ehemaligen Stasizentrale ein Museum gemacht werden solle. Er könne sich gern den Vortrag anhören, der gleich beginnen würde, und sich dann im Haus umschauen. Sie begleitete ihn in den Bürotrakt, wo Stühle aufgestellt worden waren. Alle waren besetzt, und einige Zuhörer lehnten an der Wand. In dem Vortrag ging es um die Inhaftierungen oppositioneller Schriftsteller in den siebziger Jahren.

Als der Vortrag zu Ende war, betrat er das Büro mit der kleinen Nische, wo Lothar und der Mann mit dem buschigen Schnauzbart ihm zugesetzt hatten. Die Zelle daneben stand offen, und er betrat sie. Vielleicht ist Ilona hier gewesen, ging es ihm durch den Kopf. Die Wände der Zelle waren mit Kritzeleien bedeckt, und er überlegte, ob sie womöglich mit einem Löffel gemacht worden waren.

Er hatte einen Antrag gestellt, die Akten bei der Behörde für Stasi-Unterlagen einsehen zu dürfen. Dort half man den Menschen dabei, Nachforschungen über verschollene Angehörige anzustellen oder die eigenen Akten mit den

Informationen zu finden, die man im Zuge der gegenseitigen Kontrolle von Nachbarn, Arbeitskollegen, Freunden und Familienangehörigen gesammelt hatte. Journalisten, Wissenschaftler und diejenigen, die glaubten, in den Akten erwähnt zu sein, konnten solche Anträge stellen, und das hatte er von Island aus sowohl schriftlich als auch telefonisch getan. Der Antragsteller musste präzise und ausführlich begründen, weswegen er die Akten einsehen wollte und wonach er suchte. Ihm war bekannt, dass tausende von braunen Umschlägen mit solchen Informationen in den letzten Tagen des DDR-Regimes in den Reißwolf gewandert waren und dass zahllose Personen daran arbeiteten, sie wieder zusammenzufügen. Der Umfang dieser Dokumente war ungeheuerlich.

Seine Reise nach Deutschland zeitigte keinen Erfolg. Trotz intensiver Suche fand er nicht das Geringste über Ilona. Ihm wurde gesagt, dass ihre Akten wahrscheinlich vernichtet worden waren. Möglicherweise sei sie in die Arbeits- und Gefangenenlager in der Sowjetunion geschickt worden, und dann bestünde die Möglichkeit, in Moskau etwas darüber in Erfahrung zu bringen. Denkbar war auch, dass sie in den Händen des Staatssicherheitsdienstes zu Tode gekommen war, in Leipzig oder in Berlin, falls man sie dorthin gebracht hätte.

In den alten Stasiakten fand er ebenfalls nichts über den Verräter, der damals seine einzige große Liebe an die Staatssicherheit ausgeliefert hatte.

Jetzt saß er da und wartete darauf, dass die Polizei vor seiner Tür auftauchte. Das hatte er den ganzen Sommer bis in den Herbst hinein getan, ohne dass etwas passiert war. Er war überzeugt, dass die Polizei früher oder später bei ihm erscheinen würde, und er hatte sich Gedanken gemacht, wie er darauf reagieren sollte. Würde er so tun, als sei nichts geschehen, und alles abstreiten und so tun, als fiele er aus allen Wolken? Es hinge vielleicht davon ab, was sie herausgefunden hatten. Er hatte keine Ahnung, was das sein könnte, stellte sich aber vor, dass sie gut vorbereitet sein müssten, wenn es ihnen einmal gelungen war, die Spur bis zu ihm zurückzuverfolgen.

Er starrte vor sich hin, und seine Gedanken wanderten wieder nach Leipzig zurück.

Die Worte, die Lothar bei ihrem letzten Zusammentreffen gesprochen hatte, hatten sich ihm bis auf den heutigen Tag wie ein Brandmal eingeprägt, und so würde es bis zum bitteren Ende bleiben. Drei Worte, die alles sagten.

Sondier deine Umgebung.

Neunundzwanzig

Elínborg und Erlendur meldeten sich nicht vorher an. Sie wussten so gut wie gar nichts über diesen Mann, mit dem sie sich unterhalten wollten. Er hieß Hannes und hatte seinerzeit in Leipzig studiert. Er betrieb ein kleines Hotel in Selfoss und züchtete außerdem Tomaten. Sie fuhren direkt zu seiner Privatadresse und parkten das Auto vor einem Bungalow, der genauso aussah wie die meisten anderen Häuser in dieser kleinen Stadt, nur dass er lange Zeit nicht gestrichen worden war. Neben dem Haus befand sich ein zementiertes Fundament, wo wahrscheinlich eine Garage geplant gewesen war. In dem gepflegten Garten, der voller Sträucher und Stauden war, stand ein kleines Vogelhaus.

Im Garten machte sich ein Mann, den sie für über siebzig hielten, an einem Rasenmäher zu schaffen, der offensichtlich nicht anspringen wollte. Er mühte sich damit ab, das Startkabel zu ziehen, das wie ein langer Wurm in sein Loch zurückschnellte, sobald es losgelassen wurde. Er bemerkte sie erst, als sie unmittelbar vor ihm standen.

»Das Ding taugt wohl nichts«, sagte Erlendur. Er blickte auf den Rasenmäher und inhalierte den Rauch der Zigarette, die er sich angezündet hatte, sobald er aus dem Auto gestiegen war. Elínborg hatte ihm verboten, unterwegs zu rauchen, sein Auto sei sowieso schon eine Zumutung.

Der Mann blickte hoch und musterte die beiden Unbekannten in seinem Garten. Er hatte einen grauen Bart und graue Haare, die schütter zu werden begannen, eine hohe, intelligente Stirn, dichte Augenbrauen und lebhafte braune Augen. Die dicke Hornbrille auf seiner Nase mochte vor einem Vierteljahrhundert in Mode gewesen sein.

»Wer seid ihr?«, fragte er.

»Bist du Hannes?«, fragte Elínborg zurück.

Der Mann bejahte das. Er hatte nicht mit Besuch gerechnet und betrachtete sie forschend.

»Wollt ihr mir Tomaten abkaufen?«, fragte er.

»Vielleicht«, sagte Erlendur. »Sind sie gut? Elínborg hier ist nämlich Expertin.«

»Hast du nicht in den fünfziger Jahren in Leipzig studiert?«, fragte Elínborg.

Der Mann schaute sie an und antwortete nicht. Es war, als verstünde er die Frage nicht, und erst recht nicht, weshalb sie gestellt wurde. Elínborg wiederholte sie.

»Was ist denn los?«, fragte der Mann. »Wer seid ihr? Warum fragt ihr nach Leipzig?«

»Du bist 1952 dorthin gegangen, nicht wahr?«, fragte Elínborg.

»Das stimmt«, sagte der Mann verblüfft. »Warum fragt ihr danach?«

Elínborg sagte ihm, wer sie waren, und teilte ihm mit, dass der Skelettfund im Kleifarvatn im Frühjahr sie auf die Spur isländischer Studenten in der DDR gebracht hatte. Es sei nur ein Aspekt von vielen, die im Zusammenhang mit diesem Fall untersucht würden, erklärte sie, ohne den russischen Apparat zu erwähnen.

»Ich … was … ich meine …«, sagte Hannes zögernd. »Was hat das mit den Isländern zu tun, die in Deutschland studiert haben?«

»Vielleicht nicht in Deutschland, sondern in Leipzig, um es präzise auf den Punkt zu bringen«, sagte Erlendur. »Wir möchten etwas über einen Deutschen namens Lothar in Erfahrung bringen. Ist dir dieser Name bekannt? Lothar Weiser.«

Hannes blickte ihn so entgeistert an, als sähe er in seinem Garten Gespenster. Seine Blicke wanderten von Elínborg zu Erlendur.

»Ich kann euch nicht behilflich sein«, sagte er.

»Es wird nicht lange dauern«, sagte Erlendur.

»Tut mir Leid«, erklärte Hannes. »Ich hab das alles vergessen, es ist so lange her.«

»Wir wären dir sehr dankbar, wenn ...«, setzte Elínborg an, aber Hannes fiel ihr ins Wort.

»Ich wäre euch sehr dankbar, wenn ihr verschwinden würdet«, sagte er. »Ich bin der Meinung, dass ich euch nichts zu sagen habe. Ich bin keine Hilfe für euch. Es ist lange her, seit ich über Leipzig gesprochen habe, und ich habe nicht vor, jetzt wieder damit anzufangen. Ich habe das alles vergessen, und ich denke nicht daran, mich von euch verhören zu lassen. Das bringt überhaupt nichts.«

Er machte sich wieder am Startkabel zu schaffen und fummelte anschließend am Motor herum. Erlendur und Elínborg schauten sich an.

»Warum glaubst du das?«, fragte Erlendur. »Du weißt ja gar nicht, was wir von dir wollen.«

»Nein, und ich will es auch gar nicht wissen. Lasst mich in Ruhe.«

»Es handelt sich doch gar nicht um ein Verhör«, sagte Elínborg. »Aber wenn du möchtest, können wir dich vorladen. Vielleicht findest du das besser.«

»Soll das eine Drohung sein?«, sagte Hannes und blickte von seinem Rasenmäher hoch.

»Was ist denn dabei, ein paar Fragen zu beantworten?«, fragte Erlendur.

»Ich brauche das nicht zu tun, wenn ich es nicht möchte,

und ich habe nicht vor, es zu tun«, sagte er. »Auf Wiedersehen.«
Elínborgs Miene nach zu urteilen war sie im Begriff, ihm gehörig die Meinung zu sagen, aber Erlendur packte sie beim Arm und schob sie zum Auto.
»Falls er glaubt, dass er mit so etwas durchkommt …«, begann Elínborg, als sie sich ins Auto setzten, aber Erlendur unterbrach sie.
»Ich mache noch einen Versuch, und wenn das nichts nützt, lassen wir es«, sagte er. »Dann wird er eben vorgeladen.«
Er stieg aus und ging wieder zu Hannes hinüber. Elínborg blickte ihm nach. Der Rasenmäher war endlich angesprungen, und Hannes hatte angefangen zu mähen. Er beachtete Erlendur nicht, aber der stellte sich ihm in den Weg und schaltete den Rasenmäher aus.
»Ich habe zwei Stunden gebraucht, um ihn in Gang zu kriegen«, schrie Hannes. »Was soll das eigentlich?«
»Wir müssen das tun«, sagte Erlendur ruhig, »auch wenn keiner von uns es angenehm findet. Leider. Wir können es jetzt erledigen, und zwar schnell, oder wir lassen dich vorladen. Es kann natürlich gut sein, dass du uns dann auch nichts sagen wirst, aber dann laden wir dich wieder und wieder vor, bis du der Polizei kein Unbekannter mehr sein wirst.«
»Ich lasse mich nicht unter Druck setzen!«
»Ich auch nicht«, sagte Erlendur.
Sie standen einander gegenüber mit dem Rasenmäher zwischen sich. Keiner von beiden wollte nachgeben. Elínborg saß im Auto, beobachtete das Tauziehen und schüttelte den Kopf. Männer!
»Na, schön«, sagte Erlendur. »Dann sehen wir uns also in Reykjavík.«
Er drehte sich um und ging zum Auto. Hannes blickte ihm mit gerunzelter Stirn nach.

»Werdet ihr ein Protokoll darüber anfertigen?«, rief er Erlendur hinterher. »Wenn ich mit euch rede?«
»Hast du etwas gegen Protokolle?«, sagte Erlendur, indem er sich umdrehte.
»Ich möchte nicht, dass irgendetwas von dem, was ich sage, verwendet werden kann. Ich möchte nicht, dass es irgendwelche schriftlichen Aufzeichnungen über mich oder darüber gibt, was ich sage. Ich will keine Bespitzelung.«
»Das ist in Ordnung«, gab Erlendur zurück. »Die will ich auch nicht.«
»Ich habe das Ganze jahrzehntelang verdrängt«, sagte Hannes. »Ich habe es vergessen wollen.«
»Was vergessen wollen?«, fragte Erlendur.
»Es waren seltsame Zeiten damals«, sagte Hannes. »Ich habe Lothars Namen schon lange nicht mehr gehört. Was hat er mit den Knochen im Kleifarvatn zu tun?«
Erlendur schaute ihn an, ohne zu antworten, und so verging geraume Zeit, bis Hannes sich räusperte und vorschlug, vielleicht lieber ins Haus zu gehen. Erlendur nickte und winkte Elínborg zu.
»Meine Frau ist vor vier Jahren gestorben«, sagte Hannes, als er die Tür öffnete. Er erklärte, dass seine Kinder in Reykjavík manchmal mit den Enkelkindern einen Sonntagsausflug über den Hellisheiði-Pass machten, um ihn zu besuchen, aber ansonsten hätte er hier seine Ruhe und fühlte sich wohl dabei. Sie erkundigten sich näher nach seinen Verhältnissen und danach, wie lange er schon in Selfoss lebte. Er war vor etwa zwanzig Jahren in diesen Ort gezogen. Davor hatte er als Ingenieur in einem großen Ingenieurbüro gearbeitet, vor allem im Zusammenhang mit den Kraftwerken, die errichtet wurden. Aber als er das Interesse an dieser Tätigkeit verlor, hatte er Reykjavík den Rücken gekehrt und sich in Selfoss niedergelassen.
Nachdem er den Kaffee ins Wohnzimmer gebracht hatte,

fragte Erlendur ihn nach Leipzig. Hannes versuchte, ihnen zu schildern, wie es Mitte der fünfziger Jahre dort gewesen war. Nach kurzer Zeit erzählte er ihnen von den Versorgungsmängeln, von freiwilligen Einsätzen, von Trümmersäuberungsaktionen, von den Aufmärschen zum Tag der Republik, vom Staatsratsvorsitzenden Ulbricht, von den sozialistischen Pflichtveranstaltungen, von den Diskussionen der Isländer über den Sozialismus, wie er sich ihnen offenbarte, von parteifeindlichen Umtrieben, von der FDJ, dem sowjetischen Einfluss, von Planwirtschaft, Kollektiven und dem Überwachungsstaat, der dafür sorgte, dass niemand abweichlerische Ansichten äußerte, und sämtliche Opposition im Keim erstickte. Er erzählte ihnen von der Freundschaft, die die isländischen Studenten untereinander verband, von den Idealen, die diskutiert wurden, vom Sozialismus als realistischer Alternative zum Kapitalismus.

»Ich glaube nicht, dass er tot ist«, sagte Hannes auf einmal, so als sei er zu einem Ergebnis gekommen. »Ich glaube, er ist immer noch aktiv, aber in einem anderen Sinne, als wir vielleicht damals glaubten. Der Sozialismus macht es für uns erträglich, mit dem Kapitalismus zu leben.«

»Du bist immer noch Sozialist?«, fragte Erlendur.

»Ich bin es immer gewesen«, sagte Hannes. »Der Sozialismus hat nichts mit dieser unmaskierten Bösartigkeit zu tun, die Stalin daraus gemacht hat, oder mit diesen grotesken Diktaturen, die in Osteuropa entstanden.«

»Aber haben nicht alle in den Jubelchor eingestimmt und der Täuschung Vorschub geleistet?«, fragte Erlendur.

»Ich weiß es nicht«, sagte Hannes. »Ich habe es jedenfalls nicht getan, nachdem ich durchschaut hatte, wie der Sozialismus in der DDR in die Tat umgesetzt wurde. Daraufhin bin ich allerdings abgeschoben worden, weil ich nicht willfährig genug war. Weil ich nicht bereit war, den entscheidenden Schritt zu tun und als Denunziant bei dieser

Überwachung von Personen mitzumachen. Sie fanden es in Ordnung, dass Kinder ihre Eltern bespitzelten und meldeten, wenn sie nicht mit der Parteilinie konform gingen. So etwas hat nichts mit Sozialismus zu tun. Es ist nur die Angst davor, die Macht zu verlieren. Was dann zum Schluss ja auch geschah.«

»Was meinst du damit, den entscheidenden Schritt zu tun?«, fragte Erlendur.

»Sie verlangten von mir, meine isländischen Freunde zu bespitzeln. Ich habe mich geweigert. Aus verschiedenen anderen Gründen hatte ich einen Widerwillen gegen das entwickelt, was ich dort sah und hörte. Ich ging nicht mehr zu den Pflichtveranstaltungen. Ich kritisierte das System. Selbstverständlich nicht öffentlich, das tat man einfach nicht, sondern man kritisierte die Mängel des Systems in kleinen Gruppen von Freunden und Gleichgesinnten, unter guten Bekannten. Es gab oppositionelle Gruppen in der Stadt, junge Leute, die sich heimlich trafen. Ich habe sie kennen gelernt. Habt ihr diesen Lothar im Kleifarvatn gefunden?«

»Nein«, erwiderte Erlendur. »Oder besser, wir wissen nicht, wer das ist.«

»Wer waren diese ›sie‹, die von dir verlangt haben, dass du deine Kameraden bespitzeln solltest?«, fragte Elínborg.

»Zum Beispiel Lothar Weiser.«

»Warum er?«, bohrte Elínborg weiter. »Weißt du das?«

»Angeblich war er auch immatrikuliert, aber das war meines Erachtens kein richtiges Studium, und er hatte völlig freie Hand in allem. Er sprach fließend Isländisch, und es kam einem so vor, als arbeitete er für die SED oder die FDJ, was sowieso alles in einen Topf gehörte. Es war offensichtlich eine von seinen Aufgaben, die Studenten auszuhorchen und sie möglichst zur Mitarbeit zu bewegen.«

»Was für eine Mitarbeit?«, fragte Elínborg.

»Da gab es diverse Möglichkeiten«, sagte Hannes. »Wenn

man von jemandem wusste, dass er Westsender hörte, dann sagte man den FDJ-Funktionären Bescheid. Wenn jemand erwähnte, dass er keine Lust hatte, sich für die Aufräumarbeiten in den Trümmern zu melden oder für andere freiwillige Arbeitseinsätze, gab man diese Informationen an sie weiter. Es gab aber auch ernstere Fälle, beispielsweise wenn jemand klassenfeindliche oder staatsgefährdende Äußerungen von sich gab. Falls jemand nicht an den Aufmärschen teilnahm, wertete man das als ein Indiz für parteifeindliche Anschauungen und nicht etwa Faulheit. Alles wurde minutiös überwacht, und Lothar gehörte zu denen, die das organisierten. Wir waren gehalten, unseren gesamten Bekanntenkreis zu bespitzeln. Man zeigte nicht die richtige innere Einstellung, wenn man die anderen nicht denunzierte.«

»Könnte es sein, dass Lothar andere Isländer dazu gebracht hat, da mitzumachen?«, fragte Erlendur. »Dass er von jemand anderem verlangt hat, seine Freunde zu bespitzeln?«

»Es geht nicht um die Frage, ob er das gekonnt hat. Ich bin mir völlig sicher, dass er es versucht hat«, sagte Hannes. »Ich könnte mir vorstellen, dass er sich jeden Einzelnen vorgeknöpft und es versucht hat.«

»Und?«

»Und nichts.«

»Wurde man dafür belohnt, wenn man zur Mitarbeit bereit war, oder hat man nur aus ideologischen Gründen seine Nächsten bespitzelt?«, fragte Elínborg.

»Es gab diverse Vergünstigungen für diejenigen, die sich bei diesen Leuten lieb Kind machten. Ein schlechter Student, der linientreu und politisch korrekt war, erhielt manchmal höhere Stipendien als ein überdurchschnittlich guter Student mit viel besseren Noten, der sich politisch nicht engagierte. So war das System. Wenn ein unerwünschter Student von der Universität gewiesen wurde, wie es zum Schluss mit mir geschah, war es wichtig für die Kommilitonen, ihre Gesinnung zu offenbaren und sich ausdrücklich zur Parteilinie zu bekennen. Man hatte Vorteile davon, wenn man zeigte, wie parteikonform und linientreu man war. Die FDJ an der Universität sorgte dafür, dass Disziplin herrschte. Andere Studentenvereinigungen waren nicht erlaubt, und die Funktionäre hatten sehr viel Macht. Es wurde übel aufgenommen, wenn man nicht zu den Pflichtveranstaltungen erschien.«

»Du hast erwähnt, dass es oppositionelle Gruppen gab«, sagte Erlendur. »Was …?«

»Ich weiß nicht mal, ob man sie wirklich als Oppositionelle bezeichnen kann«, sagte Hannes. »Es waren zum größten Teil junge Leute, die sich trafen und Westsender hörten. Sie redeten über Elvis und über Westberlin, denn viele waren dort gewesen, oder sogar über Religion, was damals nicht gern gesehen wurde. Doch, es gab aber auch tatsächliche Widerstandsgruppen, die für eine Systemveränderung kämpften, für eine echte Demokratie, für das Recht auf freie Meinungsäußerung und Pressefreiheit. Gegen sie wurde hart vorgegangen.«

»Du hast gesagt, dass beispielsweise Lothar Weiser an dich herangetreten ist, um dich als Informanten zu gewinnen. Gab es da noch andere?«

»Ja, natürlich«, sagte Hannes. »In dieser Gesellschaft gab es die so genannte gegenseitige Kontrolle, sowohl an der Universität als auch in der allgemeinen Bevölkerung. Die Leute hatten Angst. Die geradlinigen Kommunisten nahmen aus vollster Überzeugung daran teil, während die Zweifler versuchten, sich rauszuhalten und sich irgendwie damit zu arrangieren. Ich bin der Überzeugung, dass außer mir noch viele andere der Meinung waren, dass dieses System das genaue Gegenteil von dem war, wofür der Sozialismus steht.«

»Weißt du, ob einer der Isländer für diesen Lothar gearbeitet hat?«
»Warum wollt ihr das wissen?«, fragte Hannes.
»Wir müssen in Erfahrung bringen, ob er mit irgendwelchen Isländern in Verbindung stand, als er in den sechziger Jahren als Wirtschaftsreferent in Island auftauchte«, sagte Erlendur. »Es handelt sich um eine ganz normale Recherche. Es geht nicht darum, Leute auszuspionieren, sondern nur um Informationen wegen dieses Skelettfunds.«
Hannes' Blick wanderte zwischen Elínborg und Erlendur hin und her.
»Ich wüsste nicht, dass irgendein Isländer etwas mit diesem System zu tun haben wollte, außer vielleicht Emil«, sagte er. »Ich glaube, dass er ein doppeltes Spiel gespielt hat. Ich habe es Tómas seinerzeit gesagt, als er mich danach fragte. Das war aber viel später, als er mich einmal besucht hat. Da stellte er mir nämlich genau die gleiche Frage.«
»Tómas?«, sagte Erlendur. Er konnte sich an den Namen auf der Liste der isländischen DDR-Studenten erinnern. »Hast du immer noch Verbindung zu diesen Leuten, die mit dir zusammen in Leipzig studierten?«
»Nein, ich habe kaum Kontakt zu ihnen, und habe nie welchen gehabt«, entgegnete Hannes. »Tómas und ich hatten aber eines gemeinsam – wir sind relegiert worden. Er kam genau wie ich nach Island zurück, ohne das Studium abgeschlossen zu haben. Er musste Leipzig verlassen und wurde abgeschoben. Nach seiner Rückkehr hat er mich aufgesucht und mir von seiner Verlobten erzählt, einem ungarischen Mädchen, das Ilona hieß. Ich kannte sie auch ein wenig. Sie hatte nicht viel für Parteidisziplin übrig, um es milde auszudrücken. Sie kam aus einem etwas anderen Umfeld, denn in Ungarn wurden die Dinge damals noch freizügiger gehandhabt. Die jungen Leute sagten offen,

was sie über die sowjetische Vorherrschaft dachten, die sich über ganz Osteuropa ausgebreitet hatte.«

»Warum hat er dir von ihr erzählt?«, warf Elínborg ein.

»Er war ein gebrochener Mann, als er zu mir kam«, sagte Hannes. »Er war nur noch ein Schatten seiner selbst. In Leipzig lernte ich ihn als selbstsicheren jungen Mann kennen, der den Kopf voller sozialistischer Ideale hatte, für die er kämpfte. Er stammte aus einer traditionellen Arbeiterfamilie.«

»Weshalb war er ein gebrochener Mann?

»Weil sie spurlos verschwand«, sagte Hannes. »Ilona wurde in Leipzig verhaftet, und sie tauchte nie wieder auf. Er war am Boden zerstört. Er sagte mir, dass Ilona schwanger gewesen sei, als sie verschwand. Er hatte Tränen in den Augen, als er darüber redete.«

»Und später ist er noch einmal zu dir gekommen?«, fragte Erlendur.

»Ja, und es war irgendwie seltsam, dass er so viele Jahre später noch einmal kam, um über diese alten Dinge zu reden. Unsereins hatte das Ganze so gut wie verdrängt, aber Tómas hatte offensichtlich nichts von alledem vergessen. Er erinnerte sich an alles, an die kleinsten Kleinigkeiten, als sei es erst gestern passiert.«

»Was wollte er?«, fragte Elínborg.

»Er fragte mich nach Emíl«, sagte Hannes. »Ob Emíl für Lothar gearbeitet hätte. Ob sie einen engen Kontakt zueinander gehabt hätten. Ich wusste absolut nicht, weswegen er danach fragte, aber ich habe ihm gesagt, dass ich mir völlig sicher war, dass Emíl großen Wert darauf legte, bei Lothar einen Stein im Brett zu haben.«

»Inwiefern warst du dir sicher?«, fragte Elínborg.

»Emíl war alles andere als eine Leuchte, und er hatte im Grunde genommen eigentlich nichts an der Universität verloren, aber er war überzeugter Sozialist. Alles, worüber wir redeten, wurde direkt an Lothar weitergetragen, und

Lothar hat dafür gesorgt, dass Emíl nicht nur ein dickes Stipendium bekam, sondern auch ausgezeichnete Noten hatte. Und Tómas und Emíl waren befreundet.«

»Inwiefern warst du dir sicher?«, wiederholte Erlendur.

»Weil es mir einer der Dozenten an der Uni gesagt hat, als ich mich von ihm verabschiedete. Nachdem ich relegiert wurde. Er fand es bedauerlich, dass ich mein Studium nicht zu Ende bringen konnte. Er sagte mir, dass man im gesamten Lehrkörper darüber gesprochen hätte, denn die Dozenten waren nicht begeistert über solche Studenten wie Emíl. Aber sie konnten nichts dagegen machen. Sie waren auch nicht begeistert über Leute wie Lothar. Dieser Professor sagte mir, dass Emíl großen Wert für Lothar besitzen müsse, denn seine fachlichen Leistungen waren miserabel. Lothar hatte der Univerwaltung zu verstehen gegeben, dass Emíl nicht durchfallen durfte. Es lief über die FDJ, aber Lothar steckte dahinter.«

Hannes schwieg eine Weile.

»Emíl war im Gegensatz zu uns ein Hardliner«, sagte er schließlich. »Ein unbeugsamer Kommunist und Stalinist.«

»Weshalb ...«, begann Erlendur, aber Hannes, der sich wieder als junger Student in Leipzig zu befinden schien, redete ganz in Gedanken weiter.

»Es hat einen so total überrascht«, sagte er, während er vor sich hin starrte, »dieses ganze System. Wir lernten die Parteidiktatur und Angst und Unterdrückung kennen. Einige versuchten nach ihrer Rückkehr, innerhalb unserer Partei darauf aufmerksam zu machen, aber sie konnten nichts ausrichten. Mir kam es immer so vor, als sei der Sozialismus in der DDR nichts anderes als eine Art Fortsetzung des Nationalsozialismus gewesen. Die Leute standen zwar unter der Fuchtel der Sowjets, aber ich habe ziemlich bald das Gefühl gehabt, dass der Sozialismus in der DDR nur eine andere Version der nationalsozialistischen Unterdrückung war.«

Dreißig

Hannes räusperte sich und blickte sie an. Sie spürten beide, dass es ihm nicht leicht fiel, über sein Studium in Leipzig zu sprechen. Er schien es nicht gewöhnt zu sein, die alten Zeiten wieder aufleben zu lassen. Erlendur hatte ihn dazu gezwungen, sich mit ihnen zu unterhalten.

»Müsst ihr noch mehr wissen?«, fragte er.

»Dieser Tómas kommt also, viele Jahre nachdem er aus Leipzig zurückgekehrt war, hierher und fragt dich nach Emíl und Lothar, und du hast ihm erklärt, du seist davon überzeugt, dass sie unter einer Decke steckten«, sagte Erlendur. »Dass Emíl ihm im Zuge der gegenseitigen Überwachung Informationen zugetragen hat.«

»Ja«, sagte Hannes.

»Warum hat er nach Emíl gefragt, und wer war Emíl?«

»Das hat er mir nicht gesagt, und ich weiß sehr wenig über Emíl. Das Letzte, was ich gehört habe, war, dass er im Ausland geblieben ist. Ich glaube, er ist nach dem Studium nicht wie alle anderen nach Island zurückgekehrt. Vor ein paar Jahren habe ich Karl getroffen, der auch mit uns in Leipzig war. Wir waren beide in Skaftafell, und bei unseren Gesprächen kamen natürlich auch viele Dinge aus der Vergangenheit zur Sprache. Er sagte unter anderem, dass Emíl seines Wissens entschlossen gewesen war, nach dem Studium nicht nach Island zurückzugehen. Er hatte auch seitdem nie wieder etwas von ihm gesehen oder gehört.«

»Aber dieser Tómas – weißt du etwas über ihn?«

»Nein, eigentlich nicht. Er hat in Leipzig Ingenieurwissenschaften studiert, aber soweit ich weiß, hat er nie in seinem Fach gearbeitet. Er wurde, wie gesagt, ebenfalls relegiert. Ich habe ihn nur zweimal getroffen, das eine Mal, als er aus der DDR zurückkam, und dann, als er mich wegen Emíl besuchte.«

»Erzähl uns mehr darüber«, bat Elínborg.

»Da gibt es nicht sonderlich viel zu erzählen. Er kam zu Besuch, und wir unterhielten uns über alte Zeiten.«

»Warum war er auf einmal so an diesem Emíl interessiert?«, fragte Erlendur.

Hannes blickte sie nachdenklich an.

»Am besten setze ich noch etwas Kaffee auf«, sagte er und erhob sich.

Hannes sagte ihnen, dass er zu dem Zeitpunkt in einem neuen Reihenhaus im Vogar-Viertel gewohnt habe. Eines Abends klingelte es an der Tür, und als er öffnete, stand Tómas auf der Treppe. Es war Herbst, und draußen war es nass und kalt, der Wind schüttelte die Bäume im Garten, und Regengüsse peitschten das Haus. Hannes brauchte einige Zeit, um zu begreifen, wer zu Besuch gekommen war. Als ihm klar wurde, dass Tómas vor ihm stand, war er sehr überrascht. Sein Erstaunen war so groß, dass es ihm erst nach einiger Zeit einfiel, Tómas aus dem Regen ins Haus zu bitten.

»Entschuldige, dass ich dich so überfalle«, sagte Tómas.

»Nein, nein, das ist völlig in Ordnung«, sagte Hannes. »Was für ein scheußliches Wetter. Komm doch bitte ins Haus, komm rein.«

Tómas zog sich den Mantel aus, begrüßte Hannes' Frau und die Kinder, die sich neugierig einfanden, um zu sehen, wer da zu Besuch gekommen war. Er lächelte ihnen zu. Hannes hatte ein kleines Büro im Keller des Hauses, und nachdem sie eine Tasse Kaffee getrunken und über das Wetter geredet hatten, lud er ihn ein, mit nach unten zu kommen. Er sah, dass Tómas etwas auf dem Herzen lag, denn er wirkte unruhig und fahrig und war ein wenig verlegen, so plötzlich bei Leuten hereingeschneit zu sein, die er im Grunde genommen überhaupt nicht kannte. In Leipzig waren sie keineswegs Freunde gewesen. Seiner Frau gegenüber hatte er Tómas nie erwähnt.

Sie ließen sich im Keller nieder und sprachen eine Zeit lang über die Jahre in Leipzig. Sie wussten von einigen, was aus ihnen geworden war, aber nicht von allen. Hannes merkte, wie Tómas sich langsam und vorsichtig seinem eigentlichen Anliegen näherte, und er dachte bei sich, dass er ihn eigentlich sehr nett gefunden hatte. Er sah ihn noch vor sich, wie er das erste Mal in der Universitätsbibliothek auf ihn zugekommen war, er erinnerte sich daran, wie schüchtern und höflich er gewesen war und welchen Eindruck er auf ihn gemacht hatte. Er war der Jungsozialist, der keinen Schatten auf seinen Idealen duldete.

Er wusste von Ilonas Verschwinden und rief sich den ersten Besuch von Tómas ins Gedächtnis, nachdem er als völlig veränderter Mensch aus der DDR zurückgekehrt war und ihm erzählt hatte, was vorgefallen war. Er konnte nicht anders, als Mitleid mit ihm zu haben. Er hatte Tómas im Zorn einen Brief geschrieben, in dem er ihm die Schuld daran gab, dass man ihn von der Universität gewiesen hatte, aber als der erste Zorn verflogen und er wieder nach Island zurückgekehrt war, wurde ihm klar, dass Tómas nicht mehr Schuld daran trug als er selbst, denn er hatte sich gegen das System aufgelehnt. Tómas fing dann an, über den Brief zu reden, und erklärte, dass er nie darüber hinweggekommen sei. Er sagte zu Tómas, er solle nicht mehr über diesen Brief nachdenken, er habe ihn seinerzeit in großer Erregung geschrieben, und was darin stand, stimme einfach nicht. Sie hatten sich dann voll und ganz ausgesöhnt. Tómas hatte sich mit den isländischen Parteibonzen in Verbindung gesetzt, und ihm war versprochen worden, dass man eine Anfrage über Ilonas Verbleib in die DDR schicken würde. Er wurde wegen seiner Relegierung scharf gerügt, weil er seine Stellung und das Vertrauen, das in ihn gesetzt worden war, missbraucht hatte. Er hatte alles zugegeben und bereut. Er hatte ihnen alles gesagt, was sie hören wollten. Sein einziges Ziel war es, Ilona zu helfen. Aber alles war vergebens.

Tómas war zu Ohren gekommen, dass Ilona und Hannes einmal zusammen gewesen seien, weil Ilona angeblich durch Heirat in den Westen gelangen wollte. Hannes entgegnete darauf, dass ihm das vollkommen neu sei, er sei nur zu ein paar Versammlungen gegangen, auf denen er Ilona kennen lernte, und bald darauf hatte er sämtliche politische Betätigung eingestellt.

Und jetzt war Tómas wieder zu ihm gekommen. Zwölf Jahre waren seit dem letzten Besuch vergangen. Er hatte angefangen, über Lothar zu reden, und schien jetzt endlich auf sein Anliegen zuzusteuern.

»Ich möchte dich gern etwas über Emíl fragen«, sagte Tómas. »Du weißt, dass wir in Deutschland befreundet waren.«

»Ja, das weiß ich«, sagte Hannes.

»Kann es sein, dass Emíl ... dass Emíl irgendwelche besonderen Verbindungen zu Lothar gehabt hat?«

Er nickte. Es war nicht seine Art, hinter dem Rücken von Leuten schlecht über sie zu sprechen, aber von Freundschaft zwischen Emíl und ihm konnte keine Rede sein, denn er glaubte zu wissen, was Emíl für ein Mensch war. Er berichtete Tómas davon, was sein Professor über Emíl und Lothar gesagt hatte und dass es ihm eine Art Bestätigung für den Verdacht gewesen war, dass Emíl sich aus vollster Überzeugung heraus an der Überwachung von Personen beteiligt und von seiner bedingungslosen Loyalität der Partei und der FDJ gegenüber profitiert hatte.

»Hast du je darüber nachgedacht, ob Emíl Anteil daran gehabt hat, dass du die Uni verlassen musstest?«

»Das ließ sich nicht feststellen. Eigentlich hätte damals jeder der FDJ Meldung machen können, mehr als nur einer, sogar mehr als zwei. Ich habe dir damals die Schuld daran gegeben, wie du weißt, und dir diesen Brief geschrieben. Es ist immer so kompliziert, mit Leuten zu reden, wenn man nicht weiß, was man sagen darf. Aber ich habe mich nicht weiter da hineingesteigert. Das ist längst vorbei. Vergraben und vergessen.«

»Weißt du schon, dass Lothar im Lande ist?«, fragte Tómas plötzlich.

»Lothar? Hier in Island? Nein.«

»Er hat irgendeine Verbindung zur DDR-Vertretung, vielleicht hat er da einen Posten inne oder so etwas. Ich habe ihn ganz zufällig getroffen, eigentlich auch gar nicht getroffen, sondern ich habe ihn nur gesehen. Er war auf dem Weg in die Botschaft. Ich wohne da in der Nähe und machte gerade einen Spaziergang. Ich war zwar ein ganzes Stück von ihm entfernt, aber er war es, wie er leibt und lebt. Er hat mir einmal gesagt, ich soll meine Umgebung sondieren, als ich ihm vorwarf, an Ilonas Verschwinden schuld zu sein. Und ich begriff damals nicht, was er meinte. Ich glaube, ich verstehe es jetzt.«

Beide schwiegen.

Er schaute Tómas an und spürte, dass sein alter Kommilitone ganz allein auf der Welt war. Er hätte gern etwas für ihn getan.

»Wenn ich dir mit etwas hel... Wenn ich etwas für dich tun kann ...«

»Hat dein Professor dir wirklich gesagt, dass Lothar und Emíl unter einer Decke steckten und Emíl davon profitiert hat?«

»Ja.«

»Weißt du, was aus Emíl geworden ist?«, fragte Tómas.
»Lebt er nicht im Ausland? Ich glaube, er ist nach dem Studium nie zurückgekommen.«
Geraume Zeit herrschte Schweigen.
»Diesen Quatsch über Ilona und mich, den du erwähnt hast, wer hat dir das erzählt?«
»Das war Lothar«, sagte Tómas.
Hannes zögerte.
»Ich weiß nicht, ob ich dir das erzählen soll«, sagte er schließlich, »aber mir ist etwas ganz anderes zu Ohren gekommen, kurz bevor ich wegging. Du warst völlig verstört, als du aus der DDR zurückkamst, deswegen wollte ich dir nicht irgendwelche Klatschgeschichten erzählen. Von denen gibt es immer mehr als genug. Was mir zu Ohren kam, war, dass Emíl hinter Ilona her war, bevor ihr zueinander fandet.
Tómas starrte ihn an.
»Das habe ich gehört«, sagte Hannes, der bemerkte, wie Tómas erbleichte. »Es muss aber keineswegs stimmen.«
»Willst du damit sagen, dass sie zusammen waren, bevor Ilona und ich ...?«
»Nein, sondern nur, dass er hinter ihr her war. Er ist dauernd um sie herumgeschlichen, bei der Trümmersäuberung, und ...«
»Emíl und Ilona?«, stöhnte Tómas ungläubig, als könne er sich keinen Reim darauf machen.
»Er war hinter ihr her, das war das Einzige, was ich gehört habe, mehr nicht«, beeilte sich Hannes zu versichern, der seine Worte schon wieder bereute. An Tómas' Miene konnte er ablesen, dass es besser gewesen wäre, das nicht zu erwähnen.
»Wer hat dir das gesagt?«, fragte Tómas.
»Daran kann ich mich nicht erinnern, und es kann gut sein, dass es gar nicht stimmt.«

»Emíl und Ilona? Und sie hat nichts mit ihm zu tun haben wollen?«, fragte Tómas.
»Genau«, sagte Hannes. »Das habe ich gehört. Sie hat sich überhaupt nicht für ihn interessiert. Das hat Emíl ihr übel genommen.«
Sie schwiegen.
»Ilona hat dir gegenüber nichts davon erwähnt?«
»Nein«, sagte Tómas. »Das hat sie nie erwähnt.«

»Und dann ist er gegangen«, sagte Hannes und schaute Elínborg und Erlendur an. »Seitdem habe ich ihn nicht gesehen, und ich habe keine Ahnung, ob er überhaupt noch am Leben ist.«
»Das muss eine scheußliche Erfahrung für euch in Leipzig gewesen sein«, sagte Erlendur.
»Das Schlimmste waren diese unerträgliche Bespitzelung und dieses ewige Misstrauen. Aber daneben gab es auch einige positive Seiten. Die meisten von uns haben sich nicht mit der Hochglanzfassade des Sozialismus identifiziert, sondern nur versucht, sich mit den Nachteilen zu arrangieren. Einige wurden besser damit fertig als andere. Ausbildung und Erziehung in der DDR waren vorbildlich. Die Kinder von Arbeitern und Bauern waren an der Universität in der Mehrheit. Wo hat es das sonst je gegeben?«
»Warum kam Tómas nach all diesen Jahren, um dich nach Emíl zu fragen?«, sagte Elínborg. »Meinst du, dass er Emíl getroffen haben könnte?«
»Ich weiß es nicht«, sagte Hannes. »Davon hat er mir nichts gesagt.«
»Diese Ilona«, sagte Erlendur, »weiß man, was aus ihr geworden ist?«
»Ich glaube nicht. Es waren besondere Zeiten damals wegen der Zustände in Ungarn, wo alles eskalierte. Sie wollten um jeden Preis verhindern, dass der Aufstand auf andere

kommunistische Staaten übergriff. Es gab keinen Raum für freie Meinungsäußerung oder eine kritische Diskussion. Meines Erachtens nach weiß niemand, was mit Ilona geschah. Tómas hat es nie in Erfahrung gebracht. Oder zumindest glaube ich das nicht, obwohl es mich letzten Endes auch gar nichts angeht. Diese ganze Zeit geht mich nichts mehr an. Ich habe das alles längst hinter mir gelassen, und ich möchte am liebsten nicht darüber sprechen. Es waren unselige Zeiten.«

»Wer hat dir das über Emíl und Ilona erzählt?«, fragte Elínborg.

»Er heißt Karl«, sagte Hannes.

»Karl?«, wiederholte Elínborg.

»Ja«, sagte Hannes.

»War er auch in Leipzig?«, fragte sie.

Hannes nickte.

»Kannst du dir vorstellen, dass irgendwelche Isländer in den sechziger Jahren so etwas wie ein russisches Abhörgerät in ihrem Besitz gehabt haben könnten?«, fragte Erlendur. »Leute, die sich hier auf Island mit Spionage abgegeben haben?«

»Ein russisches Spionagegerät?«

»Ja. Ich kann zum gegenwärtigen Zeitpunkt nicht mehr dazu sagen. Fällt dir da jemand ein?«

»Also, wenn Lothar zu dieser Zeit hier in der DDR-Vertretung tätig war, käme er natürlich in Frage«, sagte Hannes. »Ich kann mir nicht vorstellen ... ihr ... ihr meint doch nicht etwa, dass es einen isländischen Spion gab?«

»Nein, ich glaube, das wäre äußerst abwegig«, sagte Erlendur.

»Wie ich gesagt habe, ich kenne mich da absolut nicht aus. Ich habe so gut wie überhaupt keine Verbindung zu den anderen gehabt, die in Leipzig studierten. Und in russischen Spionageangelegenheiten kenne ich mich erst recht nicht aus.«

»Du hast nicht zufällig ein Foto von Lothar Weiser?«, fragte Erlendur.
»Nein, das habe ich nicht. Ich besitze nicht viel, was mich an diese Zeiten erinnert.«
»Dieser Emíl muss ja wohl ein sehr mysteriöser Typ gewesen sein«, sagte Elínborg.
»Kann gut sein. Wie gesagt, ich glaube, dass er die ganze Zeit im Ausland gelebt hat. Allerdings habe ich ... das letzte Mal, als ich ihn sah ... Es war um die Zeit herum, als Tómas zu diesem seltsamen Besuch kam. Ich habe Emíl für einen winzigen Augenblick im Zentrum von Reykjavík gesehen. Ich hatte ihn zwar seit Leipzig nicht getroffen, und es war auch nur für einen kurzen Moment, aber es war bestimmt Emíl. Doch wie gesagt, mehr weiß ich nicht über diesen Mann.«
»Du hast aber nicht mit ihm gesprochen?«, fragte Elínborg.
»Mit ihm gesprochen? Nein, das war gar nicht möglich. Er stieg in ein Auto und fuhr los. Ich habe ihn nur flüchtig gesehen, aber er war es ganz bestimmt. Ich kann mich gut erinnern, denn ich war einigermaßen erschrocken, als ich ihn sah.«
»Kannst du dich erinnern, was für ein Auto das war?«
»Was für ein Auto?
»Ich meine, welche Marke, welche Farbe?«
»Es war schwarz«, sagte Hannes. »Ansonsten versteh ich nichts von Autos. Aber es war schwarz, daran erinnere ich mich.«
»Könnte es ein Ford gewesen sein?«, fragte Erlendur.
»Ich weiß es nicht.«
»Ein Ford Falcon?«
»Wie ich gesagt habe, ich erinnere mich nur daran, dass es schwarz war.«

Einunddreißig

Er legte den Stift zurück auf den Tisch. Er hatte versucht, sich bei der Schilderung der Ereignisse damals in Leipzig und später auf Island so klar und deutlich wie möglich auszudrücken. Der Bericht umfasste mehr als siebzig handgeschriebene Seiten, für die er einige Tage gebraucht hatte. Jetzt fehlte nur noch der Schluss. Er hatte eine freie Entscheidung getroffen, und sie war die einzig richtige für ihn. Er hatte sie akzeptiert.

In seinem Bericht war er an dem Zeitpunkt angelangt, als er bei seinem Spaziergang an der Ægisíða Lothar Weiser erblickte, der sich einem Haus näherte. Er erkannte ihn sofort, obwohl er ihn viele Jahre nicht gesehen hatte. Lothar hatte mit dem Alter zugenommen. Er trat fest und schwer auf und ging langsam auf das Gebäude zu, ohne Notiz von ihm zu nehmen. Er blieb wie angewurzelt stehen und starrte Lothar entgeistert nach. Nachdem sich seine Verwirrung etwas gelegt hatte, war sein erster Gedanke, dass Lothar ihn nicht sehen durfte. Er drehte sich um und ging langsam zurück. Er sah Lothar noch durch ein Gartentor gehen, das dieser sorgfältig hinter sich verschloss, bevor er hinter dem Haus verschwand. Anscheinend benutzte der Deutsche einen Hintereingang. Er bemerkte ein Messingschild, das dieses Gebäude als Handelvertretung der DDR auswies.

Wie gelähmt blieb er auf dem Bürgersteig stehen und starrte auf das Gebäude. Wegen des schönen Wetters hatte er mittags einen Spaziergang unternommen. Er benutzte die Mittagspause häufig dazu, um für eine Stunde nach Hause zu gehen. Er arbeitete bei einer Versicherung, deren Büros sich im Stadtzentrum befanden. Dort war er seit zwei Jahren tätig und fühlte sich wohl bei der Arbeit, denn er fand es eine sinnvolle Tätigkeit, Familien gegen Unfälle zu versichern. Als er auf seine Armbanduhr schaute, sah er, dass er zu spät kommen würde.

Um die Abendbrotzeit unternahm er noch einen weiteren Spaziergang. Er hatte feste Angewohnheiten und ging meist durch dieselben Straßen und zum Schluss zum Meer hinunter und an der Ægisíða entlang. Er verlangsamte seine Schritte und starrte auf die Fenster des bewussten Hauses, weil er damit rechnete, Lothar zu erblicken, doch er sah nichts. Nur in zwei Fenstern war Licht, es war aber kein Mensch zu sehen. In dem Augenblick, als er wieder nach Hause gehen wollte, setzte ein schwarzer Wolga aus der Einfahrt zurück und fuhr anschließend die Ægisíða entlang.

Er wusste nicht, was er tat. Er wusste nicht, was er sich davon versprach und was es ihm bringen könnte. Selbst wenn Lothar herauskäme, wusste er nicht, ob er ihn ansprechen oder sich einfach nur an seine Fersen heften sollte. Was hätte er auch zu ihm sagen sollen?

An den folgenden Abenden führten ihn seine abendlichen Spaziergänge immer wieder zur Ægisíða, und jedes Mal, wenn er sich dem Gebäude näherte, ging er automatisch langsamer. Eines Abends sah er drei Männer herauskommen. Zwei setzten sich in den schwarzen Wolga und fuhren los, der Dritte hatte sich von ihnen verabschiedet und ging zu Fuß. Es war Lothar, der zur Hofsvallagata ging und dann Kurs auf die Stadtmitte nahm. Es war gegen acht, und er hielt sich in einiger Entfernung hinter ihm. Lothar ging ohne jegliche Hast die Túngata entlang bis zur Garðastræti,

der er bis zur Vesturgata folgte. Dann betrat er das Restaurant Naust.
Zwei Stunden wartete er draußen vor dem Restaurant, während Lothar drinnen speiste. Es war Herbst, und die Abende wurden kühler, aber er war warm angezogen und trug einen Wintermantel mit Schal und eine Schirmmütze mit Ohrenklappen. Er kam sich bei dieser kindischen Verfolgungsjagd ziemlich idiotisch vor. Er hielt sich in der Nähe der Fischersund-Gasse und versuchte, die Tür des Restaurants im Auge zu behalten. Als Lothar endlich wieder herauskam, ging er die Vesturgata hinunter in die Austurstræti. Er durchquerte die Stadtmitte und ging in Richtung Þingholt-Viertel, wo er vor einem kleinen Schuppen in einem Hinterhof an der Bergstaðastræti stehen blieb, nicht weit vom Hotel Holt. Die Tür des Schuppens öffnete sich, und jemand ließ Lothar ein. Wer das war, sah er nicht.
Ihm war nicht klar, was da vor sich ging, und seine Neugierde trieb ihn regelrecht gegen seinen Willen zu dem Schuppen hin. Die Straßenbeleuchtung reichte nicht bis in den Hinterhof. Vorsichtig setzte er in der Dunkelheit einen Fuß vor den anderen und schlich sich an ein kleines Fenster heran, durch das er hineinspähen konnte. Eine Tischlampe erleuchtete einen Arbeitstisch, und in ihrem Schein sah er die beiden Männer.
Der eine von ihnen beugte sich in den Lichtkegel hinein, und plötzlich erkannte er, wer das war. Er taumelte vom Fenster zurück, als hätte er einen Schlag ins Gesicht bekommen.
Es war sein früherer Freund aus Leipzig, den er all die Jahre nicht gesehen hatte.
Emíl.
Er schlich von dem Hinterhof weg und auf die Straße hinaus, wo er lange wartete, bis Lothar, diesmal in Begleitung von Emíl, wieder auftauchte. Emíl verschwand in der Fins-

ternis des Schuppens, während Lothar sich wieder auf den Weg zurück zur Botschaft machte. Tief in Gedanken versunken ging er hinter dem Deutschen her und dachte krampfhaft darüber nach, was er gesehen hatte. Er konnte sich nicht vorstellen, was für eine Verbindung zwischen Lothar und Emíl bestand. Er hatte geglaubt, dass Emíl im Ausland lebte. Ansonsten wusste er kaum etwas über seine ehemaligen Kommilitonen aus Leipzig.

Soviel er auch grübelte, er kam zu keinem Resultat. Schließlich beschloss er, Hannes aufzusuchen. Das hatte er schon einmal gemacht, direkt nachdem er aus der DDR zurückgekehrt war, um ihm von Ilona zu erzählen. Es konnte sein, dass Hannes etwas über Emíl und Lothar wusste.

Lothar verschwand wieder im Haus an der Ægisíða. Er wartete eine Weile in angemessener Entfernung, bevor er sich auf den Nachhauseweg machte. Urplötzlich kam ihm dieser seltsame und unverständliche Satz des Deutschen in den Sinn, als sie sich das letzte Mal getroffen hatten:

Sondier deine Umgebung.

Zweiunddreißig

Als sie von Selfoss nach Reykjavík zurückfuhren, unterhielten sich Elínborg und Erlendur zunächst über das, was Hannes gesagt hatte. Es war Abend geworden, und auf dem Pass war nicht viel Verkehr. Aber dann wurde Erlendur schweigsam. Er dachte an den schwarzen Falcon. Es konnte damals wohl kaum viele davon auf Reykjavíks Straßen gegeben haben, obwohl der Falcon nach dem, was Elínborgs Mann Teddi ihm gesagt hatte, ziemlich beliebt gewesen sein musste. Er dachte auch an Tómas, dessen ungarische Verlobte in der DDR verschwunden war. Sie würden ihn bei allernächster Gelegenheit besuchen müssen. Ihm war aber immer noch nicht klar, welche Verbindung zwischen dem Skelett im See und den Leipziger Studenten in den sechziger Jahren bestand. Dann wanderten seine Gedanken zu Eva Lind, die unaufhaltsam dem Verhängnis entgegenschlitterte, und zu seinem Sohn Sindri, der für ihn wie ein Fremder war. All das ging ihm durch den Kopf, und es gelang ihm nicht, seine Gedanken zu ordnen. Elínborg blickte ihn von der Seite an und fragte, an was er dächte.

»Nichts«, sagte er.

»Irgendwas hast du doch«, sagte Elínborg.

»Nein«, sagte Erlendur, »es ist nichts.«

Elínborg zuckte mit den Schultern. Erlendur war mit seinen Gedanken bei Valgerður. Er hatte einige Tage lang nichts von ihr gehört. Ihm war klar, dass sie Zeit brauchte, und schließlich hatte er selbst ja auch keine Eile. Was sie an ihm fand, war ihm ein komplettes Rätsel. Er konnte nicht begreifen, was Valgerður an einem einsamen, schwermütigen Kerl in seinen düsteren vier Wänden in einem Wohnblock schätzte. Er fragte sich manchmal, ob er ihre Freundschaft überhaupt verdiente.

Auf der anderen Seite wusste er aber haargenau, was er an Valgerður mochte, und zwar vom ersten Augenblick an. Sie stand für so vieles, was er nicht war und gerne gewesen wäre. Sie war in jeder Hinsicht das genaue Gegenteil von ihm. Sie war schön, sie lächelte gern, und sie war immer guter Dinge. Trotz der Eheprobleme, mit denen sie zu kämpfen hatte und von denen Erlendur wusste, dass sie ihr schwer zu schaffen machten, versuchte sie, sich nicht unterkriegen zu lassen. An all den Problemen, die sie hatte, sah sie immer auch positive Seiten, und sie war nicht imstande, etwas zu hassen oder sich etwas auf die Nerven gehen zu lassen. Sie ließ sich diese gütige, uneigennützige und großherzige Lebenseinstellung durch nichts verderben, nicht einmal durch ihren Mann, von dem Erlendur glaubte, dass er geistig minderbemittelt sein musste, eine Frau wie Valgerður zu betrügen. Erlendur wusste ganz genau, was er an ihr fand. Er lebte auf, wenn er mit ihr zusammen war.

»Verrat mir, an was du denkst«, sagte Elínborg. Sie langweilte sich.

»An nichts«, sagte er, »ich denke an gar nichts.«

Sie schüttelte den Kopf. Erlendur war in diesem Sommer ungewöhnlich bedrückt gewesen, obwohl er sogar mehr Zeit als je zuvor außerhalb der Arbeit mit ihnen verbracht hatte. Sie hatte mit Sigurður Óli darüber gesprochen, und sie nahmen an, dass er wegen Eva Lind so niedergeschlagen war, denn das Mädchen hatte die Verbindung zu ihm fast abgebrochen. Sie wussten, welche Sorgen er sich um sie machte und wie sehr er versucht hatte, ihr zu helfen, aber es hatte den Anschein, als sei das Mädchen nicht imstande, mit sich selber zurechtzukommen. Sie gehört einfach zu den Versagern, war Sigurður Ólis gleich bleibender Kommentar. Elínborg hatte zwei oder drei Mal versucht, mit Erlendur über Eva Lind zu reden, und gefragt, wie es um sie stünde, aber er hatte alles abgeblockt.

In tiefem Schweigen gelangten sie vor Elínborgs Reihenhaus. Sie stieg nicht gleich aus, sondern wandte sich ihm zu.

»Was ist los?«, fragte sie.

Erlendur gab ihr keine Antwort.

»Wie geht es jetzt weiter mit dem Fall? Müssen wir uns nicht mit diesem Tómas unterhalten?«

»Das müssen wir«, entgegnete Erlendur.

»Denkst du an Eva Lind?«, fragte Elínborg. »Bist du deswegen so schweigsam und ernst?«

»Mach dir keine Sorgen meinetwegen«, sagte Erlendur. »Wir sprechen uns morgen.« Er blickte ihr hinterher, als sie die Treppen hinaufging und das Haus betrat.

Zwei Stunden später, als Erlendur in seinem Sessel saß und nachdenklich vor sich hin starrte, ging auf einmal die Türklingel. Er stand auf, fragte, wer da sei, und betätigte dann den Türöffner. Er machte in seiner Wohnung Licht, ging in die Diele, öffnete die Wohnungstür und wartete. Kurze Zeit später erschien Valgerður.

»Du möchtest vielleicht lieber in Ruhe gelassen werden?«, sagte sie.

»Nein, komm rein«, sagte er.

Sie schlüpfte an ihm vorbei, und er nahm ihr den Mantel ab. Im Wohnzimmer sah sie ein aufgeschlagenes Buch auf dem Tisch neben dem Sessel und fragte, was er im Augenblick läse, und er antwortete, es sei ein Buch über Lawinen.

»Und alle sterben eines grauenvollen Todes«, sagte sie.
Sie hatten nicht selten über sein Interesse an spezifisch volkskundlichem Wissen, an historischen Schriften und an Dokumentarfilmen und Tatsachenberichten gesprochen, die von Bergnot und tragischen Unfällen in Eis und Schnee handelten.
»Nicht alle«, sagte er. »Einige überleben glücklicherweise.«
»Liest du vielleicht deswegen solche Bücher über Tod in den Bergen und Lawinen?«
»Was meinst du damit?«, fragte Erlendur.
»Deswegen, weil einige überleben?«
Erlendur musste lächeln.
»Vielleicht. Wohnst du noch bei deiner Schwester?«
Sie nickte. Dann sprach sie darüber, dass sie jetzt wegen der Scheidung mit einem Rechtsanwalt reden müsste, und sie fragte Erlendur, ob er ihr einen empfehlen könne. Sie hatte noch nie in ihrem Leben mit einem Rechtsanwalt zu tun gehabt. Erlendur bot ihr an, sich im Dezernat zu erkundigen, wo es genug Kollegen gab, die ihm einen Tipp geben konnten.
»Hast du noch ein Schlückchen von dem Grünen?«, fragte sie, während sie sich aufs Sofa setzte.
Er nickte und holte den Chartreuse und zwei Gläser. Erinnerte sich dabei, dass er irgendwann einmal gehört hatte, dass es dreißig verschiedener Kräuter und Samen bedurfte, um die richtige Geschmacksnuance zu erzielen. Er setzte sich neben sie und sprach über die Kräuter.
Sie erzählte ihm, dass sie sich tagsüber mit ihrem Mann getroffen hatte. Er hatte Besserung gelobt und darauf gedrängt, dass sie wieder zu ihm zurückkehren sollte. Als sich aber herausstellte, dass sie entschlossen war, ihn zu verlassen, sei er wütend geworden und habe zum Schluss gänzlich die Kontrolle über sich verloren und angefangen, sie anzubrüllen und Verwünschungen auszustoßen. Sie

hatten sich in einem Restaurant verabredet, und er überschüttete sie mit Vorwürfen und Beschimpfungen, ohne Rücksicht auf die anderen Gäste im Lokal zu nehmen, die die Szene entgeistert beobachteten. Sie war aufgestanden und hinausgegangen, ohne ihn eines weiteren Blickes zu würdigen.

Als sie ihre Geschichte beendet hatte, saßen sie schweigend nebeneinander und tranken die Gläser aus. Sie bat um ein weiteres.

»Und was wird jetzt mit uns beiden?«, fragte sie.

Erlendur, der sein Glas in einem Zug geleert hatte, kam es so vor, als risse das Getränk ihm die Kehle auf. Er füllte die Gläser wieder und dachte an ihren Duft, der ihn gestreift hatte, als sie zur Tür hereinkam. Er war wie ein Hauch eines längst vergangenen Sommers, und er spürte eine seltsame Sehnsucht in sich aufsteigen, die weiter in die Vergangenheit zurückreichte, als ihm selber bewusst war.

»Aus uns wird das, was wir möchten«, sagte er.

»Was hast du vor?«, fragte sie. »Du bist so geduldig gewesen, dass ich mir schon überlegt habe, ob es überhaupt Geduld ist, ob es nicht genauso gut sein kann ... dass du lieber nichts mit mir zu tun haben willst.«

Sie schwiegen. Die Frage hing in der Luft.

Was hast du vor?

Er leerte das zweite Glas. Das war die Frage, die er sich von dem Moment an gestellt hatte, in dem er ihr begegnet war. Er hatte keine Ahnung, ob er geduldig war. Es war ihm völlig schleierhaft, wie er gewesen war. Er hatte ihr helfen wollen, so viel stand fest. Vielleicht hatte er ihr nicht genügend Aufmerksamkeit oder Zuneigung gezeigt. Er wusste es nicht.

»Du wolltest dich nicht Hals über Kopf in etwas hineinstürzen«, sagte er. »Und ich genauso wenig. In meinem Leben hat es seit langem keine Frau gegeben.«

Er verstummte. Er sehnte sich danach, ihr zu sagen, dass er die allermeiste Zeit ganz allein in dieser Wohnung gehockt hatte, mit nichts als Büchern um sich herum, und dass allein die Tatsache, dass sie jetzt auf dem Sofa saß, ihn unglaublich froh machte. Sie war so ganz anders als alles, was er gewöhnt war, wie eine leichte Sommerbrise. Und dass er nicht wusste, wie er damit umgehen sollte. Wie er ihr sagen könnte, dass er, seitdem er ihr begegnet war, an nichts anderes dachte und sich wünschte, mit ihr zusammen zu sein.

»Ich wollte nicht abweisend wirken«, sagte er. »Aber so etwas braucht seine Zeit, ganz besonders für mich. Und du hast natürlich ... ich meine, so eine Scheidung ist ...«

Sie sah, dass er sich schwer tat, über solche Dinge zu reden. Immer, wenn sie auf ihre Beziehung zu sprechen kamen, wurde er verlegen, er geriet ins Stocken und wurde einsilbig. Er redete an und für sich schon nicht viel, und vielleicht fühlte sie sich deswegen in seiner Gegenwart so wohl. Bei ihm gab es keine Verstellung. Er täuschte nie etwas vor. Er hatte wahrscheinlich keine Ahnung, wie er es anstellen sollte, anders zu sein, als er war. Er war durch und durch aufrichtig und ehrlich in allem, was er sagte und tat. Das spürte sie und fand darin die Sicherheit, die ihr so lange gefehlt hatte. Sie fand einen Mann in ihm, dem sie vertrauen konnte.

»Entschuldige«, sagte sie lächelnd. »Ich wollte das nicht in irgendwelche Vertragsverhandlungen ausarten lassen. Aber manchmal ist es gut zu wissen, wo man steht. Das verstehst du sicher.«

»Vollkommen«, sagte Erlendur, der spürte, dass die Spannung zwischen ihnen ein wenig nachließ.

»Es braucht seine Zeit, und wir werden einfach sehen«, sagte sie.

»Ich glaube, das ist sehr vernünftig«, nickte er.

»Also schön«, sagte sie und erhob sich. Erlendur stand ebenfalls auf. Sie sagte irgendetwas darüber, dass sie sich mit ihren Söhnen treffen musste, aber er hörte nur mit halbem Ohr hin. Er dachte an etwas anderes. Sie ging zur Tür, und er half ihr in den Mantel. Sie spürte, dass er unschlüssig war. Sie öffnete die Wohnungstür und fragte, ob alles in Ordnung sei.

Erlendur blickte sie an.

»Geh nicht«, sagte er.

Sie hielt in der Tür inne.

»Bleib bei mir«, sagte er.

Valgerður zögerte.

»Bist du sicher?«

»Ja«, sagte er, »geh nicht.«

Sie stand unbeweglich da und schaute ihn lange an. Er trat zu ihr, führte sie wieder zurück in den Flur, schloss die Tür und begann, ihr den Mantel auszuziehen, ohne dass sie protestierte.

Sie liebten sich ohne Hast und in völliger Harmonie. Beide waren anfangs etwas zurückhaltend und unsicher, aber das legte sich. Sie sagte ihm, er sei der zweite Mann in ihrem Leben, mit dem sie geschlafen hatte.

Sie lagen im Bett, und er blickte zur Decke, während er ihr erzählte, dass er manchmal in die Ostfjorde fuhr, die Heimat seiner Kindheit, und sich in ihrem früheren Wohnhaus einquartierte, das nur noch aus nackten Wänden und einem halb eingefallenen Dach bestand. Nur wenig deutete darauf hin, dass seine Familie dort gelebt hatte. Trotzdem gab es noch Reste von entschwundenem Leben. Ein Stück kariertes Linoleum, an das Muster konnte er sich erinnern. Kaputte Schränke in der Küche. Er sagte ihr, es sei gut, dorthin zu kommen und sich mit seinen Erinnerungen zur Ruhe zu legen und wieder einen Ort in der Welt zu finden, der voller Licht und Stille war.

Valgerður drückte seine Hand.
Dann begann er, ihr die tragische Geschichte eines jungen Mädchens zu erzählen, das sein Zuhause und seine Mutter verließ, ohne genau zu wissen, wonach es suchte. Diese junge Frau hatte es nicht einfach gehabt, sie war willensschwach und hatte Angst vor sich selbst und ihrem Platz in der Welt, was vielleicht verständlich war, weil sie nie das bekommen hatte, wonach sie sich am meisten sehnte. Sie hatte das Gefühl, dass etwas in ihrem Leben fehlte. Es war, als fühlte sie sich um etwas betrogen. Sie torkelte in einem merkwürdigen Selbstzerstörungstrieb vorwärts und verstrickte sich darin mehr und mehr, bis sie am Ende in den eigenen Vernichtungsmechanismen festsaß. Als sie gefunden wurde, erhielt sie wieder ein Zuhause und wurde gesund gepflegt, aber kaum hatte sie ausreichend Kraft gesammelt, verschwand sie wieder ohne Vorwarnung. Sie ließ sich erneut treiben und suchte manchmal Schutz bei ihrem Vater. Er setzte sich nach besten Kräften für sie ein und versuchte, sie vor den entsetzlichen Schicksalsschlägen des Lebens zu schützen, aber sie hörte nie auf ihn. Zerstörung schien ihr vorbestimmt zu sein.
Valgerður sah ihn an.
»Keiner weiß, wo sie jetzt ist. Sie ist noch am Leben, weil ich bestimmt erfahren hätte, wenn ihr etwas passiert wäre. Ich warte auf eine Nachricht. Ich habe versucht, ihr zu helfen, aber ich bin mir nicht mehr sicher, ob ihr überhaupt irgendjemand helfen kann.«
»Sei dir da nicht so sicher«, sagte Valgerður nach einigem Schweigen.
Auf dem Nachttisch klingelte das Telefon. Erlendur starrte hin und wollte nicht abnehmen, aber Valgerður meinte, so spät am Abend sei es bestimmt etwas Dringendes. Seiner Meinung nach konnte es nur Sigurður Óli mit irgendwel-

chem Quatsch sein, aber trotzdem streckte er seine Hand nach dem Hörer aus.

Erst nach geraumer Zeit begriff er, dass der Mann am anderen Ende der Leitung Haraldur war. Er rief aus dem Altersheim an. Er hatte sich heimlich in eins der Büros geschlichen und wollte Erlendur treffen.

»Was willst du von mir?«, fragte Erlendur.

»Ich will dir sagen, was damals geschehen ist«, sagte Haraldur.

»Warum?«, fragte Erlendur.

»Willst du es hören oder willst du nicht?«, entgegnete Haraldur. »Wir können es natürlich auch einfach vergessen.«

»Reg dich ab«, sagte Erlendur. »Ich komme morgen. Ist das in Ordnung?«

»Dann komm«, brummte Haraldur und legte auf.

Dreiunddreißig

Er steckte die Seiten, die er geschrieben hatte, in einen großen Umschlag, adressierte ihn und legte ihn auf seinen Schreibtisch. Er strich mit der Hand über den Umschlag und dachte an die Geschichte, die er enthielt. Er hatte sehr mit sich gerungen, ob er überhaupt von diesen Ereignissen berichten sollte, aber er war zu dem Schluss gekommen, dass es keine Alternative gab. Im Kleifarvatn waren die Knochen eines Mannes gefunden worden, und früher oder später würde die Spur zu ihm führen. Zwar wusste er, dass es im Grunde genommen so gut wie keine Verbindungen zwischen ihm und dem Mann im See gab und dass die Polizei es nicht leicht haben würde, die Wahrheit ohne seine Hilfe herauszufinden. Aber er wollte nicht lügen. Wenn er nichts hinterließ außer der Wahrheit, war es genug.

Der Besuch bei Hannes hatte ihm gut getan. Seit ihrem ersten Zusammentreffen hatte er ihn gemocht, selbst wenn sie nicht immer der gleichen Meinung gewesen waren. Hannes hatte ihm geholfen. Er hatte ein neues Licht auf die Verbindung zwischen Emíl und Lothar geworfen und ihm gesagt, dass Emíl und Ilona einander kannten, bevor er nach Leipzig kam, auch wenn diese Verbindung sehr vage war. Es erklärte vielleicht besser, was sich später ereignet hatte. Oder vielleicht machte diese Verbindung die ganze Sache noch komplizierter. Er wusste immer noch nicht, was er davon halten sollte.

Er kam zu dem Ergebnis, dass er mit Emíl reden musste. Er musste ihn nach Ilona fragen und nach Lothar und ihrer Geheimniskrämerei in Leipzig. Er war nicht sicher, ob Emíl ihm alle Antworten auf seine Fragen geben konnte, aber er musste aus ihm herausbekommen, was er wusste. Er konnte auch nicht ewig da um diesen Schuppen herumschleichen, das war unter seiner Würde. Er wollte kein Versteckspiel mehr.
Und noch etwas anderes trieb ihn vorwärts. Etwas, über das er sich den Kopf zerbrochen hatte, seit er von Hannes zurückgekehrt war. Es hing mit seiner eigenen Verstrickung in den Gang der Dinge zusammen und damit, dass er so kindisch gewesen war, so leichtgläubig, ahnungslos und naiv. Er wusste, dass es auch andere Möglichkeiten gab, aber es konnte eben sein, dass es auch durch sein Zutun geschehen war. Er musste herausfinden, warum es so gelaufen war.
Deswegen stand er, einige Tage nachdem er Lothar gefolgt war und durch das Fenster in den Schuppen hineingespäht hatte, an einem Spätnachmittag wieder in der Bergstaðastræti. Er war direkt nach der Arbeit aufgebrochen, um zu Emíl zu gehen. Es wurde bereits dämmrig, und es war kalt. Er spürte das Herannahen des Winters.
Er betrat den Hinterhof, in dem sich der Schuppen befand. Als er näher kam, sah er, dass er nicht verschlossen war, das Hängeschloss hing offen herunter. Er schob die Tür etwas auf und spähte hinein. Emíl saß über seinen Arbeitstisch gebeugt. Er trat vorsichtig ein. Eine nackte Glühbirne erhellte den Raum.
Emíl wurde seiner erst gewahr, als er direkt neben ihm stand. Sein Jackett hing über der Stuhllehne, und er glaubte zu erkennen, dass es zerrissen war, wie nach einer Prügelei. Emíl brummte wütend vor sich hin. Urplötzlich schien er seine Nähe zu spüren. Er blickte von

den Karten auf, die vor ihm ausgebreitet waren, drehte langsam den Kopf und schaute ihn an. Er sah, dass Emíl einige Zeit brauchte, um zu begreifen, wer da vor ihm stand.

»Tómas«, stöhnte er dann. »Bist du das?«

»Grüß dich, Emíl«, sagte er. »Die Tür war offen.«

»Was machst du denn hier?«, fragte Emíl wie vom Donner gerührt. »Was ... wieso weißt du ...«

»Ich bin hinter Lothar hergegangen«, sagte er. »Ich bin ihm von der Ægisíða bis hierher gefolgt.«

»Du bist Lothar gefolgt?«, fragte Emíl ungläubig. Er stand auf, ohne die Augen von ihm abzuwenden. »Was willst du hier?«, fragte er. »Warum bist du Lothar nachgegangen?« Er schaute in Richtung Tür, als erwarte er noch weitere Gäste. »Bist du allein?«, fragte er.

»Ja, ich bin allein.«

»Was willst du hier?«

»Du erinnerst dich an Ilona?«, sagte er. »In Leipzig.«

»Ilona?«

»Ilona und ich waren zusammen.«

»Natürlich erinnere ich mich an Ilona. Was ist mit ihr?«

»Kannst du mir sagen, was aus ihr geworden ist?«, fragte er. »Kannst du es mir jetzt vielleicht sagen, nach all diesen Jahren? Weißt du etwas darüber?«

Er wollte nicht zu angespannt wirken, sondern ruhig und gelassen, aber das war ein hoffnungsloses Unterfangen. Man konnte in seiner Miene lesen wie in einem offenen Buch, die jahrelangen Leiden wegen der Frau, die er liebte und verloren hatte, waren offenkundig.

»Wovon redest du eigentlich?«, sagte Emíl.

»Von Ilona.«

»Denkst du wirklich immer noch an sie? Nach all diesen Jahren?«

»Weißt du etwas? Weißt du, was aus ihr geworden ist?«

»Ich weiß überhaupt nichts. Ich weiß nicht, wovon du redest, und hab es nie gewusst. Du hast hier nichts zu suchen. Geh.«
Er blickte sich in dem Schuppen um.
»Was machst du hier eigentlich?«, fragte er. »Was ist das für ein Schuppen? Seit wann bist du wieder in Island?«
»Sieh lieber zu, dass du verschwindest«, sagte Emíl und schaute besorgt zur Tür. »Wissen noch mehr Leute, dass ich hier bin?«, fragte er dann. »Wissen noch andere Bescheid über mich?«
»Kannst du mir sagen, was aus Ilona geworden ist?«, beharrte er.
Emíl sah ihn an und wurde plötzlich wütend.
»Mach, dass du rauskommst, habe ich gesagt. Verpiss dich! Ich kann dir bei diesem Quatsch nicht weiterhelfen.«
Emíl versuchte, ihn zur Tür zu drängen, aber er rührte sich nicht von der Stelle.
»Was hast du dafür bekommen, dass du Ilona verraten hast?«, fragte er. »Was haben sie ihrem Vasallen gegeben? Hast du Geld gekriegt? Oder gute Noten? Hast du Arbeit bei ihnen bekommen?«
»Ich habe keinen blassen Schimmer, wovon du redest«, sagte Emíl. Er hatte bislang leise gesprochen, aber jetzt erhob er die Stimme.
Er fand, dass Emíl sich seit damals stark verändert hatte. Er war zwar genauso mager wie früher, aber jetzt sah er kränklich aus und hatte dunkle Ringe unter den Augen. Seine Stimme war heiser, und seine Finger waren gelb vom Rauchen. Der große Adamsapfel sprang stark hervor und bewegte sich auf und ab, während er sprach. Das Haar war dünner geworden. Er hatte Emíl viele Jahre nicht gesehen und hatte ihn als jungen Mann in Erinnerung gehabt. Jetzt wirkte er mitgenommen und war aschfahl im Gesicht. Die Bartstoppeln in seinem Gesicht waren schon ein paar Tage

alt, und er konnte sich des Eindrucks nicht erwehren, dass er ein Alkoholproblem hatte.

»Es war meine Schuld, nicht wahr?«, fragte er.

»Hör doch endlich mit diesem Quatsch auf«, sagte Emíl und wollte ihn wegschieben. »Hau ab!«, rief er. »Vergiss das Ganze!«

Er trat einen Schritt zurück.

»Ich selbst habe dir davon erzählt, was Ilona damals gemacht hat, nicht wahr? Ich selbst habe dich auf ihre Spur gebracht. Falls ich dir nichts gesagt hätte, wäre sie vielleicht davongekommen. Sie hätten nichts über die geheimen Treffen gewusst. Sie hätten uns nicht fotografieren können.«

»Mach, dass du rauskommst!«

»Ich habe mit Hannes gesprochen. Er hat mir von dir und Lothar erzählt. Er hat mir gesagt, dass Lothar und die FDJ-Funktionäre in der Uni dafür gesorgt haben, dass du zur Belohnung gute Noten bekommen hast. Dir ist das Studium schwer gefallen, nicht wahr? Ich habe nie gesehen, dass du deine Nase in ein Buch gesteckt hättest. Was hast du dafür bekommen, deine Kameraden zu verraten? Deine Freunde zu verraten? Was haben sie dir als Belohnung dafür gegeben, dass du deine Freunde bespitzelt hast?«

»Ihr ist es nicht gelungen, mich zu missionieren, aber du bist sofort umgefallen«, stieß Emíl hervor. »Ilona war eine Betrügerin.«

»Weil sie dich abgewiesen hat?«, fragte er. »Weil sie nichts mit dir zu tun haben wollte? Hat es dich so getroffen, dass sie dich nicht wollte?«

Emíl schaute ihn an.

»Keine Ahnung, was sie an dir gefunden hat«, sagte er, und ein Grinsen spielte um seine Lippen. »Keine Ahnung, was sie in diesem Intelligenzbolzen mit dem Kopf voller Ideale gesehen hat, der Island zu einem sozialistischen Staat machen wollte, aber ruckzuck eine Kehrtwendung gemacht hat, als er sie bespringen durfte! Mir ist schleierhaft, was sie in dir gesehen hat.«

»Du wolltest dich also rächen«, sagte er. »Darum ging es also, du wolltest dich an ihr rächen.«

»Ihr wart wahrhaftig gut miteinander bedient«, sagte Emíl.

Er starrte Emíl an. Ein Kälteschauer durchrieselte ihn. Er erkannte seinen Freund nicht mehr wieder, er wusste nicht, wer oder was aus Emíl geworden war. Er wusste nur, dass er der gleichen Bösartigkeit ins Gesicht blickte, die er als junger Student kennen gelernt hatte. Eigentlich hätte er, von Hass und Zorn überwältigt, sich auf Emíl stürzen müssen, aber plötzlich verspürte er kein Bedürfnis mehr danach. Verspürte nicht mehr den Drang, seine jahrelangen Sorgen, seine Furcht und seine panischen Ängste an ihm auszulassen. Nicht, weil er noch nie in seinem Leben einen anderen Menschen angegriffen hatte. Weil er nie gewalttätig geworden und nie in eine Schlägerei verwickelt worden war. Er verachtete Gewalt, in welcher Form auch immer. Aber jetzt hätte eigentlich eine solche Wut in ihm aufsteigen müssen, dass er den Wunsch verspüren sollte, Emíl umzubringen. Eine lang angestaute Wut hätte ihn übermannen sollen, doch stattdessen fühlte er sich innerlich immer leerer und empfand nichts als Kälte.

»Und du hast völlig Recht«, fuhr Emíl fort, während sie sich gegenüberstanden. »Du warst es selbst. Du kannst niemand anderem die Schuld daran geben als dir selbst. Du hast mir freiwillig von diesen Geheimtreffen erzählt, von ihren Ansichten und den Ideen, die Menschen dazu anzustacheln, gegen den Sozialismus zu kämpfen. Du warst es selbst. Wenn es das ist, was du unbedingt wissen wolltest, kann ich es dir bestätigen. Es waren deine Worte, die dazu geführt haben, dass Ilona verhaftet wurde! Ich wusste nichts darüber, wie sie arbeitete, aber du hast es mir gesagt. Erinnerst du dich? Danach haben sie angefangen, sie zu beschatten. Danach haben sie dich vorgeladen und dich gewarnt. Aber da war es schon zu spät. Die Sache hatte schon ihre Kreise gezogen. Sie lag nicht mehr in unseren Händen.«

Er konnte sich gut daran erinnern, denn er hatte wieder und wieder darüber nachgedacht, ob er irgendetwas zu irgendjemandem gesagt hatte, was er nicht hätte sagen dürfen. Er war immer davon ausgegangen, dass er seinen Landsleuten vertrauen konnte, darauf vertrauen konnte, dass Isländer einander nicht bespitzelten. Dass diese kleine Gruppe von Freunden sich nicht gegenseitig bespitzelte. Dass die Gedankeninquisition nichts mit den Isländern zu tun hatte. Im Vertrauen darauf hatte er seinen Freunden davon erzählt, was für Ansichten Ilona und ihre Bekannten hatten.

Er sah Emíl an und musste an die Menschenverachtung denken und sich fragen, wie man einzig und allein darauf eine Gesellschaft hatte aufbauen wollen.

»Immer wieder habe ich darüber nachgedacht, als alles vorbei war«, sagte er endlich wie zu sich selbst, als seien Zeit und Raum entschwunden und nichts spiele eine Rolle mehr. »Als alles vorbei und nichts mehr zu retten war. Als ich schon längst wieder zu Hause war. Ich war es, der dir von Ilonas geheimen Treffen erzählte. Ich weiß nicht, warum ich das getan habe, aber so war es nun einmal. Ich glaube sogar, dass ich dich und die anderen ermuntert habe, auch solche Treffen zu besuchen. Zwischen uns Isländern gab es keine Geheimnisse. Wir konnten unbesorgt über alles reden. Ich habe nicht mit jemandem wie dir gerechnet.«

Er schwieg eine Weile.

»Wir haben zusammengehalten«, fuhr er dann fort. »Irgendjemand hat Ilona angezeigt. An der Uni waren viele Studenten, und es gab einige, die in Frage gekommen wären. Erst viel, viel später habe ich die Möglichkeit in Erwägung gezogen, dass ein Isländer, einer von meinen Freunden, dahinter steckte.«

Er sah Emíl in die Augen.

»Ich war so idiotisch zu glauben, dass wir Freunde wären«, sagte er leise. »Wir waren doch noch so jung, wir waren beide gerade erst zwanzig.«

Er drehte sich um und wollte gehen.

»Ilona war eine verdammte Schlampe«, ließ Emíl sich verächtlich hinter ihm vernehmen.

In dem Augenblick, als er das hörte, fiel sein Blick auf eine Schaufel, die an einer alten, verstaubten Kommode lehnte. Er packte sie, drehte sich blitzschnell um und ließ unter Aufbietung aller seiner Kräfte die Schaufel mit einem Schrei auf Emíl niedergehen. Sie traf ihn an der Schläfe, und er sah, wie die Augen erloschen. Emíl sackte zusammen.

Er stand da und starrte auf den leblosen Körper herunter. Er schien sich in einer anderen Welt zu befinden. Ihm fiel ein längst vergessener Ausspruch ein:

Am besten schlägt man sie mit einer Schaufel tot.

Eine dunkle Blutlache bildete sich auf dem Fußboden. Ihm war sofort klar, dass er Emíl getötet hatte, aber es regte sich keinerlei Reue in ihm. Er stand bewegungslos und ungerührt da und betrachtete Emíl auf dem Boden, während sich die Blutlache vergrößerte. Er war nur ein Zuschauer, den nichts etwas anzugehen schien. Er war nicht in diesen Schuppen gekommen, um zu töten. Er hatte sich nicht vorgenommen, einen Mord zu begehen. Das war geschehen, ohne dass er es auch nur für einen Sekundenbruchteil geplant hatte.

Er wusste nicht, wie viel Zeit verstrichen war, als er plötzlich bemerkte, dass jemand neben ihm stand. Jemand, der ihn berührte und ihm einen leichten Schlag auf die Wange versetzte und etwas sagte, was er nicht hörte. Er blickte den Mann an, erkannte ihn jedoch nicht gleich. Er sah, wie er sich über Emíl beugte und ihm die Finger an den Hals legte, um den Puls zu fühlen. Er wusste, dass es hoffnungslos war. Er wusste, dass Emíl tot war. Er hatte Emíl umgebracht.

Der Mann richtete sich wieder auf und wandte sich zu ihm um. Jetzt erkannte er, wer es war. Diesem Mann war er durch die Straßen von Reykjavík gefolgt, und er hatte ihn zu Emíl geführt.

Es war Lothar.

Vierunddreißig

Karl Antonsson war zu Hause, als Elínborg an seiner Tür klingelte. Seine Neugierde war sofort geweckt, als sie ihm sagte, dass sie im Zusammenhang mit dem Skelettfund auf dem Grund des Kleifarvatn gekommen sei, weil sie sich mit den Isländern unterhalten mussten, die in Leipzig studiert hatten. Er ging unverzüglich mit Elínborg ins Wohnzimmer. Er und seine Frau hatten vorgehabt, eine Runde Golf zu spielen, aber das hatte keine Eile.

Morgens hatte Elínborg mit Sigurður Óli telefoniert und sich erkundigt, wie es Bergþóra ginge. Er sagte, alles liefe nach Wunsch.

»Und dieser Mann, hat er aufgehört, dich nachts anzurufen?«, fragte sie.

»Er meldet sich immer noch ab und zu.«

»Hat er nicht mit Selbstmordgedanken gespielt?«

»Ja, und ob«, sagte Sigurður Óli und erklärte, dass Erlendur ihn erwartete. Sie wollten zu Haraldur im Altersheim, weil Erlendur auf diesen verschollenen Leopold fixiert war. Zu Erlendurs großem Ärger war dem Antrag auf eine Durchsuchung des Hofgeländes nicht stattgegeben worden.

Karl wohnte am Reynimelur in einem schönen Dreiparteienhaus mit gepflegtem Garten. Seine Frau Ulrike war Deutsche, sie stammte aus Leipzig. Sie schüttelte Elínborg mit festem Druck die Hand. Das Ehepaar hatte sich gut gehalten, beide machten den Eindruck, als ob ihnen das Alter nichts anhaben könnte. Vielleicht liegt das am Golfspielen, dachte Elínborg. Sie waren sehr erstaunt über diesen unerwarteten Besuch und blickten einander verständnislos an, als sich herausstellte, um was es ging.

»Ist dann der, den ihr im See gefunden habt, einer von den isländischen Studenten in Leipzig?«, fragte Karl. Ulrike ging in die Küche, um Kaffee zu kochen.

»Das wissen wir nicht«, sagte Elínborg. »Kannst du dich, oder könnt ihr euch, an einen Mann in Leipzig erinnern, der Lothar hieß, Lothar Weiser?«

Karl schaute seine Frau an, die in der Tür stand.

»Sie fragt nach Lothar«, sagte er.

»Lothar? Was ist mit ihm?«, fragte sie.

»Sie glauben, dass er da im See gelegen hat.«

»Das stimmt nicht ganz«, sagte Elínborg und lächelte die Frau an. »Wir wissen es nicht.«

»Er hat seinerzeit Geld von uns bekommen, um uns die Wege zu ebnen«, sagte Ulrike.

»Die Wege zu ebnen?«, fragte Elínborg erstaunt.

»Damit Ulrike mit mir nach Island gehen konnte«, sagte Karl. »Er hatte Einfluss und konnte uns behilflich sein. Aber es hat was gekostet. Meine Eltern haben Geld zusammengekratzt, und natürlich auch Ulrikes Eltern in Leipzig.«

»Und Lothar hat euch geholfen?«

»Sehr«, sagte Karl. »Er hat dafür kassiert, insofern kann man es vielleicht nicht direkt als Nettigkeit bezeichnen. Ich glaube, dass er auch noch anderen geholfen hat, nicht nur uns.«

»Und Geld allein hat ausgereicht?«, fragte Elínborg.

Karl und Ulrike schauten einander an, und Ulrike ging in die Küche.

»Er sprach davon, dass man vielleicht später Kontakt mit uns aufnehmen würde, verstehst du. Aber das ist nicht geschehen, und was uns betrifft, es wäre auch nie in Frage gekommen. Niemals. Ich habe nichts mehr mit der Partei zu tun gehabt, nachdem wir nach Island zurückgekehrt waren. Ich bin nie zu Versammlungen oder dergleichen gegangen. Ich habe mich völlig aus der Politik zurückgezogen. Ulrike ist nie politisch gewesen, sie war schon immer allergisch dagegen.«

»Meinst du damit, dass man später möglicherweise irgendetwas von euch verlangt hätte?«, fragte Elínborg.

»Ich habe keine Ahnung«, sagte Karl, »Es ist nie dazu gekommen. Lothar haben wir nie wieder gesehen. Wenn man an diese Zeiten zurückdenkt, möchte man manchmal gar nicht glauben, was man da erlebt hat. Das war eine vollkommen andere Welt.«

»Die Isländer haben das den ›Krampf‹ genannt«, sagte Ulrike, die wieder ins Wohnzimmer gekommen war. »Ich fand, dass das hundertprozentig passte. Das war ein einziger Krampf.«

»Habt ihr noch irgendwelchen Kontakt zu den ehemaligen Kommilitonen?«, fragte Elínborg.

»Nur ganz wenig«, sagte Karl. »Man trifft sich natürlich ab und zu auf der Straße oder bei Geburtstagen.«

»Einer von ihnen hieß Emíl«, sagte Elínborg. »Wisst ihr etwas über ihn?«

»Soweit ich weiß, ist er nie nach Island zurückgekehrt«, entgegnete Karl. »Er ist in der DDR geblieben. Ich habe ihn nie wieder gesehen ... Lebt er noch?«

»Ich weiß es nicht«, sagte Elínborg.

»Ich mochte ihn nie«, sagte Ulrike. »Er war ein unangenehmer Typ.«

»Emíl war immer ein ziemlicher Eigenbrötler. Er kannte nur wenige, und wenige kannten ihn. Es hieß aber, dass er willfährig war. Davon habe ich aber nichts mitbekommen.«

»Und ihr wisst sonst nichts über diesen Lothar?«

»Nein, gar nichts«, erwiderte Karl.
»Besitzt du vielleicht Fotos von den Studenten in Leipzig?«, fragte Elínborg. »Von Lothar Weiser oder den anderen?«
»Nein, nicht von Lothar, und ganz bestimmt nicht von Emíl«, sagte er. »Aber ich habe ein Bild von Tómas und seiner Freundin, Ilona hieß sie. Sie war Ungarin.«
Karl stand auf und ging zu einem großen Schrank, der im Wohnzimmer stand. Er holte ein altes Fotoalbum hervor und blätterte darin, bis er ein Foto fand, das er Elínborg reichte. Es war ein Schwarzweißfoto und zeigte ein junges Paar, das sich an der Hand hielt. Die Sonne schien, und sie lachten in die Kamera.
»Das Bild wurde vor der Thomaskirche gemacht«, sagte Karl. »Ein paar Monate bevor Ilona verschwand.«
»Davon habe ich bereits gehört«, sagte Elínborg.
»Ich war bei ihr, als sie abgeführt wurde«, sagte Karl. »Es war grauenvoll, diese Gewalt und die Bösartigkeit. Niemand wusste, was aus ihr geworden ist, und ich glaube, Tómas hat es nie verwunden.«
»Sie war sehr mutig«, sagte Ulrike.
»Sie hatte systemkritische Ansichten«, sagte Karl. »Das wurde nicht geduldet.«

Erlendur klopfte bei Haraldur im Altersheim an die Tür. Das Frühstück war gerade vorbei, und aus dem Speisesaal hörte man noch Geschirrklappern. Sigurður Óli war mit ihm gekommen. Sie hörten, wie Haraldur drinnen etwas rief, und Erlendur öffnete die Tür. Haraldur saß wie zuvor vorgebeugt und mit dem Kopf zwischen den Schultern auf der Bettkante und starrte auf den Boden. Er hob den Kopf ein wenig, als sie das Zimmer betraten.
»Wer ist das denn?«, fragte er, als er Sigurður Óli erblickte.
»Einer meiner Mitarbeiter«, sagte Erlendur.
Statt Sigurður Óli zu begrüßen, starrte Haraldur ihn so

grimmig an, als müsse Sigurður Óli sich vor ihm in Acht nehmen. Erlendur setzte sich auf einen Stuhl, der vor Haraldurs Bett stand. Sigurður Óli blieb stehen und lehnte sich an die Wand.

Die Zimmertür öffnete sich wieder, und ein grauhaariger Mann steckte seinen Kopf herein.

»Haraldur«, sagte er, »heute Abend Abendandacht auf Nummer 11.«

Der Mann wartete keine Antwort ab, sondern machte die Tür gleich wieder zu. Erlendur starrte völlig verblüfft auf Haraldur.

»Abendandacht? Du gehst doch wohl nicht zu so was?«

»Abendandacht heißt nichts anderes als Besäufnis«, grunzte Haraldur. »Ich hoffe, dass du nicht enttäuscht bist.«

Sigurður Óli musste innerlich grinsen, war aber mit seinen Gedanken ganz woanders. Es stimmte nämlich nicht ganz, was er Elínborg gesagt hatte, als sie morgens miteinander telefonierten. Bergþóra war wieder bei einer Untersuchung gewesen, und der Arzt hatte ihr eröffnet, dass alles sehr unsicher sei. Bergþóra versuchte, optimistisch zu klingen, als sie ihm das erzählte, aber er wusste, wie sehr sie sich damit quälte.

»Also, dann los«, sagte Haraldur. »Mag sein, dass ich euch nicht die ganze Wahrheit gesagt habe, aber ich kapier auch kein bisschen, warum ihr einem so auf die Pelle rücken müsst. Aber es … ich wollte …«

Erlendur bemerkte ein seltsames Zaudern, als der alte Mann den Kopf hob, um ihm ins Gesicht zu sehen.

»Die Sauerstoffzufuhr bei Jói war abgeschnitten«, sagte er und schaute wieder zu Boden. »Das war der Grund. Bei der Geburt. Sie gingen davon aus, dass alles in Ordnung war, er gedieh prächtig. Dann stellte sich heraus, dass er anders war. Als er heranwuchs. Er war nicht wie die anderen Kinder.«

Sigurður Óli sah zu Erlendur hinüber und gab ihm mit seiner Miene zu verstehen, dass er keine Ahnung hatte, wovon der Alte redete. Erlendur zuckte mit den Achseln. Haraldur legte ein verändertes Benehmen an den Tag, er war nicht so ruppig wie sonst.

»Es stellte sich heraus, dass er komisch im Kopf war«, fuhr Haraldur fort. »Ein armer Tropf. Geistig zurückgeblieben, aber eine Seele von Mensch. Er war völlig unselbstständig und hat nicht einmal lesen gelernt. Das stellte sich erst viel später heraus. Wir haben lange gebraucht, bis wir es uns eingestanden und akzeptierten.«

»Das muss schwer für deine Eltern gewesen sein«, sagte Erlendur nach einer längeren Pause, als es ganz den Anschein hatte, als wolle Haraldur nicht weiterreden.

»Als sie starben, musste ich für Jói sorgen«, sagte Haraldur schließlich und starrte wieder auf den Boden. »Wir haben da auf dem Hof gewohnt, und zum Schluss war es nur noch ein Verlustgeschäft. Außer dem Grund und Boden besaßen wir nichts, was wir hätten verkaufen können. Der Grundbesitz hatte allerdings einigen Wert, weil er so nahe bei Reykjavík lag, und wir haben gut daran verdient. Konnten eine Wohnung kaufen und hatten noch Geld übrig.«

»Was wolltest du uns eigentlich sagen?«, fragte Sigurður Óli ungeduldig. Erlendur sah ihn scharf an.

»Mein Bruder hat diese Radkappe an dem Auto gestohlen«, sagte Haraldur. »Das war das ganze Verbrechen, und jetzt könnt ihr mich in Ruhe lassen«, fügte er hinzu. »Mehr war es nicht. Ich kapiere nicht, wie ihr so viel Aufhebens davon machen könnt. Nach all diesen Jahren. Er hat eine Radkappe geklaut! Ist das vielleicht ein schweres Verbrechen?«

»Wir reden also über den schwarzen Ford Falcon?«, sagte Erlendur.

»Ja, es war der schwarze Falcon.«

»Leopold ist zu euch auf den Hof gekommen«, sagte Erlendur. »Das gibst du also endlich zu.«

Haraldur nickte.

»Hattest du irgendwelche stichhaltigen Gründe dafür, dass du das ein ganzes Menschenalter allen zum Verdruss und völlig überflüssigerweise verheimlicht hast?«, fragte Erlendur schroff.

»Halt mir jetzt bloß keine Predigt«, sagte Haraldur. »Das bringt nichts.«

»Menschen haben jahrzehntelang gelitten«, sagte Erlendur.

»Wir haben ihm nichts getan. Ihm ist nichts zugestoßen.«

»Du hast die polizeiliche Ermittlung behindert.«

»Du kannst mich gerne einbuchten«, sagte Haraldur. »Das macht kaum einen Unterschied für mich.«

»Was geschah damals?«, fragte Sigurður Óli.

»Mein Bruder war ein einfältiger Mensch«, sagte Haraldur, »aber er hat diesem Mann nichts getan. Er war kein bisschen gewalttätig. Er fand diese verdammte Radkappe schön und hat eine geklaut, es waren immer noch drei dran. Er fand, dass drei Kappen für den Mann ausreichten.«

»Und wie reagierte der Mann?«, fragte Sigurður Óli.

»Ihr habt nach dem Mann gesucht, der vermisst wurde«, fuhr Haraldur fort und starrte Erlendur an. »Ich wollte die Sache nicht noch komplizierter machen. Ihr hättet uns die Hölle heiß gemacht, wenn ich zugegeben hätte, dass Jói die Radkappe gemopst hat. Ihr wärt bestimmt davon ausgegangen, dass Jói ihn umgebracht hat. Er hat es natürlich nicht getan, aber ihr hättet es nicht geglaubt und Jói in den Knast gebracht.«

»Wie reagierte dieser Mann, als dein Bruder die Radkappe genommen hatte?«, fragte Sigurður Óli noch einmal.

»Er schien ziemlich gestresst zu sein.«

»Und was ist passiert?«

»Er griff meinen Bruder an«, sagte Haraldur. »Das hätte er nicht tun sollen, denn Jói war zwar geistig zurückgeblieben, aber er war stark. Er schleuderte ihn von sich, als sei er federleicht.«

»Und brachte ihn um«, sagte Erlendur.

Haraldur reckte langsam den Kopf zwischen den krummen Schultern hoch.

»Was habe ich dir gerade eben gesagt?«

»Warum sollen wir dir jetzt glauben, wenn du die ganzen Jahre gelogen hast?«

»Ich beschloss, so zu tun, als sei er nie gekommen, als hätten wir ihn nie getroffen. Das war die beste Lösung. Wir haben ihm nichts getan. Als er von uns wegfuhr, war alles in Ordnung mit ihm.«

»Warum sollen wir dir jetzt glauben?«, wiederholte Sigurður Óli.

»Jói hat niemanden umgebracht«, sagte Haraldur und betonte jedes Wort. »Dazu wäre er nie imstande gewesen. Er konnte keiner Fliege was zuleide tun, mein Jói. Aber das hättet ihr nie geglaubt. Ich versuchte, ihm gut zuzureden, damit er die Radkappe hergab, aber er wollte uns nicht sagen, wo er sie versteckt hatte. Jói war ein bisschen so wie die Raben, er war versessen auf alles, was glitzerte. Und diese Radkappen waren neu und glänzten schön. Er wollte unbedingt eine haben. Das war das ganze Verbrechen. Der Mann kriegte einen unglaublichen Wutanfall und drohte uns, und dann ging er auf Jói los. Wir haben uns geprügelt, und anschließend musste er mit Schimpf und Schande abziehen, und wir haben ihn nie wieder gesehen.«

»Und warum soll ich das glauben?«, fragte Erlendur.

Haraldur schnaubte.

»Mir ist es scheißegal, was du glaubst«, sagte er. »Mach daraus, was du willst.«

»Warum hast du der Polizei nicht diese rührende Geschichte erzählt, als nach dem Mann gesucht wurde?«

»Die Polizei schien nicht sonderlich viel Interesse an irgendwas zu haben«, sagte Haraldur. »Sie haben nicht um Erklärungen gebeten. Sie haben ein Protokoll angefertigt, und damit basta.«

»Und nach der Prügelei ist der Mann weggefahren?«, sagte Erlendur, der unwillkürlich an Níels, den faulen Sack, denken musste.

»Ja.«

»Und eine Radkappe fehlte?«

»Ja. Der Mann ist abgehauen, ohne sich um die Radkappe zu kümmern.«

»Was hast du mit der Radkappe gemacht? Hast du überhaupt jemals erfahren, wo dein Bruder sie versteckt hatte?«

»Ich habe sie vergraben, nachdem ihr angefangen hattet, einen über diesen Kerl auszufragen. Jói hat mir gesagt, wo er sie hingetan hatte, und ich habe hinter dem Haus ein Loch gebuddelt und es wieder zugeschüttet. Da kannst du sie noch finden.«

»In Ordnung«, sagte Erlendur. »Wir werden hinter dem Haus graben und sehen, ob wir sie finden. Ich glaube aber, dass du uns immer noch etwas vorlügst.«

»Macht nichts«, sagte Haraldur. »Meinetwegen könnt ihr glauben, was ihr wollt.«

»Gibt es sonst noch etwas?«, fragte Erlendur.

Haraldur schwieg verbissen. Vielleicht fand er, dass es nun reichte. Sigurður Óli warf Erlendur einen Blick zu. Schweigen herrschte in dem kleinen Zimmer, nur von draußen hörte man Geräusche, aus dem Speisesaal und vom Gang, wo die alten Leute entlangschlurften und auf die nächste Mahlzeit warteten. Erlendur stand auf.

»Vielen Dank«, sagte er. »Das wird uns weiterhelfen. Wir hätten es nur lieber vor rund dreißig Jahren gewusst.«

»Er verlor sein Mäppchen«, sagte Haraldur.

»Sein Mäppchen?«, sagte Erlendur.

»Bei der Prügelei. Dieser Verkäufer, der verlor seine Brieftasche. Wir haben sie erst gefunden, als er schon weg war. Sie lag da, wo das Auto gestanden hatte. Jói hat sie gefunden und versteckt. So schlau war er dann doch.«

»Er hat seine Brieftasche bei euch verloren?«

»Ja.«

»Und was habt ihr damit gemacht?«, fragte Sigurður Óli.

»Ich habe sie mit der Radkappe vergraben«, sagte Haraldur, und plötzlich spielte ein schwaches Lächeln um seine Lippen. »Die müsstet ihr auch da finden.«

»Bist du nicht auf die Idee gekommen, sie zurückzugeben?«, fragte Erlendur.

»Ich habe es versucht, aber ich habe seinen Namen nicht im Telefonbuch gefunden. Und dann fingt ihr an, nach diesem Mann zu fragen, und da habe ich sie lieber zusammen mit der Radkappe verbuddelt.«

»Mit anderen Worten, dieser Leopold hat nicht im Telefonbuch gestanden?«

»Nein, und auch nicht der andere Name.«

»Der andere Name?«, fragte Sigurður Óli. »Hat er noch einen anderen Namen gehabt?«

»Ich wusste nicht, was das sollte, aber in diesem Mäppchen waren Papiere mit dem Namen, unter dem er sich vorgestellt hatte, Leopold, aber dann waren da auch noch andere mit einem anderen Namen.«

»Was für ein Name?«, fragte Erlendur.

»Jói war manchmal ein Spaßvogel«, sagte Haraldur. »Er ist immer um die Stelle herumgeschlichen, wo ich die Radkappe vergraben hatte. Er setzte oder legte sich manchmal da auf den Boden, wo er wusste, dass das Zeug war. Aber er hat nie gewagt, es auszugraben. Er hat nie gewagt, sie wieder anzurühren. Er wusste, dass er etwas angestellt hatte. Nach der Prügelei fing er an zu weinen, der Ärmste, und ich nahm ihn in die Arme.«

»Was für ein Name war das?«, fragte Sigurður Óli.

»Das weiß ich nicht mehr«, sagte Haraldur. »Ich hab euch gesagt, was ihr wissen wolltet, und jetzt macht euch vom Acker und lasst mich in Ruhe.«

Erlendur fuhr auf dem verlassenen Hof in Mosfellssveit vor. Mit den Winden aus dem Norden war es kühler geworden, und der Herbst hielt Einzug. Als er hinter das Haus ging, war ihm so kalt, dass er den Mantel enger um sich zog. Irgendwann einmal war der Garten von einem Lattenzaun eingefasst gewesen, aber die Latten waren schon vor langer Zeit zerbrochen und im hohen Gras verschwunden. Bevor sie Haraldur verließen, hatte er ihnen noch ziemlich genau beschrieben, wo er die Radkappe vergraben hatte.

Erlendur hatte einen Spaten dabei. Er maß mit Schritten die Entfernung zum Haus ab und fing an zu graben. Die Radkappe lag angeblich nicht tief. Beim Graben wurde ihm warm. Er legte eine Pause ein und zündete sich eine Zigarette an. Dann machte er weiter. Als er bereits einen Meter tief gekommen war und noch immer keine Spur von der Radkappe gefunden hatte, fing er an, das Loch zu erweitern. Es war lange her, seit er solcher Art von körperlicher Arbeit nachgegangen war. Er rauchte noch eine Zigarette.

Zehn Minuten später traf sein Spaten auf etwas, und da wusste er, dass die Radkappe des schwarzen Falcon gefunden war.

Vorsichtig grub er weiter, kniete sich schließlich hin und kratzte die restliche Erde mit den Händen ab. Bald kam die Radkappe ganz zum Vorschein, und er hob sie vorsichtig aus dem Loch. Sie war rostig, aber trotzdem war noch deutlich zu erkennen, dass es sich um die Radkappe des Ford Falcon handelte. Erlendur stand auf, und als er sie gegen die Hauswand schlug, um die Erde abzuklopfen, schepperte es.

Erlendur legte sie zur Seite und schaute wieder in das Loch

hinunter, das er gegraben hatte. Jetzt galt es, die Brieftasche zu finden, von der Haraldur gesprochen hatte. Da, wo die Radkappe gelegen hatte, war sie nicht, also kniete er sich wieder hin, bückte sich in das Loch hinunter und grub mit den Händen weiter.

Alles, was Haraldur gesagt hatte, bestätigte sich. Erlendur fand die Brieftasche etwas unterhalb der Stelle, wo die Radkappe gelegen hatte. Er nahm sie vorsichtig in die Hand und stand auf. Es war eine ganz normale, schwarze Brieftasche aus Leder. Die Feuchtigkeit des Erdreichs hatte ihr übel mitgespielt, und er musste äußerste Vorsicht walten lassen. Als er sie öffnete, sah er ein Scheckheft, ein paar isländische Banknoten, die schon seit langer Zeit nicht mehr in Umlauf waren, ein paar Zettel und einen Führerschein auf den Namen Leopold. Die Feuchtigkeit hatte das Foto beschädigt. In einem anderen Fach fand er einen anderen Ausweis, den er für einen ausländischen Führerschein hielt, und das Bild war nicht so beschädigt wie das andere. Er starrte darauf, erkannte aber den Mann auf dem Foto nicht.

Es kam ihm so vor, als sei der Führerschein in Deutschland ausgestellt worden, aber er war so lädiert, dass man nur vereinzelte Buchstaben und Wörter erkennen konnte. Er konnte den Vornamen des Mannes deutlich lesen, aber nicht seinen Nachnamen. Erlendur stand mit der Brieftasche in der Hand auf und schaute hoch.

Er kannte den Namen auf dem Führerschein.

Er kannte den Namen Emíl.

Fünfunddreißig

Lothar Weiser schüttelte ihn und schrie ihn an und versetzte ihm mehrmals mit der flachen Hand leichte Schläge auf die Wangen. Ganz allmählich nur kam er wieder zu sich und sah, dass die Blutlache auf dem dreckigen Steinfußboden noch größer geworden war. Er sah Lothar ins Gesicht.
»Ich habe Emíl umgebracht«, sagte er.
»Was zum Teufel ist passiert?«, fauchte Lothar. »Warum bist du auf ihn losgegangen? Woher hast du von ihm gewusst? Wie hast du ihn hier gefunden? Was machst du eigentlich hier, Tómas?!«
»Ich bin dir nachgegangen«, sagte er. »Ich habe dich gesehen und bin dir gefolgt. Und jetzt habe ich ihn umgebracht. Er hat etwas über Ilona gesagt.«
»Denkst du immer noch an sie? Kannst du das denn nie vergessen?«
Lothar ging zur Tür, schloss sie sorgfältig und blickte sich suchend in dem Schuppen um. Er selber rührte sich nicht vom Fleck und beobachtete Lothar wie hypnotisiert. Seine Augen gewöhnten sich an die Dunkelheit, und er konnte das, was in dem Schuppen war, allmählich besser erkennen. Er war voll von altem Plunder, der unordentlich herumlag, Stühle, Gartenwerkzeuge, Möbel und Matratzen. Um den Arbeitstisch herum bemerkte er verschiedene Geräte und Apparate, von denen er einige nicht einordnen konnte. Da standen Ferngläser sowie größere und kleinere Kameras und ein großes Tonbandgerät herum. Es war mit

einem anderen Gerät verbunden, das wie ein Funkgerät aussah. Überall lagen Fotos herum, aber er konnte nicht erkennen, was darauf war. Auf dem Fußboden beim Arbeitstisch stand ein großer, schwarzer Kasten mit diversen Armaturen und Schaltern, von denen er nicht wusste, wozu sie da waren. Daneben befand sich eine große Reisetasche, in die der Apparat mühelos hineingepasst hätte. Das Gerät schien beschädigt zu sein, die Armaturen waren zerbrochen, und die hintere Platte war lose, so als sei das Gerät auf den Boden gefallen.

Er fühlte sich wie in Trance, wie in einem seltsamen Traumgebilde. Was er getan hatte, war so unwirklich und absurd, dass er nicht imstande war, in irgendeiner Form zu reagieren. Er schaute auf die Leiche am Boden und auf Lothar, der vor ihr kniete.

»Ich dachte, ich hätte ihn gekannt ...«

»Emíl konnte verdammt widerlich sein«, sagte Lothar.

»War er es? Hat er euch von Ilona erzählt?«

»Ja, er hat uns über diese geheimen Treffen informiert. Er hat für uns gearbeitet, in Leipzig, an der Universität. Ihm war es ganz egal, wen er hinterging, wen er verriet. Sogar seine besten Freunde blieben nicht verschont. So wie du«, sagte Lothar und stand wieder auf.

»Ich glaubte, wir wären voreinander sicher«, antwortete er. »Wir Isländer. Ich habe nie den Verdacht gehabt ...« Er hielt mitten im Satz inne. Er kam jetzt wieder zu sich. Der Nebel lichtete sich, und seine Gedanken begannen sich langsam zu ordnen. »Du warst nicht besser«, sagte er. »Du warst selber keinen Deut besser. Du warst genau wie er, nur noch schlimmer.«

Sie schauten sich in die Augen.

»Muss ich Angst vor dir haben?«, fragte er.

Er verspürte keine Angst. Zumindest noch nicht. Lothar stellte keine Bedrohung für ihn dar. Ganz im Gegenteil, es hatte den Anschein, als überlegte Lothar bereits, was jetzt mit Emíl geschehen sollte, der in seinem Blut auf dem Boden lag. Lothar hatte sich nicht auf ihn gestürzt. Er hatte ihm nicht einmal die Schaufel abgenommen. Aus irgendwelchen unerfindlichen Gründen umklammerte er immer noch den Schaft.

»Nein«, sagte Lothar, »du brauchst keine Angst vor mir zu haben.«

»Wie kann ich da sicher sein?«

»Weil ich es dir sage.«

»Man kann niemandem trauen«, sagte er. »Das solltest du wissen. Das weißt du doch wohl am besten, denn du hast es mir beigebracht.«

»Du musst erstens von hier verschwinden und zweitens versuchen, das alles zu vergessen«, sagte Lothar, trat zu ihm und griff nach der Schaufel. »Frag nicht, wieso. Ich erledige das mit Emíl. Mach jetzt bloß nicht noch mehr Dummheiten, wie beispielsweise die Polizei anzurufen. Vergiss es so schnell wie möglich. Als wäre es nie geschehen. Mach bloß keine dummen Sachen.«

»Warum? Warum willst du mir helfen? Ich glaubte …«

»Da gibt's nichts zu glauben«, fuhr Lothar dazwischen. »Hau jetzt ab und rede niemals mit jemandem darüber. Das hier geht dich nichts an.«

Sie standen sich gegenüber, und Lothars Griff nach der Schaufel verstärkte sich.

»Natürlich geht mich das etwas an!«

»Nein«, sagte Lothar entschlossen. »Vergiss es.«

»Was hast du mit dem gemeint, was du gesagt hast?«

»Was denn?«, fragte Lothar.

»Woher ich von ihm wusste. Wie ich ihn ausfindig gemacht habe. Lebte er schon lange hier?«

»Hier in Island? Nein.«

»Was geht hier eigentlich vor? Was macht ihr da zusammen? Was für Apparate sind das hier im Schuppen? Und was sind das für Fotos?«

Lothar hielt immer noch den Schaft der Schaufel gepackt, um sie ihm wegzunehmen, aber er hielt sie fest umklammert und gab nicht nach.

»Was hat Emíl hier gemacht?«, fragte er. »Ich dachte, er würde im Ausland leben, in der DDR. Ich dachte, er wäre nach dem Studium nie nach Island zurückgekehrt.«

Lothar war ihm ein vollkommenes Rätsel, und in diesem Augenblick vielleicht mehr als je zuvor. Wer war dieser Mann? Hatte er sich die ganze Zeit in ihm getäuscht, oder war er immer noch das gleiche arrogante und hinterhältige Schwein, das er in Leipzig gewesen war?

»Mach, dass du nach Hause kommst«, sagte Lothar. »Denk nicht mehr über das hier nach. Das geht dich nichts an. Es hat nichts mit dem zu tun, was in Leipzig war.«

Er glaubte ihm nicht.

»Was ist da passiert? Was war in Leipzig? Sag es mir! Was habt ihr mit Ilona gemacht?«

Lothar fluchte.

»Wir haben versucht, euch dazu zu bringen, mit uns zusammenzuarbeiten«, sagte er schließlich. »Das hat nicht geklappt. Ihr lasst uns doch immer auflaufen. Zwei von unseren Leuten wurden vor ein paar Jahren geschnappt und des Landes verwiesen, nachdem sie versucht hatten, einen Mann hier in Reykjavík dazu zu bringen, Fotos für uns zu machen.«

»Fotos?«

»Von den militärischen Einrichtungen hier in Island. Niemand will für uns arbeiten. Deswegen haben wir Emíl hierher geholt, um das zu machen.«

»Emíl?«

»Für ihn war das ganz selbstverständlich.«

Lothar sah seine ungläubige Miene und fing an, über Emíl

zu sprechen. Es sah beinahe so aus, als wollte Lothar ihn davon überzeugen, dass er ihm vertrauen konnte, dass er sich geändert hatte.
»Wir haben ihm eine Arbeit verschafft, die es ihm ermöglichte, in Island herumzureisen, ohne dass er Verdacht erregte«, sagte Lothar. »Emíl war Feuer und Flamme. Er fühlte sich wie ein richtiger Spion.«
Lothar schaute auf Emíls Leiche hinunter.
»Vielleicht war er das.«
»Und er sollte Fotos von amerikanischen Militäreinrichtungen machen?«
»Ja, und möglicherweise sogar zeitweilig in den Radarstationen auf Langanes oder bei Stokksnes in der Nähe von Höfn arbeiten. Und im Hvalfjörður, wo die Treibstofftanks waren. In den Westfjorden, in der Radarstation auf dem Straumnes-Berg. Er arbeitete in Keflavík und hatte stets Abhörgeräte bei sich. Er verkaufte Landmaschinen und hatte damit einen Vorwand, ständig unterwegs zu sein. Für die Zukunft waren ihm sogar größere Aufgaben zugedacht«, sagte Lothar.
»Und was beispielsweise?«
»Die Möglichkeiten sind unerschöpflich«, sagte Lothar.
»Aber wo stehst du in dem Ganzen? Warum sagst du mir das alles? Gehörst du nicht auch zu denen?«
»Doch«, erwiderte Lothar, »ich bin einer von denen. Und jetzt mach, dass du wegkommst. Ich kümmere mich um Emíl. Vergiss das alles und rede nie mit jemandem darüber! Verstanden? Nie!«
»Bestand denn keine Gefahr, dass er entdeckt würde?«
»Er hatte sich getarnt«, sagte Lothar. »Unserer Meinung nach war das überflüssig, aber er wollte unbedingt unter falschem Namen operieren. Falls ihn jemand erkannte, hätte er behauptet, auf einem kurzen Besuch in Island zu sein, ansonsten nannte er sich Leopold, ich weiß nicht, was das sollte. Emíl hat es genossen, ein doppeltes Spiel

zu spielen. Er hatte ein merkwürdiges Vergnügen daran, jemand anderen zu spielen, als er tatsächlich war.«

»Was wirst du mit ihm machen?«

»Wir verwenden manchmal einen See im Süden von Reykjavík als Deponie, um bestimmte Dinge zu entsorgen. Es wird überhaupt kein Problem sein.«

»Ich habe dich die ganzen Jahre über gehasst, Lothar, ist dir das klar?«

»Um die Wahrheit zu sagen, Tómas, ich hatte dich völlig vergessen. Ilona war ein Problem, und früher oder später wäre sie aufgeflogen. Was ich getan habe, war in diesem Zusammenhang von geringer Bedeutung.«

»Woher weißt du, dass ich nicht direkt zur Polizei gehe?«

»Weil du absolut keine Schuldgefühle diesem Mann gegenüber hast. Deswegen wirst du das Ganze vergessen. Deswegen ist das hier nie passiert. Ich werde Stillschweigen darüber bewahren, und du vergisst, dass es mich jemals gegeben hat.«

»Aber ...«

»Kein Aber! Willst du im Ernst irgendwem auf die Nase binden, dass du einen Mord begangen hast? Sei doch nicht kindisch!«

»Wir waren damals so jung, wir waren noch halbe Kinder. Warum ist das nur alles so gekommen?«

»Man versucht, seine Haut zu retten«, sagte Lothar. »Das ist das Einzige, was man tun kann.«

»Was wirst du ihnen über Emíl sagen? Wie willst du das erklären, was passiert ist?«

»Ich werde ihnen sagen, dass ich ihn so vorgefunden und keine Ahnung habe, was da vorgefallen ist. Das schlucken sie schon. Aber jetzt hau ab! Raus mit dir, bevor ich es mir anders überlege!«

»Weißt du, was aus Ilona geworden ist? Kannst du mir etwas über Ilonas Schicksal sagen?«

Er stand bereits an der Tür des Schuppens, als er sich noch einmal umdrehte und nach dem fragte, was ihn die ganzen Jahre gequält hatte. Als würde eine Antwort ihm dabei helfen, sich mit dem Unabänderlichen abzufinden.
»Ich weiß nicht viel«, sagte Lothar. »Ich habe gehört, dass sie versucht hat, zu fliehen. Sie wurde in ein Krankenhaus gebracht. Mehr weiß ich nicht.«
»Aber weshalb hat man sie verhaftet?«
»Das weißt du ganz genau«, sagte Lothar. »Sie war kein Unschuldsengel. Sie ist selber das Risiko eingegangen, und sie wusste, was sie tat. Sie war gefährlich, sie hat zu einem konterrevolutionären Putsch angestachelt. Sie hat gegen die Partei gearbeitet. Nach den Erfahrungen mit dem Volksaufstand von 1953 wollten sie nicht, dass sich so etwas wiederholte.«
»Aber ...«
»Sie wusste, auf welches Risiko sie sich eingelassen hatte.«
»Was ist aus ihr geworden?«
»Hör damit auf und verschwinde!«
»Ist sie tot?«
»Ganz bestimmt«, sagte Lothar und betrachtete nachdenklich den schwarzen Kasten mit den kaputten Armaturen. Auf dem Tisch sah er ein Schlüsselbund mit Autoschlüsseln und einem Ford-Anhänger.
»Die Polizei hier muss glauben, dass er aufs Land gefahren ist«, sagte er wie zu sich selbst. »Ich muss meine Leute überzeugen. Das könnte schwierig werden. Sie glauben sowieso kaum noch etwas von dem, was ich sage.«
»Warum nicht? Warum glauben sie dir nicht?«
Lothar lächelte.
»Ich bin etwas unartig gewesen. Und das wissen sie, glaube ich.«

Sechsunddreißig

Erlendur stand in der Garage in Kópavogur und betrachtete den Ford Falcon. In der Hand hielt er die Radkappe. Dann bückte er sich und hielt sie an das Vorderrad. Sie passte. Die Frau hatte ziemlich verwundert dreingeschaut, als Erlendur wieder auftauchte, aber sie hatte ihn in die Garage gelassen und ihm geholfen, die schwere Zeltplane abzunehmen. Erlendur trat einen Schritt zurück und ließ seine Blicke über den schwarzen Lack, die kreisrunden Rücklichter, die weißen Polster und das große, elegante Steuerrad gleiten. Auf einmal verspürte er einen Wunsch, den er seit langem nicht mehr in sich gefühlt hatte.

»Das ist also die ursprüngliche Radkappe?«, fragte die Frau.

»Ja«, sagte Erlendur, »wir haben sie gefunden.«

»Da habt ihr aber gute Arbeit geleistet«, sagte die Frau.

»Meinst du, dass er noch anspringt?«

»Das hat er das letzte Mal getan, soweit ich weiß«, sagte die Frau. »Weshalb fragst du?«

»Das Auto hat schon was«, sagte Erlendur. »Ich habe überlegt ... falls er immer noch zum Verkauf steht, dass ich ...«

»Zum Verkauf?«, unterbrach ihn die Frau. »Seit mein Mann gestorben ist, habe ich versucht, das Ding zu verkaufen, aber niemand hat sich dafür interessiert. Ich habe sogar Anzeigen in die Zeitung gesetzt, aber da riefen nur so ein paar komische Kerle an, die nichts bezahlen wollten. Sie glaubten, dass ich ihnen das Auto schenken würde! So weit kommt es noch, dass ich dieses Auto verschenke!«

»Was willst du dafür haben?«, fragte Erlendur.

»Musst du nicht zuerst ausprobieren, ob er anspringt und so?«, erwiderte die Frau. »Du kannst ihn gern ein paar Tage Probe fahren. Ich muss mit meinen Söhnen sprechen, die haben mehr Ahnung davon als ich. Ich verstehe absolut nichts von Autos. Ich weiß bloß, dass es mir nicht im Traum einfallen würde, das Auto zu verschenken. Ich will einen anständigen Preis dafür bekommen.«

Erlendur dachte an seine rostzerfressene japanische Klapperkiste. Er hatte nie nach Besitztümern gestrebt, denn er sah keinen Sinn darin, tote Gegenstände um sich herum anzuhäufen, aber dieser Falcon gefiel ihm. Vielleicht war es die Vergangenheit dieses Autos, seine Verbindung zu einem rätselhaften Vermisstenfall, der einige Jahrzehnte zurücklag. Aus irgendwelchen Gründen hatte Erlendur das Gefühl, dieses Auto besitzen zu müssen.

Sigurður Óli konnte sein Erstaunen kaum verhehlen, als Erlendur ihn am nächsten Mittag abholte. Der Falcon war sofort angesprungen. Die Frau hatte erklärt, dass ihre Söhne regelmäßig vorbeikämen und eine Runde mit ihm drehten, auch wenn sie keinerlei Interesse an Oldtimern hatten. Erlendur war schnurstracks zu einer Ford-Werkstatt gefahren und hatte das Auto durchchecken lassen. Ihm wurde gesagt, der Wagen sei so gut wie neu, die Sitze seien nur wenig verschlissen, die Armaturen funktionierten alle einwandfrei, und obwohl das Auto lange Zeit gestanden hatte, sei es in gutem Zustand.

»Was geht ab bei dir?«, fragte Sigurður Óli.

»Was geht ab?«

»Was willst du mit diesem Auto?«

»Damit fahren«, sagte Erlendur und gab Gas.

»Darfst du das? Ist das nicht eine Art Beweisstück?«

»Wird sich zeigen.«
Sie wollten einen weiteren der ehemaligen Leipziger Studenten aufsuchen, Tómas, von dem Hannes ihnen berichtet hatte. Morgens hatte Erlendur Marian Briem besucht. Und Marian hatte sich nach Eva Lind und dem Kleifarvatn-Fall erkundigt.
»Hast du deine Tochter gefunden?«
»Nein«, hatte Erlendur gesagt, »ich weiß nichts von ihr.«
Sigurður Óli erzählte Erlendur, dass er sich interessehalber im Internet über die Wirksamkeit des Staatssicherheitsdienstes in der ehemaligen DDR kundig gemacht hatte. Dort hatten die Machthaber ein praktisch perfektes System der Bürgerüberwachung aufgebaut. Stasizentralen gab es in insgesamt 41 Gebäuden, 1181 weitere Häuser standen für die inoffiziellen Mitarbeiter zur Verfügung, 305 Ferienhäuser, 98 Sporteinrichtungen und 18 000 Wohnungen für Besprechungen mit Informanten. 97 000 Menschen arbeiteten für die Stasi, 2171 waren damit beschäftigt, Briefe zu öffnen, 1486 bauten Telefonabhöranlagen ein, 8426 Menschen hörten Telefone und Rundfunksender ab. Die Stasi hatte über 100 000 offizielle und inoffizielle Mitarbeiter. 1 000 000 Menschen gaben Informationen weiter, und es gab Akten über 6 000 000 Menschen. Und innerhalb des Staatssicherheitsdienstes existierte eine eigene Abteilung zur Überwachung der Stasimitarbeiter.
Sigurður Óli war genau in dem Augenblick mit der Aufzählung fertig, als sie vor der Tür zu Tómas Haus standen. Es war ein kleines einstöckiges Haus, das unterkellert war. Es wirkte von außen alt und renovierungsbedürftig. Das Wellblechdach war fleckig und an den Rändern über der Dachrinne verrostet. Die Wände hatten Risse, und das Haus war lange nicht gestrichen worden. Der Garten, der es umgab, war völlig vernachlässigt. Das Haus hatte aber eine wunderbare Lage mit Blick aufs Meer, und Erlendur

genoss die Aussicht. Sigurður Óli drückte zum dritten Mal auf den Klingelknopf. Niemand schien zu Hause zu sein.
Erlendur sah ein Schiff am Horizont. Ein Mann und eine Frau gingen rasch auf dem Bürgersteig vor dem Haus vorbei. Der Mann machte größere Schritte als die Frau, die, so gut es ging, mit ihm Schritt zu halten versuchte. Sie redeten miteinander, er über die Schulter, aber sie musste lauter sprechen, damit er sie hören konnte. Keiner von beiden bemerkte die beiden Kriminalbeamten vor dem Haus.
»Das bedeutet also, dass dieser Emíl in Leipzig und Leopold ein und dieselbe Person gewesen sind«, sagte Sigurður Óli und klingelte noch einmal. Erlendur hatte ihm berichtet, was er auf dem Hof der Brüder in Mosfellssveit ausgegraben hatte.
»Sieht so aus«, sagte Erlendur.
»Ist er der Mann im Kleifarvatn?«
»Möglich.«

Tómas war im Keller, als er die Türklingel hörte. Er wusste, dass es die Polizei sein musste. Aus dem Kellerfenster hatte er gesehen, wie zwei Männer aus einem schwarzen Auto ausstiegen. Es war Zufall, dass sie genau in diesem Augenblick kamen. Er hatte das ganze Frühjahr und den ganzen Sommer über auf sie gewartet, und jetzt war es bereits Herbst. Er hatte gewusst, dass ihm dieser Besuch bevorstand. Er ging davon aus, dass sie, falls sie irgendetwas taugten, am Ende vor seiner Tür stehen und darauf warten würden, dass er öffnete.
Er wandte seinen Blick vom Kellerfenster ab und dachte an Ilona. Sie hatten einmal vor dem Bach-Monument an der Thomaskirche gestanden. Es war ein schöner Sommertag, und sie umarmten sich. Um sie herum waren Leute unter-

wegs, Straßenbahnen und Autos, aber trotzdem waren sie ganz allein auf der Welt.

Er hielt den englischen Revolver in der Hand, der aus dem Zweiten Weltkrieg stammte. Sein Vater hatte ihn besessen und ihn seinem Sohn samt Munition geschenkt. Er hatte die Waffe geölt, geputzt und poliert und vor ein paar Tagen vor den Toren der Stadt im Freizeitpark Heiðmörk ausprobiert. Eine Kugel steckte noch darin. Er hob die Hand und hielt sich die Waffe an die Schläfe.

Ilona schaute an der Kirche hoch, zum Turm hinauf.

»Du bist mein Thomas«, sagte sie und küsste ihn.

Bach starrte über ihnen regungslos in die Ewigkeit, aber er glaubte zu sehen, wie ein Lächeln um seine Lippen spielte.

»Immer«, sagte er. »Ich werde immer dein Thomas sein.«

»Wer ist dieser Mann?«, fragte Sigurður Óli, während er und Erlendur auf dem Treppenabsatz standen. »Ist er überhaupt wichtig?«

»Ich weiß nur das, was Hannes sagte«, antwortete Erlendur. »Er war in Leipzig und hatte dort eine Freundin.«

Er klingelte noch einmal, während sie dastanden und warteten.

Ein Knall drang zu ihnen heraus. Es klang so, als sei drinnen im Haus mit einem Hammer gegen eine Wand geschlagen worden. Erlendur sah Sigurður Óli an.

»Hast du das gehört?

»Da drinnen ist jemand«, sagte Sigurður Óli.

Erlendur hämmerte gegen die Tür und drückte die Klinke herunter. Die Tür war nicht verschlossen. Sie betraten das Haus und riefen, erhielten aber keine Antwort. Sie bemerkten eine Tür, hinter der eine Treppe in den Keller führte. Erlendur stieg vorsichtig die Stufen hinunter und sah einen Mann auf dem Boden liegen, an seiner Seite ein vorsintflutlicher Revolver.

»Hier ist ein Umschlag, der an uns addressiert ist«, sagte Sigurður Óli, der jetzt die Treppe herunterkam. Er hielt einen dicken, gelben Umschlag in der Hand.
»Was?«, fragte er, als er den Mann auf dem Boden erblickte.
»Weswegen hast du das getan?«, sagte Erlendur wie zu sich selbst.
Er trat zu der Leiche hin und starrte auf Tómas hinunter.
»Weswegen?«, flüsterte er.

Erlendur besuchte die Verlobte des Mannes, der sich Leopold genannt hatte, aber Emíl hieß, und teilte ihr mit, dass das Skelett im Kleifarvatn die irdischen Überreste des Mannes waren, den sie geliebt hatte und der aus ihrem Leben verschwand, als sei er vom Erdboden verschluckt worden. Er blieb eine ganze Weile bei ihr, saß mit ihr im Wohnzimmer und erzählte ihr von dem, was Tómas niedergeschrieben und hinterlassen hatte, bevor er sich in den Keller begab. Er beantwortete ihre Fragen, so gut er konnte. Sie war sehr gefasst und zeigte keinerlei Reaktion, als Erlendur ihr sagte, dass Emíl wahrscheinlich für die DDR gearbeitet hätte.
Obwohl seine Geschichte sie überraschte, wusste Erlendur, dass es für sie nicht darum ging, was Emíl getan hatte oder wer er war, als er sich gegen Abend von ihr verabschiedete. Er konnte die Frage nicht beantworten, von der er wusste, dass sie ihr mehr als alle anderen auf den Lippen brennen musste. War ihre Liebe gegenseitig gewesen? Hatte er sie geliebt? Oder hatte er sie nur für seine Zwecke ausgenutzt? Sie versuchte, die Frage zu formulieren, bevor er ging. Er spürte, wie schwer ihr das fiel, und deswegen nahm er sie einfach in die Arme. Sie kämpfte mit den Tränen.
»Du weißt es«, sagte er. »Du weißt es selbst am allerbesten, nicht wahr?«

Kurze Zeit später kam Sigurður Óli eines Abends aus dem Büro nach Hause und sah, dass Bergþóra völlig aufgelöst und hilflos im Wohnzimmer stand und ihn mit gebrochenen Augen anstarrte. Er wusste sofort, was passiert war. Er eilte zu ihr und versuchte, sie zu trösten. Da brach das Schluchzen aus ihr hervor, und sie zitterte am ganzen Körper. Die Klänge des Jingles kündigten die Abendnachrichten im Fernsehen an. Eine Suchmeldung der Polizei wurde durchgegeben: Gesucht wurde ein Mann um die vierzig; dieser Bekanntmachung folgte eine kurze Beschreibung. Sigurður Óli blickte hoch und sah plötzlich eine Frau in einem Supermarkt vor sich, die eine Schachtel mit frischen Erdbeeren in der Hand hielt.

Siebenunddreißig

Als der Winter mit eisigem Nordwind und Schneetreiben hereingebrochen war, fuhr Erlendur eines Tages zum Kleifarvatn, wo im Frühling Emíls sterbliche Überreste gefunden worden waren. Es war vormittags, und außer ihm war kaum jemand unterwegs. Erlendur stellte seinen Ford Falcon am Wegrand ab und ging zum Seeufer. In der Zeitung hatte er gelesen, dass jetzt kein Wasser mehr aus dem See ablief und er sich wieder vergrößerte. Die Experten beim Energieforschungsinstitut prophezeiten, dass er wieder seine frühere Größe erreichen würde. Erlendur ließ seine Blicke über den roten Lehmgrund von Lambhagatjörn und zu den Bergketten auf beiden Seiten des Sees schweifen. Es mutete ihn immer noch seltsam an, dass dieser friedliche See einmal der Schauplatz für einen Spionagefall auf Island gewesen war. Er sah, wie der Nordwind die Wasseroberfläche kräuselte, und überlegte im Stillen, dass hier alles wieder wie früher sein würde. Vielleicht hatte die Vorsehung eingegriffen. Vielleicht hatte sich der See nur geleert, damit ein altes Verbrechen aufgeklärt werden konnte. Bald würde er wieder unergründlich und kalt über der Stelle liegen, an der das Skelett geruht und eine Geschichte von Liebe und Verrat in einem fernen Land bewahrt hatte.

Mehr als einmal hatte er Tómas' Aufzeichnungen gelesen, die dieser niedergeschrieben hatte, bevor er sich das Leben nahm. Er las von Lothar und Emíl und den isländischen Studenten und dem System, das sich ihnen offenbarte, unmenschlich und unbegreiflich, zum Scheitern verurteilt. Er las Tómas' Erinnerungen an Ilona und ihr kurzes Zusammensein, an seine Liebe zu ihr und zu dem Kind, das sie unter dem Herzen trug und das er nie kennen gelernt hatte. Er verspürte tiefes Mitleid mit diesem Mann, den er nie getroffen, sondern nur in seinem Blute vorgefunden hatte, mit einer alten Pistole neben sich. Vielleicht war es die einzige Lösung für Tómas gewesen.

Es stellte sich heraus, dass niemand Emíl vermisste, außer der Frau, die ihn unter dem Namen Leopold kannte. Emíl war Einzelkind gewesen und hatte nur wenige Verwandte. Er hatte bis Mitte der siebziger Jahre eine sporadische Korrespondenz mit einem Onkel geführt, dem er aus Leipzig schrieb. Der Onkel hatte Emíls Existenz beinahe vergessen, als Erlendur ihn aufsuchte, um mehr über Emíl zu erfahren. Die amerikanische Botschaft hatte ein Foto von Lothar aufgetrieben aus der Zeit, als er Wirtschaftsreferent in Norwegen war. Emíls Verlobte konnte sich nicht erinnern, diesen Mann jemals gesehen zu haben. Auch die deutsche Botschaft hatte alte Fotos von ihm ausfindig gemacht. Es stellte sich heraus, dass er verdächtigt worden war, ein Doppelagent zu sein, und dass er wahrscheinlich irgendwann vor 1978 in einem Dresdener Gefängnis umgekommen war.

»Er kommt wieder«, sagte eine Stimme hinter ihm, und er drehte sich um. Eine Frau, die ihm bekannt vorkam, lächelte ihn an. Sie trug einen dicken Anorak und eine Mütze.

»Entschuldigung?«

»Sunna«, sagte sie, »ich bin die Hydrologin, die damals die Knochen gefunden hat, du erinnerst dich vielleicht nicht mehr an mich.«

»Doch, jetzt erinnere ich mich.«

»Wo ist der andere, der mit dir zusammen war?«, fragte sie und blickte sich um.

»Du meinst Sigurður Óli? Er ist bestimmt bei der Arbeit.«

»Habt ihr herausgefunden, wer das war?«, fragte Sunna.
»Sozusagen«, sagte Erlendur.
»Ich habe aber nichts darüber gehört oder gelesen.«
»Nein, das wird erst später bekannt gegeben«, sagte Erlendur. »Und wie geht es dir?«
»Alles bestens.«
»Gehört der da zu dir?«, fragte Erlendur, der in einiger Entfernung einen Mann am See stehen sah, der Steine über die Wasseroberfläche springen ließ.
»Ja«, sagte Sunna, »ich habe ihn in diesem Sommer kennen gelernt. Und wer war das da im See?«
»Das ist eine lange Geschichte«, sagte Erlendur.
»Ich lese sie vielleicht in der Zeitung.«
»Vielleicht.«
»Also dann, ciao!«
»Mach's gut«, sagte Erlendur lächelnd.
Er sah hinter Sunna her, die zu dem Mann hinüberging, und er beobachtete, wie sie Händchen haltend zum Auto schlenderten und in Richtung Reykjavík losfuhren.
Erlendur zog den Mantel enger um sich und blickte über den See. Er dachte an den Apostel, der Thomas hieß, von dem Johannes berichtet. Die anderen Apostel hatten ihm gesagt, dass sie den auferstandenen Jesus gesehen hätten, aber Thomas hatte erwidert: *Wenn ich nicht in seinen Händen die Nägelmale sehe und meinen Finger in die Nägelmale lege und meine Hand in seine Seite lege, kann ich's nicht glauben.*
Tómas hatte die Nägelmale gesehen, und er hatte seinen Finger in die Seite gelegt, aber anders als der Thomas, von dem in der Bibel berichtet wird, hatte sein Namensvetter den Glauben verloren, indem er fühlte.
»Selig sind die, die nicht gesehen haben und dennoch glauben«, flüsterte Erlendur, und seine Worte wurden mit dem Nordwind auf den See hinausgetragen.